家康の猛き者たち

三方ヶ原合戦録

佐々木 功

時代小説文庫

JN122042

角川春樹事務所

本書は、ハルキ文庫（時代小説文庫）の書き下ろしです。

目次

家康の猛き者たち

三方ヶ原合戦録

序章　大坂夏の陣

彼方《かなた》で、巨城が燃えている。

慶長《けいちょう》二十年（一六一五）、後に改元され元和《げんな》元年となる年の、五月七日。

大坂夏《おおさかなつ》の陣《じん》が終わろうとしていた。

海内一《かいだいいち》と讃《たた》えられた天守閣《てんしゅかく》が、手足をもがれた漆黒《しっこく》の巨人のように、なすすべもなく立ちつくしている。

その巨人の足元を赤々と染めて、紅蓮《ぐれん》の炎が全身を取り巻こうとしていた。

河内《かわち》平野最北端の高台にそびえたつ大坂城は、今、炎の海の中にあった。

先に江戸に幕府を開き、今や大御所《おおごしょ》として君臨《くんりん》する徳川家康《とくがわいえやす》は、豊臣秀頼《とよとみひでより》が拠《よ》るこの難攻不落の巨城を昨年から二度にわたって二十万の大軍で攻めた。

一度はその大軍勢を寄せつけず撃退した不落の大城塞《だいじょうさい》。太閤秀吉《たいこうひでよし》がその知恵と日《ひ》の本《もと》の国財を注《つ》ぎこんで作り上げた豪華絢爛《ごうかけんらん》な夢の甍《いらか》。

そして、国内最後の乱世の火種は、今まさに、燃え落ちようとしていた。

郭《くるわ》内外のいたるところから黒煙は濛々《もうもう》と立ち昇り、天を衝《つ》く。

西日を映し茜色《あかねいろ》に染まる空、北摂《ほくせつ》の山並みを背景に、戦国の終焉《しゅうえん》を描く極彩色《ごくさいしき》の絵図が拡《ひろ》がっていた。

攻城軍の総大将徳川家康は、大坂方真田《さなだ》勢が潰《つい》えた茶臼山《ちゃうすやま》の頂に本陣を進め、合戦の総指揮をとっていた。

丘陵からは、大坂城の禍々《まがまが》しい景色が遠望できる。

家康は、幔幕《まんまく》を張り巡らせた陣の真ん中で城の方角に向かって床几《しょうぎ》を置き、ここ四半刻《しはんとき》（三十分）ほど押し黙っている。

暑い。すでに陽《ひ》は西海に落ち宵闇《よいやみ》が迫っても、灼熱《しゃくねつ》の夏陽が焼いた大地の熱さは変わらない。草いきれをのせた暑気が陣内に立ち込め、周囲では夏の虫が啼《な》き始めていた。

前方のそこここから武者の鬨《とき》の声が聞こえてくる。時に大きく、時に遠く小さく。

徳川に従う諸大名の軍勢が、大坂の残兵を殲滅《せんめつ》するたびに雄叫《おたけ》びを上げている。

それは、まるで幾千という僧の葬送の読経《どきょう》のように聞こえる。

「大御所様」

傍《かたわ》らに控えている本多上野介正純《ほんだこうずけのすけまさずみ》が呼びかけた。

（聞こえぬのか）

正純がそう思うほどに、家康の顔には変化がない。

人生の年輪を刻み込んだ皺深《しわぶか》い額、染みが点々と浮いた頬《ほお》を少し強張《こわば》らせたまま、眉根《まゆね》を寄せ、前を向いている。その視線は炎上する大坂城を射抜《いぬ》いたままである。

「大御所様」

正純は、再度、呼びかける。

他の近臣なら、そんな大それたことはできない。周囲を固める家臣がいかに優れた侍であろうと、家康からみれば童《わらべ》のようである。

大御所徳川家康、齢《よわい》七十三。激動の戦国時代を生き抜き、ついに天下平定をなしとげ、今や最後の禍根《かこん》豊臣家も滅ぼした。戦国の英雄、生きた戦国史といって過言でない。皆が仰《あお》ぎ見る家康に、このように食い下がれる者はいない。家康の恩寵《おんちょう》深い正純だからこそなせることである。

本多正純。家康の側近中の側近、もはや片腕といっていい役どころの男である。

その父本多弥八郎正信《やはちろうまさのぶ》は、長きにわたって家康唯一の参謀役《さんぼうやく》としてその傍らにあり、家康をして「正信は家来ではない。我が友である」とまで言わしめた男である。その弥八郎正信は隠居し、二代将軍秀忠《ひでただ》の相談役となっている。今、正信に代わって家康の傍らで徳川の軍政を取り仕切るのが、本多正純である。

家康の近臣筆頭という誇りを持っている。無理からぬことである。

「大御所様、真《まこと》におめでたき」

正純はそう言って応じることのない家康の横顔に向かって、面《おもて》をさげた。

家康はそれでもまったく反応せず、前を向き続けた。

(ご満悦でないのか)

正純は、軽く鼻を鳴らした。

ついに、徳川幕府最後の脅威、大坂城、豊臣家が滅びた。

関ヶ原《せきがはら》に石田三成《いしだみつなり》ら豊臣大名を破り、幕府を開いてから実に十五年。家康は、先の天下人豊臣家を滅ぼすのに、充分な時をかけた。周到に網を張り巡らすように、豊臣秀頼をいくさに導いた。

（そもそも、孫娘の婿《むこ》だよな）

家康は、豊臣家を懐柔《かいじゅう》するように孫の千姫《せんひめ》を秀頼へ嫁がせた。今も千姫はあの燃え盛る大坂城の中にあるはずだ。それでも、家康は、眉一つ動かさず今日までの采配《さいはい》を振《ふ》った。

こたびの夏の陣に武門の誇りを懸けた勇戦などない。開戦してみれば、百戦錬磨《ひゃくせんれんま》の古豪が初々しい童をひねりつぶすように、大坂城は火炎の中に沈んだ。

開戦と同時に豊臣滅亡は決まっていた。家康の権謀術数《けんぼうじゅつすう》の中で、秀吉の遺児は滅びるべくして滅ぶのだ。

（大仏殿の梵鐘《ぼんしょう》の銘文《めいぶん》が豊臣を寿《ことほ》ぎ徳川に祟《たた》るだの、和睦《わぼく》に乗じて城の総堀を埋めてしまう、だのと）

時に卑劣ともいえる言い掛かりで豊臣家を追い込み、攻めつぶした。その実務を担った正純は、魔術のような家康の手腕をつぶさに見てきた。

正純は奸計《かんけい》を形にしながら、時に、首筋に刃《やいば》を突きつけられたような恐怖を感じた。

このお方は、血も涙もないのか、と。

その家康は、先ほどから顔色を変えない。言葉も一切発しない。

正純などそこにいないような様子で、ただただ、前を見つめている。

「これで、徳川の天下、ゆるぎなく」

正純が焦《じ》れるように言うと、ついに家康はゆっくりと視線を動かす。

その鈍い光を帯びた瞳《ひとみ》がぎょろりと、正純を見た。

思わず、正純はたじろぐ。そんな不思議な光をその目は湛《たた》えていた。

「正純」

は、と正純は面を伏せる。なぜか、家康の瞳を直視できない。

心が委縮するような、そんな気になっていた。

「貴様には、わからぬ」

ははっ、と正純はさらに面を深く下げた。

別に怒っているわけではない。声を張り上げているわけでもない。

だが、家康の声音《こわね》は底響くような力を持っていた。

「下がれや」

その声は乾いている。

面を上げられない。もう己のような者がここにいてはいけない、そんな想《おも》いがこみ上げてくる。

本多正純は面を伏せたまま後ずさりし、踵《きびす》を返して去ってゆく。


正純が去ると、家康はまた床几上での居ずまいを正し、前を見つめる。

「皆、下がれ」

正純だけでない。周囲の小姓《こしょう》も去らせる。

幔幕の中には誰《だれ》もいない。家康の周りには誰もいない。

一人である。遠いいくさの喧騒《けんそう》だけが、周囲を包んでいる。

家康は、ふうッと大きく長く息を吐きだす。

そして、瞬《まばた》きを大きくして、軽く頭を振る。

「あの日」

小さく呟《つぶや》く。そして、また頭を上げる。

「あの日からだ」

見ねばならない。見届けねばならない。

それが徳川家康の使命、運命なのだ。

家康は遠いあの頃《ころ》に想いを馳《は》せ、燃え盛る城を見つめている。

第一章

一《ひと》言《こと》坂《ざか》の過ぎたるもの

浜松評定

「武田《たけだ》につく、というのはいかがでござろう」

徳川《とくがわ》家家老、石川数正《いしかわかずまさ》が低く呟《つぶや》くように口を開いた。

列座の一同、ぎょっと目を見開いて、見返す。

その眼光のあまりの鋭さに、数正は少し慌てて、

「いや、それも一案ではないか、ということ」

打ち消すでもなく軽く首を振り、視線を落とした。

皆、ふうぅと深く息を吐くと、目を伏せる。

そして、また沈黙が訪れる。


遠州浜松《えんしゅうはままつ》城本丸主殿《しゅでん》大広間での徳川家臣の評定の最中《さいちゅう》である。

元亀《げんき》三年（一五七二）、徳川家を巨大な危難が見舞っていた。

前年、今川《いまがわ》氏の駿河《するが》に侵攻して、ついに東海道《とうかいどう》への道を拓《ひら》いた甲斐《かい》の武田信玄《しんげん》は、総勢三万の大軍を催して上洛《じょうらく》を宣言。足利《あしかが》十五代将軍義昭《よしあき》を援《たす》け、幕府の害となるすべての勢力を駆逐《くちく》するとした。

その第一の目標は、上洛の途上にある、遠江《とおとうみ》、三河《みかわ》の国主徳川家康《いえやす》である。

武田家といえば、鎌倉《かまくら》将軍任命の甲斐の国守護であり、甲斐源氏《げんじ》の名流。それがそのまま戦国大名として成長し、当代信玄は日の本一といわれる名将。今や、甲斐、信濃《しなの》、上野《こうずけ》、駿河、飛騨《ひだ》の一部まで制し、その所領は二百万石ほどに膨張している。

戦国の巨星がついに都を目指す。そんな甚大《じんだい》な出来事に直面し、徳川家の面々は童《わらべ》のように慄《おのの》き、老爺《ろうや》のように渋い面を突き合わせて、首をひねり続けていた。

この評定も始まってはや一刻（二時間）が経《た》つ。

重苦しい評定は一向に決しない。

それはそうである。これはお家《いえ》の命運を決める一大軍議なのだ。

徳川家は今、隣国尾張《おわり》から都までを制した織田《おだ》信長《のぶなが》と同盟関係にあった。

いや、同盟といえば、武田とも結んでいる。そもそも、ここ三年ほど駿遠《すんえん》の太守今川家を攻めたのは、甲斐の武田と組んだ連携作戦だった。この今川討滅で、徳川は遠江を、武田は駿河を分かち合ったのではないか。

そして、徳川はこの浜松へと居城をうつした。それは、織田信長が武田信玄と同盟しているという基盤があったからこそなされたことだった。

その織田と武田の盟約が、今、断たれた。

尾張をでて美濃《みの》を領し、いち早く都を制圧した織田信長の勢いは破竹であった。

それでも信長は、甲斐の巨人に対して丁重に腰を折っていた。信玄も上杉《うえすぎ》、北条《ほうじょう》、今川ら群雄との争いの中で、微笑をもって応じていた。しばらく都を守っておれ、そんな余裕すら感じられるほどだった。

だが、傀儡《かいらい》将軍足利義昭が発した各地への御教書《みぎょうしょ》は、その均衡《きんこう》をぶち破った。

「織田信長を都から打ち払え」

その触れに、とうとう日《ひ》の本一《もといち》の名将信玄が動いた。

ついに激突せんとする両雄の狭間《はざま》で、はたして、徳川はどう動くのか。

徳川家臣団は考えに考えている。

(武田につく、か)

一同は先ほどの石川数正の言葉を心で反芻《はんすう》していた。

できるではないか。武田は徳川を敵視していない。昨年共闘して、今川を攻め、その領地を分割したのではないか。今回も「将軍家を救うべく、ともに織田を攻めようぞ」と言ってきているだけではないか。

「いや、まて、石川殿。織田家と当家の縁《えにし》は深い。軽々しくは」

数正の相役である老臣筆頭の酒井《さかい》忠次《ただつぐ》が重々しく口を開いた。

四十代半ばで、まさに武家家老として脂《あぶら》の乗り切った年嵩《としかさ》、風采《ふうさい》。徳川譜代《ふだい》、東三河衆《ひがしみかわしゅう》筆頭として家をまとめる重鎮《じゅうちん》である。

忠次は当初から織田家との取次役を務めている。だけに、慎重な姿勢をくずさない。

「しかし、織田殿のご縁というが、これも乱世の武略と申すもの。それに、織田殿は……」

才気あふれる石川数正は眉根《まゆね》を寄せて言葉を返した。

　こちらは、酒井の東三河に対して、西三河衆を率いる石川家成《いえなり》の甥である。昨年、家成が遠州掛川《かけがわ》城に据えられた後を継ぎ西三河の旗頭《はたがしら》として家康を支えるもう一方の巨頭である。徳川家臣の中では珍しく弁口《べんこう》がたち、理路整然と語る男である。

　が、数正は賢明にも出かけた言葉をぐっと飲み込んだ。

　織田との同盟はすでに十年を越える長きにわたっている。

　信長の上洛にあたり家康は軍勢を率いて従い、越前朝倉《えちぜんあさくら》攻めでは浅井《あざい》の寝返りという苦境の中、殿軍《しんがり》に等しい奮戦で信長の撤退《てったい》を援けた。さらに姉川《あねがわ》合戦では、五千の手勢で一万の朝倉勢を突き崩し、負けいくさを勝ちに覆すほどの大功を立てた。

　だが、翻《ひるがえ》ってみれば、そんな健気《けなげ》な徳川勢の働きに比べ、信長は何をしてくれたというのか。

（なにもしてくれない）

　そんな想《おも》いが、徳川家臣一同にくすぶっている。

　現に、この武田侵攻にも、援軍すらくれないではないか。

（利用するだけ利用されて、これでは同盟ではなく、服属しているに等しいではないか）

　同じ隣国なら、そして、どうせ服従するなら、今、眼前に迫らんとする武田のほうが良いではないか。そんな想いが、家臣一同の胸中をゆきつ、戻りつしている。

　それを誰《だれ》も口にできない。これ以上誰も話を進めることができない。

　時に面《おもて》をあげて、チラリと上座の徳川家康の顔を見上げる。

　家康はやや眉間《みけん》を寄せ、目を閉じ微動もしていない。そして、重臣たちのやりとりにも一切口を挟まない。

(お苦しいのだろう)

その様をみて、皆、そう思う。

家康の苦しみは家臣たちの比ではない。

幼少時代の人質生活、桶狭間《おけはざま》合戦、清洲《きよす》同盟、娘の縁組、家康と織田家との因縁《いんねん》は複雑に絡《から》み合っている。それはあまりに重い。重すぎるのだ。

対して、武田の脅威も凄《すさ》まじい。それは今やすぐ隣にあり、家康の身に降りかかろうとしている。

こんな主君の腹中に積もる重く深い想いを感じ取れない徳川侍はいない。

家康、齢《よわい》三十一。いや、取り乱さないだけでも立派、というところだろう。

「織田殿の来援はないのか」

座の中から声が響く。

「織田殿は、浜松を捨て岡崎《おかざき》まで下がるべし、という」

酒井忠次は眉根を寄せて言う。

「もとより、殿が本拠を遠州に移すことに反対していたからな」

石川数正はいかにも面白くなさそうに呟く。

遠州を制した家康は、浜松どころか天竜川《てんりゅうがわ》東で遠州の中心地、元は遠江国府が置かれた見附《みつけ》に本拠を置こうとしていた。それに強硬に反対したのは信長である。

——天竜川東では織田領から遠すぎる。せめて手前に——

この要請に応じた家康が定めた本拠こそ、浜松なのだ。

「天竜川の西なら、援軍で出やすいのではなかったのか」

「いや、こうとなってはそれも一案」

「いやいや、この際は、ぜひとも織田の加勢を乞《こ》うしかない」

誰とない呟きが、ボソリ、ボソリ、と湧《わ》き上がる。

「皆」

あっと、一同、振り返る。

家康の声は鋭く響いた。強い眼光を灯《とも》す瞳《ひとみ》はしっかりと見開かれていた。

「これはわが徳川家が面すること。この家康、自分がどれほど運衰えようとも人の力を借りて戦うものではない」

言葉は底響いて部屋を揺るがした。皆、伏せがちだった目を大きく剝《む》いて見返していた。

そして、口元に笑みさえ残し言い放った次の言葉は、江戸幕府の諸記録を集めた「徳川《とくがわ》実紀《じつき》」に残ることとなる。

「この浜松を退《の》くぐらいなら、弓矢を踏み折って、もののふの道を捨てる方が良い」

家康は真正面を鋭く見つめて、言い放つ。

その凜《りん》とした口ぶりに、皆、はっと面を伏せた。

「鷹《たか》は人の心の乱れを見抜きます」

家康の傍《かたわ》らで跪《ひざまず》く地味な茶褐色の小袖《こそで》を着た鷹匠《たかじょう》が低く呟いた。

家康は評定が終わると、決まって鷹狩《たかがり》へと出た。

鷹狩、といっても、何十人もの勢子《せこ》を散らし、騎乗の士を多数走らす大規模な狩りではない。小姓《こしょう》を伴い、数騎で馬を走らせ野を駆け、鷹を放って、小獣を追う。そして、己も矢を射《い》る。馬術、弓術の鍛錬であり、地勢をくまなく知ることができる。

重い評議の後、それで気分は少しだけ晴れる。家康はそんな鷹狩を終生愛好した。

ピョウと笛が鳴り響く。空を高く舞っていた鷹が、鷹匠の呼び笛で大きく旋回《せんかい》し、家康の肘《ひじ》に戻ってきた。家康の左の肘上に止まると、グエッと鷹が鳴いた。

「殿のお心も大層乱れておりますな」

鷹匠の言葉に、家康は口元を歪《ゆが》めた。

「戯言《ざれごと》を言うな、弥八郎《やはちろう》」

鷹に餌《えさ》を与えながら、家康は舌を鳴らした。

弥八郎と呼ばれた鷹匠は、縮こまるかのように、面を伏せながら、

「これは申し訳ございませぬ。ただし、殿のお気持ちを察せぬでは、この鷹も、弥八郎めもお傍《そば》における意味がございませぬ。なあ」

と、鷹を見やる。鷹は鋭い目で、家康と鷹匠を交互に見る。まるで、二人を仲立ちするようである。

本多《ほんだ》弥八郎正信《まさのぶ》というこの男、侍というか、鷹匠というか。

（どちらでもいい）

正信、そんなことを周りで囁《ささや》かれるたび、小さなことだと受け流す。

家康より四つ上で、気がついた時には近侍《きんじ》していた。鷹が扱えるゆえ、そのまま鷹狩では鷹匠の役で傍に控えた。家康初陣の桶狭間合戦、織田方の丸根砦《まるねとりで》を攻めた時には、近習《きんじゅ》として従っている。

(わしほど、殿のお傍におれる者もおるまい)

それが誇りでもある。そのくせこの正信、一度、家康に背いている。

三河一向一揆《いっこういっき》。家中《かちゅう》の皆が歯を食いしばり、涙するような悲しい乱が、徳川にはあった。家康がやっと戦国大名として軌道に乗り始めた頃《ころ》に起きた大きな一揆である。

一向門徒の多い三河で、家臣の半数以上が一揆側につき、家康と戦った。弥八郎正信もその一人だ。民草がほとんどの一揆衆の中でいくさの方策を練り、兵を率いた。まぎれもない一手の将、采配《さいはい》を振って、家康の首を狙《ねら》った男だった。

一揆が鎮まると三河を出奔《しゅつぽん》し、諸国を放浪した。

(戻っても居場所などない)

そう思っていた。背いた家臣の大部分が家康の下へ帰参したのに、正信は出奔したのだ。いや、そこに大いなる理由はあるのだが、傍《はた》からみれば逃亡。許されざる行為であろう。

だが、帰国するや許され、家臣の末席に連なった正信に、同僚たちは白い目を向けた。

(今でも、そうだ)

心底が頑固者である三河武士たちは、正信を口汚くののしった。

御主《おしゅう》しらず、と。

そうなることも恐れず帰参を乞うたのではない。諸国を放浪し、松永久秀《まつながひさひで》に仕えてみたり、加賀《かが》の一向一揆で織田勢に抗したりしたこともある。その果てに、頼るべき主《あるじ》として、家康を認めたのだ。

そんな正信を家康はいきなり己の傍に置いた。そのとき、正信はすべてを捨てた。

なにもいらない。家康のために生きる。禄高《ろくだか》でもない、名声でもない。徳川家康という武人を活《い》かすことが、己の使命、それだけのために全知全能を捧《ささ》げる。

　そうして、本多弥八郎正信は、今日も家康の傍《かたわ》らにいるのだ。


「さて、殿」

　弥八郎正信は、頭髪の薄い頭を撫《な》でた。

「殿の御心の波をお鎮めするのが、この弥八郎の役目」

　家康は肉付きの良い顔を不機嫌そうに歪める。

「わかるというのか」

「わかり申さいでか。鷹が教えてくれまする」

　と言って、鷹の餌をとりだす。餌は兎《うさぎ》の肉である。

「ご家中をかえたい、と」

　家康はきっと目を見開いて、正信を睨《にら》みつける。

　餌の肉を両手で差し出したまま、正信の顔は澄んだ湖水のごとく冷ややかである。

　家康は軽く息を吐き、餌を手に取って鷹に与える。

「さすがに鷹は知っているな」

ガツガツと肉を突《つつ》く鷹を愛《め》でながら、家康は大きな瞳をキラリと剝いた。

「今日の評定も、しようのないものだった」

家康はそう呟いて眉を顰《ひそ》める。

「浜松を捨てるだの、織田に援けを乞えだの、と。今川時代の染みついた癖だ」

そして、手を口元にやると、小指の爪《つめ》を嚙《か》みだした。

苛立《いらだ》つとでる幼少の頃からの癖である。そんな時、この丸顔で下膨れた頰《ほお》を赤らめた殿様は少年のように見えた。

こんな姿を評定中は見せない。いや、老臣重鎮の前でも決して、ない。

(ご苦労されておるの)

正信は小さく溜息《ためいき》を吐《つ》き、家康の横顔を見つめた。

「殿よ、殿はお家を強くされたいのですな」

「むろん、だ」

家康は正信のほうを振り返りもせずに、晩秋の高い空を見上げる。

「いまのままでは、徳川の家は強くなれぬ。三河の田舎《いなか》大名で終わりだ」

(そう、そのとおり)

正信は深く頷《うなず》く。

「お家を強くせねばなりませんな。そのためには血の入れ替えが必要かと」

その言葉に家康はぎょっと顔色をかえる。正信の能面のように澄ました顔に大いなる力がみなぎっている。

沈黙。主従お互いに呼吸を止めている。

やがて家康は、ふうっと長く息を吐き出した。

「やらねばな」

気持ちを入れ替える、そんな素振りにもみえた。

「不撓不屈《ふとうふくつ》のお覚悟がいりまする」

正信の目が厳しい光を放ち始める。

「そのお覚悟はおありですかな」

家康は口元を歪めて、

「当たり前だ、弥八郎」

怒り顔をむける。

「これをなせぬなら、家が滅んでも仕方がない」

つぶらな瞳で睨みつける。が、どんな厳しい顔でも、中年で太り始めている家康の顔はなんとも憎めない。

「ご先祖が繋《つな》いできたお家、それで宜《よろ》しいのですか」

「清康《きよやす》公が必死に拡《ひろ》げ、御父上《おちちうえ》がなんとか保ったお家だからこそ、わしが変えねばならん。それがなせぬなら、わしのいる意味などない。いや、徳川家が続く意味がない」

正信は満足そうに目を細めた。

「されば、やりましょう。この弥八郎正信、殿のおんためとなって、働きましょう」

「この信玄との合戦は、またとない機会よ」

「そうですな。この機に家を変える。一歩間違えれば、滅亡」

「辞さぬ」

「さすが、おん殿」

「まず、なにをなす」

「そうですな、まずはお家の変貌《へんぼう》の象徴となる者の存在が必須《ひっす》かと」

「徳川家といえば、という要の強者《つわもの》がいるか」

「はい。それはもうおりましょうぞ」

家康と正信は顔を見合わせた。

「おると言うか」

「はい。それは、殿の御心《おこころ》の内にもおりましょう」

家康は目を伏せた。

「当ててみるか」

「当ててましょうか」

家康は控えている小姓へ、筆二本と紙を持ってこい、と叫んだ。

差し出された筆と紙を正信にも渡して、

「書いてみよ」

と言い、自分は迷いもなくスラスラと書き落とす。

「だせ」

正信も己で書き落とした半紙を差し出してくる。

主従、というか、この朋友二人、紙を見てから目を合わせ、ニヤリと笑う。

「平八郎《へいはちろう》」と、紙に書いてある。

家康の右腕の上で鷹がバサリと羽ばたき、グウエエッ、と高く鳴いた。

蜻蛉切の男

「あの槍《やり》だよ、あの槍」

「あれかい、あの蜻蛉《とんぼ》が飛んできて、刃《やいば》に触れたら二つに切れたって、やつ」

「まさかそんな」

「いや、槍術稽古《そうじゅつけいこ》で飛んでる蜻蛉をパサリパサリと切り落とすって話もある」

「槍でそんなことできるんか」

「だから、槍の名は蜻蛉切《とんぼきり》なんだとよ」

広場の片隅に立てかけてある槍を見ながら、ひそひそと囁き合う侍たちの後ろで、今二人の武人が槍を手に身構えている。

「おい始まるぞ」

浜松城二の丸の馬場である。侍衆が総出で槍術稽古をしている。

槍とはいえ、穂先を綿でくるんだ稽古用のタンポ槍である。場の中心で二人は向かい合う。これから稽古仕合をするのだ。

「まあ、でも槍といえば、槍の半蔵《はんぞう》殿よ」

見ていた侍が視線を送る先で、中肉中背の男が、巌《いわお》のように険しい顔に眼光鋭く、前を見据えている。渡辺《わたなべ》半蔵守綱《もりつな》という家康の旗本である。

たすき掛けして袂《たもと》を端折《はしよ》った小袖の上からでもその体格の良さは見てとれる。その肩の盛り上がり、胸板の厚さが尋常ではない。まさに戦場から飛び出してきたような男が中腰で槍を構えている。足腰はどっしりと安定し、構えは低い。

「いやいや、蜻蛉切の平八郎殿の槍も」

対峙《たいじ》するのは、大男である。

でかい。やたらと、でかい。半蔵守綱より頭一つ、下手をすると二つ分ほども、でかい。身の丈は六尺（百八十センチ）超え。そして、その手足の長さ太さ、骨格の雄大さが尋常ではない。

平八郎、正しくは、本多平八郎忠勝《ただかつ》。

平八郎は、一歩踏み出す。それだけでも小山が動くかのような迫力である。

タンポ槍でも一番太く長いのをその手に握っている。

顔がまた異相だ。大きな目にさらに大きな鷲鼻《わしばな》、口元は見事な武者髭《むしゃひげ》で覆われ、頑丈そうな顎《あご》がしゃくれて突き出ている。

本多家は徳川家譜代中の譜代といっていい古参家臣。家康も特に重んじて、平八郎を元服と同時に引き立て、十九歳で旗本先手《はたもとせんて》役《やく》の将として、与力《よりき》五十二騎を付した。

そんな、若手家臣の中でも一番の有望株、本多平八郎忠勝、齢二十五。

「おらあ」

渡辺半蔵守綱が裂帛《れっぱく》の気合を放ち、飛び込んだ。

「む」

と平八郎がその槍先を払おうとする。守綱は突くかと思いきや、くるりと穂先を回すと飛び上がり、上から叩《たた》きつけようとした。

平八郎は動じず、槍をひっこめ、それをガシリと受け止めた。

そして、その槍を片手で振ると、守綱は押し戻されるように跳び下がる。

「おらおらあ」

地に足をついた守綱はそのまま槍を横に振る。素早い二手目である。

しかし、平八郎は持ち替えた槍でしっかり受け止める。

「なんの」

またも守綱の槍を弾《はじ》き返した平八郎は、槍を素早く振りかぶり、敵の頭上へと振り下ろした。今度は受け止めるのは守綱である。

あとは、もう凄まじい打ち合いとなる。どちらも繰り出す槍を受け止め払い、隙《すき》を見て叩く、突く。果てしない打ち合いの末、お互い、荒い息遣いで槍をとめる。

「腕を上げたな、平八郎」

守綱は、ニヤリと片頬を上げる。

「渡辺殿、相変わらず、お見事な槍さばき」

平八郎が野太い声で返してくる。

「そのわしの手数を受け止めているから、お主の動きもなかなか」

「渡辺殿とでは、私は勝てませぬな」

と、平八郎も口元に笑みを浮かべる。

「思ってもおらんことを言うわ、この若僧が」

守綱はもはや相好《そうごう》を崩して言う。互角ではないか。勝てぬ、というほどでもないだろう。

（いやいや、あるいは）

動きの多い分、自分の方が消耗している。このまま打ち合えば――いや、そんなことは認めたくない。こうして、平八郎の春風のように悠然とした笑みに魅せられて槍を止めている自分の負けなのであろう。こんなところが憎めない。

渡辺半蔵守綱、永禄《えいろく》年間から家康の合戦でたびたび武勇をあらわし、「槍半蔵」と称される家中屈指の槍士《やりし》である。

その槍半蔵守綱は目の前のつわものを睨みながら、少し顔を顰《しか》める。

平八郎と手合わせしたことがないわけではない。いや、つい先日も稽古仕合をした。

そのたび、守綱はこう思ってしまう。

（こいつだけは、嫌だ）

その想いは日増しに強くなる。この男と対峙する自信がなくなりつつある。

毒づきながらも陶然《とうぜん》としている己に気づく。目の前の本多平八郎のほれぼれするような武者ぶりに、である。

その悠然とした槍構え姿。堂々たる体軀《たいく》、見事な面構え。

（こいつはもう一槍武者ではない）

守綱は槍士である。槍士でも人前で技を披露《ひろう》する武芸者ではない。戦場で相手の首をとるいくさ人なのである。大将の下知《げじ》のもと突き進む、襲い掛かってくる敵を迎えうつ、それが槍半蔵守綱の槍なのである。

だが、平八郎は違う。

武人、なのである。勇壮で、圧倒的な、真《まこと》のもののふ。守綱のような槍士を率いて戦場を支配する。戦士の中心となり、敵も味方もその武の前に跪く、いくさ神なのである。

それは天性のものなのだ。守綱ほどになればそれがわかる。

守綱、槍を構え、気を保ちながらも、そんなところに思考は飛んでいる。ともすれば、槍を投げ出し、跪きそうになる己を抑えている。

力でねじ伏せずとも、相手をひれ伏させる。それこそ、完全なる武人でないか。

「本多殿！　本多忠勝殿はどちら！」

群衆の向こうから呼びが上がり、人垣を割って、家康付きの小姓が顔をだした。

「や、仕合中ですか、相すみませぬ」

「何事か」

槍を下げた平八郎は、もう穏やかな大男である。

「いや、殿が直々にお呼びですが……」

小姓は気を遣うように渡辺半蔵守綱を見た。守綱は守綱で、もう口元に笑みを浮かべて

いる。ああ、と、鷹揚《おうよう》に頷いて、

「水入りよ、いけや、平八郎」

言うと、顎をしゃくった。

「これは申し訳ありませぬ、渡辺殿」

(いや、全然、いいさ)

頭をさげる平八郎に胸で応じている。正直、安堵《あんど》している。

平八郎相手では、自分の槍の矮小《わいしょう》さはどうであろう。技量ではない。必死に槍をたぐり、相手の隙を衝《つ》こうとする卑屈さを思うだけで、たまらなくなる。

「それでは」

平八郎はその巨体を折るように、頭をさげる。

「またぜひ槍を教えていただきたく」

悠然と去ってゆく広い背中を見て顔を顰める。

(冗談じゃあない)

もう駄目だった。そんな屈託ない姿に守綱は完全にやられた。

確かに数年前までは、槍で叩きのめしていた。だが、今はどうだ。

(使われてみたい)

と、思っている。こんな武将にこそ、顎で使われたい。絶体絶命のいくさ場で死ね、と言われてみたい。それが、この男、本多平八郎なのだ。

(器、か)

将器というものなのだろう。対峙しながらも、そんな風に心が震えている。

槍術なら負けるつもりはない。しかし、この平八郎の持つ得体のしれぬ力、それは常人とは違うのである。

「己《うぬ》の相手はわしだ、平八郎！」

槍を置いて歩き出す平八郎に向け、鋭く叫ぶのは、榊原小平太康政《さかきばらこへいたやすまさ》である。

顔は丸顔でやや童顔。愛らしいほどに丸い目に明るい光を宿して平八郎を睨みつけている。齢二十五、やはり家康の旗本衆の一人だが、すでに五十二騎の与力を従える将である。

平八郎と小平太は、同い年の朋友だった。寡黙《かもく》な大男の平八郎と、小兵《こひょう》ですばしっこい小平太はすべてが対照的である。だが、二人は馬が合うようだった。

「戻ったら、相手になるぞ！」

小平太の言葉に、応、と笑んで立ち去る平八郎。

守綱は六歳下の若者二人のやりとりを見て、頼もしい気分となる。

(これからのお家を担うのはこんな若き奴等《やつら》よ)

若き奴等と言うが、この男とて、まだ齢三十一。武人として脂の乗る頃であった。侍なら家を盛り立て、己も立身を志す。そんな年頃であろう。

(わしは違う)

だが、自分は違う。この渡辺半蔵守綱には宿命がある。それは、変えようのない過去である。だから家康に命を捧《ささ》げ、その馬前で死ぬのが定めなのである。

あの三河一向一揆である。守綱も一揆衆となって家康に叛《そむ》いた一人なのだ。

そして、許された。そんな己がいまさら、家康の下で出世も褒美《ほうび》も望むはずがない。一度死んだのだ。あとの命は家康に捧げる。そのために槍を振るのだ。

(それだけでいい)

ニヤリと頬を歪めて、頷く。その視線の先を平八郎の背中が去ってゆく。

小山が遠のくようである。


平八郎は悠然とゆく。

(いくさのことだろう)

ただ、そう思っている。

武田が来ている。すでにその精鋭は甲斐を出て、遠州めざして進んでいる。周りの徳川家臣は目を吊《つ》り上げて侃侃諤諤《かんかんがくがく》、言い合う。籠城《ろうじょう》や、三河への撤退、果ては投降の声まで上がるほどである。

(戦うのだ)

だが、平八郎はそう思う。

大股で歩く平八郎の頭に武田とのいくさ模様が浮かんでは消える。この呼び出しも、その方策に違いない、と。

想いは、いくさへとたどり着く。合戦のことしか、頭にない。それでいいと思っている。自分はいくさに生き、いくさの中で死にゆく男なのだ、と。立身出世も、本多家の繁栄もさして興味がなかった。

恵まれているといえば、そうなのだろう。乱世である。必死に徒士《かち》武者から侍奉公し、武功をあげてのし上がろうとする者もいた。いや、侍など、ほとんど皆、そうだった。

しかし、平八郎は生まれながらの侍である。譜代中の譜代の徳川家臣だった。

父の顔は覚えていない。父の忠高《ただたか》は平八郎が物心つく前に討死《うちじに》している。父も祖父も若年で死んだ。いずれも主家に尽くし、戦場で壮絶に散った。

平八郎はその父と祖父が死んだ年頃にいる。

極めて自然のこととして、感じていた。

われは、いくさのために生まれたのだ、と。

いくさの中でその命を燃やし尽くすのだ。そのために生まれたのだ、と。

主従の誓い

本丸主殿の脇《わき》にある書院の座敷へと入ると、平八郎は、むっと眉を顰めた。

家康の傍らに、痩身《そうしん》小柄な男が平伏している。

「平八郎、座れ」

家康の声に応じ一礼し、下座に胡坐《あぐら》をかく。横の男、本多弥八郎正信のことは見もしなかった。

好きではない。いや、嫌いというほどの付き合いもないが、なにせ一向一揆では家康に背いて、敵方で大将だった者である。しかも降伏するならともかく逃げ出し、戻ってくるや、家康の身辺に纏《まと》わりつくように居続ける男である。

譜代家臣の皆は正信のことを毛嫌いする。当たり前だ。

（みぐるしい奴）

いや、みぐるしいどころか、平八郎の中で、正信はこの世に存在していない。家康に背いた時に、抹殺されたのだ。

家臣たちは信仰のため、悩み苦しみながら家康に叛いた。家康の下に残った家臣も、憎くもない昨日までの朋輩《ほうばい》と刃を交えた。平八郎とて、熱心な一向宗から浄土真宗《じょうどしんしゅう》へと改宗してまで、家康側についた。

誰にも罪はない。宗教のせいだ。だから、家康は鎮圧後、降《くだ》った者を寛大に受け入れた。

（だが、こやつは）

頭をさげてもどってくるならいい。出奔し、他家に仕えたりもした。言語道断であった。

家康はなぜこんな男を傍に置いているのか。きっと鷹狩のためだ、と周りの者は言う。

平八郎もその程度にしか思わない。だから、己と関《かか》わってくると、妙に目障りに思えてくる。そして、この男が同じ本多姓なのが、さらに気に食わない。

三河には、本多、という姓の者が多い。平八郎は洞村《ほらむら》の平八郎家。正信は西城《さいじょう》村の弥八郎家で別筋である。

「殿、内密の大事と聞きましたが」

平八郎は家康に向かって面を下げる。正信など、そこにいないかのようである。

家康、うむ、と頷き、

「いかにも、重大なことよ。わしと弥八郎とで話し合ってきたことぞ」

と言えば、平八郎は少し眉根を寄せる。顰めればその見事な武者面が凄味《すごみ》を増す。怒りを露《あら》わにせずとも、対面する者が戦慄《せんりつ》するほどである。

「そういう顔をするな」

家康が言っても、平八郎はまったく正信のほうを見ず、正面の家康を直視する。

「いえいえ、殿。平八郎殿の御怒りごもっとも。これすべて、この正信の業《ごう》」

正信は亀《かめ》のように縮こまり、深々と面を伏せる。

「この身の業、わが過去は消せるものではありませぬ。それは、拙者が己の裁断でなしてきたこと、隠すつもりも悔いもない」

正信はそう言って、面を上げた。その間も平八郎が正信を見ることはない。厳然《げんぜん》と座り、ただ家康を見ている。正信は額を流れる汗を指で拭《ぬぐ》いながら、恐々と面を固めた。

いや、知ってはいたが、この威厳。視線を前方の畳の上に落とし慄きながら、

(さすが、やはり、この男だ)

確信している。己より十も年若なのにこの厳然たる武者ぶり。この男こそ家康も正信も見込んだ武人。

「まずはお聞きくだされ、平八郎殿」

下腹から声を絞り出すように、口を開いた。

「お家の情勢はよくご存じですな」

「武田の侵攻のことなら、皆諳《そら》んじておる」

平八郎は低い声で即応する。

「武田のことではない」

遮《さえぎ》るように正信が言った。思いがけぬ語気の強さ、歯切れ良さだった。

「徳川家の内情についてよ」

平八郎の表情に動きはない。

「なぜわしが、お主にお家のことを教えられねばならぬ」

「教えではない、これから弥八郎が大事なことを言う、まずは聞け」

上座の家康が諭すように口を開いた。

「まず聞け。これから話すことは、徳川家臣のすべて、そして徳川家、徳川家康の生涯にかかわること。平八郎よ、聞いてくれ、わからぬお主ではないはず」

平八郎は口を真一文字に結んで頷く。家康にここまで言われては聞かざるを得ない。

「それではお話しします」

正信は気を取り直し、語り始める。

「まずは徳川のお家のこと。皆、ご存じのこと――」

徳川家、元は松平家。この古いような、新しいような家について、なんといえばよいか。

もとは三河の国松平郷からでた土豪であり、今や、従五位下《じゆごいげ》三河守《みかわのかみ》の朝臣《あそん》である。

草深い西三河の山村より出《い》でて近隣を平らげた初代の親氏《ちかうじ》から数えて九代目が家康であ

る。これが真であるなら、二百年も連綿と続く、歴《れっき》とした家柄である。

その発祥がさだかでないというだけでも十分な旧家だが、この徳川家をここまで大きくしたのが、家康である。大きくした、いや、間違いなく急成長している戦国大名である。その所領は、ここ十年で本国三河のみならず遠江へと拡がっている。

飛躍の基盤をつくったのは、家康の祖父、松平清康だった。

清康については伝説の武人、英雄といっていい。三河安城《あんじょう》を本拠とした松平宗家を継いでから、二十五歳の若さで死去するまでのわずか十余年の間に、分家城主が割拠する三河統一を成し遂げ、岡崎に拠点を移し、尾張まで攻め込むほどの勢威を張った。

その死さえなければ、松平氏は戦国の群雄の一つとして、歴史に名を現したに違いない。

(いや、ひょっとすれば、尾張、美濃を攻め、天下取りへと名乗りあげたかもしれぬ)

縷々《るる》と語りながら正信はそう思う。それだけの器といわれた松平清康である。

だが、英雄は横死する。家臣の過ちで闇討《やみう》ち同然に斬殺《ざんさつ》されるという悲劇が起こるや、その求心力で膨らみかけていた家は一気に崩壊した。

その時、世継ぎの広忠《ひろただ》はまだ十歳。乱世の家を切り盛りできるはずがない。どころか大叔父《おおおじ》の松平信定《のぶさだ》に岡崎城をのっとられ、城を追われて流浪した。

もう近隣の大勢力に支援を仰ぐしかない。老臣たちは、駿河、遠江を領する今川家に救いを求めた。今川の当主義元《よしもと》は動き、岡崎城の奪還、広忠の三河帰参を後押しした。

以降、姓を徳川と変えるまでの松平の歴史は、今川に隷属《れいぞく》した「忍」の一字である。

そこまでして城主に戻った広忠の早世、人質とされた世継ぎ元康《もとやす》の流寓《りゅうぐう》。本城岡崎には今川の将が入り、松平家臣は二の丸に追いやられる有り様。

「だが、天祐《てんゆう》があり申した。桶狭間、でござる」

　正信の声に、平八郎は微《かす》かに頷く。

　大きな転機は「桶狭間合戦」での、今川義元の討死、織田信長の勝利であった。これにて、今川の一将に甘んじていた松平元康は岡崎に帰参し、徳川家康と名を変えて独立した。勢いに乗る織田信長と同盟し三河を統一、やがて遠州へと領土を拡げた。そんな戦国乱世の中で浮き沈みを繰り返し、やっと陽《ひ》の目を見始めた。それが徳川家であった。

「この変転が、お家に思わぬ作用を生み申した」

　こんな勃興《ぼっこう》と躍進と転落と忍従、そして、さらなる復活という激動の歴史を歩んできた徳川家は、なんとも複雑な家となってしまった。

　そもそも松平郷から三河に進出した三代目信光《のぶみつ》の頃。領地の急拡大に、信光はその子たちを各地におき、分地支配をさせた。三河には、竹谷《たけのや》松平、大給《おぎゅう》松平、形原《かたのはら》松平、大草《おおくさ》松平、深溝《ふこうず》松平などの分家が乱立していた。そして、清康、広忠、家康と続く宗家の座を奪わんと、血で血を洗う一族争闘を繰り返した。

　争いの中で、城、土地を奪い、領土が拡がれば、その下の家臣団に自然発生的に派閥を生むこととなる。

「安城譜代、三河譜代、新参衆、でござる」

　松平郷から出でて安城を落とした頃に家に仕えた者達、これは安城譜代と呼ばれる。勃興期から松平宗家に仕える家臣団の最古参といっていい。

そして、その基盤をもって岡崎へと領土を拡大した時に仕えた者は、岡崎譜代と呼ばれている。お家の拡張期に従った中間層の者たちである。

さらに家康の代になり従った三河郊外の土豪たち、今川の旧臣など。これらは新参の部類となる。

家臣たちは、この三層に分かれて、己の家柄、主君との縁《えにし》を誇り合い、徒党を組んでは、領分を主張しあっていた。

「古いしがらみを取り払う。これこそ、殿がなしたご英断」

家康はこの複雑な家臣団の構成を大胆に変えた。従来なら一族譜代で固められる宿老を廃し、家臣団筆頭として、東三河を酒井忠次、西三河を石川家成とその甥《おい》数正に束ねさせたのである。

松平一族もすべてその傘《さん》下《か》に入った。なので、家康の周りには、血族であることを誇り君側で権勢を誇る松平姓の家老がいない。

家臣とて、最古参として君臨するはずの安城譜代も、次席の岡崎譜代も、新参者も、全てこの家臣統制下に入った。

(災いを福となした)

家康のような若い主君がこれをなせたのもまた特異な背景がある。

桶狭間合戦で独立するまで三河は完全に今川家の国だったのである。虜《とりこ》となっていた家康は国におらず、本拠の岡崎城すら今川の城代が支配していた。宗家も分家も松平一族は、今川に虐《しいた》げられ困窮《こんきゆう》していた。

家康はこれを逆手にとって、家臣団のしがらみを排した。今川勢が桶狭間を機に一掃されたところを見極め行った改革だった。少しでも時をおけば、分家や譜代老臣がのし上がって、家康の周りで派閥争いをしたであろう。

（いや、おみごとな改革なのだが）

話しながら、正信は二度三度と頷く。

「次はまた危難である。いや、この厄災すら、殿は好機とした。好機とするしかなかった」

さらに変革が進んだのは、またも家を揺るがす危難があったのである。

三河一向一揆。この乱で家臣半数が家康に背くという大事件がなければ、到底それはなされなかった。

三河は一向宗のさかんな国である。この三河一揆では、家臣たちも信仰のため、憎くもない家康に反抗した。またある者は、宗派を捨て、変えてまで、家康の下に残った。家康は、苦渋の中、民、家臣と戦った。主従双方、泣きながら刃を交えた。そんな苦行のような戦いだった。

家康は、苦闘のすえ、頑強に抵抗した叛臣《はんしん》、吉良《きら》氏など旧来の土豪、今川の残党は討ち滅ぼし、他は寛大に許した。

そして、ここから家康の並々ならぬ手腕がある。

家康は、許され帰参した者を、すぐに要職には就けなかった。一揆を鎮めるとともに、家臣団の再構成を行ったのだ。

宗派を変えてまで家康の下に残った者も数多《あまた》いる。家康に忠節を貫いた者は自然、上役となり、家中の統率は堅くなった。

正信は、そんな家康の手腕をみて感嘆の吐息をもらした。そして、惚《ほ》れ直した。

(殿は単に勇者なだけではない。家、というものの根幹を知っている)

いくさ巧者なら、世に数多いる。だが、家を立て、それを繋いでいく才は、武略だけではなされない。

祖父と父の早世で揺らいだ家を受け継ぎ、自身は人質生活で、新興の織田、名家の今川と渡り歩いた家康は、強い武家の成り立ちを目に焼き付け、肝《きも》に刻み込んだのだ。それを、時勢、敵国との合戦、領国の内乱と、機敏に当てはめ、家を均《なら》し続けた。

この主なら乱世を生き抜いていける。正信は確信した。だから、陰となり支えることを誓ったのだ。

「そして、今また、新たなお家の危機なのだ」

家康の大胆な家臣団の再編から、徳川家はさらに進化しようとしている。本国三河のみならず、遠江にまで版図《はんと》を拡げたのである。

今、三河の家臣団と、新たに従えた遠州の国人《こくじん》たちが混在し、家は一枚岩ではない。特に先日まで今川傘下にあった遠州の者達はいつ離反するかわからない。だから、家康は父祖伝来の三河岡崎を出て、新領の浜松に本拠を移し、腰を据えている。

そして、駿河を制した武田が来たろうとしている。せっかく切り取った新しい領地、従えた新参家臣たち、これがすべてひっくり返る危機にあるのだ。

「それだけではないぞ」

三河家臣団。苦労の上に、統制された徳川家臣たち。実はこれもなかなか厄介なのだ。酒井忠次、石川数正という譜代の二巨頭、その他、大久保《おおくぼ》氏、鳥居《とりい》氏などの古参家臣たち。いずれも心底から主家に忠節を尽くす、頑固一徹の三河者。

それはいい。だが、重大な欠点がある。

彼らは譜代であるがゆえに、代々で仕えた家を重んじ、家の存続のために己《おの》が身を捧げている。三河国主である徳川家のために尽くすのである。

だが、家康のため、ではない。

（それでは駄目なのだ）

彼らは家を重んじるあまり、年若の主君である家康を軽んじるような態度をとる。

それは仕方がない。家康は幼少の期に人質となり城におらず、家臣たちはその間家を守り抜いた自負がある。

家康の父広忠も、祖父清康も二十代半ばでこの世を去っている。家臣たちは知らず知らずの内に、家康が消えても家を切り盛りできるように備えているのである。

だから、正信はこう考える。

（世代を変えて、殿の力を絶対的なものにせねばならぬ）

家臣団の中でも家康と同世代、もしくは子飼いの若手を引き上げ、家康の求心力を高め、鉄の家臣団を作り上げる。それが徳川家を強くする。

家康はそのことも見越し、すでに動いていた。

酒井、石川という東西の旗頭の他に、旗本衆という己の近臣、直属の将兵団を作っていた。酒井の東衆、石川が率いる西衆、旗本衆、これを併《あわ》せて、「三備《みつぞなえ》」とした。

三河のみならず遠江を得た今、譜代重鎮以外の子飼いの将を育て、大きくなる徳川家の宿老とする伏線である。

そして、この武田との決戦迫る今こそ、旗本衆から次世代の要となる者を作るのだ。

（一が桶狭間、二が三河一向一揆、そして武田とのいくさ、危難でこそ、変革がなせる）

いくさという侍が生死をかける舞台でこそ、もののふが光り輝く。大戦であればあるほど、主君が大胆な起用をすることができる。

危険な賭《か》けなのかもしれない。だが、家が崩壊するほどの危難を経ねば、この複雑な事情で染みついた性根《しょうね》を変えることはできない。

「このままでは、徳川家は先詰まりとなる、よいか、我々がお家の中心となって殿をお支えし、譜代、親族の家臣団を束ね上げるのだ」

「なるほど」

平八郎は低く呟く。

「そういうことは酒井殿、石川殿に言え」

平然と言い捨てた。

こちらはいくさ場に生きる男である。家中の派閥、譜代新参のしがらみなど、まったく関心がない。家を束ねるなど興味がない。合戦にこそ生きがいを感じている。

「そのしがらみを捨てる、と言っておる」

「なんだ、徒党を組もう、と言うのか」

平八郎の声が底響きした。怒りにも似た光で正信を睨《にら》みつける。

「大久保殿、鳥居殿、譜代の重臣は他にもおるだろう。我は殿のために戦う。それのみ」

目を伏せた正信は下唇をきつく嚙んでいる。

(そうだ、それが三河武士)

戦場で一途《いちず》に働く。ひたすら愚直、健気、勇敢。その槍で主家を盛り立てる。三河武士の美点でもあり弱点でもある。

本多平八郎忠勝、見事な武人である。その武を戦場に懸ける、それはいい。

(だが、それだけでは駄目だ。駄目なのだ)

正信は声に力を込めていた。

「殿のお力を強くして、お家を変えねば、徳川家はいつまでも三河の小大名のまま、このままでは、武田だ、織田だと振り回され、いずれ滅ぼされる。そうならんためなのだ。いくさで力を尽くすだけでは、一葉武者《いちはむしゃ》の心構えではござらんか」

細身で非力なこの男のどこにそんな力があるのか。正信は己の膝《ひざ》を、畳を叩き、叫びを上げた。思わぬ勢いに平八郎は口を閉ざし、腕を組む。

平素は感情を出さず、小面憎《こづらにく》い男が口から泡をとばして、熱弁をふるっていた。いくさ人が戦場で死力をつくすように、非力な才人は知恵をしぼってお家の繁栄を図ろうとしているのだ。

「もし、わしの言うことが間違っているなら、今わしを縊《くび》り殺せ」

正信はそう叫んで、平八郎を直視した。人の強さとはその真剣さにある。たとえ、力が劣ろうとも命懸けの者は、逃げ腰の者に勝る。謀士然《ぼうしぜん》とした本多弥八郎正信のこんな姿こそ、人を動かす。

「徳川の家が、このまま地方国人の寄合所帯の一大名として終わるか、大きく飛躍できるかの瀬戸際なのだ。これからの武田との大いくさ、家を変える戦いなのだ！」

前のめりで畳を叩き続け、決死の形相を引きつらせる。

老獪《ろうかい》を絵にかいたような正信のそんな姿に、平八郎は憮然《ぶぜん》として押し黙る。

形は違えど、家康を支えんとする。それなら、同志ではないか。そう思い始めている。

（家を変える戦い）

平八郎が心で反芻するのは、その一節である。

確かに、これまで、桶狭間、三河一向一揆と、苦闘を乗り越え、結果として家を変革してきた。だが、来たる武田との合戦の中で意図的にそれをなそうというのか。

聞いたことがない。武田という強敵とのいくさで、そんなことができるのか。

暫《しば》しの静寂が座敷を支配する。空気は重く、沈んでゆく。

「弥八郎、もうよい、下がれ」

家康が助け舟をだすように促《うなが》すと、正信は深々と一礼して、部屋をでてゆく。

二人となるとまた室内の空気は変わる。

「平八郎」

家康は丸顔の目を大きく見開いて、身を乗り出す。

「よくぞ、聞いてくれた」

真摯《しんし》な、篤実《とくじつ》そのものの顔で言う。

そんな言い方をする家康の顔を見て、思わず口元がほころんでしまう平八郎である。

（なんで、こんな顔をするのか）

家康とて今や三河遠江の二か国を領する大名。強大とはいえないが、戦国乱世の中で確実に伸長している家の殿様である。それがこの腰の低さ。主にこのように言われて心震えぬ家臣がいるのか。

徳川家康とはこういう男なのだ。

人質として織田、今川と売られるように引き渡され、元服すら今川家の城でせざるをえなかった。岡崎をとりもどし、信長と組んでやっと飛躍しようとしたとたんに、一揆で家臣や領民たちに首を狙われる。その一揆を鎮めるや、背いた家臣たちも皆許した。いや、許さざるをえなかった。織田と同盟していなければ、滅んだかもしれない危機だった。

その経歴は父祖伝来の国を束ねる戦国大名とは思えぬほど、悲愴《ひそう》であった。

厭離穢土《おんりえど》欣求浄土《ごんぐじょうど》。天台宗《てんだいしゅう》の僧、源信《げんしん》大師がまとめた仏教書「往生要集《おうじょうようしゅう》」に記された言葉である。穢《けが》れたこの世を厭《いと》い、浄土を求める。家康が旗印として掲げる言葉である。

（悲しい宿命《さだめ》だ）

今川に、織田に、そして、家臣、領民にすら頭をさげ、皆の想いを背負い続けている。

そんな家康にこそ、平八郎ら若手家臣は心からの臣従を誓う。命を懸けて尽くすのである。

「わしは、弥八郎と仲良くしろと言うために、お主をここに呼んだのではないぞ」

家康はそんなことを言い出した。

「弥八郎はわしの傍らにて、わしの智囊《ちのう》となる男よ。あ奴は、他の者とは違う。武功をもって君臨するような輩《やから》ではない。そのぶん家中で疎《うと》まれるであろう。だから奴は禄も位もいらんと言うておる。いうなればわしの友よ。他の者と比べるべくもない」

平八郎は頷きも拒絶もしない。

「平八郎よ。今だから言う」

家康は腹中に溜《た》めた言葉を一気に吐き出すように続ける。

「一揆から戻ってきた弥八郎を野に放ったのは、わしだ。帰参したあ奴を、わしが突き放した。わしの代わりに、世のあらゆる事象《じしょう》を見聞して来い、わしの耳目となり、智囊となれと、な。奴はわしの命を負って放浪した。だから、次はわしが奴を背負う。これはわしの宿命だ。あ奴の才を大きく活かす。それこそ、わしの役目」

平八郎は黙然と腕を組む。それはわかる。いや、わかった。だが、それは本多弥八郎正信のことである。して、家康は自分に何を望むのか。

「そして、平八郎、お前はな」

家康は少し胸を膨らませ、言葉をためた。

「日の本一の武人として、我が元で超絶たる武を発揮せよ。わしの傍らで、徳川の侍、いや、日の本すべての武士《もののふ》の標《しるべ》となれ」

平八郎を睨みつけるように言った。どころか、明らかに睨んでいた。

「それでなければ、徳川家は変わらぬ、平八郎、お前を柱にしてわしは家を変える。お前は新しい徳川家の証《あかし》となるのだ」

平八郎は眉を顰め、瞼《まぶた》を閉じ、家康と対峙していた。

「平八郎、お前を見込んで頼み入る。頼む、平八郎」

家康の声に懇願《こんがん》が混じる。平八郎はしばらく押し黙った。

沈黙の後、平八郎は低く呟いた。

「日の本一の武人」

「なるほど」

やがて、その瞼がゆっくりと開いた時の眼光の輝きは異様であった。

「なにかと思えば、そのようなこと」

おう、と家康は口を丸く開けた。

「当たり前ではないか」

平八郎はもとより太い声を、さらに野太く響かせる。

「殿を全身全霊で盛り立てる、我が武をもってする。当たり前のこと」

「受けてくれるか、平八郎」

家康は固めていた面を光らせ、膝を進めにじり寄る。

平八郎は、大きな目に爛《らん》と光を灯した。

「我が武を全力で発して殿を盛り立てる。そんな当たり前のこと、言われずともわかっておる。これは、我に変われ、ということではない。変わらねばならぬのは、他ならぬ、殿である」

　家康は目を剝いて、息を吞《の》む。

「そうか、そうだな」

　ひと呼吸おいて、口を開いた。

「そのとおりだ、平八郎、わしはこの徳川家を強くする。そして武田にも織田にも劣らぬ家にする。そのためにお前の力をくれ」

「殿よ」

　またも太い声を放ったのは平八郎である。

「言うことが違う。この場で言うのは、こうであろう」

　平八郎の低い声に、家康は眉を上げる。

「我についてこい、とだけ、言ってくだされ」

　平八郎、面をさげ言う。

「それだけで、結構」

　さらに頭を下げる。

　家康はおもむろに、ぐい、と面をあげた。それはもはや懇願する顔ではない。

「わしについてこい。平八郎、この家康を支えよ」

　きりりと口を結び、眉を上げ、胸を張る。雄々《おお》しき武人となっていた。

服部屋敷にて

本丸の書院を出て、本多弥八郎正信は下城する。

（平八郎は殿にお任せするしかない）

歩きながら、その頭脳は動き続けている。家を変える。おぜん立てはすべて正信がやる。そのために自分はこの世に存在している。そう思っている。

（次は、と）

そのためになさねばならないこと。ブツブツと呟きながら、三の丸の城門をくぐる。そのまま歩き続け、城下町を東へ進み、天竜川にかかる橋を渡る。

遠州は豊穣《ほうじょう》な地だ。大小の河川が領内を流れ、平野は広大である。そして遠州灘《なだ》と浜名《はまな》湖《こ》の豊かな水産、温暖な気候。兵を養い、兵糧《ひょうろう》を蓄え、近隣を奪い取る力を養うのに最高の土地といえた。

（この地もみすみす渡したくない、な）

家康が遠州を領してまだ三年ほど。父祖伝来の三河を統一し、ようやく外に踏み出て得た国であった。

前方に大きな茅葺《かやぶき》の屋敷が見えてきた。

田畑の中をゆくあぜ道の先に、いかにも豪農の家という風情《ふぜい》の屋敷がある。

徳川家臣、服部半蔵保長《はっとりはんぞうやすなが》の屋敷である。いや、正しくは、服部党の屋敷である。

旧領主今川が滅んで空き家となった屋敷を買い取り、長屋を造って、伊賀者《いがもの》を住まわせている。庭で修行ができるよう忍び屋敷として改築したのだ。

服部家はもと伊賀の土豪である。伊賀の侍といえば、大概のこと、忍びである。その中でも、服部は、支配者である上忍《じょうにん》の家柄、どころか、百地《ももち》、藤林《ふじばやし》とならんで伊賀三家といわれるほどの大家であった。

半蔵保長は山間《やまあい》の伊賀で繰り広げられる縄張り争いに飽きると都に出て、足利将軍家に仕え、幕臣となった。さらには、退廃する幕府にも見切りをつけ、三河の松平清康に乞われて、その下に身を寄せた。

そんな奇異な来歴を持つのが、徳川家服部半蔵である。この服部半蔵を家臣とするおかげで、徳川には半蔵配下の伊賀者を主とするお抱え忍び衆がいた。

今や、服部半蔵保長は徳川家の旗本、歴とした、武士である。伊賀忍びは息子の弥太郎《やたろう》正成《まさなり》に預けて、日頃より厳しく鍛錬を繰り返させている。

正信は顔を顰めたまま、長屋門をくぐって敷地へとはいる。

応、応、と、庭で修行する伊賀者達の声がする。

組み合い稽古をしているようだ。素手での格闘の稽古である。二人一組で三組、忍び装束の六人が組み合っている。

正信は見るとはなしに目をやった。

ぎょっ、とした。不思議な光景が広がっていた。

六人、いや、六人に見えた。だが、正確には五人と「一体」であった。二組はきちんと人間が取っ組み合って、投げあい、ねじ伏せたりして、稽古をしている。だが、一組だけ違った。

「わら人形」と組み合っている。わらを束ねた人形に灰色の衣装が着せてある。一人がそれを背負ったり、投げたり、「投げられたり」している。

(なんだ)

わら人形が生きているはずはない。だが、いかにも生きているかのように動いている。

正信が眉根を寄せる前で、さらに異様な光景は続く。

掛け声がかかると、わら人形と格闘していた男は、地に転がったわら人形を拾い上げ、

「なんじゃ。若、もうへばりましたか、だらしないですぞ」

「よし、交代じゃ」

笑いながら声をかけて、隣の者にそのわら人形を渡した。

(幻術じゃ)

わら人形を人と思って組み合っている。そしてわら人形に投げられるはずもないのに、自分から無意識に受身を取って転がっている。幻覚なのだ。暗示にかけられている。

常人なら、この事態を見てもなにが起こっているかわからないだろう。だが、一介の浪人となり諸国を放浪し、武家だけでなく、民草に混じり世の末端まで見聞してきた本多弥八郎正信は知っている。

忍びの中には人を催眠させ、幻覚を見せ惑わせる術を使う者がいる。

五人もの伊賀者が術にかけられて、化かされている。正信はあたりを見回した。

「む」

思わず声が出た。

庭の外れに大きな樅《もみ》の木がある。その根元の木陰で男が娘を抱いている。

樅の木に寄りかかった男の腹の上に娘は仰向けでだらしなく寝そべり、男は右手で娘の頭を愛《いと》おしそうに撫でている。反対の手は、娘の小袖の足の裾《すそ》を割り、股《また》の間をゆっくりゆっくり動いている。

娘の目はうつろで、口元がわずかに開き、恍惚《こうこつ》とした顔を浮かべている。

正信も娘の顔は知っている。屋敷の下働きをしている小娘だ。

「おい、正成殿！」

正信が鋭く声をあげた。途端に、組み手をしていた五人と娘はビクッと顔をあげた。

「昼間から、まやかしか！」

正信の声が響くと、娘は「キャッ」と叫び飛び上がった。あわてて裾を手繰り、屋敷の中に逃げ込んだ。五人の伊賀者は何が起こったのか判《わか》らぬようで、お互いの顔を見合わせる。わら人形を抱いていた者は、不思議そうに人形を見つめていた。

同時に屋敷の濡《ぬ》れ縁《えん》から、飛び出してきた初老の男がいる。

「弥八郎、いかがした」

でてきた服部半蔵保長は、目を丸くした。

「半蔵殿、お主こそ、なにをしておる」

「いや、組み手の稽古をするように言い残しておったのだが」

「正成殿が屋敷の娘を誑《たぶら》かしておったぞ」

正信の甲高い声に、半蔵保長は丸くした目をさらに大きく見開いて、振り返った。

怠《なま》け、だ。稽古中に伊賀者に幻術をかけだまし、己だけ抜けて、娘を抱いていたのだ。

正信と半蔵が歩み寄ると、正成と呼ばれた男は、ばつの悪そうな顔で立ち上がった。

濡れているのか、左の手の指先を袖で拭う。そして、すとんと土下座した。

「父上、お許しください。屋敷の娘があまりに可憐《かれん》なので、つい」

「こやつ」

半蔵保長は怒りに目を血走らせ、息子、服部弥太郎正成を蹴飛《けと》ばそうとした。

「待った」

正信は制した。

「正成殿、幻術が使えるのか」

正成は答えない。答えたくないのだろう。

忍びの幻術は一種の催眠術である。相手の体質や性格に合わせて、人を催眠させ暗示をかけ幻覚を見せる。

鍛錬や体力次第で腕が磨ける忍び技や武術と違い、幻術は簡単に習得できるものではない。人の心に忍び込む幻術、なせるのは特異体質ともいうべきであった。天性の体質が肉体の成長の中で磨かれ、成人してもその特性が消えない者だけが、幻術を操れる。幻術使いは、忍びの中でも極めて貴重な存在であった。

ただし、それゆえに技と体力を競う忍びからすれば、邪道。忌《い》むべき技として軽蔑《けいべつ》されたりもする。

「いやいや、幻術など。たんなる遊びのまやかし程度よ」

正成は地べたに額を擦《こす》りつける。この服部半蔵の息子が、厳しい鍛錬の中、幻術を身につけ、しかも、それを周囲に露見させなかったのも、すごい。

正信は横目で半蔵保長を見た。知っていたのかと、目で問う。半蔵は慌てて首を振り、

「貴様、親も知らぬところで」

と吼《ほ》えた。正成はもはや亀のごとく四肢を縮こめ、面を伏せた。

正信は正成の頭頂へ視線を戻すと、この男の心を読んだ。

（ふざけている）

幻術を使えるなら、隠さずに使えばいい。

この術は誰でもできるものではない。そして、うまく使えば様々な策が組める。まして、正成は服部党を率いる役である。隠すより、特技として使えばいい。

大体、服部正成はもう子どもではない。齢三十一のいい大人だ。三河上《かみ》ノ郷《ごう》城攻めで下忍を率いて夜襲を行い、城を一夜にして落とすという大功もたてている。しかも、単なる忍びではなく、侍でもある。今川の掛川城攻略、姉川合戦にも参陣し、武功を挙げ続けている武勇の士ではないか。

（そのくせ、昼間に娘を抱くために術を使っている）

その正成はチラチラと窺《うかが》うように恐る恐る面をあげる。その面を、正信と半蔵の鋭い視線が射抜くと、正成はまた「へへっ」と面を伏せた。

卑屈《ひくつ》な態度だった。これが服部党党首の息子とも思えない。

(幻術の腕も半端なものではない)

下女はともかく、配下の伊賀者が五人も、白昼、術に掛けられたのだ。この手際の良さ、尋常ではない。

考えている。この服部党の若君が何故《なぜ》、こんなことをするのか、と。

かねてより聞いている。正成はお抱えで忍び働きをすることに不満を持っている、と。

「小身上の大名家のお抱え忍びでなにができる。それに甘んじていていいのか」

そう言っては、父に反抗し、忍びの仕事を軽んじていると聞く。

無理もない。伊賀三大上忍服部半蔵家ほどの大家が一地方勢力、しかも極小の徳川家の下にいることに、納得していないのだ。

(しかし、これは手放せない)

正信の才智は明るく煌《きら》めく。服部半蔵の息子、伊賀忍び衆の力、そして、この技。やはり必要である。

横にいる半蔵は目を細め、口元を歪めて、正成を凝視《ぎょうし》していた。日頃よりこの偏屈《へんくつ》息子に苦言を漏らしている半蔵である。今、半蔵は、怒りの頂点にあるのだろう。

元は伊賀の大上忍、服部半蔵保長の力は服部党では絶対である。反骨の息子を張り倒そうとしている半蔵の肩を、正信は柔らかくとめた。

「まあ、ここはわしに免じて」

おっ、と瞬間、正成は顔をあげた。調子よく明るくなったその顔を、半蔵が依然突き刺すように見ていて、また面を伏せる。

「今は大事がある。半蔵殿、話が」

と、正信は半蔵を促し、屋敷の方へ顎をしゃくった。半蔵も、む、と頷く。

「いよいよか」

その問い返しに正信も堅く頷くと、再度、正成へと目を移す。

「ここは、正成殿も」

「わしも？」

「そうだ」

正成が口元を歪め見上げると、半蔵、正信の両人が眉根を寄せ睨みつける。

うぬっ、とたじろぐ正成。立ち上がって、おずおずと歩き出した。


「さて、半蔵殿」

屋敷最奥の窓も無い一室で、正信は半蔵保長と向き合って座り、膝をにじり寄らせた。

部屋の片隅に正成も控えている。

相対する半蔵は、強面《こわもて》の頬に妖《あや》しい笑みを浮かべた。

この男も本多正信に劣らぬ異端の者である。なにせ、松平時代からの譜代家臣から見ればよそ者である。そして、単なる武家ではない、忍びなのである。忍びは武家家臣のように家だの土地だのというしがらみを持たない。主君と直《じか》に結びついているのだ。情勢次第で主家を変える武家とは違う絆《きずな》である。

先々代清康に惚れ込んで身を寄せた服部半蔵は、その孫の当代家康と一心同体だった。家康のための諜報《ちょうほう》、調略、情報集め、陰からの警固、その手の役目を一手に引き受けるのが、服部党である。敵国に限らず、家中でさえも、探り尽くす。表ではなせない仕事、裏の仕掛けで輝くのがこの服部党だった。

「ついにやるか、弥八郎」

半蔵は、低く呟くように言う。

この日のために、正信と半蔵はお互いに胸襟《きょうきん》を開き、語りに語り尽くしてきた。

一度は背いた家康に身を捧げる正信、その身を捧げた英雄清康の孫である家康にすべてを託す半蔵保長。この異端の二人、想いは一致している。

「そうだ、お家を変える。殿のお力をゆるぎなきものにする」

「長い忍従だったわ」

里をも捨てた半蔵の想いは大きい。そして、清康の再来といわれる家康に賭ける想いは輪をかけて大きい。

「半蔵殿、これからが勝負よ。命がけでかからぬと、お家など変えられぬ。殿も並々ならぬご決意よ。お家を盤石《ばんじゃく》の結束で固めるために、今こそ、我々が動く」

「このままでは、武田と戦うこともできぬわな」

半蔵は、苦々しく呟く。

「いや、半蔵殿、武田との戦いこそ、お家を変えるまたとない機会」

正信は重々しく遮る。

「この苦難のいくさこそお家を大きく変えられる。いや、このようなことがないと、お家など変えられぬ」

半蔵は険しい顔で頷く。

「それでは、弥八郎よ。まずはなにから」

目を細める。半蔵はこの正信の思考を十分に理解し、同心している。なんとか家康の力を強固にして、徳川家を鉄の軍団にする。これが、二人の合言葉となっている。

「その前に半蔵殿、正成殿の術のことよ」

正信が思い出したように言うと、半蔵は小さく首を振り、脇に控えている正成を睨みつける。

「この偏屈者が、いつの間にあのような忌まわしい術を」

「いや、忌まわしくない」

正信はすぐに打ち消した。

「使える」

そう続けた正信に、半蔵は小首を傾《かし》げた。

「正成殿があのような幻術を使えるとは、心強いこと限り無し」

正信は歯切れよく言う。

「やはり、正成殿にも我らの同志として、共に働いていただく」

「う、うむ……」

初めて半蔵の顔が自信なげに淀《よど》んだ。

「いや、していただく」

正信の確たる言い切りに、半蔵は渋く顔を歪め、視線を落とした。

「半蔵殿、それは外せぬ」

「そうか」

半蔵は観念するように吐息をもらすが、当の正成は嘲《あざけ》るような笑みを浮かべていた。

「ありがたいお言葉だが、いったいなにをしようというのかね」

服部正成は家康と同じ年の三十一歳、正信とは四つしか変わらない。正信が父と親しいとはいえ、とくにへりくだる気はない。そもそも正信は、家中では胡散臭《うさんくさ》い鼻つまみ者である。それに、正成は、この暗号のような密議に不審をいだいている。

「俺の術を使うか、使わぬかは、俺が決めること。それがなんのためか聞かねえと働けぬな」

「正成！」

横から父半蔵が叱《しか》りつけるように叫んだ。

「わしは隠居する。お前に家督を譲る」

半蔵が口を開くと、正成が、えっと声にならぬ声を上げた。

口は開けたまま。呆然《ぼうぜん》と見返す。突然すぎる一方的な宣告である。

「お、おやじ殿」

「正成、この武田とのいくさが終わり次第、お前が服部党の頭領、服部半蔵だ。父の代わりに殿の旗本として武士となれ。陰では徳川忍び服部党の頭領として伊賀者を率いて、殿を支えよ。徳川家の裏仕事はすべてお前が仕切れ」

「え、ええ?」

服部党は当主が代々半蔵を名乗る。

半蔵保長は老境に入っているが、その体技に微塵《みじん》も衰えはない。

この突然の宣言は、奔放に生きてきた正成には信じがたい。絶対なる家長服部半蔵の陰で好き勝手してきた正成である。

「あ、兄者はどうする?」

それに、正成は長男ではない。五男である。長兄次兄は早世したが、他の兄は健在で、服部党の一員として、忍び働きや武者奉公をしている。ただ、器も技量も小粒である。

「えい、黙れ。わしから、言い含めておるわい。正成、もうこれまでのような放蕩《ほうとう》は許されんぞ。お前が家を継がねばならんのだ。腹を括《くく》れ!」

啞然《あぜん》として口を半開きにする正成を、半蔵は厳しく叱咤《しった》する。

「どうした、返事は」

反論のしようもない。

「は、はい」

体を震わせて額を畳に擦りつける正成を横目に、正信、半蔵はもう話を進めようと向き直る。

「まずは……」

正信はぼそぼそと語りだす。

二人の異能者は、額を突き合わせるようにして、密議をこらした。

武人と忍び

騎馬が三騎、浜松城下の大手通りを駆けている。

その後を小具足姿の徒士《かち》が二十人ほどザクザクと続く。武者は弓兵である。背中に矢筒《やづつ》、肩に弓弦《ゆづる》をかけて、軽快に足を運ぶ。出陣か、それとも兵の修練か、町民は一斉に振り返る。その中を疾風《はやて》のように、一行は駆け抜けて行く。

先駆けする三騎は城下を抜け、天竜川の土手に登り、そのまま、駆け下りた。

一騎だけ河原で馬を降り、足掻《あが》く馬の首を優しく撫でた。後の二騎は河原でカツカツと輪乗りすると、馬上、抱えていた槍を持ち直した。二人は小袖を襷《たすき》がけではしょっている。目と目が合い、軽く頷く。双方、片手で手綱を引くと、そのままざんぶと川に乗り込む。

「やっ」

短い気合の声が響き、馬脚が水を蹴り上げる。

水馬の鍛錬である。川渡りではない、川水の流れの中で馬を巧みに乗り回す。それだけではない。二騎はしぶきを上げながら徐々に近づき、構えた槍を振り上げた。

一騎はやたら長いあの槍、蜻蛉切を操る本多平八郎忠勝、もう一騎は丸太のごとく太い十文字槍を風車のように振りまわす榊原小平太康政。

「そらあ」

ガチン、ガチンと打ち合う。一合、また一合と激しく打ち合うたびに、馬が川面《かわも》を蹴り上げ、派手なしぶきが上がる。

大柄で勇壮な平八郎、小柄で俊敏な小平太。どちらも片手で手綱を引き、両腿《りょうもも》で馬の背を引き締め、鐙《あぶみ》を踏み、愛用の槍を振り回して力一杯打ち合う。

川中での槍仕合である。馬術、槍術のみではない、なにより日頃よりの愛馬との呼吸がピタリと合わないと、なせない。

二人の若武者が愛馬と一体になって水しぶきを噴き上げ、長槍を振り回し、打ち合っている。陽光がしぶきに反射して虹《にじ》となり輝く。

美しい。思わず陶然とするような光景が拡がっている。

（ようやるのう）

河原で腕を組んで見守る本多肥後守忠真《ひごのかみただざね》は、頷きながら、内心唸《うな》りを上げる。

そして、感嘆の吐息を漏らす。真剣勝負ではないか。鍛錬の域を大きく越えている。どちらかの技量の均衡が偏《かたよ》れば大怪我《おおけが》になる。だが、この二人の若者は一切遠慮もなく、全力で打ち合い、馬を駆け巡らしている。

「おう、おう！」

二人の気合が河原に響くたび、忠真は、二度三度と頷く。

忠真は平八郎の父本多忠高の実弟である。兄の忠高は家康が織田と戦った合戦で討死した。二歳の遺児平八郎を引き取り、我が子同然に育ててきたのが、忠真であった。

忠真とて、槍名人と呼ばれた勇者である。そして、筋金入りの律義者《りちぎもの》である。兄亡き後の本多家を守り、家康の合戦に出続けている。そして、筋金入りの律義者である。本多家は兄の息子平八郎が継ぐ、自分は後見役と言い張り、つねに平八郎を援け、盛り立てていた。

昨日、平八郎が家康に呼ばれたことは知っている。

忠真は、この呼び出しに常ならぬ何かを感じている。いつもは共に呼ばれ、共に聞いていた。後見役として当然のことである。だが、昨日は平八郎だけ呼ばれた。これは、よほどのこと、いや、格別の内意というのか。

平八郎の見事な武者ぶりを見て、忠真の胸に明るい予感が胸にせり上がり、実直そのものの顔を綻《ほころ》ばせる。喜ぶどころか、瞠目《どうもく》することが増えた。この甥の成長を、我がことのように誇っている。

（そもそも、その初陣から凄いからな）

叔父の後見で初陣した平八郎は、忠真が敵兵を討ち倒し、「この首をとって初陣の功にせよ」と言うと、血相を変えた。そして発した言葉は、古記ではこうである。

「我、何ぞ人の力を借りて、武功を立てんや」

そのまま、敵陣に突き入り、独力で首をあげて戻ってきた。

忠真は目を細めて、尋常ならぬ長槍を軽々と操る平八郎を見つめている。

「それい」

忠真は、甲高《かんだか》く気合を放ったもう一人へ目を移す。そして、小さく息を吐く。それは嘆息にも似ている。

相方の榊原小平太康政も、勇将といっていい男である。

この小平太康政とて、小姓時代から武勇を絶賛され、家康の「康」の字をもらい、今や旗本先手衆の将である。若手の有望株なのに間違いはない。

だが、平八郎とは決定的な違いがあった。

榊原家は元々松平家の譜代家臣酒井家に仕えていた「陪臣《ばいしん》」であった。ただそれだけなのだが、今の徳川家中では、譜代直臣と比べて一段下とみられてしまう。

しかし、小平太は別段卑屈に思うこともないようだ。屈託なく、ただ家康に忠節を尽くすべく働いている。

そして、その将才は、素晴らしい輝きをみせていた。

先年の姉川合戦では、越前朝倉勢一万との混戦の中、家康の旗本衆を率いて敵の側面に回る奇襲を敢行。見事に劣勢の戦況をくつがえすという大功名をたてた。

それほどの将なのである。なのに、譜代衆のしがらみで一歩引いている。

(我らのような老い武者がいかんのかな)

忠真は少し小首を傾げる。

そうするうちに追いかけてきた弓武者たちが土手から駆け下りてくる。

「よし、よし」

忠真は腹に差していた采配を引き抜き、サアッと振った。

河原に弓兵が展開する。川に沿って一列に並び、中天に向かって、一斉に弓を構えた。

「はなてや」

忠真が采配を振り下ろすや、シュッシュッと矢が放たれる。矢は秋空に弧を描いて飛び、川中で打ち合う二騎の頭の上に舞い落ちる。

「うらあ」

二人、同時に裂帛の気合を放ち、降り落ちる矢を槍で薙《な》ぎ落とし、躱《かわ》す。

「次を」

弓兵はまた一斉に背中の矢筒から、矢を引き抜き、弓につがえ、すぐ放つ。あとは、つがえた者から、次々放つ。

二人は五月雨《さみだれ》のごとく落ちる矢を払いながら、合間に槍を合わせている。

（いくさとはこんなものだ）

忠真が考案した実戦形式、いや、実戦以上の鍛錬である。さすがに射ているのは真の矢ではない。先端の丸い棒を射ている。いや、棒でも当たれば怪我となるのだが、二人にはかすりもしない。矢の雨が降り注ぐ川中での騎乗の槍仕合。真の命の取り合いに理屈などない。型どおりに槍を打ち合うのではなく、より過酷な中で槍術、馬術を磨く。

（しかし、見事よの）

こんな過酷な鍛錬の中、二人は平気な顔で槍を打ち合っている。

「忠真様」

組頭が弓を下ろして呼びかけてくる。

「もう棒が尽きました」

忠真はクッと噴き出した。もはや呆《あき》れ気味ですらある。

川中の二人は何事もなかったかのように槍を打ち合っている。

「平八郎」

榊原小平太のほうが、笑みを浮かべて呼びかける。

「休もう、馬が疲れている」

平八郎も槍を止める。確かにそうだ。若武者二人は余力たっぷりだが、馬の方は川の中を跳ねまわり、息が荒くなっている。手綱をひき、馬首をめぐらすと、川から上がった。

十月、河原には晩秋の乾いた涼風が吹き抜ける。蜻蛉が多数、飛び交う中、二騎は河原に上がる。

「二人とも見事じゃな」

本多忠真が声をかけると、馬上の榊原小平太は快活に頷く。

「水の上の打ち合いなら、平八郎に負けませんよ」

屈託ない笑みを浮かべると頬にえくぼができる。

「なあ、平八郎よ」

小平太とて、平八郎が家康に呼び出されたことは知っている。だが、その内容について一切問わない。信頼する朋友平八郎、敬愛する殿様家康である。後ろ暗いことではないと悟り、すべてを委《ゆだ》ねている。秋風のように爽《さわ》やかな笑みを絶やさない。

平八郎は無言である。河原の向こう、葦《あし》の繁《しげ》みをじっと見ている。

「小平太」

平八郎はそんな小平太の横顔を振り返った。

「叔父上とともに先に戻ってくれ、わしは少し寄っていくところがある」

小平太は、む、と眉根を寄せ、忠真の顔を見る。

小首を傾げ辺りをぐるっと見渡し、

「承知した」

以心伝心、何も問い返さず、馬首をめぐらし去ってゆく。


後には平八郎一人が残る。

河原で馬を降り、小袖を肩から外し、筋骨隆々とした上半身をさらす。

二の腕は太く逞《たくま》しく、胸板厚く、陽光に腹筋が浮かび上がる。日々の槍の鍛錬で磨き上げられた体である。

腰をぐっと沈めて、長槍蜻蛉切を身構え、ブウンと大きく振るう。

蜻蛉切、あの村正《むらまさ》の弟子といわれた藤原正真《ふじわらまさざね》の作で、天下三名槍に数えられる逸物である。長さは二丈（六メートル）、並の侍なら振るだけで、体がふらつくだろう。

その長い円周に、周りを飛んでいた蜻蛉が、一斉に逃げ散った。フオン、フオンと風を切る。一人で演武するかのようである。大風車のごとく旋回させ、止めると右へ左へ突き、そして前に大きく踏み出す。

「うらあ」

思い切り突き出した十間(約十八メートル)ほど先の葦の繁みがザザッと蠢《うごめ》く。繁みの中に小動物でもいるのか。そう見えたが、とくにその後に動きはない。

ヒュン、と微かに音が空を切る。まったく別の方角から、なにか飛んでくる。

瞬間、平八郎は槍を持ち換えている。斜めにかざすと、カチンと音が弾けて、地に棒手裏剣が落ちた。

ヒュッヒュッと音は響き、二つ、三つと投擲《とうてき》は続く。平八郎は、槍を右に左にかざして、弾き落とす。左手の繁みがにわかにザアッと動いて、何かが飛び出した。日輪を背に黒い影が跳躍した。平八郎の背後に飛び降りるや、くるりと振り返る。

「気づいてたな」

出てきた服部弥太郎正成は、地味な浅葱《あさぎ》色の小袖の袂と足元を紐《ひも》で括り上げ、胸元に右腕を突っ込んでいる。

「いいものを見させてもらったよ」

片頬に笑みを浮かべた正成は、小さく頷く。そして、小袖の懐に突っ込んでいた右手をさっと取りだす。その手には、十字手裏剣が握られている。左手を前に、右手は振り上げた。そのまま、一歩踏み出し、身構えた。まさに、投げつけんとする構えで動きを止める。

「正成殿、なんのつもりだ」

平八郎は低く問いかける。

この服部正成はさきほどからこの繁みに潜《ひそ》み、平八郎たちの鍛錬の一部始終を見ていた。別に隠すつもりもない。見たければ堂々と見れば良いのだ。

(だが、この男は)

まるで敵でも窺うように見ていた。そして、今見せるこの淀んだ眼光。あきらかに平八郎を敵視している目だ。

「飛び道具なら、負けないよ」

ニヤニヤと嫌な笑いを口元に浮かべて、正成は手裏剣を持つ手を振り上げる。

「投げられるか」

平八郎は、槍の穂先を突きつけている。

「投げたらどうする」

「突くさ」

平八郎は低く言い放つ。正成の口元の笑みはやまない。二人、暫し無言。

正成が突き出した左手を小刻みに揺らしている。平八郎の顔は厳然としている。微動もしない。一陣の涼やかな秋風が二人の間をヒョウと駆け抜けた。

ふっ、と息を抜く音が響いた。

「真《ま》に受けるな、ほんの戯《たわむ》れだよ」

服部正成は、右手をおろし、姿勢を崩した。

「あまりに本多正信が小うるさいから、貴様を試しにきたのさ」

妙に砕けて正成は言った。

「お家の変貌の象徴となる男、本多平八郎、どれだけの者か、とな。戯言《ざれごと》よ、戯言」

「戯言ではないだろうが」

低く呟いた平八郎の声に、砕けていた正成の顔が固まった。

今度は険悪な空気が流れる。平八郎は無言。静かな目でただ見返していた。服部党の忍びであり、侍でもあるこの服部正成の心の底を探っている。

突きつけていた蜻蛉切の穂先を下げる。

「わしは殿に好かれようとして合戦に臨んでいるのではない。よいか、お主も徳川の者なら、よく考えよ。これから武田とのいくさだ。死力を尽くし、全身全霊でいくさに臨む。それが家中を変えるのに役立つならそれも良い。それはあの弥八郎やら、お主の父上殿がすればいい。わしは戦うだけだ」

丹田《たんでん》に響くような野太い声に、正成は少し眉根を寄せた。

「わかっているわい」

ケッと、喉奥《のどおく》を鳴らした。

「わかっておる。お主のような武辺者は死地に立たねばなるまい。仕方ないから援けてやるわ。親父《おやじ》も殿も望んでおるからな。せいぜい、いくさ働きをせよ」

「ああ、ぜひ、そう願いたい」

平八郎の即答に、正成はさらに眉根を寄せる。

「あの武田とのいくさよ、我も総力を発する。だが、表の武だけでは通らぬこともあろう。服部党の力を借りることにする。お主の力をな」

平八郎は爛々《らんらん》と光る瞳で正成を睨みつける。

「お主は優れ者でありながら、なぜ、力を出し惜しむ。忍びだ、侍だと、形にこだわるより、己の力を出し尽くせ」

「貴様のような者にはわからんわ」

「ああ、わからぬ」

平八郎は変わらず低く即答する。

「わからぬなら、物申すな。黙って槍でも振っておれ。俺《おれ》は俺の仕事をすると言っているだろうが！」

正成はとうとう声を荒らげた。

「そうだ、その意気だ」

平八郎はようやく武者髭を歪めて頷いた。悠然たる笑みだった。

「お主の働き、楽しみにしている」

そのまま、漆黒《しっこく》の駿馬《しゅんめ》にまたがり、馬首を返し去ってゆく。

後に残った服部正成は、しばらくその場に佇《たたず》んでいた。

やがて、ベッと河原石の上に唾《つば》を吐いた。

（あんな長い槍で俺の手裏剣を弾けるというのか、避《よ》けて突けるのか）

いや、遠くからの投擲は見事に弾いていた。だが、間合いをつめれば、あの尋常でない長さ、持て余すだけであろう。

「しょせん、槍が取り柄の武功虚仮《こけ》よ」

正成はブツブツと一人呟く。だいたい、蜻蛉切とかいう、あの槍。

(蜻蛉なんか切れるわけない)

槍までが徳川一と言われている。そんな奴が何処《どこ》までも堂々と物申してくる。勇壮な体《たい》躯《く》が、武者面が、正成を圧してくる。そんな姿が、気に食わない。

(上から見やがって)

人のことまで偉そうに。正成の何を知って指図するのか。余計なお世話でしかない。

許せない。正成は心で舌打ちを続ける。

「ま、いいだろう」

捻《ね》じれた心の中で、活路を見出《みいだ》す。これからの仕掛けを行う中で気に食わなければ見放せばいい。裏の仕事をなし、忍びの技も持ち合わせる自分の特権ではないか。

その時こそ、慌てふためいて援けをもとめてくるだろう。

そんなことを考えながら、二歩、三歩と進み、先ほどまで平八郎がいた辺りへと歩む。

ぎょっと目を剝いた。

河原石の上に、夥《おびただ》しい「蜻蛉」の死骸《しがい》が落ちている。

ことごとく、真っ二つに切られている。

「あ、あの槍か」

正成、うわ言のように呟く。

「切れてるじゃねえか!」

思わず天を仰《あお》ぎ、叫びを上げていた。

情事

城下を南へ一里（約四キロ）あまり、遠州灘に臨む高台に一軒の粗末な空き小屋がある。潮騒の音が遠く聞こえる質素な板の間に、これだけはやたら寝心地のよさそうな寝具が敷いてある。そこで二つの裸体が絡み合っていた。

小窓から漏れる月明かりの中、浅黒い男の精悍《せいかん》な肉体が、白い女体の上を激しく動いている。女の腰は細くくびれているが、胸と尻《しり》は豊満に実っている。その腰の括《くび》れに手をかけ、男の体が激しく動くたびに、女の胸が大きく揺れ、尻が弾む。

板敷がきしきしと音を立てる。それほどに激しいまぐわいは続く。

（おお、この女め）

服部弥太郎正成は必死に漏れそうになる己の声を抑えている。おもわず叫びそうになるのを隠すため、口に桜色の乳首を含む。舌で転がすと、女の身もだえも大きくなる。

普通の女なら、それだけで一気に昇天する。正成の性技はそこまで磨き上げられている。だが、抱いている女は、忍びだった。手練《てだ》れの女忍びは、生半可《なまはんか》な愛撫《あいぶ》では達しない。濃厚な鍛錬を積んでいる。女忍びこそ、性技は凄まじい。閨房《けいぼう》での仕掛けこそ、女忍びの腕のみせどころなのだ。様々な痴態の中、男の身心を蕩《とろ》かすような技を身につけている。忍び同士のまぐわい。それは、性の格闘戦である。男は、接してもらさず女を昇天させる技を繰り出し続ける。女は、一瞬で男の精を絞り出す動きをやめない。お互いその極限で交わり続けるのである。一刻（二時間）も挿入したまま、乱れ続ける。せまりくる絶頂を耐え続け、お互いを攻め続けるのである。

そのまぐわいは終わらせなければ終わらない。どちらかが悶死《もんし》するまで続く。

「そろそろ、いいか」

息も絶え絶えの中、正成が呟く。

「あい……」

女も目を半開きにしながら答える。

「おお」「あああ」

最後はお互いの技をやめ、体の力を抜く。技で引き締めた心身を解き放つのである。とたんに二人とも絶頂に達する。思考は吹き飛び、頭が真っ白になるほどの快楽が脳天からつま先を突き抜ける。結合したまま、失神寸前の状態となる。白目を剝き、廃人のようにお互い崩れ落ちる。しばらく、身動きもできず、荒い息を吐くのみである。

（やはり、この女はいい）

女の名は八重《やえ》。年は知らない。そもそも忍びのおんなである。年嵩などいかようにも操るだろう。

正成は数え切れないほど女を抱いてきた。その中には性技を知り尽くした手錬れの女忍びも多々いた。だが、八重はそのどれとも違う。ここまで体が合う女はいない。浜松城下の雑踏の中で初めて八重を見た時、正成の目は釘付《くぎづ》けとなった。ひと目で民でないとわかった。その油断なき目つき、そして物腰。明らかに凄腕《すごうで》の女忍びだった。そして、衣服の上からでもわかる、たわわな胸、みずみずしい腰つき。抱きたいと思った。どうやら、八重もそう思ったようだ。目が合った半刻（一時間）後、もう交わっていた。ろくに言葉も交わしていないのに、だ。体が疼《うず》くほどに、お互い求め合っていた。

まぐわいは、どちらかが勝っても、劣っても駄目だ。こちらが勝っていると女が先に達してしまう。女が勝っていれば、正成が先に漏らしてしまう。正成と八重は、まるで、互角。忍びのまぐわいは性技が拮抗《きっこう》するからこそ、お互いに高めあう。正成にとって、八重は至高の女なのだ。

八重は頑《かたく》なに己の素性を語ろうとしない。だが、そんなこと正成にはどうでも良かった。体が合うのだ。男と女でそれ以上のことがあるのか。

「武田と戦うんだよな」

半蔵の耳元で八重が囁く。

「ああ」

半蔵はけだるそうに応じた。珍しい。この女がこんなことを言い出すとは。

「負けるわ」

あっさりと言い切った八重に、半蔵は首を引いてその瞳を覗き込んだ。

「戦わねばならんのだ」

「なんで？」

「なんでもだよ」

「負けて滅びたら終わりだろ」

そうだ。傍から見ればそうだろう。だが、戦わねばならない。勝敗ではない。徳川の家を大きく変えるためだ。今後のために負けても戦わねばならない。

「そうかもな。だから、滅びぬために、わしらが働くのさ」

「意味がわからない」

八重は呆れたように呟き、そっぽを向く。そんな冷たい素振りがまた男心をそそる。

（わからんよな）

正成とて、すべてが釈然としない。こんなにむしゃくしゃするのは久しぶりだ。だから、八重を抱いた。己の不満をぶつけるようにその体に溺《おぼ》れた。その豊潤《ほうじゅん》な胸を尻を存分に貪《むさぼ》った。いや、貪られたのは正成かもしれない。

徳川家を変える。そのために、武田と戦う。そんな、父服部半蔵と本多正信の謀議に、いきなり巻き込まれた。

しかも父はこのいくさの後、隠居するという。この合戦にすべてを懸けて臨み、服部党を正成に託すつもりなのだ。壮烈な気迫にその場は合わせたものの、正成の胸はわだかまっている。

（そんなことができるのか）

正成は父半蔵保長ほどに徳川家に執着がない。どうみても徳川は武田に勝てない。それは巷《ちまた》の民でもわかる。各地の情報に通じ、世の裏を見ている忍びなら、一目瞭然《いちもくりようぜん》である。

（家康様は良い殿様だが）

家康は、父はじめ服部党に手厚い。他家では日陰者として裏で飼われ、畜生のように蔑《さげす》まれる忍びを家臣として重んじてくれている。その人柄は好きだ。だが、この厳しい戦国の世の国主としてはどうなのか。生き残れなければ始まらないではないか。

それに本多平八郎忠勝。さきほど天竜の河原で見たあの男。

いや、見に行ったのだ。本多平八郎忠勝を。

（気に食わない）

父と本多正信の密議によれば、徳川の家は変わらねばならない。来たる武田との合戦でそれをなす。そして、その中心、新しき徳川家の柱となるのが、あの本多忠勝と言う。

合戦の中で新しい徳川を象徴する武人となり、既存の家格、派閥をぶち壊す。家康を頂点とした強固な家づくりの中心となる。滔々《とうとう》と語る本多正信の口説を、ふうん、とその場は聞き流した正成。内心大きく首をひねっている。

本多平八郎とはさほどの者か。

もちろん、その武は知っている。若手ながら家中一と言われている猛者《もさ》である。織田の援軍、今川とのいくさ、何度も戦場でその揺るぎない武を見ている。

（まぶしいんだよ）

父を幼少の頃亡くしたとはいえ、徳川譜代屈指、祖を遡《さかのぼ》れば藤原氏に至る名家。雄大な体躯にその武勇。これだけで充分恵まれているではないか。なぜ、この男を持ち上げなければならないのか。正成とて侍だ。忍びも兼ねるゆえ、引き立て役にならねばならないのか。


馬鹿げている。くだらない。いくら父の命とはいえ、従わねばならぬのか。

そんな疑念を抱え、本多平八郎という侍を見た。

凄まじい鍛錬だった。それを息も切らさず、こなしていた。

（ああ、見事だったよ）

見事過ぎる武人だった。そんな姿を目の当たりにし、陶然とした自分に腹がたった。

本気で飛び道具を投げつけても良かった。負けはせぬと、精一杯対峙したつもりだ。

だが、平八郎に返した己の言葉の卑屈さはどうであろう。この感性にまで踏み込まれたような嫌な感覚はなんなのか。

（畜生が）

八重の中に入ったままの正成の一物《いちもつ》も小さく萎《な》えている。

「どうでもいい」

八重は正成の耳元で囁くように言うと、小さくも厚ぼったい唇を正成の胸にすりつけてくる。

「どうせ、皆、いつか死ぬのよ」

その舌先が、巧みに正成の乳首周りを這《は》う。ジワリと快感が正成の下半身を震わせる。

（死ぬ、か）

徳川が滅びるのか、服部党もなくなるのか。己も、この女もか。

そう考えるとすべてが馬鹿らしくなってくる。いっそ、逃げるか。己ほどの腕ならば、どこに行ってもやっていけるだろう。

(そうすれば、あの本多平八郎だって関係ねえな)

勝手に死ねばいい。そう思えば、ずいぶんと気が晴れる。

「あ」

八重がその小さな口元を歪める。正成の男がじょじょに膨れてきている。正成は八重の首元に吸いつこうとした。

「そんなことより、お前、幻術ができるんだってな」

いきなり低くなった八重の声に、正成の動きはとまる。さすが、早耳な女忍びだ。

「屋敷の娘に悪さしてたらしいじゃねえか、こら」

八重の下腹部に力が入ると、まだ固まりきらない正成のものがいきなり締め上げられた。

「うわっ」

張っていない一物を締め付けられては、どんな男も悶絶《もんぜつ》する。

(かなわねえ)

この女には。

正成は白目を剝いていた。

敵陣営

十月三日甲斐躑躅ヶ崎館《かいつつじさきやかた》をでた武田信玄《たけだしんげん》の軍勢は信州飯田《しんしゅういいだ》を経て、秋葉《あきは》街道を進み、信《しん》遠《えん》国境の青崩峠《あおくずれとうげ》を越えた。

十月十日、北遠江《きたとおとうみ》の国衆、天野景貫《あまのかげつら》は諸手《もろて》をあげるように武田に降《くだ》り、その城犬居《いぬい》城に入った信玄は、本格的な遠州《えんしゅう》攻略を前に、大評定《だいひょうじょう》を開いた。

既《すで》に先遣隊《せんけんたい》の山県三郎兵衛昌景《やまがたさぶろうひょうえまさかげ》の率いる部隊は奥三河《おくみかわ》を攻略。秋山信友《あきやまのぶとも》率いる軍勢は織《お》田《だ》方の美濃岩村《みのいわむら》城を囲んでいた。

その日、武田に明け渡された犬居城三の丸城門の前を薄汚い小男がうろついていた。黄ばんだ袖《そで》なしの小袖に、脛《すね》をさらした半袴《はんばかま》、背にはなにやら大きな布袋を背負っている。頬《ほお》かむりをして、近在の樵《きこり》のような風体《ふうてい》である。

最初は樹林の陰から、恐る恐る城門を窺《うかが》っていたが、やがて、背を丸め、よちよちと城門の前に出てきた。いかにも卑屈そうに、前かがみである。

「おい、貴様、何者だ」

犬居城の門番を務める武田の足軽が二人寄ってきて、槍《やり》を突きだしながら聞いた。

樵風の男は、途端に跪《ひざまず》いて土下座した。

「ああい、これはお許しくだされ。おいは、いつも雉《きじ》狩って、お城のお侍様に差し上げておる者でありますらあ。今日もお持ちしたのですらあ。井上久右衛門《いのうえきゅうえもん》様はおいでにならんですかあ」

ひどい遠州訛《なま》りであった。なにを言っているのか、よくわからない。足軽二人は、眉《まゆ》を顰《ひそ》めて、目を合わせた。間者《かんじゃ》ということもある。しかし、くせ者というには堂々とその身をさらして、この有り様、滑稽《こっけい》に過ぎた。

「いらぬ、持って帰れ。この城の主《あるじ》は天野殿ではない。もはや、この犬居城はわが武田の城だ」

「なんとな。そんなこと知らんら。井上様を呼んでくれらあ。おいは顔馴染《かおなじ》みらあ」

「そもそもその井上とは誰《だれ》だ」

「お城のお台所番の井上久右衛門様らあ。井上様なら、おいのことをよく知っとるらあ」

門番はまた顔を見合わせる。降したばかりの天野家の台所役など、門番の足軽が知るはずがない。

「知らん、知らん。帰れ、帰れ」

「なんでらあ。お殿様はいつもお悦《よろこ》びじゃあゆうて、おいを褒《ほ》めてくれたらあ。おいは今日も一生懸命狩《か》りにい」

男は下唇を噛んで、口をへの字に曲げ、目を飛び出さんばかりに見開く。その顔面がビクビクと痙攣《けいれん》する。足軽の顔を見つめて、おんおんと泣き始める。

「ええい、泣くな」

男の奇妙な泣き顔を見て、足軽二人は噴き出しそうになりながら、宥《なだ》める。

(見ろ、この滑稽な顔)

目で言い合いながら、笑いを噛み潰《つぶ》す。

オオイ、オオイイ…… 男の泣き声は不思議な拍子《ひょうし》をなしている。その泣き顔を見て、泣き声を聴いていると不思議な気分になってくる。酒にでも酔ったような気分だ。もう叱《しか》りつけるのも面倒だが、それでも役は忘れていない。

「お前、帰らんと痛めつけるぞ」

薄笑みを浮かべ、槍を突き出そうとする。

「いやらあ、見てくれ、見てくれ、今日はまた大きい獲物《えもの》だらあ」

と、男は布袋を前に置く。

「だから、いらんと言うに」

「いや、見てくれよ」

と、男が布袋の口を開ける。足軽二人の目は嫌でもそれを見る。

「……」

袋の中にはなにもない。

暗い空洞《くうどう》から、なにか、香のような得体のしれない香りが漂う。

次の瞬間、足軽二人はトロリとした目つきで頷《うなず》き、男を抱き起こしていた。

「井上久右衛門殿がお待ちだ。さあ、入れ、入れ」

樵風の男、服部正成《はっとりまさなり》は立ち上がって、そそくさと歩き出す。その背筋はぴんと伸びている。

「さて、皆、徳川《とくがわ》の件、いかが扱うか」

評定の進行役である馬場美濃守信房《ばばみののかみのぶふさ》が低い声で始める。

太い眉の下に大ぶりな目鼻立ち、いかにも戦場で雄叫《おたけ》びをあげる侍大将、といった面構えである。頭髪と髭《ひげ》には白髪《しらが》が混じるが、精悍《せいかん》そのものの面貌《めんぼう》、みなぎる精気は猛禽《もうきん》を想《おも》わせるほどである。

美濃守信房は、武田侍大将の中でも、山県昌景と並んで双璧《そうへき》といわれる侍大将である。齢《よわい》五十九、主信玄よりも年長で、先代信虎《のぶとら》の代から仕える歴戦の古豪は、家中《かちゅう》最重鎮といってもいい。

犬居城本丸内の書院の広間であるが、周囲の障子《しょうじ》という障子は開けはなたれ、評定というのにまったく隠す素振りもない。開け放たれた回廊にすら数十の小具足姿の男たちが、列をなして座っている。

「三河の偏屈者、武田の前に立ちはだかるとは、ついに血迷いたる様かな。この際、根絶やしにするべし」

列座の中から立ち上がった武田四郎勝頼《しろうかつより》は、秀麗な顔に血気にも似た力を漲《みなぎ》らせていた。

こちらは信玄の四男。武田家の総領息子である。色白の美青年だが、柄は大きい。六尺はゆうにあろうという巨体の上半身を力ませ、今にも太刀《たち》を抜かんばかりの勢いであった。

「いやいや、四郎殿、あれは単に信長《のぶなが》に媚《こび》を売る家康《いえやす》らしき小心。一当てすれば、降伏するに違いなし」

穴山梅雪《あなやまばいせつ》が太首を伸縮させて言う。恰幅《かつぷく》の良い、頑健《がんけん》な身体《からだ》から重々しい精気が放たれている。元の名は穴山信君《のぶきみ》、信玄に倣《なら》って出家して梅雪入道と名乗る。信玄の姉を母とする男で、その信玄と似た容姿から時に影武者を務める一族の武将である。

「かかずらっている暇もなし。このまま尾張を攻めましょう。二俣《ふたまた》さえ落ちれば、尾張《おわり》への道は開けまする。一切、見向きもせず、このまま尾張を攻めましょう。亀《かめ》のように引っ込んで、出て来もしませんぞ」

「おうよ、信長の首さえあげれば徳川など尻尾《しつぽ》振ってついてきますわい！」

そんな声が高らかに上がれば、一同、どっと笑う。

家臣団のやりとりを見ながら、上段で脇息《きようそく》に片腕を預け、胡坐《あぐら》をかき、ゆっくりと頷く大入道がいる。

武田信玄。齢五十二。頭をそり上げて入道しているが、太い眉、大きな目鼻立ち、見事な口髭。恰幅よく、悠々とした座りざま。全身から漲る威圧感。今まさに老熟し、合戦の聖人ともいうべきこの男は、半眼に開いた瞼《まぶた》を静かに伏せている。まるで、瞑想《めいそう》でもするかのようである。そんな絶対なる主君を前に、家臣たちの言い合いは続く。

口から唾《つば》をとばして野太い声で叫びあう家臣たちも一筋縄ではいかない猛将ばかりである。いずれも一万でも兵を与えれば、一国二国斬り従え、大名として君臨しそうな練達の猛者たち。自他ともに認める日《ひ》の本《もと》一の軍団、それが武田であった。

皆、徳川など大名とも思っていない。家康など、これまで攻め従えてきた地方の一小城主ぐらいにしか思えない。主信玄と比べるべくもなく、自分達と比べてもずいぶんと小者《こもの》としか思えないのである。

無理もない。戦国一の名将と呼ばれる信玄に従い、山間《やまあい》の甲斐の国を出て、信濃《しなの》、上野《こうずけ》、飛驒《ひだ》、駿河《するが》と隣国の山野を駆け回り、戦いに戦い続けてきた勇者たちなのだ。

「皆々、勇ましきことばかり言いおる。それがしではとても裁ききれぬ。こうとなれば、お屋形《やかた》様のご判断を仰《あお》ぐしかなし。さて、お屋形様」

胡坐をかいたまま、くるりとその身ごと振り返った、馬場信房。そういうこの男こそ、天下に名が響き渡っている。主が信玄でなければ、戦国の群雄として名を馳《は》せたかもしれない男である。

「皆、浜松《はままつ》の家康、いかに攻め滅ぼすか、そんなことばかり言いよります」

様々言い様は違えど、皆、行き着くところは、「徳川など雑魚《ざこ》のごとし」これである。

その先の信玄は、頰に微笑を浮かべて、いかにも機嫌が良さそうである。眠たそうに伏せていたその瞼をゆっくりと開ける。とたんにその巨眼がギラリと光を放つ。

「徳川家康、侮《あなど》ってはならぬ」

地響きするかのような声に、家臣一同は一斉に背筋を伸ばした。

「されど、日の本一の武田勢の敵ではない」

応、と家臣たちは満面を紅潮させ声を合わせた。

「よいか、こたびの敵は、都の信長。家康ごときは時をかけず、蹴散《けち》らして進む。そのための策を謀《はか》れ」

はっ、と、一斉に頭を下げる。先ほどまで快活に肩を揺すらせていた荒くれ男たちが、その巨体を折るように低く、首《こうべ》を垂れている。一糸乱れぬ、とはこのことか。

この評定を書院の庭先の繁《しげ》みから、目を凝らし、耳を澄まして、覗《のぞ》いている忍びがいる。

（こんな奴等《やつら》と戦うのか）

服部弥太郎《やたろう》正成のかがめた身がブルッと震えた。

遠見《とおみ》の得意な正成には、室内の様子が克明《こくめい》に見えている。

「さて、それでは、こたびの方策を」

馬場信房は、もう信玄の意を汲《く》み取ったのか、すぐに頭をあげ、評定を進める。

正成は引き続き聞いているが、

（いいのか）

議が進行する間にそう思い始めている。

犬居城に入り込めれば武田の動きを摑《つか》めるか、と忍んできた。門番を術で惑わして、騒がれもせず城には入れた。降伏したばかりの遠州の城だからできたのだろう。

（それにしても、明け透けだ）

こんな敵地の城で、開けっ放しの書院で。まるで隠す様子がない。

天竜川《てんりゅうがわ》の畔《ほとり》にある徳川の拠点二俣城攻囲までの侵攻経路。その備え。そして城の落ちる期間の予測。きびきびとその方策、軍勢の配置、担う役割が決まっていく。

（だいたい、警固の忍びはいないのか）

武田と言えば、天下一の忍び衆といわれる武田忍びではないか。

見たところ、城内に忍びの気配はない。いや、武田忍びが張っているのなら、正成は一歩たりともこの城内に入れなかったはずだ。

初めは天啓《てんけい》と喜んでいたが、評定が進むにつれ、正成の不安は大きくなる。そんな懸念《けねん》をよそに、書院での評定は終わろうとしていた。

「さて、あらかた良いか」

信房が皆の顔を見て、

「お屋形様、かようになりましてござります」

信玄を振り返った。上座の信玄は心地よさそうに髭を撫《な》でて頷き、一座を見渡す。

「よし、皆、今回の方策、己の役は覚えたな」

そして、顎を少し上げ、

「これで良いか、外の徳川の間者！」

雷鳴のような大音声《だいおんじょう》で叫び、その巨眼で、外の庭を睨みつけた。

うわっ、と正成は繁みの陰で身を縮こまらせた。

（な、なんだよ）

隠すどころでない、堂々と自軍の戦略をみせつけるためにやったのか。それとも、この評定自体が謀《はかりごと》なのか。正成はブルブルと首を振って、そのまま後方に跳んだ。三間ほども飛びさがって反転、一目散に駆け出す。駆けながら、頭が混乱している。

（武田、なんて敵だ）

この心の臓に直接刃《やいば》を突きつけられるような、恐ろしさ。とんでもない相手を敵にしている。正成の遠耳に、武田の武将たちの野太い笑い声が聞こえている。

走りながら、首を激しく振り続けている。


「それで、逃げるように帰って来たのか」

服部半蔵保長《はんぞうやすなが》は巌《いわお》のような顔をさらに渋くしている。

「はい、それがなにか」

「服部党の党首になるという男が、か」

父の蔑《さげす》むような言葉に、正成は声を高める。

「ば、馬鹿な、父上も武田を前にそんなことが言えるか。忍びこんで逃げおおせただけでも、さすが、と言うてくだされ」

服部党の屋敷の奥の間の一室である。服部半蔵保長、本多弥八郎正信《ほんだやはちろうまさのぶ》、そして、弥太郎正成、あの日の三人が車座になって連なっていた。

「だいたい、信玄の傍《そば》に容易に近づけるなどおかしいと思ったわい。入れてくれて、逃がしてくれたんだろうが」

半蔵が口元を歪《ゆが》めて言うと、正成は顔を顰《しか》めてそっぽをむいた。正信が間に入る。

「まあまあ、正成殿のおかげで武田の動きがつかめたのではないか」

「本当につかめたのかのう」

半蔵は鼻を鳴らすが、正信は真顔のまま、

「狙《ねら》いは二俣城だな」

話を進める。正成は頷く。

きわめて順当な戦略であった。浜松から天竜川を遡《さかのぼ》った上流にある二俣城は、信濃からの侵入を阻《はば》む重要拠点だった。武田が徳川と戦うのなら必ず落とさねばならない城だった。

「だがな、その前に天竜川の東の地を攻める、と言うんだ」

正成の諜報《ちょうほう》によれば、武田は犬居城を発して遠州灘《なだ》にむけ南下する、という。

「それは、遠州の徳川の拠点を分断し、国衆を揺さぶるためであろう」

正信が即断した。

天竜東の徳川領の要衝《ようしょう》といえば、掛川《かけがわ》と高天神《たかてんじん》。この二城と浜松、二俣を連繋《れんけい》させぬようにする。それだけでなく、遠州中央部に楔《くさび》を打ち込み、動揺する国人たちを靡《なび》かそうとする策である。さすが、信濃、上野、駿河と領土拡大戦を続けてきた武田の戦略であった。

「堂々としおって、まるで上から見下ろすようだ」

「真《まこと》にそうだからな」

半蔵の言葉に正成がかぶせると、半蔵はちっと舌を鳴らす。

「指をくわえて見ているわけにはいくまい」

正信が遮るように言った。

「武田に遠州を喰《く》い荒らされる前にひと合戦して武田の心胆を冷やす。このままでは、なめられどおし。新参の者から寝返りが起こる。徳川にも人がおることをみせねば、あとのいくさが形にならぬ」

三人、黙然と頷く。一同、額を寄せる。

「まずは、織田の加勢が来る前に、殿は出陣する」

「それは、大丈夫か」

正信の迷いなき口調に、服部親子が口をはさむ。

武田が遠州に入ってくる緒戦《しょせん》。徳川勢のみで、しかも家康が出て武田と戦っていいのか。そもそも、徳川のみで武田と相対することができるのか。織田はどうするのか。

「いや、これこそ大事なのだ。こたびのいくさ、徳川は織田に対して卑屈であってはならぬ。徳川という家が自立して武田という大敵にあたるということが肝要。殿は手勢を率いてでる、自らでることに意味がある。そしてその先鋒《せんぽう》は本多平八《へいはち》」

「して、いかに動く」

「でねばならぬが、決戦してはならぬ。織田は未《いま》だに援軍を出さぬ。殿が出陣し、武田に対して戦う気概《きがい》をみせつけ、その志を響かせてこそ、織田は来るであろう。決戦はその後。そうすることに意義がある。こたびは、後のいくさの主権をとるための出戦。すなわち、いかに出陣し、いかに退《ひ》くか、これが大事」

「なるほどな」

半蔵保長は腑《ふ》に落ちたように頷く。

「徳川家康、天竜川を渡り出陣。これがなされれば良い。当然武田も動くであろう。城を囲む武田の後方まで陣を進め、小競り合いをして退く。そして、このことを高天神、掛川、二俣、遠州の皆に触れ歩く。服部党の役目よ。これにて、殿はけっして遠州の城を見殺しにせぬ、織田の加勢が来れば、なおのこと救ってくれると、皆、思う。遠州の諸侯に意地をみせられる」

「武田勢を前に容易に退けるのか」

「そのための平八郎よ」

正信は力強く頷く。

「あの男なら必ず殿を守って浜松へ戻ってくる。もちろん我等もそれを援《たす》ける。そして、ここにもう一つの仕掛けがある」

正信は小袖《こそで》の懐《ふところ》をまさぐり、一枚の紙を差し出してくる。そこには、こう書いている。

「家康の過ぎたるもの　本多平八」

どうだ、とばかりに瞳を輝かせる正信。

服部半蔵保長、正成、二人怪訝《けげん》そうに小首を傾《かし》げ、見つめている。

「なんだ、これは」

正成が口の端を歪めて言う。

「この意、わからぬか」

感心しない二人に、正信はむっと顔を曇らせてむきになる。

「よいか、これはお家《いえ》を変えるための下地よ。平八郎というお家の鑑《かがみ》をもって、殿は徳川の家を強くするのだ。そのためにこのいくさの中で平八郎が抜群の働きをする。それを家中だけではない。敵である武田にも領民にも知らしめ、都の信長らにも……」

「いや、そういう意ではないだろう」

半蔵が口をはさむ。小首を傾げたままである。

「そんなことは、わかっている。だがな、この」

受け取った紙を右手でぺしりぺしりと叩《たた》く。

「弥八郎殿も頭は冴《さ》えるが、どうも面白くない。どうせなら、なあ……」

半蔵は渋い顔の目を妖《あや》しく輝かせる。頓智《とんち》でもひねりだすように頭をめぐらせている。

そして、ウムと大きく頷く。

「筆だ、筆」

半蔵が立ち上がり、片隅の文箱《ふばこ》から筆を取り出す。

「家康に過ぎたるものが、二つあり……とな」

すらすらと書き終えて、無造作に差し出す。正信、口を「ほ」の字にして、瞠目《どうもく》する。

「こういうほうがいい。口ずさむのよ」

半蔵は、カハハと乾いた笑いを放つ。

「そうだな」

正信もつられて笑った。

「いいか、正成、これをばらまくぞ」

正成は半蔵に突き出された紙を、グシャリと鷲掴《わしづか》み、不服そうに頷いた。

「わかってるのか、正成」

「ああ、わかったよ」

半蔵の念押しに返事はするが、視線はそらしている。

（まだ、正成殿は）

正信は服部党二代目となる男の複雑に入り組んだ心根を読んでいる。

仕方がない。だが、いくさを経てゆけば、変わってくれるだろう。そう信じるしかない。

「では、あとは酒でも」

場を和ますべく、切り出した。


服部半蔵保長、本多弥八郎正信、服部弥太郎正成の三人は、杯《さかずき》を空けては、お互いの策と武田の動きの予想をぶつけ合った。そんな宴《うたげ》は深刻まで続いた。いい加減に語ることも尽き、酔いも回ってきたところで、半蔵が酔眼を向けた。

「ところで、正成」

だいぶ酔っている。その口調が平時と違う。

「おまえ、いつ、どこで幻術など覚えた」

正成はちょっと顔を顰《い》めて見返している。嫌な問いだとでも言いたそうだ。

「使いようのない忌まわしい技、見せ物ぐらいにしかならん」

この伊賀《いが》忍びの大上忍《だいじょうにん》は、幻術などまがい物としか思っていない。半蔵の顔に意地悪い笑みが浮かんでいる。酔ったついでに、先日の稽古《けいこ》怠慢を責めようとするのか。

「この場で披露して見せよ、東雲《しののめ》」

半蔵はそう言うと、パンパンと掌《てのひら》を合わせた。障子がスーッと開くと、忍び装束が一人、音もなくにじり入ってくる。忍びは、蛙《かえる》のようにうずくまる。

「どうだ、この東雲にもう一度、幻術をかけて見せよ」

東雲と呼ばれた忍びは、低く面《おもて》を伏せる。この若い忍びは、先日、鍛錬中に正成に幻術をかけられた一人である。

「嫌だよ」

正成が呟《つぶや》いた。

「東雲は俺《おれ》が幻術を使うと知っている。しかも、父上も弥八郎殿も見ている。こんなあり様で術などかけようもない」

半蔵は、フンと鼻を鳴らす。かなり酔っている。種を明かしてやるとでも言わんばかりである。

「うまくいく、いかんではない。やれぬことはないだろう」

「やだね」

「なんだ、出し惜しみか」

「見せ物じゃない」

「使えるか、使えんか、試してみい」

「仕方ないな」

正成は東雲を起こして、その前に胡坐をかき、背筋を伸ばした。

すーっと調息すると、丹田に力を込めたようだった。

「臨、兵、闘、者、皆、陣、列、在、前」

眼前で手を合わせ、九字の印を結んだが、東雲は顔色を変えない。

「だめだ。やはり、できない」

「よく言う。おまえは稽古している若い忍びどもを白昼堂々化かしたではないか。もう一度やるだけでいい」

半蔵は瞳《ひとみ》に嘲笑《ちょうしょう》すら浮かべて言う。正成を見下したような口調だった。

そもそも、なぜ本多正信が正成の幻術を讃《たた》えるのかが、わからない。

（幻術などしょせん、まやかし）

浮ついた民を化かすぐらいだ。いくさで使えないのでは意味がないと思っている。

「いや、それは、皆が油断していただけだ。そもそも東雲は手練《てだ》れだ、二度も化かされんわ」

正成は苦々しく顔を歪める。半蔵は酔眼を怒らせる。

「戯言を言うな」

「いや、東雲はなかなかの技者《わざもの》、日頃《ひごろ》も俺の技を見切っておるわ」

「若、な、なにを」

東雲は戸惑ったように口元を震わせる。この若い下忍《げにん》は、大殿と若殿の間でどんな顔をしていいのかわからないのだろう。

「最近は鍛錬でもよく投げ捨てられるよ、なあ」

正成は歪んでいた顔を崩して、目の前の若い忍びへ顎《あご》をしゃくる。東雲はいやいやと首を振り、困惑した面を伏せた。

「本当だよ。じゃあ、組んでみるか」

正成はおもむろに立ち上がる。

「さあ、東雲」

東雲も仕方なく立ち上がり、身構え踏み出すと、正成と組み合った。

エイヤと声が弾《はじ》けて、正成は床にたたきつけられた。無様に座敷にころがる。

「痛い。見てくれ」

「手を抜くな。おまえは服部党一の者のはず。東雲に負けるはずがないだろうが」

半蔵が横から口をはさむ。

「では、もう一回」

また正成は東雲と組む。スターンと投げられた。

あまりに見事に決まった投げ技が快感なのか、東雲は戸惑いの顔を少しだけ緩める。服部党の若殿であり、自分を誑《たぶら》かした正成を投げつけるのも、気持ちが良いのだろう。人の心の深層はそんなものである。

「痛いな」

正成は辛《つら》そうに顔を顰めて、舌うちをする。腰をさすりながら立ちあがる。

「だがな、東雲。組み合いで大事なのは受け身ではないか」

「は？」

「得物を持たずに組み合うのだ、技と力が勝るものが勝つのは当たり前。劣る者がいかに勝つかが、忍びの組み合いではないか」

「はあ」

もう一度組み合い、また東雲が足を払い投げようとした。床にたたきつけられるかと思った正成はくるりと身をひるがえした。

「ほれ」

次の瞬間、片手を床につき逆立ちした。宙に蹴りだした正成の右足の指先が、東雲の喉《のど》元《もと》で止まっている。

「さすがは、若」

東雲は感嘆の顔でもう一度正成と組み、投げる。

またも正成はクルリとまわって逆立ちし、足蹴りを東雲の鼻先で止めた。

東雲はもう目を輝かせて、笑みを溢《こぼ》す。

「若、お見事。これが真の組み合いですな」

「いや、東雲とてできるであろう」

東雲は、はい?と半ば口を開けて見返す。

「どうだ、やってみるか」

今度は正成が東雲を背負い投げする。

東雲は巧みに宙で一回転し立ち上がると、突き出した拳《こぶし》を正成の眼前で止めた。

「あっ、できまするな」

「もう一度」

さらに投げられるが、受け身をとり立ち上がり、蹴り上げた足を正成の前で止める。

「ほい」

東雲の目がうつろになってきている。

「やめなされ」

本多正信の声が室内に響き渡った。

瞬間、服部半蔵は眠りから覚めたように頭を振った。

目の前で組手をしているはずの正成がいない。

「ああ?」

さらに哀れなのは東雲だった。組み合う構えで身構えたまま、一人呆然《ぼうぜん》と立ち尽くしている。

「あ、あれ?」

目をパチクリと瞬《しばたた》いている。きょろきょろと辺りを見渡す。

「あそこじゃ」

正信が顎を突き出す。薄暗い部屋の隅。もっとも暗い場所に、正成がひざを抱えて座っている。

(おそろしい術だ)

正信は一部始終を見ていた。下戸《げこ》の正信はほとんど酒を飲んでいない。正気を保っているからこそ、冷静にすべてを見ることができた。

正成は、最初、半蔵と問答し、東雲と組み合っていた。しゃべりながら少しずつ離れていき、最後は部屋の隅に座り込んで、言葉だけかけていた。東雲はそこにいない正成と会話し、自ら投げられ、一人で受身をとっていた。

（わかったぞ）

幻術の技にもいくつかの色がある。正成の幻術は、話術が基となるのだ。

会話をして敵を油断させ、その心の隙間《すきま》にはいっていく。

最初に九字で印《いん》を結んだのは、まったくの擬装《ぎそう》である。なんの意味もない。到底かなわぬと東雲を持ち上げて油断させ、やがて自分で受身をとらせるように心を操った。

「父上、もういいか」

正成は何事もなかったように元の位置に戻り、酒杯を傾ける。

「な、なにをした」

半蔵は未だに夢から抜け出せぬように、首をひねり続けている。いくら深酔いしているとはいえ、服部半蔵ほどの者がこうも見事に化かされている。

「正成殿よ」

正信はその彫りの深い横顔に語りかける。

「そろそろ本音でかたらんか。なぜお主は自分の力を出し惜しむ」

「別に出し惜しんではいない。幻術だって見せたろうが」

「いい加減にしなされ」

正信は厳しい声で言う。

「お主は服部党の党首になるほどの者。幻術すら使える。うまく使えば、侍でなく、忍びでもなく、それ以上のことができる。なのに、なぜ、隠していた」

正成は小首を傾げて目をそむける。

「いくさ場で幻術なんて悠長な技、使えるか。そんなこと、お前ならわかるだろう」

うむ、と正信は頷く。それはわかっている。このように人の心に入り込み、操る幻術は合戦では使えない。刹那《せつな》の命の取り合いに集中し、言葉を交わすこともないいくさ場では術をかける暇などない。

(頑《かたく》な、だな)

正信は話を変えてみるかと、口元を歪める。

「では、なぜ隠していた幻術を、小娘を抱くために使っていた?」

これは効いたようだった。正成は口をひん曲げていた。

「なぜ、って」

言いよどむ。腕を組んで暫《しば》し目を空に泳がせている。悪戯《いたずら》がみつかった子供のような顔だった。

「おなごが好きなんだ」

鼻を人差し指で掻《か》きながら言った。

「なに?」

「女、が好きなんだよ」

「はあ?」

正信と半蔵は口を半開き、眉を八の字に下げて固まった。

ははっ。

次の瞬間、一同部屋の壁がゆらぐほどの声で笑っていた。

家康出陣

十月十四日早暁、徳川家康は三千の兵を率いて、浜松城を出た。

その日、快晴。晩秋の清涼な風の中、砂塵《さじん》を巻き上げつつ、東海道《とうかいどう》を東へ。軍勢は家康旗本が中心、先鋒の将は本多平八郎忠勝《ただかつ》である。

「平八郎よ」

共に先鋒を務める内藤信成《ないとうのぶなり》が馬を寄せて来た。

「本当に殿自ら馬を出して良いのか」

怪訝そうに眉根を寄せている。

「まさかに、武田と決戦するわけでもあるまい。なら、我らだけで良かったのでは」

武田勢へ対し武力偵察をする目的での出陣である。いわゆる大物見なら、家康がでる必要はない。なのに、この軍勢の総大将は家康である。

今、遠州の諸侯の動揺が甚《はなは》だしい。家康を当てにしていいのかと迷う者も相当数いる。また、武田の進路もわからない。武田の別動隊は奥三河方面へも進みつつある。

そんな中、この家康の出陣、いいのだろうか。

「内藤殿よ」

その横の厳《いか》つい顔をした中年武士が振り返る。こちらは大久保《おおくぼ》党、大久保忠佐《ただすけ》である。

「殿がでると言ったらでる。わしらはその先鋒、難しいことを考えるな」

武骨な笑みで満面をくずしながら馬を進める。

「若いと、物事を考えすぎていかんわい」

呵呵《かか》と笑う忠佐。信成はもう言葉もなく、前をむき、馬腹を蹴った。

この内藤信成、大久保忠佐、本多平八郎が、このたび従軍の主な三将である。

こうして出陣するにも一悶着《ひともんちゃく》があった。


「なぜ、殿みずから出られる」

出陣前の評定で、酒井《さかい》忠次《ただつぐ》は目を吊《つ》り上げて叫んだ。

「大物見ならば、拙者が参りましょう。援軍だとて、同じこと。殿が今浜松をでて武田と合戦にでもなれば、いかんとする」

石川数正《いしかわかずまさ》も顰め面で口をはさみ、身を乗り出す。

徳川家の評議は、毎度のこと、この二人が主導する。

「殿、なりませぬぞ」

危険すぎるのだ。あの武田と初めて当たるのである。だが、家康は出陣すると言い張って聞かない。

「武田が遠江の地へ入ってくるのに、わしが城で傍観できるか」

「殿がでるなら、総勢をお連れ下さい」

「いや、旗本三千ででる」

「なにを言うのですか」

　忠次は頭ごなしに叱りつけるごとく言う。

「武田とのいくさは始まったばかり、信玄の戦略も、織田殿の動きさえもまだわかりませぬ。こんなところで万が一に殿が手傷でも負われたらいかがされるか」

　武田の兵威が恐ろしいのもあるが、それだけではない。

　家康がでれば、徳川の戦闘意志をみせつけることとなる。すなわち、武田に宣戦布告をするのと同じである。内心で和睦《わぼく》、投降、撤退も模索する筆頭家老二人としては、もう少し様子をみたいのだろう。

　忠次、数正は、なぜわかってくださらぬ、といわんばかりである。その顔にはまるで童《わらべ》をたしなめるような揶揄《やゆ》もこめられている。

（これか）

　平八郎はその横顔を見ている。評定の内容ではない。このなりゆきに辟易《へきえき》としている。

　昨今の徳川家の評定はいつもこうなのだ。

　家中最重鎮の酒井忠次と才気煥発《かんぱつ》で弁口明晰《べんこうめいせき》な石川数正がお互いの意見をぶつけあう。

　それは不自然なことではない。二人は東西の家臣団を束ねる旗頭である。そして、この二人ほど徳川の戦歴で功績があり、弁が立つものはいない。お互いの誇りと家を背負う気概で議を進め、仕切るのだ。

他はそれを聞き、どちらが正しいかを決め、衆議に従うのである。

皆、弁口よりも腕っぷしと武功を競う三河武士。それでいいと腹を括《くく》っている。

（これを変えるということか）

平八郎と家康の考えは一致している。

家康は出ねばならない。武田が遠州へ入ってきたのだ。まずは武田に対する宣戦布告、武田の侵略に対して、断固、戦うという意志をみせる。

そもそも、武田の侵攻は理不尽だった。

先年、「大井川《おおいがわ》を境」として遠州を徳川、駿河を武田で取り分けると言い交わし同盟し、今川《いまがわ》を攻めたはずだった。ところが、今川氏真《うじざね》が逃げ込んだ掛川城を徳川が落とすや、武田は「天竜川が境だ」と言い始めた。明らかな難癖であった。

家康には信玄の理不尽を責める大義がある。卑屈になっている場合ではない。

といって、この出陣は決戦が目的ではない。あくまで威力偵察である。五千以上の兵をつれると動きが鈍くなり、武田勢に捕捉《ほそく》されてしまう。

（いかに出陣し、いかに退くか）

本多正信が口を酸っぱくして言っていることである。

酒井、石川の筆頭家老の言うことは、予想通りだ。家康は城を出てはいけない、織田を待つ、と。

織田との同盟を尊重するのはいい。だが、家康は歴《れっき》とした国主ではないか。己の力で武田に抗する気概をみせねば、遠州の者達が寝返ってしまう。

(三河者の考えだ)

とにかく、家康を守る、武田と戦うなら、織田を頼る、いざとなれば遠州を捨て、三河へ退く、三河を守ればいい。完全に守りに入った思考である。

これでは家は変わらない。

(男なら強く踏み出さねばならない、そんな時もある)

家康は丸い顔を赤く染め、頬を膨らませていた。気苦労が多い殿様である。

平八郎は大きく息を吸い、身を乗り出した。

「酒井殿、石川殿」

その重厚な声音は室内に響いた。両筆頭家老は、うぬ、と振り返る。その目に驚きが宿る。いくさ場以外物静かな平八郎が評定で自ら口を出すとは、意外である。

「この平八郎が先駆けし、殿は本軍を率いてゆく。拙者、先鋒を物見しつつ、走りましょう。武田来たれば、拙者が前線にて食い止めん。そのうちに殿は退かれる。これなら殿はご安心」

「平八郎、若気で勇むだけでは殿は守れぬ」

「そうじゃ、ここはお家の一大事、よいか、敵はあの武田だ、武田信玄よ。いかにお主の武勇とて」

忠次、数正は目を三角にして睨《にら》みつけてくる。

旗本先手役《はたもとせんてやく》の大将といえば平八郎なのだが、何分この二人にくらべれば、十歳以上の若年。重鎮二人からすれば、単なる血気にしか見えない。

「ならば、先鋒は拙者だけでなく、他の頼りになる将もおつけくだされ。誰が良いか」

「そういう意ではな……」

忠次が眉根を寄せ、顔の全面を顰めて応じようとする。

そうではない。家康の出陣自体がいけない――

「内藤三左《さんざ》が良い」

口をはさんだのは家康だった。

「三左が良かろう。どうだ」

頷きながら家康は身を乗り出し、繰り返す。

最も末席にすわった男が、穏やかな瞳を輝かせ、控えめに頭をさげた。

内藤三左衛門《さんざえもん》信成は、家康の祖父清康《きよやす》の頃から仕える譜代《ふだい》内藤清長《きよなが》の養子で、家康の父松平広忠《まつだいらひろただ》の隠しだねという噂《うわさ》もでるほどの譜代家臣、身も心も徳川武士の男である。質朴《しつぼく》な人柄ながら、いくさは粘り強く、戦機をみるに敏《さと》い。

徳川幕府では従五位《じゆごい》豊前守《ぶぜんのかみ》にまで昇り詰める武人である。このとき、齢《よわい》二十八。

「これはご妙案。して、殿、願わくば、もう御一方」

何か言おうと口を開きかけた忠次と数正の横で、平八郎は即応する。

「大久保忠佐殿をぜひ」

大久保治右衛門《じうえもん》忠佐は、徳川譜代家臣大久保党の一人でのちに二万石の大名となる。

三十六歳の歴戦の勇士で、その武と愚直な働きは家中に響き渡っている。

なにせその父大久保忠員《ただかず》は清康の代から三代にわたって仕える筋金入りの三河武士。譜代中の譜代の家柄、一族郎党の数が多く、こぞって命知らずの武骨者たちである。しぜん、徳川軍団の中での勢威も大きい。

勢威だけではない。その一筋縄ではいかない偏屈ぶり。なにせ、後にあの『三河物語《みかわものがたり》』を記す大久保彦左衛門《ひこざえもん》のいる一族である。忠佐は彦左衛門忠教《ただたか》の実兄である。

大久保党の男なら、出陣で城に残されるなら、眦《まなじり》を決し歯を剥《む》きだし抗するに違いない。家康が出るならその露払いとなりたい。抜擢《ばってき》に喜び、嬉々《きき》として出るだろう。

嫌な名がでたといわんばかりに、忠次と数正が顔を顰める。

ガハハと不意に大きな笑いがあがる。

列座している家老に大久保忠世《ただよ》がいる。これは、忠佐の長兄である。

その父、譜代家臣の長老ともいえる大久保忠員はすでに齢六十三でこの場にはいない。

今の大久保党を率いる長兄は、天井に向け大きく口を開け、笑いを上げていた。

「平八郎、おのれは武勇自慢ばかりと思うたが、味なことを言うわ。よいぞ、治右衛門をつれてゆけ」

次男の忠佐を指したのも妙味がある。これは正信の智恵《ちえ》である。

さすがに、その場にいる忠世を名指しすれば、本人も酒井、石川の両筆頭家老に気を遣うだろう。それに口下手である。評定よりもいくさ場で躍動《やくどう》する武骨者である。

だが、弟を欲しいと言えば、一族を愛する大久保党の長兄は応じるに違いない。

「平八郎、三左、治右衛門、これはなかなか味な輩《やから》が揃《そろ》う」

家康も満面に笑みを浮かべる。

「どうかな、左衛門《さえもん》（忠次）、与七郎《よしちろう》（数正）」

「む……」

この人選に反対したなら、大久保党の輩がなにを騒ぐかわからない。

釈然とせず視線をおとす二人を前に、

「決まったな」

家康は膝《ひざ》を打った。


天竜川を東へ。渡河《とか》は舟である。

この天竜川こそ、浜松城の東を守る鉄の城壁である。

この頃、浜松近辺の天竜川は二本。小天竜（現在の馬込川《まごめがわ》）は浜松城のすぐ東、まさに城の内堀の役目をなして城下町を貫いて流れる。そして、さらに東の大天竜。この大天竜川が遠州灘へと流れ出《い》でる河口辺りは大河の様相を呈している。川幅だけではない。ところどころ急流が渦を巻き、腕利きの船頭すら悩ませるほどである。

徳川勢は、大小の舟を集め、それに分乗した。平八郎はその先頭の舟にいる。

この大天竜を越え、兵を出す。そして戻ってこなければならない。武田と対峙《たいじ》し、そして、天竜川を渡って浜松へ戻る、こたびの出陣でなさねばならぬことである。

（兵はいらぬ）

川面《かわも》を吹き渡る秋風を浴びながら、平八郎は念じ続けている。

家康が、いかに出て、いかに退くか、なのである。

軍勢の進退は兵が多い方が鈍くなる。だが、家康が出るのに、あまりに寡兵《かへい》すぎてもいけない。堂々と旗を掲げた家康の本隊を無傷で逃がす。ただ逃げるだけでは済まない。武田に一撃をくらわし、徳川の強さをみせつけねばならない。

この複雑に絡《から》み合った要件をすべて満たす。それが本日の平八郎の役目である。

「平八郎さまよ」

平八郎の前の船べりにいる与力《よりき》の梶金平勝忠《かじきんぺいかつただ》が、身をよじって顔を覗かせる。

「こらあ、中途半端ですな」

ニヤと笑いをもらす。

「烏合《うごう》の三千より、気心しれた三百でしょう」

後ろから都筑惣左衛門秀綱《つづきそうざえもんひでつな》がこれも笑み混じりで言う。

二人とも、もはや平八郎の心が読めるほどの同志である。平八郎が旗本先手役に取り立てられた時、与力として家康から付けられ、姉川《あねがわ》でも勇戦した猛者《もさ》たちであった。

騎乗の士が五十二名、徒士《かち》足軽が三百。平八郎と生死を共にする精鋭たちである。

「金平、惣左衛門」

平八郎は、二人の武骨な顔を代わる代わる見て、言う。

「この出陣、たんなる大物見ではない。真、命懸けの大いくさと思え」

そんな平八郎を前に二人は一気に笑顔を引き締めた。

「は」

精悍な顔で頷く。金平も惣左衛門も、十分わかっている。

平八郎ほど、いくさの臭《にお》いを嗅《か》ぎ分ける男など、他にいない。

大天竜を渡ると再度東海道を東へ。天竜東岸からゆるい上り坂を登る。登り切れば、見《み》附《つけ》である。

家康の本軍は、平八郎たちの後ろ一里ほどを進んでいる。

「殿、この辺りで暫し軍をとめましょうぞ」

馬上の家康に馬を寄せてきた本多正信が小声でささやいた。

家康は両眉を大きく上げた。

「もう見附か」

右前方に見附の集落が見えている。磐田《いわた》原《はら》台地の高台、東海道の宿駅でもある。かつて、家康はこの旧遠州国府に城を築き、拠点を置こうとした。

本日、出陣してきた家康がここに本陣を置く。そして先鋒の平八郎らが武田の背後を脅《おび》やかす。これにて、徳川の遠州防衛の意志を表すのである。

「ここから先は平八郎らの役目、殿はここに旗を立て、揺るぎなく」

正信は慎重である。相手は武田。並の敵ではない。勇んで進みすぎてはいけない。

（いくさは、魔物だ）

たえず情勢は動き、戦機は変わる。その複雑な動き、兵の士気、その流れを見極めて、軍を動かす。それは武将の役目である。正信の頭脳はいくさ場で使うものではない。

「わかっている」

うむ、と家康は腕を組んで頷くと、馬を降りた。

「布陣する」

家康の叫びに、応、と旗奉行が答えた。軍勢の歩みがとまる。

「布陣、布陣」

軍奉行が馬で駆け巡り、叫び上げる。兵が粛々《しゅくしゅく》と陣列を敷き、折り敷く。小者たちが駆け巡り幔幕《まんまく》を張り巡らせ、本陣を作る。

そして、金扇の馬印を高らかに押し立てた。


「徳川勢、天竜川を渡り、東海道を東へ進んでおります」

跪く物見の報告を受けて、武田信玄は、太い眉根を少しだけ寄せた。

武田勢二万二千は今、徳川方の久野《くの》城を囲んでいた。

信玄は城を遠望する丘に幔幕を張りめぐらし、緋《ひ》色の毛氈《もうせん》を敷き詰め、そこに床几《しょうぎ》を置いていた。これが武田の本陣であった。

前に、遠征の諸将が居並んでいる。皆、報を聞いていささかも動ずることはない。

武田に抵抗する気概が徳川ごときにあるはずがない。今さら城を救うための後巻《うしろまき》でもないだろう。

武田軍は犬居城を出ると南下し、只来《ただらい》城、天方《あまがた》城、飯田城をすりつぶすように落とした。

そして各和城《かくわ》（掛川市）、久野城（袋井市《ふくろい》）を囲んだ。これで、天竜川東の掛川、高天神という拠点と、西の浜松、二俣の徳川勢は分断された。

明らかに格下といえる徳川勢を四分五裂させる。将兵は、「さすが、お屋形様」と感嘆した。獅子《しし》は兎《うさぎ》を狩るにも総力を発すると、口々に言い合った。

（そうだが）

信玄もそう考えた。考えていた。だが、それだけではない。

徳川家康。この男の実力がまだわからない。

信玄が戦ってきた、越後《えちご》上杉《うえすぎ》、関東北条《ほうじょう》、駿河今川、そして上州《じょうしゅう》信州の小大名たち。信玄は彼らの心胆が読めた。信玄はその心を読み、あとは戦場での策を立てればよかった。あの上杉謙信《けんしん》ですら、その動きは単純明快であった。

だが、家康とはどんな男なのか。

（得体がしれない）

わからない。心が見えてこない。

人質として育ったやら、今川から独立するまで苦労したやら、織田信長との同盟に家を挙げて尽くしているやら、そんな上辺のことは聞いている。配下の三河武士というのもいかにも朴直《ぼくちょく》で、主家に尽くす者共と知っている。その兵は強く、織田の合戦でも目立つのは家康率いる三河勢ばかり、というのも周知のことだ。

だが、家康という武人、国主の地位にある男の真の姿がみえてこない。

（意外な男やもしれぬ）

信玄も若年の頃、信濃という小豪族が割拠した国を制するために、その偏屈な城主たちを御する苦労を重ねた。時に手痛い負けいくさとなったこともある。北信濃の村上義清《むらかみよしきよ》などには、上田原《うえだはら》で一度、のちにもう一度、「砥石崩れ《といしくず》」といわれるほどの大負けをくらった。

そんな過ちを、この上洛《じょうらく》をめざす大遠征でしている場合ではない。

それだけに、信玄は慎重である。まずは、要衝の二俣を囲む前に遠州灘に向け南下し、小城を攻めつぶした。万全を期するだけではない。

（さあ、あの男、どうするか）

家康という男を量《はか》っている。強大な武田を前に、どう動いてくるのか。

「兵はいかほどおるか」

傍《かたわ》らの床几に座っていた馬場美濃守信房が、物見に問い返した。

「約三千」

そのやりとりを聞きながら、信玄は、ふ、と鼻から息を吐いた。興も尽きた宴を終わらせて、床にでも入るような顔だった。

（大したことはない）

迎撃することもない。武田軍の陣容盛んで隙なき様をみせつければ、すぐに退いていく。遠州の諸侯への申し訳程度に、形ばかりの兵をだしたのだ。

結局、浜松城で織田の援軍を待つつもりだ。見飽きた策である。かつて、信濃の小豪族どももこうだった。自力で武田を打ち払えないと見るや、上杉だの北条だのと泣きついて援けを乞《こ》う。徳川の場合は、織田信長だ。

（やはり、その程度か）

眠たそうに瞼を閉じかけた信玄の動きは、次の言葉で止まる。

「軍中に金扇の馬印が見えます」

うぬ、と信玄は口元を歪めた。

「金扇の馬印が総大将か」

繰り返す馬場信房の声音が少し高くなる。同時に信玄の瞼も上がる。

「家康か」

信玄のつぶやきに、信房は面を伏せる。

「御意《ぎょい》に候」

「三千の兵で自ら出てきたというのか」

群臣からは呆《あき》れ混じりの声が上がる。

信玄は、そのざわめきを聞きながら、宙の一点を見つめる。

なぜ、家康はでてくる。なぜ織田の援軍を待たぬ。

やはりこの男、簡単な輩ではないようだ。気骨があるのか、無謀《むぼう》なのか、それとも奇策があるのか。

そう思うと、信玄の心が躍る。この武田信玄でも読めぬこと。そんなことに少年のように好奇を抱いてしまう。もはや、仙人といった境地にある。

（若僧が）

同時に小賢《こざか》しいと見下している。武田に喧嘩《けんか》を売るつもりか、と。

「馬場」

熟練の勇将に声をかける。

「お前がゆけ」

一同、おお、と瞠目する。馬場美濃守信房をやるのか。

「かしこまった」

信房は一疑も呈さず、太腿《ふともも》に両手をつき、深々と面を伏せる。

出てきた徳川家康率いる三千。これに家中一の男をぶつける。信房は信房で、信玄の指示の意を、これだけで理解できる。

「兵は好きなだけ連れて行け」

「そうですな」

信房は少し言葉をためて、

「三千、お借りしましょう。騎馬を多めにいただきたく」

低く答える。あとは、もうなにも尋《たず》ねず、すっくと立ち上がる。そこまで信玄との呼吸ができている。

周囲の将たちの顔が一斉に引き締まる。家康自ら率いる徳川勢三千に対して同数で相対する。いや、日の本最強の武田兵なら五倍の兵で当たるようなものである。

（やる気だ）

皆、心中で頷く。徳川家康という将を全力で叩く。そこに寸分の油断も、侮りもない。

敵将との緒戦である。ここで武田軍団の恐怖を叩き込むのだ。信玄はよくこのようにして、侵略する地の領主を恐惶《きょうこう》させ、ひれ伏したところを懐深く受け入れた。

「左近《さこん》」

信玄は口元に微笑を浮かべ、声音を少し和らげた。末座で立ち上がった大柄な侍がいる。

「ハッ」

具足を軋《きし》ませて進み出て、信玄の前まできた。

身の丈六尺はあろうかという偉丈夫《いじょうぶ》である。甲冑《かっちゅう》を着こんでいてもその頑健な体軀《たいく》がわかる。ズカリと跪き、面を伏せる。小杉《こすぎ》左近、信玄お気に入りの旗本であった。

いかにも荒武者といった髭面にギラリと大眼が光る。凄みある顔に明るく精悍な笑みを浮かべている。敬愛する主君の指名に喜びを全身から発散している。

「馬場と共にいけ」

左近は地に額をつけんばかりに、一礼する。背中から鋭気が迸《ほとばし》る。

「家康の首、とってこい」

信玄の声は満座に底響きした。

「ハ！」

左近の返答は群臣の鼓膜をつんざくばかりに響く。

遭遇

馬場美濃守信房は、そのまま本陣を出て、整然と城を囲む武田勢の後方まで歩いた。顔見知りの将兵にきさくに声を掛けながらゆく。まるで陣中視察のような悠然とした姿である。軍勢の後備え、城からもっとも遠い辺りまでくると、ついてきた物頭《ものがしら》たちを振り返った。

「己らの兵のみ、西へ反転させよ」

指示はそれだけだった。

それだけで、組下の物頭たちは小走りに駆け出し、各々の兵を反転させる。

その兵たちが列をなして静かに歩んでくれば、周囲の武田勢がこれまた粛々とその進路をあける。その動きには一分の乱れもない。各兵の足取りも、呼吸も、見事なほどに揃《そろ》っている。尋常でない速さでそれがなされていく。

城を囲む武田勢から、またたくまに西へ向かう三千の軍団が現れた。

信房は、暫しの間、武田陣の後方に立つ古樹の陰に立ち、腕を組んでその動きを眺めた。

その視線の先の兵の動きは美しいほどに整然としている。

「馬場様、あらかた終わりました」

小杉左近が駆け寄ってきて、眼前で跪いた。

「ほう、もう終わったか」

信房は眉をあげて応じた。満足とともに驚きを禁じ得ない。

（よう動くものよ）

自軍の兵ながら感嘆している。

絶大なる主君信玄を頂き、信房含めた練達の侍大将たちに率いられ、数多《あまた》の戦場を経た武田兵。その兵の成熟は日の本一である。まるで一幅の絵画のような美しさでいくさを描くことができる。

（しかもこの敵地で）

信房の想定よりも速い。兵はさらに進化している。

思えば、すべての合戦はこの上洛戦のための修行だったのだ。あの謙信との死闘でさえ、そうだ。信房は束《つか》の間《ま》戦陣を忘れて感慨にひたる。

信玄の父信虎の代から武田家に仕えて、およそ四十年。すでに老境という齢となった。この遠征で、長きいくさ人生の終盤に大きな華を咲かすことができるだろう。

「よし、敵総勢が十分近づいたところで攻める。左近、機が大事ぞ」

「は」

「天竜川への最速の道は」

「間道は数本見つけてあります」

「違うわ」

信房の厳とした声に、左近は眉根を寄せた。

「神速でゆくのだ」

左近は暫し黙考すると、視線をあげる。

「東海道」

「そうだ」

「街道を堂々とゆくのですか」

信房は固く頷くが、左近の声に疑念が混じる。

確かに民も使う街道は踏み固められ、歩みやすい。だが、今は遠征へと進む行軍ではない。出てきた敵勢を襲いに向かうのだ。隠密を期して間道を使うのが常道である。

「敵の物見に見つかって逃がしてしまうのでは」

家康の本軍の前に物見が出ているであろう。

そして、縦列で隊形は伸びきる。たとえ敵に辿《たど》り着いても、陣形を敷くのに時を要する。臨戦態勢をとりながら街道を進むのか。しかも全力騎走で。

しかし、信房の顔は不動明王《ふどうみようおう》のようにゆるぎない。

「逃がさぬのが武田の騎馬兵よ。良いか、騎馬隊は先頭から二騎並走で続く。敵の予想を上回る速さでゆく。やれるな、左近」

信房が不敵に笑えば、左近もう明るい顔で、

「承知」

頷く。信房は、鼻息荒く目を輝かせる左近を頼もしく見つめている。

この左近もまだ若く粗《あら》いが、武人として逞《たくま》しく成長している。

武田の次代を担う将も育っている。負けるわけがない。家康の首もすぐにとれるだろう。

(そして信長もな)

馬場信房は両の拳を握りしめ、踵《きびす》を返した。


「これは、いかんな」

布陣を変え始めた武田勢を遠目で睨んで、服部半蔵保長はつぶやいた。

半蔵が後方の樹林で目を凝らしていると、軍勢が少しずつ動き出した。

その陣形をかえる素早さ。一糸乱れぬ統率。

(なんて、粛々と動くのか)

兵の顔がみな粛然《しゅくぜん》と落ち着いている。無駄口どころか咳《しわぶき》一つなく、黙々と配置をかえてゆく。小走りにさくさくと動き、頭の揺れがない。城を囲んでいた布陣が、最小限の動きで背後を迎え撃つ形に変わってゆく。

半蔵は、後ろを振り返る。

磐田原台地の高台が見えている。あの高台からでは、この小刻みな動きは見えないかもしれない。これを知らずに近づいて来たらえらい目に遭うだろう。

しかも向きを変える武田勢の先鋒には騎馬隊が連なっていた。城を囲んでいるからと近づけば、騎馬隊が一斉に向かってくるのである。

（もちっと下忍を連れてくれればな）

武田陣の動きを見張るため、伊賀者数人を連れてきていた。

斥候は、敵勢が動くたびに人を後方へ駆けさせねばならない。その動きが、刻々と変わるため、ここにはもう半蔵しかいない。武田兵が速すぎ、動きが完璧《かんぺき》に過ぎるのだ。

（殿はどうしてるか）

家康のことだ。まさか、なにも考えずに行軍してはこないだろう。弥八郎正信もついている。だが、嫌な予感がする。

久野城と天竜川の間には見附の集落がある。練りに練った策はある。そのための仕掛けもしている。だが、この武田の動き、思惑通りにはいかなそうだ。

（早くしないとひどい目に遭う）

半蔵は駆けだした。相手をはめるどころではない。どうやら、生き延びるためにやることになりそうだ。

（武田、恐ろしいとは、このことか）

息子の正成が言っていた言葉を思い出す。

半蔵は顰《しか》め面で駆ける。思いきり力を込めて、大地を蹴りつけている。


平八郎は、三箇野《みかの》にいる。

三箇野、三箇野台ともいう。見附より東へ一里弱、東海道から南に少し外れ、磐田原台地の東端にある高台である。ここに今川時代から街道を見張る狼煙台《のろしだい》があり、番兵が詰めて有事の急を告げる。さして高くもない山だが、さすがに遠州国府を守る狼煙台である。

周囲は大きな山塊《さんかい》もなく、四囲を広く見渡せる。東は遠く掛川城下の平野までが、西は見附の町が見渡せる。

だが、今は誰もいない。武田の来攻とともに役に立たなくなった。番兵とて逃げている。

そこに平八郎は与力を従え、物見で登っている。

北東一里半（約六キロ）ほどに久野城が見え、手前にそれを囲む武田勢が整然と陣をし

いている。赤を基調とした武田兵の甲冑が秋の陽光にキラキラと輝き、眩《くるめ》くほどに美しい。

「見事なものですな」

今や久野城は武田勢の海の中に浮かぶ小島のようである。

山頂近い木々が途切れたところに立つ平八郎は、紅葉を敷きつめたような景色をじっと

睨みつけている。

久野城まではまだ遠い。武田勢に動きはない。

「平八郎様、いかがしますか」

「わしらがさらに前へ物見にでますか」

傍らの梶金平、都筑惣左衛門が口々に言う。

「いや、待て」

平八郎は、目を閉じ、耳を澄ます。

（この整然たる様）

見事な、鉄壁と言える布陣。そこに限りなく嫌な匂《にお》いを嗅いでいる。

武田はどうでるか。徳川勢が城をでて、天竜川を渡っていることはもう知れているはずだ。当然、城攻めをする武田の背後を窺うのもわかっているだろう。

そして、そこに家康がいる。

(信玄ならどうするか)

城攻めの背後を衝《つ》く恐れがある徳川勢をそのままにはしまい。後方に軍勢を置いて、備えるであろう。

家康の本軍はおずおずと前進している。もう見附の街辺りまで来ているはずだ。だが、武田勢に大きな動きはない。ないように見える。

平八郎は大きな目をぎょろりと剝き、前方を睨んだ。

「おい、里の者」

顔は前を向いたまま、大きな掌で手招きする。質素な胴丸をつけたいかにも足軽という男が顔を出す。ここまで道案内してきた地侍である。

「お前はこの狼煙台で見張り番をしていたのだな」

へえ、と男は頭を下げた。

「里の者が代わる代わるやっておりました。武田が久野城を囲む前に逃げましたが」

「ここの狼煙台には武田の兵が来なかったのか」

「もちろん来たはずです。ここはこの辺りでは一番の見晴らしで。でも、今日はおりませんでしたな」

瞬間、平八郎の顔が険しく変わった。

それは、わざわざ格好の物見台であるこの地を譲るようではないか。徳川勢出陣の報を聞いて、わざとここを空けたのではないか。

そして、今、己の陣容を見よ、といわんばかりである。

(油断させるのか)

陣容が変わりないと安心させ、徳川勢を引き寄せるつもりなのだ。

徳川の援兵を殲滅《せんめつ》する。家康がいるなら、なおさらだ。

(動いている)

もし、武田勢が今粛々とその鋭鋒をこちらに向けているのなら。

「殿、それはいかんですな」

「罠《わな》ですかいな」

その表情だけで平八郎の心がわかる金平、惣左衛門である。

そんなやりとりの向こうで、渋辛いダミ声が響く。

「おおい、平八郎よ」

大久保忠佐が赤ら顔で山を登ってくる。

「服部半蔵殿の手の者が戻ってきたぞ。武田の軍勢が陣形を変え始めたとな」

むん、と平八郎が大きく鼻から息を抜く。

「もちっと近づいてみるか」

忠佐は下顎を突き出してくる。平八郎はまた目を閉じていた。

「聞いておるのか、平八郎」

「退きましょう」

野太い平八郎の声が響くと、忠佐は驚愕《きょうがく》で目を剝く。

「なにを言いだす」

こちらとて隠密行軍してここまで来た。敵は城を囲んでいるはず。なぜこのように速やかに退かねばならぬか。

「大久保殿、殿に使い番を。武田に動きあり、兵を反転し退き陣《のじん》の支度を、と。大久保殿も徒士《かち》の兵を連れて本陣へ下がりなされ」

「三左は」

「拙者が救いに行く。某《それがし》の騎馬勢のみでゆく」

内藤信成は先行して東の太田川《おおたがわ》を渡っている。これは危ない。退かせねばならない。

「救いに？」

忠佐はもうあきれるばかりである。敵と接触してもいないのに、もう負け戦になっている。

「頃合いをみて、殿を退かせてくだされ。時がない、疾《と》く、ゆきなされ」

「な、なんでそうなる」

忠佐の声は空疎《くうそ》に響く。しかし、鈍な男ではない。平八郎の迫真の様からいくさの動きを感じとったか、慌てて踵《きびす》を返す。

大久保忠佐が大股で駆け去るのを追って、平八郎一党も駆け出す。

まだ接触したわけでもないのに、この恐ろしさ。武田とは、なんという敵なのか。

「ご注進、ご注進」

前方からけたたましい馬蹄《ばてい》の音とともに騎馬武者が駆け込んでくる。

使い番の武者は馬上から転げ落ちるように降りるや、荒い息を弾ませて徳川本陣に駆け込んでくる。床几に腰掛けた家康の前に跪くや、まずは叫ぶ。

「三箇野の本多平八殿から、殿は退き陣のご支度を、とのこと」

「なんだと」

周囲の旗本の顔色が一気に変わる。

「武田の軍勢は反転の模様。ここでの合戦は利あらず。殿は頃合いをみて退くべし、と」

使い番は面を斜めに伏せ、生真面目《きまじめ》に述べ立てる。当の家康は床几に腰かけたまま、少し不機嫌そうに頰を歪めている。

「まだ、退けぬな」

家康は低く呟いた。

「と、殿」

慌てて駆け寄ってきた本多弥八郎正信が家康の傍らに跪き、小声で叫ぶ。

「あの平八郎が言うのです。ここは一刻も早く退くべきでは」

「いや、まだ、早い」

その即答に正信は押し黙る。

「ここまで出てきて、あっさり退けるか、遠州の民はどう思うか。せめて先鋒が一当てしてからぞ」

「しかし……」

（確かにそうだが）

正信は細く長く息を吐き、必死に知恵をめぐらす。

この戦場の呼吸はもう自分では嗅ぎ分けられない。家康と本多平八郎に委《ゆだ》ねるしかないのだ。

「わかりました。されど、小荷駄《こにだ》は下げまする」

正信はそう言って、軍奉行たちに顎をしゃくる。

大軍はすぐに反転できない。まずは足の遅い荷駄隊を先に後ろへ下げておく。

家康の本隊は二千余りである。騎馬は少なく、鉄砲、槍、弓を中心とした徒士《かち》が多く、機動力に欠ける。いつでも下がれるように、陣形を変えておくしかない。

荷駄を囲む足軽が後ろに下がり、小走りで向きを変え、順順に天竜川方面に向け、隊列を整えてゆく。

「武田、くるかな」

家康は、強張《こわば》った頬を少しだけ歪めた。退かぬと言いながらも、それなりに恐れている。

それを表にださず押しとどめている。さすが大将の器量だった。

「ご心配なく。敵が来るなら、平八郎殿がふせぎましょう」

正信の言葉に家康は少し真顔に戻る。

「平八郎は本陣に戻らぬか」

「あの男のこと、殿軍《しんがり》で武田勢を打ち返すでしょう」

根拠はないが、そう思った。平八郎は、家康を逃がし、その軍勢が十分に下がるまで、退きはしないだろう。家康は口元を結んだ。つぶらな目がなにかを思案していた。

「使い番！」

跪く幟旗《のぼりばた》を背負った母衣《ほろ》武者に向かって家康は吼《ほ》える。

「平八郎に、必ず、生きて帰るように言え！」

（大丈夫ですよ）

あの男がむざと討たれるわけがない。正信は心中抗しながら、微笑をもらす。家康も信じているはずだ。だが、言わずにはいられない。それが徳川家康だ。

「おい、治右衛門も、三左もだぞ！」

家康は使い番の背に向かって甲高く叫ぶ。

こういうところが憎めない。いや、愛すべき殿様なのだ。

「おい、弥八郎よ」

背後からの低い呼びかけに振り返った正信の前に、鬼の形相が立ちはだかった。渡辺半蔵守綱《わたなべはんぞうもりつな》はギラギラと血走った目を光らせ、口を半開きにして睨みつけていた。

「本当に殿が出陣してよかったのだろうな」

その凄《すさ》まじい押し出しに、正信は少しのけぞる。この猛禽のような男と力でやり合って敵《かな》うはずがない。

「酒井殿も石川殿もあれだけ言っていた。重臣たちも浜松に置きっぱなし。それで殿が討たれた、では話にならん。手傷を負うだけでも、今後に響くわ」

腰の佩刀《はいとう》を抜かんばかりの勢いで詰め寄ってくる。正信と守綱は、三河一向一揆《いっこういっき》で家康に叛《そむ》いた同志である。その分、余計な気兼ねがない。遠慮なく、ずけずけと物を言う。

「わかっている」

「わかっているだと？」

守綱は逃がしてくれない。

「渡辺殿。お主は殿をお守りするのが役目。お主がおる限り、殿にはかすり傷一つ負わさぬ。そうだろうが」

その理詰めの言葉に、守綱はペッと唾を地に吐きつけた。

「いいわい。殿はわしが守る。だが、殿の身に危険が及んだだけでも、わしはお主を許さん。帰ってから斬《き》る」

嫌な光を帯びた一瞥《いちべつ》を投げて、そのまま踵を返す。

（やれやれ）

扱いにくい男だ。だが、こんな男が常に傍らにあり、体を張って守るから、家康は安泰である。家康の傍らに槍半蔵守綱あり。渡辺守綱の命ある限り、敵は家康に近寄れぬであろう。

（いいだろう、斬れ）

正信の心とて揺るぎはない。武ではない。信念と智略《ちりやく》で家康を支える。これが己のなすべきことと決めている。人望などいらない。徳川を強くする。ために、策謀の鬼となる。

これが己の宿命なのだと、念じ続けている。


平八郎は狼煙台をおり、麓《ふもと》の手勢の元へ駆け戻る。

徒士武者は大久保忠佐が連れていった。残るは騎馬武者だけである。

乗馬の鐙《あぶみ》に足をかけたところに、ちょうど服部半蔵保長が駆け込んできた。

「平八郎、いかんぞ」

「武田の兵力は?」

半蔵は緊迫した顔を少しだけ緩めた。さすが平八郎はわかっている。話が早い。

「三千はいる。もうこちらに向けて動き出すだろう。殿は?」

「大久保殿を先に返した」

「お主は?」

「わしは、前へ出る」

え、と半蔵は口を半開きにした。

平八郎はもう半蔵のことも見ず、見事な黒馬の腹を蹴った。

「時を稼がねば」

野太い声の余韻だけが残る。平八郎の与力衆がその前後左右を固めて、一斉に駆け出す。

「おい、平八郎、わしは」

半蔵は見る見る遠ざかるその背に向けて叫ぶ。

「先に行け！」

呆然と見送る半蔵。だが、時はない。小首を振ってまた駆けだした。


三箇野からゆるい坂をくだり、東海道を東へ。

本多平八郎は騎馬勢のみで一陣の疾風《はやて》のように駆ける。

（やらねばならない）

時を稼ぐだけではない。援軍にでたとはいえ、敵を前に軍を返しただけでは意味がない。せめて見附の東を流れる太田川を越え一合戦せねば、徳川の威信は地に落ちる。いかに危険でも、これだけはやらねばならない。

半里（約二キロ）も駆け、木原畷《きわらなわて》の辺りで立ち止まる。許禰《こね》神社の鳥居の前でカツカツと輪乗りした。

そこに先手として大物見に出ていた内藤信成が手勢とともに下がってくる。内藤勢は物見の小隊である、二十騎ほどしかいない。

「平八郎、これは、まずいな」

信成も武田勢の異変を感じ取っている。その汗顔《かんがん》に平八郎は頷く。

「内藤殿の手勢は馬を降り街道の左右に伏せたまえ、飛び道具にてこちらに来る武田の後方を狙うべし」

有無をいわさぬその声音に、信成は口を丸く開け、ちょっと呆れた顔をした。が、そのいくさ立てはすぐ飲み込めたようで、一度だけ頷く。

「あいわかった」

そうなれば、信成も有能な武人である。

「弓だ。弓だせ！」

後ろに向け叫び、馬を降りる。手勢を率いて街道をおりてゆく。

ここまで来ると、久野城を取り巻く武田勢までは一里をきる。林立する武田菱《たけだびし》の旗印文様までくっきりと見える。その巨大な樹林は一見静かに、整然と佇《たたず》んでいる。

（いや、動いている）

耳をすませば、秋風の吹きすさぶ合間に、かすかに聞こえる。さわさわと小川のせせらぎのような音が武田陣の方角から流れてくる。明らかに夥《おびただ》しい人馬の群れが、大地を蹴り、蠢《うごめ》いている。

「皆、おるな」

平八郎は、股肱《ここう》の与力五十二名を見渡す。

「おうとも」

皆、不敵な面構えで頷く。その合間も人馬の足音は続いている。最初は遠いせせらぎだったその音は、徐々に大きく、さざ波のように響いてくる。

「武田の先手はこの東海道を西へ進むぞ」

平八郎がそう叫ぶ間にも東に濛々《もうもう》たる砂煙が上がりつつある。大軍が迫っている。地を踏みしめる音が一気に大きくなる。まるで雪崩《なだれ》が迫るようだ。

　平八郎はその方角へ蜻蛉切《とんぼきり》を突きだす。

「あの砂埃《すなぼこり》の上がり方、敵の先鋒は騎馬。騎馬勢が先なら、大軍でも先手衆は多勢とはいえぬ。我らだけでも十分に戦える」

　その野太い声はいくさに臨む男たちの胸に心地よく響く。

「ただし、この場の我らの役目は時を稼ぐことのみ。良いか、最初の一撃で敵を叩き、素早く退くのだ。長居は無用」


　小杉左近は武田騎馬隊の最先鋒を駆けている。

　その愛馬は全身の栗毛《くりげ》が艶《つや》やかに煌《きら》めき、豊かなたてがみを風にたなびかせ力強く疾走《しっそう》する。乗りに乗り込んだ家中屈指の名馬である。

「駆けよ、駆けよ」

　左近は絶えず叫び、馬腹を蹴る。馬蹄《ばてい》が地を蹴る音が小気味よく体に響き続ける。冷たい風も心地よい。

　馬が好きだ。愛馬を駆り、全速で疾駆《しっく》する時、己も一陣の風になったかのように感じる。風。まさしく風、疾風。武田騎馬勢を例えれば、そうだ。

　チラと振り向く。後ろを整然とつらなる騎馬武者たち。まったく遅れることもない。

　ついさきほどまで粛然と佇んでいたのに、この勢い。この速さで隊列を崩さず駆け続ける。そして敵に追いつけば、即座に戦闘隊形を敷ける。それが武田の騎馬隊だ。

「日の本一よな」

左近は無駄口を叩く男ではない。だが、思わず独り言がでる。

武田の騎馬隊は最強。やがて、この最高の部隊が獲物をとらえる。まさに獅子が草原を躍動するように敵を嚙み破ることができる。その最先鋒をゆくのは自分だ。そう思えば、胸が快感で沸騰してくる。

物見も放っていない。それはそうだ。物見の必要などない。そして、こちらの行軍を隠すこともない。この騎馬隊の先頭をゆく自分が敵を捕捉するのだ。

行く手を阻《はば》むものは蹴散らす。それだけだ。

「行く手に敵勢！」

後に続く騎馬兵が叫ぶ。

「見えとるわ」

「旗は白地に、本」

「見えとると言うたぞ！」

左近はまったく馬足を緩めない。

「白地に本は徳川、本多平八郎！」

誰でもいい。蹴散らすだけだ。

左近は手綱を左手で握り、右手だけで十文字槍をかざした。そのまま、ゆく。街道の真ん中に、一騎こちらを向いて立っている、その[illegible]がっているのが見える。

鹿《しか》の角立《つのだち》の兜《かぶと》、大数珠《おおじゅず》を肩から下げた黒甲冑。あれが本多平八郎か。

どんどん近づく。近づくほどに気づく。黒い騎乗の体軀が大きくなる。

（でかいな）

偉丈夫である。六尺ほどあるだろう。黒光りする甲冑のうえの金の大数珠が陽光に輝き、煌めいている。

「本多平八郎だと」

呟く。そんな名の武将が徳川にいるのを聞いたような、聞かぬような。

いや、武田勢からすれば、大将家康さえ信長の属将程度の者。その家臣など眼中にない。名乗るほどもない。斬り捨てて直進するだけだ。首は後続の徒士武者がとればいい。

その間が十間ほどになった時手綱を引き寄せ、口にくわえる。鐙に足を踏ん張り、中腰で鞍《くら》から尻を浮かせる。両手で槍を振りかざす。すべて馬上、騎走中の所業《しょぎょう》である。愛馬との呼吸も絶妙。練達の技である。敵武者は小脇に抱えた長槍を構えてもいない。

「もらったあ」

騎馬の勢いとともに槍を振りぬく。脳裏に敵の首が飛ぶのが克明に見えていた。

左近が槍を振りかぶった瞬間、敵武者の目がこちらを見た。キラリと光った目があったように感じた。

「おうっ」

次の瞬間、全身を凄まじい衝撃が襲っていた。左近は鞠《まり》のように吹っ飛ばされていた。

（なんだと）

なにが起こったのか理解するのにしばらくかかった。

路傍《ろぼう》に転げ落ち、首を振る。

顔をあげると、黒甲冑の武者が、やたら長い太身の槍を振り回している。

(槍で振り払われた?)

ブウン、ブウンと空を切り裂く音とその合間に、刀槍を払うガチンガチンという金属音が入り乱れる。左近の後に続いた騎馬武者が数名、弾き飛ばされて、後ろに落ちてくる。

(この俺《おれ》が、一撃で?)

左近の混迷は続く。

「うらああ」

黒甲冑の武者が槍を両手に咆哮《ほうこう》すると、武田の騎馬武者たちがのけぞる。

駆けてくる後続の騎兵は、馬が足掻《あが》き、棹立《さおだ》ちとなる。振り落とされる騎士もいた。

(たった一騎じゃないか)

左近が唖然《あぜん》とする中、左右の林から一斉に矢が飛び立った。

武田先鋒の騎馬勢、後続してきた徒士武者がその矢の雨を受け、隊列を乱す。

「いけや」

黒甲冑の武者が雄叫《おたけ》びをあげると、徳川勢が一斉に押しだし鬨《とき》を上げる。

「おおらああ」

眦《まなじり》を決して、突っ込んでくる。

乱れた武田勢が受け身に立ち、一歩二歩と後ずさりする。

「この野郎」

武田の進軍を止めるどころか、押し戻すとは。

（許せん）

左近が立ち上がる前で、敵勢の動きはまた変わる。

「ひけや」

黒甲冑の武者が低く叫ぶ。押し出した徳川勢は一時荒れ狂うと、くるりと反転して一斉に駆けだす。

「逃げるか！」

左右の林からも徳川勢が一斉に引いてゆく。あっという間に、敵勢は去った。

あんぐりと口を開けた左近の前で、武田先鋒は混沌《こんとん》としている。

進軍が止まった先手騎馬隊の後を徒士の兵が詰めてきて、街道に兵が溢《あふ》れかえる。

「左近、なにをやっとるか」

後方から野太い声が響く。人垣を押しのけて馬場信房が顔をだす。

「なんだ、そのざまは」

路傍に立ち尽くし埃まみれの左近を頭頂からつま先まで見渡し、苦笑いする。

左近はチッチッと舌を鳴らし、所在なくうろついていた愛馬を手繰り寄せる。

「なんの、馬場様、出会いがしらに転びました。いくさはこれから」

武田勢の死者は、ほぼ、ない。ただ手負いが十数名でている。左近は忌々《いまいま》しげに舌打ちを続け、具足の袖《そで》を、草摺《くさず》りを、荒々しくはたく。追撃の貴重な時が費やされた。

「左近、敵にも強者《つわもの》がおるぞ。甘く見るなよ」

信房の声に左近は頷き、すぐ馬に飛び乗る。

確かに、大層なもののふを見た。だが、必ず仕留《しと》めてみせる。

(みておれよ)

手綱を力任せに引き、ぐるりと馬首を返す。その後に二騎、三騎と続く。

また疾風のごとき速さで徳川勢を追い始める。

見附炎上

服部半蔵は三箇野の狼煙台を出ると駆け続け、見附の町へと駆け込んだ。

見附はかつて遠州国府がおかれ、東海道の要所として殷賑《いんしん》を極めていた。

町にもう民はいない。武田侵攻の報を受け逃げている。今、家々には服部党の忍び衆が潜《ひそ》み待機している。武田勢をこの見附で迎え撃つための仕掛けをしているのである。

町の入り口の木戸に寄りかかって迎えるのは、服部弥太郎正成である。

片頬が膨れている。かぶりついていたのか、片手に歯型のついた大きな柿《かき》を持っている。

「父上か」

正成は退屈そうな顔を半蔵へ向けた。

「ぼおっとするな、正成。武田がくる」

「兵は」

「三千はおる」

正成、うっ、と柿を頬張った顔を顰める。

「それは多いな」

「しかも騎馬勢が多い。一刻の猶予《ゆうよ》もない。仕掛けは？」

「済んでるよ」

「武田はどうやら街道を進むようだ」

む、と正成の顔がさらに歪む。

「殿を狙って一気に追いつくつもりだな」

東海道をゆくということは、この見附の街中を堂々と駆け抜ける、ということか。

「間違いない。平八郎殿が一当てして時を稼いでいるはずだが。殿はどうしている」

「先ほど、退き始めたぞ」

場合によっては武田勢と見附で対陣するつもりだった。だが、あの三千の兵と対峙するのは危ない。小競り合いではすまないであろう。

「良し、さすが、弥八郎。だが、武田の追撃を止めねばならん」

半蔵はそこで少しだけ笑みを浮かべた。そんなやりとりの二人の前に、服部党の忍びが空から舞い降りるように飛び込んでくる。

「半蔵様、若、武田の軍勢、本多勢を追って、三箇野を過ぎております」

「早いな」

早すぎる。物見が駆けてくる間にも武田の騎馬隊は進んでいるはずだ。この武田の勢い。まるで一匹の大蛇が獲物に向かうように、うねりつつ近づいてくる。三千が相手となると合戦である。この忍び衆ではどうしようもない。

家康の本隊もすでに退いている。なら、この場の服部党ができることはなにか。

「街道を矢のようにこちらへ」

物見の下忍の顔が怯《おび》えていた。周囲の忍びの顔も一気に青ざめている。

「まあ、そうあわてるな」

半蔵は浮つく下忍たちをあやすように宥めた。

「この兵数、その勢い、もう小細工ではどうにもならん。正成、わかっておるな」

「ああ」

正成は憮然《ぶぜん》と頷く。

「では、やれ。わしは殿を追う。しっかりやれよ」

半蔵はそれだけ言うと、また矢のように駆けだす。

見附の町の真ん中をはしる東海道を西へ。風のごとく疾駆していく。

「だから、武田はまずいって、言ったじゃねえか」

半蔵の背中を見送ると、服部正成は右手に持っていた食べかけの柿を投げ捨てた。

いかにも面倒くさそうな素振りでほら貝を手に取り、口に当てた。ぶおおっ、と吹き上げれば、周辺の家屋から忍びが次々と駆け出してくる。またたくまに五十ほど周りに集う。

「皆、火薬と油は仕込んであるな」

いざとなれば、見附の町に武田勢を誘い込んで、火攻めにするつもりだった。昨夜のうちに、町内のいたるところに山ほど火薬を仕込んである。

「先に町を焼く」

正成は要領を得ない下忍たちの面々を見渡して、

「この町で仕掛けられる敵じゃない。東海道を塞《ふさ》ぐにはこれしかない」

ニヤリと正成は口元を歪める。だが、その目は笑っていない。

「皆、火種と油を持って散れ、あとは逃げる支度で合図を待て」

言いながら、下忍に指示をだす。お前はここ、お前はここ……と。指示に淀《よど》みはない。そのたびに忍びが火縄を腰に、油が入った小櫃《こびつ》を摑んで飛び出してゆく。

火の仕掛けは伊賀忍びの得意技といっていい。手際良く見附の目抜き通り、すなわち東海道沿道の家々の軒先に張り付き、仕掛けをしてゆく。

「正成殿！」

野太い声が響いて、正成は振り向く。小山のような巨体が馬上で揺れている。砂塵を巻き上げ、本多平八郎が駆けてくる。フン、と正成は鼻を鳴らす。

「お前でも逃げるんだな！」

わざと大音声を上げた。平八郎の姿はみるみる大きくなる。

「おうよ、ここは逃げるべし」

その後を五十ほどの騎馬武者が怒濤《どとう》のごとく駆けてくる。

「このままだと追いつかれる。殿を逃がすための仕掛け、できたか」

正成の前まで来ると、平八郎は見事な手綱さばきで輪乗りをした。その後ろを内藤信成とその手勢が凄まじき血相で駆け抜ける。

「走れや、走れ」

信成は叫び続ける。走り去るあとにつむじ風が巻き起こるほどの勢いである。

ああ、と正成は顎を引いて応じる。そして、懐から一片の紙を差し出す。

「これが、この先の仕掛けだ。よく見て憶《おぼ》えろ」

平八郎は馬上から大きな手を差し伸べて、それを受け取り、一瞥《いちべつ》する。

「良い頃合いで、おぬしも逃げよ」

「余計なお世話だな、伊賀者が逃げ足で侍に劣ることはない」

正成は鼻先で笑う。

（援けてやるから、せいぜい逃げろ）

そんな心の内を感じ取ったのか、平八郎はニカリと笑って頷く。

「生きて帰れよ」

言うや、グイと手綱をひき、馬首をめぐらす。

（余計なお世話と言ってるだろうが、この野郎）

正成は毒づく。どこまで、上から物言うのか。

平八郎一党が駆け去る頃、服部党はもう見附の町の辻々《つじつじ》に控えている。

「武田の騎馬隊、もう七町（八百メートル弱）ほど先に迫ります！」

町の東の外れの杉の巨木へ登って遠見をしていた下忍が叫ぶが、もう聞く必要もない。正成の目にも武田勢のあげる砂煙が見えている。

正成はすでに馬上にある。

「よし、いくぞ」

鋭く叫ぶと、天に向けて種子島《たねがしま》鉄砲を放つ。特製の狼煙弾である。天に向かって白煙が衝《つ》きあがる。

半蔵は馬腹を蹴り、目抜き通りを西へ駆ける。駆け抜けるごとに、辻々に立った忍びが手に持つ火種を家屋に向けて投げる。投げてはそのまま駆け足で正成の馬に続く。

「逃げろや」

正成は大音声で叫びながら、風のごとく馬を駆る。

暫しの後、町の各所から、ボン、ボォンと、火薬が弾ける音が響き始める。炸裂音《さくれつおん》は激しく響く。そのたび、街道沿いの家屋から火の手が吹き上がる。

「燃えろ、燃えろ、派手に燃えろ」

正成は高らかに叫びながら駆けている。町を貫くように一気に駆け抜け、見附の西の外れへと駆け抜けた。振り向くと、街道だけではない。町はすでに火炎と煙に包まれている。紅蓮《ぐれん》の炎が拡がるたびに、そこここに仕込んだ火薬が炸裂し、ボンボンと火花が散る。

「若、こんなに派手に焼いていいのか」

後に続く忍びが問いかけてくる。

「仕方ねえ。殿様を逃がすためだ。この間に逃げられるだろうよ」

忍びらしい割り切りである。街道だけでなく周囲の町まで焼ければ、武田勢は迂回《うかい》するしかないだろう。間道をゆくなら兵の進軍速度は格段に落ちる。

そんな問答をする背後に下忍が駆け寄ってくる。

「若、聞こえませぬか」

うむと口元を歪めて、正成は目を閉じ、耳を澄ます。

聞こえる。微《かす》かに地響きが。それは徐々に大きく、下腹に響いてくる。

正成、かっと目を見開き、叫ぶ。

「皆、逃げろ、散れ。身を隠せ」

うわっと、次の瞬間、下忍は皆四方へと跳び、駆け散る。各々、周囲の木陰やら、草むらに逃げ潜む。馬蹄音が地鳴りのように響く。煙と炎にまかれる町から、騎馬武者が弾丸のように飛び出してくる。

「なんだよ、これは」

正成は驚嘆と呆れと共に、独り言をこぼす。

街道を一散に西へ。武田の騎馬武者が続々とゆく。

「はっ」「ようよう」

口々に掛け声を発し、真正面を睨みつけて、馬に鞭《むち》を入れる。降りかかる火の粉も灰も物ともせず、ゆく。その凄まじき勢いに炎すら飛び散るようである。

「あぁぁ」

服部党が潜む沿道の草むら、樹間、木陰から、感嘆の溜息《ためいき》が漏れる。

街道の傍らにいる正成たちに気づかぬこともないだろう。だが、武田の騎馬武者たちは目もくれない。彼らの目に見えているのは、家康の首だけなのだ。

(時は稼げない)

武田勢の侵攻を遅らすこともできなかった。

もうこの場で服部正成にできることはない。これでは徳川勢は追いつかれるだろう。

(あとは、あの男か)

こんな敵、どうすればいい。本多平八郎なら、あの男なら、なんとかするのか。

呆然《ぼうぜん》とそんなことを考えていた。

一言坂

平八郎は駆けている。

もはや、先に退く家康本隊の後衛《こうえい》が見え始めている。平八郎たち騎馬勢と、小荷駄《こにだ》や輜重隊《ちょうたい》も引き連れた二千の軍勢では、進軍速度はまったく違う。

(このまま合流していいのか)

見附の町で武田勢の進軍が止まったのなら、それもいいだろう。

平八郎は馬上、振り返る。黒煙は東の空を隠すように立ち昇る。見附の町が燃えている。

（だが、それがなせないのなら）

武田勢は今、風のごとく駆けているのだろう。そして追いついてくる。

手綱を強く引いていた。これ以上進んではいけない。本能がそう言っていた。

この先は一言坂《ひとことざか》という長い下り坂が蛇行《だこう》して続く。背後から、しかも坂の上から攻め降られたら支えられない。天竜川まで追い落とされる。渡河の舟に乗る暇もなく、川と敵に挟まれ、全軍壊滅となる。

（坂の上で敵を一叩きする）

先頭の平八郎の騎馬が止まれば、本多勢は一斉にその場で行軍を止める。

「皆、止まれや」

平八郎の叫びが響き渡る。その叫びは、木霊《こだま》のように後方へと伝播《でんぱ》する。

「平八郎、どうした」

馬を寄せてきた内藤信成の顔は汗と埃にまみれている。

「内藤殿、ここで、一合戦する」

「なんだと」

「このまま追いつかれて背中から襲われてはいかん。我が勢はここで敵を迎え撃つ。内藤殿は前に進んで、殿の本軍の最後尾を守るべし」

「平八郎、お前は」

それは、自分を盾にして皆を逃がす、という意味か。信成の顔は歪み続ける。

「死にはせん」

平八郎は即答する。

「我が勢だけなら、敵を蹴散らして退ける。ここは我が手勢のみでやる」

堂々と、当たり前のように言う。

(大した自信だ)

信成は強張った顔を崩して苦笑する。不思議である。まったく嫌な気がしない。

「しからば、頼む。先にいくぞ」

むしろその通りと納得して、馬に鞭を入れる。

「平八郎よ！」

前方からがなり声が響くと、入れ替わりに厳《いか》つい武者がこちらに駆けてくる。

「やるんだな」

大久保忠佐は白い歯を見せ、快活に叫ぶ。家中に轟《とどろ》く偏屈者はわざわざこの殿軍《しんがり》に戻ってきたのだ。

「せっかく出てきて逃げるばかりでつまらん。わしにもやらせよ」

平八郎も笑みを浮かべた。この三河者もいい加減逃げるのに飽きているのだろう。

「そう来ると思いましたぞ」

二人頷いてニヤと笑った。

「よし、布陣だ」

忠佐は後ろに続いてきた手勢に向けて叫ぶ。

そして、布陣。その手勢は粛々と槍を連ね、東に向けて、隊列を整える。前衛《ぜんえい》平八郎、後衛に大久保忠佐で列を組む。

「武田の騎馬勢、見附を抜けてこちらへ」「まっしぐらに西へ駆けております」「もう先鋒は見えております！」

その合間も、後方を遠見している兵が、次々と駆け込んでくる。

布陣が終わった時、すでに遠く馬蹄音が響き始めている。

「平八郎様、どうするら」

梶金平はもはや興奮で三河弁丸出しである。

「さっきみたいに迎え撃つのか」

さきほどは虚をついて猪突《ちょとつ》してきた敵を払って逃げた。今度はそうはいかない。

「ここは先手必勝だ。皆、いいか」

皆、一斉に平八郎を見返す。

「びくびく恐れて逃げ腰ではその背に刃を受ける。ここは、あえて強い気持ちで踏み込め。相手は全力で駆けてきて陣形は伸びている。一対一なら負けることはない」

応、と声が揃う。

「わしが斬り込んだ後に続け。よいか、一丸となって駆けよ」

そして、長槍を天へとかざす。続いて、本多勢、皆が槍を突きあげる。

「続け、この蜻蛉切のもと」

平八郎は、ブンと蜻蛉切を振ると馬腹を蹴る。

その後を、雄叫びと共に騎馬武者たちが続く。

小杉左近は夢中で馬腹を蹴り続けている。

行く先は決まっている。雑魚《ざこ》には目もくれない。狙うは大魚、すなわち、家康。

左近は馬上、ペッと唾を吐きつけた。

にがい。息をとめて煙の中を突っ切ったつもりだったが、灰でも吸いこんだか。

己の体を確かめてみる。具足の草摺《くさずり》も、袖も、ところどころ黒く煤《すす》けている。

激しく馬の尻に鞭をくれながら振り返る。すぐ後ろを続く騎馬武者の頬が煤けている。

「瀬兵衛《せべえ》、なんだ、その顔は」

クハッと噴き出すと、武者も眉を顰め睨みとも笑みともつかぬ顔を向ける。

「左近殿、火の中をくぐったのは初めてじゃ！」

「俺もだあ」

騎馬武者たちは口々に叫ぶ。先鋒の騎士皆がグハハと笑う声が後ろに吹き飛ばされる。

そんなやりとりの中でも馬速を緩めない。睨みつける前方に砂塵が舞っている。

「もうすぐ、追いつくぞ」

応、と後続の騎馬武者が応じる。敵はすぐそこだ。逃げる徳川勢があげる砂埃が彼方に見える。

「いけるぞ」

叫んだ左近の耳が、何かを捉《とら》えた。

最初はかすかな響きだったのが、すぐにはっきりとした音となる。

オオオオ
(なんだ？)

獣の唸《うな》り声かと思うような叫びが徐々に大きくなる。

眉根を寄せる間に、行く手の視界に黒い塊が見えている。

「ウオオオオオ」

見る間に、急激に大きくなる。

(本多平八郎か)

あの黒甲冑の大武者が物凄い勢いでこちらに向かってきた、と気づいた時、すでにそれは、鼻の先まで来ていた。

「うおっ」

左近は身をよじった。ぶうんと風が当たり、すんでのところで、槍の穂先が掠《かす》めてゆく。

息つく暇なく刀槍の群れが続く、左近は巧みな手綱さばきでそれも避《よ》ける。

「なんだと」

かなり駆け違ったところで、ようやく馬が足を止めてくれた。

あやうく突き殺されるところだった。

「突っ込んできやがった」

あきれ混じりに言った。振り返れば、武田の騎馬勢の真ん中に、五十ばかりの徳川勢が駆けいり荒れ狂っている。武田勢は後から後から駆け込んでくるが、突然の敵の乱入に隊列が乱れている。

（なんて奴だ）

この状況で軍を返して正面突撃してきた。

「瀬兵衛、慎之介《しんのすけ》ぇ」

左右でやはり動揺して狂奔《きょうほん》する馬を宥める騎士に指示をだす。

こんな奴はここで討っておかねばならない。

「瀬兵衛は右手へ、慎之介は左へ」

討つ。とにかく、討つしかない。

「囲んであの男を討ち取るぞ」

周囲に散っていた騎馬武者が馬首をめぐらして動き出す。その背後で新手の雄叫びが湧《わ》きあがる。

「なんだ」

左近たちが振り返ると、今度は血相凄まじき槍武者が駆けてくる。とっさに槍を握り直し、身構える。銀色の槍の穂先が一斉に眼前に突き出される。

「徳川家、大久保党だ！」

叫びとともに繰り出される槍をなんとか受けとめる。必死に槍を振りまわし、手綱を引き、鐙を踏ん張り、身をよじって、鋭い槍先をかわす。

「オウ」「オオウ」

徳川の槍隊は次々駆け寄っては槍を突き出してくる。

穂先が目の前でキラキラと輝く。鬱陶《うっとう》しい切っ先をまとめて薙《な》ぎ払う。ブウンと大きく槍を振ると槍が一気に消えた。槍隊はひとしきり暴れるともう向きを変えて逃げてゆく。

「なんだと」

逃がすか。

左近が手綱を引き、追いかけようと馬腹を蹴りかけた瞬間、後ろから凄まじい殺気が迫る。

「左近殿、後ろ」

絶叫が響き渡る。

「本多か！」

見ずとも、わかった。その逞《たくま》しい黒馬が大地を踏み鳴らす音が響く。振り返るや、阿修《あしゅ》羅《ら》のごとき顔がみるみる大きくなる。

「この！」

左近が槍を構えたところに、来た。鋭く重い槍の一撃が。ガチンと弾いて躱《かわ》す。一瞬、のけ反りそうになる身を馬上で保つ。ブウンと空を斬る音が響き渡る。続く二の槍をこれまた不利な体勢で弾き返す。

その横を徳川勢が次々と駆け去るのを感じる。数十騎の小勢だからできる敏捷《びんしょう》な動きだ。

それにしても、息が合っている。

（なんて、奴らだ）

「くそ、追え……　いや」

言いかけた一言を左近は飲み込んだ。これ以上、相手に振り回されてはならない。

「落ち着け。列を組め」

指示をだしながらも、はらわたは煮えくり返っている。

「布陣しろ、布陣だ、布陣……」

槍を振って、声を励ます。

「うわっ」

思わず声を出して、首を竦《すく》めた。バラバラッと矢の雨が降り注いだ。シュウッと耳の横を鋭い鏃《やじり》が通り過ぎる、
グイと鬼の形相で振り返ると、弓隊の横列の前であの黒甲冑が一人馬を乗り出している。

（舐《な》めやがってえぇ）

本多平八郎。殺してやる。

左近は、奥歯をギリリとかみ締めている。


かすかに、いくさの剣戟《けんげき》の音が聞こえたような気がした。

武田本軍を進める馬場信房は、前方での異変を即座に感じ取った。

この男ならではのいくさ勘である。伏兵か、だが、そんな余裕が徳川にあったか。その豊富ないくさ経験から、この状況がどんなものかを推《お》し量《はか》る。

小杉左近の騎馬隊は火炎渦巻く見附の町に突っ込んでいった。しかしさすがに全軍がそ

れをなせるわけがない。本隊を率いる信房は見附の町を迂回《うかい》して左近の隊を追っていた。

さすがに、徒士は置いてゆくことになる。手勢はもう騎馬のみといっていい。

乗馬は小走りで駆けさせている。ザクザクと地を踏む小気味よい音が響き続けている。

「このまま、進めよ」

傍らの物頭《ものがしら》に委ねると信房はチラリと沿道を見て、

「重蔵《じゅうぞう》」

低く呼ぶ。沿道の繁みから音もなく一人の忍び装束が飛び出してくる。

言葉もなく信房の馬の口を取れば、馬は街道を降り、沿道の草むらを駆けだす。

「乗るか、重蔵」

傍らをゆく重蔵と呼ばれた忍びは、軽く首を振り低く答える。

「馬より速く走れまする」

信房はフッと小さく笑う。

街道の脇の草むらを見事な馬術で騎走し、軍勢を追い越してゆく。しばらく、一騎と一人で駆ける。軍勢の前方へ出ると、鞭を収めて馬足を速める。

一言坂の頂上で武田の騎馬勢が屯《たむろ》していた。

「開けろ、道を開けろ」

顔見知りの騎馬兵たちは困惑したように振り返る。信房は叫びつつ手綱を引き、鐙を踏みしめ、巧みな馬術で前に進む。混乱している騎馬勢の間を縫って、前線へと出た。

「左近、またか」

苦笑しながら、声をかける。

「馬場様、今度は逃さぬ」

小杉左近は混乱する騎馬勢を束ねるため、右に左に馬を操っている。その二町（二百メートル強）ほど向こうで、「本」の字の旗が隊列を作っているのが見えていた。

「おう、そうだ、そうだ。では、左近よ」

信房は嬉《うれ》しそうに二度三度と頷き、左近の横に馬を並べた。「来い来い」と右手で手招きして、寄せてきた具足の袖をぐい、と引き寄せた。

「この男はこの辺りの間道を調べ尽くして知っている。騎馬百率いて、共に先をゆけ。鉄砲を忘れるな。坂の下に陣取れ」

傍らの重蔵へと顎をしゃくって低く呟く。左近はぐっと唇をかみしめる。

(不服そうだな)

ここまで追いかけてきた敵を己で討ちたいだろう。だが、敵は一度ならず二度もこの武田勢を跳ね返した。一筋縄ではいかないだろう。

信房は微笑を浮かべて、うんうんと頷く。若武者を諭す師匠の顔である。

「ゆけ、わしがそこまで敵を追い落とす。そこをお前が討つのだ」

不承不承《ふしょうぶしょう》頷いた左近が馬首をめぐらすと、信房は前線にでた。

馬場美濃守信房。数多の激戦を踏んできたこの男が、今、いくさ場の先鋒に立つ。

最先鋒まで出ると猛《たけ》る愛馬の首をホタホタと打ち、その足掻きを鎮める。

「皆、もう同じ手は食うなよ」

続々と前に出てくる騎馬勢を左右へと展開させてゆく。

(家康には届かない、な)

この混乱で徳川の本隊は逃したろう。では、ここでなすのは、あの殿《しんがり》の軍勢を粉砕すること。それで徳川勢の心胆を寒からしめる。それしかない。それに決めた。

「さて」

信房は悠然と敵勢を眺めた。

「あれが大将か」

前線の組頭が、ハッ、と指さす。

騎馬勢の前面に立つ鹿角立《しかつのだ》て黒甲冑の武人が一騎。乗馬が前足で地をかいて、今にもこちらに向け駆け出しそうである。漆黒の大武者は、小脇にやたら長い槍を抱えている。これを操って左近たちを蹴散らしたのか。

(あんな長い槍を)

少し呆れている。いったい、どんな膂力《りょりょく》なのか。信房は口元に苦笑を浮かべた。馬の上で振る槍ではない。いや、常人では地上でも操るのに苦労するだろう。

だが、真の力はどうか。膂力だけの将なら数多いる。信房は戦場で嫌というほどそんな武人を見てきた。

「家康が一手、本多平八郎にて候」

傍らの組頭が苦々しく呟く。

(だろうな)

武田勢先鋒の勇士たちは、あの漆黒《しっこく》の武人にいいように翻弄《ほんろう》されているのだ。

その本多平八郎は、今、堂々と一騎で前面に出てこちらを挑発している。

「あれは、一騎打ちでもしようというのか」

信房は天を見上げてカハハと乾いた笑いを放った。

見え透いた手だ。古来、劣勢の軍勢は猛勇の士を出して「一騎打ち」を所望する。軍勢同士の戦いでは勝ち目がないことを悟って、個人の武勇で競い、自軍の兵の士気を上げようとするのだ。源平《げんぺい》合戦の頃より繰り返されたことだ。

(たしか、姉川のいくさでそんなことがあったか)

織田徳川と浅井《あざい》朝倉《あさくら》が決戦した姉川合戦で、兵数に勝る朝倉勢に押しまくられた徳川方から勇士が飛び出し、朝倉の猛将真柄直隆《まがらなおたか》と一騎打ちをした。その力戦に劣勢であった徳川勢は奮い立ち、一騎打ちで時をかせぐ隙に兵を走らせ、朝倉勢の横っ腹を突いた。形勢は一気に逆転した。

(それが確か、本多平八郎か)

フッと信房の顔に余裕の笑みが浮かぶ。

「その手はくわんぞ」

百戦錬磨の信房は乗らない。朝倉のようなひ弱な兵と勘違いされては困る。まさか兵を伏せる余裕もないだろうが、一騎打ちなどする気もない。

「鋒矢《ほうし》の陣」

右手をあげ叫ぶや、武田兵がさあっと陣形を変える。その揺るぎない指示と重厚な声に、武田騎馬兵は蘇《よみがえ》ったように動き出す。

「皆、ここまではこちらの虚をつかれただけ。今、こうして対陣するに万に一つも負けることはない」

信房の声が朗々と響く間に、もうするどい鏃の形で敵を衝き砕く「鋒矢の陣形」が形作られてゆく。甲冑の擦《こす》れ合う音が響くたび、武田兵の目の輝きがましていく。

その通りである。ここまで全速で駆け続け、尖《とが》り切った鼻っ柱を叩かれた。鋭い勢いのまま、きつく打ちかえされただけだ。がっぷり組み合って、武田勢に敵う敵などいない。

「さあ、槍を連ね鬨《とき》をあげよ」

兵たちは大きく叫びを上げようとした。

「おお……」

だが、そのまま口を開けて、固まった。

「どうした」

信房は思わず声に出していた。

前方の徳川勢はいきなり向きを変え、背を向けて駆けだしていた。当然、本多平八郎は殿で駆けている。黒い背中が馬上ゆさゆさと揺れて、遠のいてゆく。

「逃げるのか⁉」

愕然《がくぜん》と叫ぶ、信房。瞬間、頭が真っ白になっている。

なんだ、一騎で前に出ていたのは、この間に後方の手勢を反転させるためか。

「はは」

次にきたのは喜悦だった。信房は大きく破顔していた。この男は単に勇者なだけではない。いくさの呼吸を知っている。

「おもしろい、おもしろいぞ、本多平八郎。さあ、皆、追え」

応、と、気を取り直した騎馬勢が一斉に駆けだす。

信房もこれまでに増して強く愛馬に鞭をいれていた。


これ以上はあしらえない。

平八郎は坂道を駆け下りながら思っている。

敵勢が陣形を変え始めた時、背筋が凍るような恐怖が走っていた。強兵はそれを束ねる将が現れた時、さらに強靭《きょうじん》になる。どうやら勢いだけではない力が加わったのだ。

もうあとは逃げるしかない。これぐらい時をかせげば、家康は天竜川を渡れるだろう。ならこの場の役は終わったのだ。あとはいかに自分が逃げおおせるかである。

（それだけではない）

ただ逃げ切るだけではない。一人も死者をだしてはいけない。自分も手傷ひとつ負ってはならない。無傷での生還。それこそが、徳川勢の士気をあげ、家康の名をあげるのだ。

大久保勢は先に逃がした。あとは本多勢五十余である。

（これをくだりきれば）

下り坂はゆるやかに右に曲がる。平八郎は馬に鞭をいれ、疾駆する。

「うぬ」

思わず声がでて、平八郎の馬が止まる。行く手の街道に折り敷いた兵がすっくと立ち上がった。武田の鉄砲隊が、ズラリ筒先をこちらに向けて、構えている。

「おい、本多平八郎忠勝！」

中央の大柄な侍が叫び上げた。

「武田家臣、小杉左近。その首もらうぞ」

叫びながら自分は槍を摑んで一歩進み出る。

「もう家康には追いつけぬ。今日の狙いは貴様だ。己《うぬ》さえ討てば、今日のわしは満たされる。他はどうでもいい。俺と勝負せよ。平八郎！」

頭上でブルンと十文字槍を旋回《せんかい》させる。

平八郎はその後ろの敵勢を右から左へと見渡した。手勢は五十余。敵の鉄砲は倍ほどもあるか。後ろからは、馬場信房率いる武田本軍が攻め来る。その大軍があげる土煙が坂の上に見えている。

平八郎の勘が鎌《かま》のように鋭く研ぎ澄まされてゆく。横目で街道沿いの景色を追ってゆく。武田鉄砲隊の近く、街道沿いに空き家の農家が点々と連なる。

（正成殿）

「ピョウ」と何処《どこ》かから、異音が響く。それは鳥の鳴き声とも、指笛とも聞こえた。

平八郎の口の端があがる。先ほどの絵図に描いてあった。仕掛けがしてある場所だ。

次の瞬間、街道脇の家が突然火を噴いた。バン、と、火薬が炸裂する音が耳をつんざくほど響く。そして火柱が吹きあがる。武田の鉄砲隊は瞬間身をすくめる。

「平八郎！」

どこかから叫びが響くと、傍らの樹林から弾丸のように忍び装束が飛び出してくる。

「駆けろや」

忍びは駆けながら、胸元から摑みだした黒い塊を路上に投げつけて行く。ぶわっぶわっと白煙が上がる。その合間を忍び装束が駆け抜ける。同時に、炸裂音があがる。特殊な火薬の仕掛け、爆竹のようなものである。バチバチと火花が散り、濛々たる煙があがる。

武田の鉄砲隊が怯《ひる》んで隊列を乱す。

「怯むな。伏兵などないぞ」

小杉左近の声が響くと、パン、パンと散発で鉄砲が放たれる。しかし、筒先が乱れている。そして、前方はすでに一面煙である。

その煙の中から騎馬勢が飛び出してくる。左近が、うわっと首をすくめると、平八郎の逞しい黒馬が左近のすぐ傍らをかすめてゆく。

「この野郎」

咄嗟《とっさ》に左近は槍を投げ捨て、鉄砲を手にした。あっという間に遠ざかろうとする大きな背中に、筒先を向けた。

（撃つか）

引き金に指をかける左近の脳裏になにかがよぎる。そのまま鉄砲をさげ、遠ざかる平八郎に向けて、

「槍で討ち損ねて、鉄砲で討てるかよ」

叫ぶと、ベッと唾を地に吐きつける。

「俺の気が変わらぬうちに、さっさと逃げやがれ！」

けたたましい馬蹄の音とともに、もう一騎、煙の中から飛び出てくる。馬上にあるのは忍び装束である。

「くらえよ」

服部正成が懐をまさぐり、紙片の束をパアッとばら撒《ま》いた。

そのまま疾風のごとく走り去る。駆け去るあとにヒラヒラと紙が舞い落ちた。

「なんだ、こりゃあ」

左近がそれを拾い上げて、思い切り顔を歪める。

「家康に過ぎたるものが二つあり、だとお」

チッと、舌打ちすると、両手でそれをグシャリと丸める。

馬鹿にしやがって。

殺す。殺してやる。

鉄砲で撃たずに良かった。飛び道具で殺すような討ち方では飽きたらない。

いくさ場で堂々とつき伏せ、首を挙げてやる。

「見てろ、見てろよ」

左近はくしゃくしゃに丸めた紙を地べたに叩きつけた。

天竜川の畔《ほとり》では先行した大久保忠佐が待っていた。

「平八郎、乗れ乗れ」

ありったけの舟に分乗して思いきり、岸を蹴る。舟は一艘《そう》も残らない。残す必要がない。

これより後に徳川勢はいない。これで武田も天竜川を渡れない。

西へ舟で向かえば、遠く対岸に浜松城が見えてくる。

（これで、まずは良い）

手負いは出た。だが、平八郎以下五十余、一兵も損じることなく帰る。目的は達した。

「平八郎様よ、疲れましたわい」

「お前はもう弱音か、わしゃもう一合戦いけるぞ」

「わしゃ、一合戦どころか、信玄の本陣に斬りこんでこようかい」

舟上で乾いた笑いが上がる。粋がる者、疲れて手足を投げ出す者、皆、さすがに安堵《あんど》して煤《すす》けた顔を崩す。

平八郎は前方に次第に大きくなる浜松城を見据えたまま言う。

「我等は、殿軍、殿軍が疲れきっていては全軍の気が滅入る。息も乱さず、胸を張れ。堂々と城に帰る。徳川は武田を打ち破ったのだ」

「おおよ」

応じる声が大きくなる。

「お主ら、見事なつわものたちよ」

平八郎の声はそれよりも野太く大きい。皆、満面に笑みを浮かべている。

浜松城の手前一里ほどのところに軍勢が待っている。

「平八郎！」

軍兵の人垣をかき分けて家康が姿を現す。

寛政重修諸家譜《かんせいちょうしゅうしょかふ》には、「東照宮《とうしょうぐう》（家康）御馬を眞古目植松《まごめうえまつ》の邊《あたり》にとどめ、忠勝がきたるをまたせたまふ」とある。

別に、先に帰り、城内で迎えてもいいだろう。だが、家康は城に入らない。殿軍の最後尾までを迎えようと待っている。

家康は、つぶらな瞳をまん丸に見開き、汗をかきかき、駆け寄ってくる。短い足、長い胴、太り始めたその腹。その全身から、喜びの気を発している。放たれるその気は家臣への愛なのである。

平八郎は愛嬌《あいきょう》すらあるその姿を認め、大きく頷き、蜻蛉切を天に掲げる。

（この殿よ）

これだ、これこそが、徳川家康だ。

「よう戻った！」

家康は、何度となく頷き、周りを見渡す。放った言葉は同記によればこうである。

「真に、我が家の良将なり」

取り巻く将兵、皆、応、と叫んで明るい顔を向ける。

「さあ、皆で城に戻るぞ」

家康は大きく采配《さいはい》を振った。


夕刻、本多平八郎と武田先鋒が激突した木原畷《きわらなわて》、許禰《こね》神社前に本陣を移した武田信玄は、帰陣した馬場信房らを迎えた。

ふは、ふははは。

野太い笑い声が、幔幕内に響き渡っていた。信玄は満面に笑みを湛《たた》えて、がっしりとした胴を揺らし、肩を震わした。その手に、あの紙片が鷲摑《わしづか》みにされている。

「左近、でかした」

眼前に馬場信房と小杉左近が跪いている。

「よく生かしておいた」

その言葉に面を上げた小杉左近は、眉根を寄せた。戸惑うような、少し恥じ入るような、そんな顔だった。信玄は二度三度と深く頷き、心底楽しそうに笑った。

「さすれば左近、この紙に己の名を記せ」

信玄は片手でヒラリと紙を差し出してくる。左近は、小姓が持ってきた筆を握りしめ、太い字で己の名を書き落とした。

――家康に過ぎたるものが二つあり、唐《から》の頭《かしら》に本多平八　小杉左近――


唐の頭はヤクの毛のついている、家康愛用の兜である。大陸渡来の珍しき一物で日の本でも珍重される兜である。これは家康のような小大名が持つにはなかなか珍しい。そして、もう一つ、家康に過ぎたるもの、本多平八郎。

「いいぞ、左近、これをその坂の上の道端に台でも立てて貼《は》っておけ」

列座している武田家臣一同が、ガハッと腹を抱えて笑った。

これで、徳川家の猛将本多平八郎、それを逃がした小杉左近、どちらの顔も立つ。

左近は頭《こうべ》を垂れ、紙を手に引き下がる。その頬には、また凄味ある笑みが浮かんでいた。

この男はこの男で、決めている。

(平八郎は、わしが討つ)

そのために今日はあの男の名をあげてやろう、そして次の戦場で奴の首を挙げる。

そう念じ、それを己の宿命と、胸に刻み込んでいる。

信玄は満足げな髭面を崩さず、その紙の狂歌を心で反芻《はんすう》する。

(家康に過ぎたるもの、か)

そして、強く念じている。殺さねばならない、と。

傍らの馬場信房に笑みを向ける。

「馬場、このいくさの楽しみが増えたわ」

「お屋形様、さて、こんどはなにを」

「本多平八、必ずわしのものとする」

「ああいう手合いは、家康以外に従うとは思えませんぞ」

信房は即座に応じる。姉川の一騎打ちに、今回のあの鬼神のような殿いくさ。あの手の将は主を変えて渡り歩くようなことはしない。百戦経てきた信房は知っている。

「馬場もわし以外に仕えぬからな」

「御意にござる。それゆえ、わかり申す」

「家康を殺す」

信玄は太く言い放って、笑みを大きくした。列座の一同、ニヤリと笑って頷く。

「家康がいなくなればあれほどの侍、わしがものにするわ。家康なくとも靡《なび》かぬなら、その時は殺すだけ。いや、この遠州で良き宝を見つけたぞ、でかした、馬場よ」

「とにかく家康は殺す、まず、それですな」

馬場信房ももう疑念は挟まない。

「徳川家康、歯応《はごた》えなしと退屈しておったが、思わぬ楽しみを見つけた。馬場よ、いくさはこれでなくてはな」

信玄は目を細めて嬉しそうに頷いた。

第二章

合《ごう》代《だい》島《じま》の忍び

浜松評定、ふたたび

「おいおい、聞いたか」

「ああ、聞いたさ、一言坂《ひとことざか》の話だろ」

「天下一の武田《たけだ》勢を見事に蹴散《けち》らして帰ったっていうじゃねえか」

「武田でも徳川《とくがわ》に鬼神がいるって噂《うわさ》になってるらしいぞ」

「いや、痛快、痛快」

浜松《はままつ》城下大手通りに面した酒屋の席で、杯《さかずき》を酌《く》み交《か》わしながら、町の男衆が笑い合う。見附《みつけ》の退《の》き陣《じん》後、浜松城下はこんな話でもちきりとなった。町民たちは顔を合わせては、徳川家康《いえやす》の気概と本多《ほんだ》平八郎《へいはちろう》の武を語り、我がことのように誇り合った。

「若、いい按排《あんばい》ですね」

一番奥の席に二人の男がひっそりと腰かけ、静かに飲んでいる。

差し出した銚子《ちょうし》を傾けながら、若い方、服部《はっとり》党の下忍《げにん》、東雲《しののめ》がクスリと笑う。その前で杯を出し、酒を受けるのは服部弥太郎正成《やたろうまさなり》である。

「ああ」

頷《うなず》いているが、その顔は面白くなさそうに沈んでいる。

正成は着流しの小袖《こそで》、東雲も地味な小者《こもの》の体《てい》である。こうしてみると、どこかの商家の若旦那《わかだんな》とその奉公人という風である。

「殿様に過ぎたるものが、二つあり、ってなあ」

「唐《から》の頭《かしら》と本多平八郎様さま、かいな」

ガハハと酔漢たちが騒がしい酒亭で二人の声はまったく聞き取れない。いや、実はこの二人、口の動きで話している。忍びは読唇で会話をすることができる。

「いくさ前とずいぶん城下の雰囲気もかわりましたよ」

東雲の顔も輝いている。服部党は様々姿を変え、町に散り、一言坂の合戦の話をばら撒《ま》き続けている。それが噂の広がりに拍車をかける。

正成は、血色のいい若者の顔を一瞥《いちべつ》して、チッと小さく舌を鳴らす。

「これなら、織田《おだ》も援軍を出すでしょう」

服部党が噂を撒いているのは遠州《えんしゅう》だけではない。遥《はる》か岐阜《ぎふ》城下、果ては上方まで潜《ひそ》んで、見附、一言坂の噂を流し続ける。本多弥八郎正信《やはちろうまさのぶ》、服部半蔵保長《はんぞうやすなが》が練った策である。

(ただ、出陣して逃げただけじゃねえか)

正成はフンと鼻を鳴らす。

もちろん、流す噂にそんな不格好な真実は一言も盛り込まない。語られるのは、敢然《かんぜん》と武田にいくさを挑んだ家康と、日《ひ》の本一《もと》の騎馬勢を蹴散らした本多平八郎の武勇である。

「わしらが流さんでも、本多平八郎の人気は凄《すご》いですよ」

東雲はニコニコと笑みを絶やさない。

「馬鹿言うな」

不機嫌な正成の顔を見て、東雲は怪訝《けげん》そうに眉《まゆ》を顰《ひそ》める。

「若、なにを怒っているんです？」

「おまえは単純だな、忍びならもう一歩踏み込め」

「半蔵様のお考えどおり運んでますが」

「民はな」

正成は身を乗り出し、手に持った箸《はし》を東雲の鼻先に突き出す。

「武田が遠州に来るってんで恐れ慄《おのの》いてたんだよ。それが、やっと本多平八郎が一発かまして心の拠《よ》り所《どころ》ができたんだよ。徳川なんて当てになんねえってところに、やっと縋《すが》れる男が現れたと思いこんでるんだ。ちょうど武田が二俣《ふたまた》を囲んで浜松から遠ざかっただろ、目の前の化け物を追っ払った英雄だって気を紛らしてるだけなんだよ。でも、そんなの幻だ。また武田が攻めてくれれば、民なんて、あっという間に逃げ散るよ」

妙に縷々《るる》と述べる正成の勢いに、東雲は口をすぼめる。

「いや、なるほど、さすがは、若」

東雲は正成にも心酔している。真《しん》に感嘆して何度も頷いた。そんな顔を見て正成はまた面白くなさそうに口をすぼめる。

（ばからしい）

東雲に悪気あるはずがない。この若い下忍に何を言っても仕方ない。

本多正信も服部半蔵も、徳川が武田に勝つとは言っていない。ただ、遠州の国、徳川家の結束、そして本多平八郎の武、それが高揚されれば、いい。少なくとも徳川家臣はそれを拠り所に戦うだろう。それは充分になされている。

(わからんだろうな)

だが、それでどうなる。武田が遠州攻めをやめることはない。徳川を攻めつぶすのが目的なら、むしろ好都合ではないか。武田の勢威は一向に衰えず、やがて、大挙して押し寄せてくる。そうなれば、徳川はひとたまりもない。

(こんなことやって、意味があるのか)

だが、父半蔵は噂を撒き続けろと煩《うるさ》い。

(もっと他にやることはねえのか)

クイと杯を干して、服部正成は首をひねり続ける。


「武田につくというのはいかがにござろう」

そう言いだしたのは、今度は筆頭家老、酒井《さかい》忠次《ただつぐ》だった。織田との取り次ぎ役で、家中《かちゅう》でもっとも信長《のぶなが》贔屓《びいき》の重鎮《じゅうちん》が、とうとうそんなことを言いだした。

今日も家康は評定《ひょうじょう》。しかし、今日の評定は極めて内々である。場所も本丸奥の窓も無き板の間である。

顔ぶれは上座に家康、あとは三人だけである。酒井忠次、石川数正《いしかわかずまさ》、旗本先手役《はたもとせんてやく》から本多平八郎忠勝《ただかつ》。まさにお家《いえ》の最高首脳、といったところである。

忠次は険しい顔を突き出し、顎鬚《あごひげ》をなで続ける。

先日ついに目の当たりにした武田勢の脅威。

その後、武田勢は遠州の中央を席巻《せっけん》、二俣城を囲んでいる。

二俣城といえば天竜川《てんりゆうがわ》に沿い浜松城から五里（約二十キロ）上流。ここが落ちれば、天竜川を防衛線とした徳川の守りは切り裂かれ、南の浜松城は丸裸、また浜名湖北岸を突っ切って三河《みかわ》へと進む道も広々と拓《ひら》けるのである。

「だから、わしが、あの時」

忠次の隣では石川数正が下唇を突き出している。みたことかと、言わんばかりである。

「いや、先の話とは違うぞ」

忠次は己の言葉の意を説明するように言う。

「もう即座に足元にひれ伏すのではない。殿おん自ら出陣し、意地は見せた。武田とて、徳川御《ぎょ》しがたし、と思うておるわ。信玄《しんげん》が目指すのは上方だろう。なら足止めをくらうより徳川が味方するのを喜ぶだろうが。和を乞《こ》うには潮がある。敵に武を見せつけた今こそ」

「遅い遅い、従うなら真っ先にだ。今さら武田が許すか」

「いざとなれば、いさぎよく天竜川から東をさしだせば」

「なんだと」

「武田の言い掛かりとて、それで満たされようが」

忠次と数正は侃侃諤諤《かんかんがくがく》、口からつばを飛ばし合う。

「左衛門、さすれば、徳川は信玄の旗下《きか》に入る、というか」

家康の鋭い声が響く。いかにも不服そうに頬《ほお》を膨らませている。横から石川数正が思わずとばかりに口をはさむ。

「いや、旗下というなら、織田が武田に代わると思えば、これは武略という……」

「違う」

そう言いかけた言葉を断固として遮る。

「徳川は織田殿の組下ではない。三河守、国主である。織田殿より領国は小さく、兵は少ないとはいえ、命を張って強さで劣らぬようにしてきた。姉川《あねがわ》しかり、先の見附からの退き陣しかり」

家康は噛《か》み千切るように言い切った。忠次も数正も渋い面で目を泳がせる。

「この情勢で、織田から武田へと鞍替《くらが》えすれば、ここまでの苦労は水の泡。また今川《いまがわ》時代と同じ卑屈な属国扱いに逆戻り。それよりここは一国の主《あるじ》として、正々堂々信玄と戦うべし。さすれば織田も徳川を頼みとし、武田とて遠州から手を引く」

「いや、織田が援兵でもくれるなら、それを待って一合戦もできましょうが」

酒井忠次は抑えつけるようにねじ込んでくる。

織田の援軍はない。信長は、今、織内《きない》八方に敵を抱えており遠州まで兵を送る余裕がない。度重なる督促《とくそく》にも無返答である。

「織田がどうのではない。徳川がどうするのか、だ」

家康は強く言い切る。

平八郎はそのやりとりの横で大きく嘆息している。

（まだ、これか）

筆頭家老二人がこの期に及んでもこの有り様。三河に引き籠《こも》って大勢力に阿《おもね》るという退避方針である。これでは今川時代に逆戻り、家康の言うとおりである。

やはり、徳川家臣団の改革には大鉄槌《だいてっつい》が必要なのだ。命がけの危地に追い込まれ、家が崩壊するほどの困難に見舞われねば、この性根《しょうね》は変わらない。

（一度崩れるほどの、か）

平八郎が大きく息を吸い、間に入ろうと身を乗り出した。その時。

「ご評定中、失礼いたします」

襖越《ふすまご》しに叫ぶ声に、一同グイと振り返った。

「なんぞ、今は大事な評定中じゃ。控えておれ！」

酒井忠次は、忌々《いまいま》しげに叫んだ。

「只今《ただいま》、火急のご使者が到着」

外の甲高《かんだか》い声は震えているように聞こえる。

「何者だ、こんな時に」

「岐阜城より、織田上総介《かずさのすけ》様のご使者」

応《こた》えた声に、忠次はあっと目を剝《む》いて背筋を伸ばした。

「開けろ、入れ、入れ」

忠次は立ち上がり、自ら駆け寄る。まるで密談を信長に覗《のぞ》かれたかのような慌てようだった。襖の向こうで取り次ぎ役の近習《きんじゅ》が面《おもて》を伏せている。

「口上《こうじょう》は」

忠次は、口から泡をとばしてせっついた。

「織田の援軍、佐久間信盛《さくまのぶもり》様、平手汎秀《ひらてひろひで》様、水野信元《みずののぶもと》様の軍勢はすでに尾張《おわり》を発する支度中とのこと」

「ご使者をすぐに呼べ！」

間髪入れずに忠次は叫んでいた。

もう逃げられない。いや、初めから決まっていたことか、これが運命なのか。座の四人、様々な想《おも》いを胸に目を伏せる。

どんな形であれ、徳川家は武田と戦うことが決まったのである。


評定の後、家康は鷹狩《たかがり》にでた。

いつもより少し長く一里半ほども東南に駆け、遠州灘《なだ》を見渡す丘陵《きゅうりょう》に立った。天竜の河口にも近いこの辺りは川が運んでくる土砂が堆積《たいせき》し、一面、砂浜である。

家康は、真白き海岸に向かって、鷹を放った。傍《かたわ》らに鷹匠《たかじょう》姿の本多弥八郎正信が立っている。そして今日は、平八郎も跪《ひざまず》いて控える。

「真《まこと》にいいのか」

家康は編《あ》み笠《がさ》を上げ、空を旋回《せんかい》する鷹を見上げて呟《つぶや》く。

十一月、温暖な遠州にもようやく冬が訪れている。時折、身を切るように冷たい潮風が、海から吹きつけてくる。秋までは穏やかだった海も波高く浜へと打ち寄せている。

徳川に来る艱難辛苦《かんなんしんく》を思わせるような波音が時に大きく響きわたる。

家康は強く眉根を寄せて顔を歪《ゆが》める。激しく小指の爪《つめ》を噛む。

「殿よ。迷ってはなりませぬ」

そんな生半可《なまはんか》な気持ちで武田と戦えるか。正信はたまらずにじり寄る。

「しかしな、弥八郎」

家康は詰め寄る鷹匠を遮って、ブツブツと呟き始める。

「次はあの武田と正面からぶつかる。遠州のみでない。わしに従ってきた者すべてを苦行に落とし込むだろう。ここはわしが腹を切れば済むではないか」

また、小指の爪を噛む。

武田の勢い、強さ。見附、一言坂の退き陣は撤退を前提とした合戦だった。そのために陣を構え、策をめぐらし、戦った。だからこそ首尾よく逃げ切ることができた。

そして生還したからこそ、わかる。あの武田とまともにぶつかっては到底かなわない。己だけなら、命を張ってもいいだろう。だが、ここからの戦いは、すべての家臣を地獄の苦しみに引き摺《ず》りこむ。多くの者が命を落とすだろう。それでも家康は生きねばならない。強い徳川家のために、未来のために。

家康ほどに家臣と共に歩んできた殿様がその岐路《きろ》に立たされている。

正信は苦しそうに目を伏せる。家康の影にならんとするこの男が、その胸の苦衷《くちゆう》をうかがい知れぬはずがない。

「殿、すると、殿の首を差し出して、我らは武田につけ、と言うのか」

背後から、平八郎の声が低く響く。

「皆、お家の繁栄を信じて殿とともに歩んできたというのに、武田の虜《とりこ》となれ、と。また今川の下にいた頃《ころ》のように、強者の属人《ぞくじん》としてひたすら耐え忍ぶ、あの日に戻れと」

平八郎の眼光は鋭い。

「艱難辛苦の上に強く立ってこそ、明日のお家が開ける、そうではないか」

家康は沈黙。口を真一文字に結んで、目を閉じている。

「その程度のお覚悟なら、信玄に委《ゆだ》ねることもない、ただ今、平八郎がこの場で殿のお首掻《か》き切ってしんぜる」

正信が、瞠目《どうもく》して面をあげる。

「そして、拙者もここで割腹して果てましょう。いかに、殿」

家康は無言。弥八郎正信は息を飲み、ただ見つめる。

もう誰《だれ》も入ることができない。二人だけの呼吸でこの主従は対峙《たいじ》している。家康が否と言えば、平八郎は家康を斬《き》る。真にそう思えてしまう。

息詰まるような時が流れ、やがて家康は丸い瞳《ひとみ》を大きく見開いた。

「平八郎。わかった、やる」

こうとなれば、やるのみである。家康はまた天空を見上げた。

「やる。やるぞ」

「それでこそ、殿でござる」

平八郎は深く頷く。続いて、正信が大きく頷く。

鷹が家康の左腕に舞い降りてくる。左肘《ひじ》の上にとまって、バサバサと大きく羽ばたくと、グエェッと大きく鳴く。

「ゆけや、家康」

そう言うかのようである。

叔父と甥

「やっ、やっ」

城下三の丸脇《わき》の本多忠勝屋敷の中庭で、少年が木刀を構えて、間合いをはかっている。前髪を残した紅顔の少年はひどく力んだ顔で、木刀を振り上げる。その前で、平八郎が中段に木刀を構えている。

「えいやあ」

少年が甲高い気合を放って踏み込むと、平八郎は少しだけ切っ先を上げた。

あっと、それだけで、少年の剣は弾《はじ》き返され、よろける。

「菊丸《きくまる》、踏み込みが甘いぞ」

平八郎は低く言う。菊丸と呼ばれた少年は悔しそうに顔を顰《しか》める。そして、また刀を構えなおす。平八郎も腰を落とし身構える。その姿だけで、菊丸は一歩じりっと下がる。

「菊丸、また腰が引けておるぞ！」

屋敷の濡《ぬ》れ縁《えん》に腰掛けて、声を飛ばすのは本多肥後守忠真《ひごのかみただざね》である。

菊丸はまだ十を過ぎたばかりの忠真の嫡男《ちゃくなん》である。少年が平八郎と稽古《けいこ》して、まともに打ち合えるはずもないが、忠真は小首を傾《かし》げる。

（侍はどうだろうか）

雄大な偉丈夫《いじょうふ》の平八郎の前で小動物のように縮こまる息子を見て、フウと溜息《ためいき》をつく。

今日は平八郎の屋敷に、父子《おやこ》二人で遊びに来た。忠真の屋敷で養われ元服した平八郎も今や、城下に別屋敷を与えられている。

「どうも気が弱くていかんです」

ぼやく忠真の後ろの座敷で穏やかに微笑《ほほえ》む女性《にょしょう》がいる。

「いいえ、菊丸殿はお心根が優しい、良い男ですよ」

白頭巾《しろずきん》を被《かぶ》り、墨染めの袿《うちき》に袈裟《けさ》を羽織った尼僧《にそう》である。

「乱世ですぞ。男子たるもの、そのようでは」

忠真が口をへの字にまげるのに、尼は口元を押さえて面を伏せる。

「勇敢なだけではいけませんよ」

その少し寂しげな声に忠真は口をつぐんだ。

尼は、元の名は小夜《さよ》という。忠真の亡兄本多忠高《ただたか》の妻である。忠真からすれば義姉、平八郎からすれば実母である。夫忠高の死後、仏門に入り、今は小桂《しょうけい》と名乗る。

その小桂尼は、ふくよかな頬に穏やかな笑みを絶やさない。

「侍は、いくさに命をかける。それを当たり前としますが、それだけではいけません。守るものを持って生き抜く、それも人ではありませんか」

忠真は返す言葉がない。

兄の忠高は女ざかりの小夜と幼子の平八郎を残して二十歳《はたち》過ぎで討死した。

小桂は、その悲しみを背負い、ひたすら夫の成仏を祈り続けている。そんな義姉の現世での願いは息子平八郎の成長であった。忠真はそれを感じ、全力で平八郎を鍛えた。そしてそれは見事になされたと言っていい。

(家康の過ぎたるもの、か)

忠真は庭先の雄姿を見て、何度も頷く。家長であった兄の死後、懸命に育ててきた。武人として、徳川一となるべく鍛え続けた。その手ごたえを十分に感じている。

徳川家中だけではない。武田勢、東海道《とうかいどう》の諸国、いや、日の本の国すべてに響き渡るほどの男に平八郎はなった。かつては、平素の寡黙《かもく》、穏健さにいろいろと教えをたれ、叱咤《しった》した甥《おい》だった。だが、今や、その武に名声そなわった平八郎は、至高のもののふとなった。

蛹《さなぎ》が蝶《ちょう》へと羽化《うか》するように、天下一の武人となったのだ。

「義姉上《あねうえ》、それにしても平八郎の武名はすさまじいですぞ」

話を変えようと口を開いた。

「徳川一の侍、どころか日の本一の武人と民まで讃《たた》えております」

小桂は、無言で笑みを漏らして、視線を落とす。

悦《よろこ》びばかりともいえない義姉の様を見て、忠真はまたも思い淀《よど》む。

そんな栄誉もこの尼には、複雑なのかもしれない。平八郎が見事なもののふとなればなるほど、遠い存在となる。亡兄と同じように、ある日突然いくさの中で果てるかもしれない。そんな相反する想いが胸によぎるのだろう。

（哀《かな》しいお方だ）

忠真はまた話を変えようと工夫する。

「平八郎も、そろそろ、子はできんのですかな」

その問いになんの他意もない。ないが、そのとおり平八郎は、まだ子がない。

妻はいる。正室お久《ひさ》、側室乙女《おとめ》と二人もいる。お久とはまだ新婚だが、乙女とは平八郎が幼年の頃学んだ寺で知り合った幼馴染《おさななじみ》である。父親代わりの忠真は幼い頃から二人が恋仲であることを知っていた。家康の媒酌《ばいしゃく》で娶《めと》ったのでお久が正室となったが、乙女とはもう十年以上の連れ合いである。子がないのが不思議であった。

庭の平八郎と菊丸をみていた忠真は、義姉を振り返った。

小桂は瞳に深い色を湛《たた》え、庭の平八郎を見ていた。

「義姉上？」

言葉があるかと思ったが、小桂はそのまま手を伸ばして膝元《ひざもと》に置かれた茶碗《ちゃわん》を取り上げた。思いを飲み込むように、口元に茶碗を寄せる。沈黙とすこし曇った空気に忠真は首を傾げた。慎ましく目を伏せる義姉の目元に寂しげな色が浮かんでいた。

（なんか、あるのか）

　忠真は眉根を寄せる。

「まあ、まだ若いですからな」

　自分で言いだしておいて、繕《つくろ》うように言いなおした。

「良いではないですか。子など、おらずとも」

　小桂は少し言葉を溜《た》めた。

「菊丸がいますよ」

　む、と忠真は眉間《みけん》の皺《しわ》を深める。

「平八郎も子は無くて良い、と言っています」

「そ、それは……」

　思わず声が上擦《うわず》っている。それでは、平八郎は、本多家を菊丸に譲ろうというのか。

　兄忠高亡き後、平八郎の成人までという期限で忠真が守っている本多宗家。

　本多家の直系は平八郎、自分は後見役。それを平八郎が子供の頃から教え、諭《さと》し続けてきた。なのに、平八郎は。

（それはいかんな）

　静かに、狼狽《ろうばい》していた。忠真は腕を組み、渋面を大きく傾けて、吐息を漏らす。

（ゆゆしきことではないか）

　小桂は二人の想いを知り苦しんでいる。息子と義弟、両者の狭間《はざま》で苦しんでいる。

「おらあ」

庭の平八郎が低く放つ気合が、空を震わせる。菊丸が打ち込む木刀を片手で受けて払っている。微塵《みじん》も揺るがぬ偉丈夫がそこにいる。

やはりこの男だ。平八郎が家を継ぐのは、本多家のためであり、徳川の繁栄にもつながる。それをなすのは、本多肥後守忠真の使命である。そう念じて生きてきたのだ。

（どうにかせんとな）

忠真は腕を組んだまま、深く考え込む。

心に大きな波紋が拡《ひろ》がっている。

女忍び

「武田は二俣の城を囲んでるな」

八重《やえ》は正成の胸の下で乱れた息のまま、呟いた。

「ああ」

まぐわいの後、息を荒く吐きながら、正成は応じた。

今宵《こよい》も服部正成は八重を抱いた。いや、ここのところ毎夜のごとく八重を抱いている。

この鬱屈《うっくつ》した想いを晴らしてくれるのは、この女しかいない。

首筋を伝って落ちた汗が、八重の頰に落ちた。

「徳川は戦うんだな」

「ああ」

耳の早い女だ。腕のいい忍び、ということだ。

さすがの正成も精を放ったばかりで気怠《けだる》い。ぞんざいな返事となった。

「武田の恐ろしさを知っても？」

「そうだ」

武田の恐ろしさはこの目で見た。見せつけられた。

見附、一言坂は、逃げるのが前提だった。しかも、あたったのは武田の一部隊だけだ。あれで信玄率いる全軍とまともにぶつかったのなら。

正成の体がブルッと震えた。いくら意地を見せようと、本気の武田勢と決戦して勝てるとは思えない。

でも、戦う。戦うしかない。

織田の援軍も浜松を目指しているという。徳川家臣は、もはや武田と戦うことを微塵も疑わない。あとは出戦か、籠城《ろうじょう》かが声高に論じられているばかりだ。

「死ぬわ。皆、死ぬ」

八重はまたそう呟く。

（一歩でも間違えれば、な）

正成もそう思う。

「男どもはどうせ武門の意地とか言うんだろ。武田を甘く見たらいけない」

「徳川はこれまでも織田、今川とのせめぎ合いの中で家を保ってきた」

「武田は違う。信玄には通じない」

八重の言葉は低く囁《ささや》くようになる。そうだろう。確かに今までの敵とは違う。

「信玄は従わない者は根絶やし。皆、死ぬわ」

冷たい響きに、おもわず正成は八重の顔を見なおす。その表情は朝冷えの湖水のように澄みきっている。白い頬の上で瞳だけ鋭利な刃《やいば》のように底光りしていた。

ぞくりとする。さきほどまでの艶《なま》めかしい瞳とまるで別人だった。

「死にたくないだろ」

八重は言葉を繋《つな》ぐ。

「じゃ、信玄を殺すしかない」

八重は形のいい小さな唇から、奇妙な言葉をこぼした。

「ああ?」

正成は小首を傾げて八重を見た。柔らかくも張りのある乳房が正成の胸の下で震えた。

武田信玄を殺す?　この女、なにを言っているのか。

「そんなこと、無理だ」

正成は八重の上から降りてゴロリと横になった。

「なぜ?　武田と戦うんだろ。なら信玄を殺すのが目的じゃないか」

正成は、いやいや、と首を振る。武田信玄、近寄ることさえ難しい。信玄の身辺に忍び入ろうとして帰らぬ者は数知れず。そして、正成自身もその目で見た武田陣の様子。心の臓を鷲掴《わしづか》みされたような恐怖。生きて帰れる気が微塵もしない。

「でも、いくさで徳川が武田に勝てるわけない。なら、大将を殺すしかないだろ」

「う、む……」

正成は苦しそうに唸《うな》った。

勝てない、かといって、降伏は許されない。逃亡も駄目だ。桶狭間《おけはざま》、三河一向一揆《いっこういっき》、金《かね》ヶ崎《さき》の退き陣、姉川合戦、家康は絶体絶命のいくさを何度も戦い抜いた。今回もそうなのだ。意地をかけて戦う。そしてその中で次の徳川家を作るのだ。

(だが、負けて滅んだら)

敵は武田だ。あの強大な武田軍団なら苦も無く家康を討ち取り、徳川家を壊滅に追い込むのではないか。いや、そう考えた方が自然ではないか。

「もう迷ってる場合じゃない」

今度は八重が正成のうえに覆いかぶさるように乗り、胸の上に顎を乗せて、正成の目を覗き込んだ。その声音《こわね》の妖《あや》しさに、正成は眉を顰めて見返す。

「どうしようもないんだろ。なら信玄を殺すしかない」

「わかってるのか、あの武田だぞ、武田信玄だぞ」

「わかってるよ」

八重は無造作に頷く。すこし尖《とが》った顎が、正成の固い胸板に食い込む。

「私もいくよ」

正成は上目遣いで見上げる八重の顔を見下ろした。

「おまえ、なにか……」

言いかけて、言葉を飲みこむ。八重の瞳が、不思議な光を放っている。

前から気になっていた。この女は武田となにかある。八重の腹の下の正成の男が小さく縮まっている。それだけでなにかを悟ったのか、八重は薄く微笑む。

「そんなことはどうでもいい。信玄を殺すんだろう。私もいく、お前もいく。共に信玄を殺すのさ」

「策があるのか」

八重の瞳を覗き込む。八重は無言で頷く。

「信玄には弱みがある」

ぎょっと正成は目を剝《む》く。

いったい、この女は何者なのか。体を知っているということで何もかも知った気になっていたが、考えてみれば八重のことをなにも知らない。

気にすることなく抱いていた。いや、ひょっとすると「抱かれていた」のかもしれない。

（弱み、だと）

あるのだろうか。あの武田信玄に。

だが、正成はその言葉にたまらない魅力を感じている。そう思うなら、もう正成は八重の話に乗っているではないか。この女が何者か、そんなことはどうでもいい。これだけ体が合う、それだけで一心同体ではないか。

「できるのか」

「私とお前が組めばできるよ」

声は不思議な力を持っている。八重の言いきりに、正成はさらに顔を顰める。

八重と共に信玄を殺す。日の本一の武人と呼ばれる武田信玄をたった二人の技で殺す。万人の軍兵でも殺せない、あの男を。これ以上に面白いことはないだろう。

そんな想いが細波《さざなみ》のように胸に打ち寄せて、正成の心は揺れに揺れる。

「もし仕損じて逃げ帰っても、なにも損はないだろ。あの武田だ、やはり手ごわいって、それだけだろ」

「武田だぞ、仕損じて逃げられるのか」

「私とお前なら、逃げられるよ」

「仕損じたら、徳川は武田と戦って滅びるのか」

「別に、いいじゃないか」

八重の声音は一切澱《よど》みがない。

正成はしげしげと八重を見た。この女、今度はなにを言いだすのか。

「武家が武家同士の争いで滅びるなんて勝手さ。私らは忍びだろう。徳川が滅びたら、どこか他家を探せばいいのさ。別に徳川なんてどうなってもいいだろ」

正成は心で唸りを上げる。

(さすが、女忍びは恐ろしい)

忍びは侍ではない。主家に殉《じゅん》ずる義務などない。

武田とて、徳川を滅ぼしたとしても、お抱え忍びの服部党まで滅しはしないだろう。忍びは常人ではなせぬ得難い技をもっている。武田が雇うと言えば鞍替えしてもよし、否というなら、逃げてもいい。どこにいっても食い扶持《ぶち》はある。

忍びらしい極めて怜悧《れいり》な考え方だ。そして女らしい割り切りだ。男ではこうは思いきれない。男は主家の恩だのと拘《こだわ》るが、女はたえず現実を直視する。

「八重、おまえ、面白いことを言うな。だがな、服部党はちがうんだ」

父半蔵保長が率いてきた服部党は徳川家康旗下の歴《れっき》とした家臣である。

(家康様もうまくやったものだ)

他家なら忍びと蔑《さげす》まれ、陰の雇われ者でしかない服部家を自分の旗本にしてしまった。武家の主従関係の中に忍びの頭領を取り組んだのだ。今や半蔵以下の服部党は、徳川配下の武家郎党と同じなのだ。

「家康様はしたたかだ。並の大名ではないぞ」

家康のような小身《しょうしん》で新興の大名家がお抱え忍びを持つことが珍しいのに、その頭領を家臣としてしまった。そこに家康の妙技がある。

家康は、幼少期、織田家、今川家の人質として命を狙《ねら》われ続けた。それだけに、己の命を守ることに慎重である。ために引き立て尊んできたのが、服部半蔵率いる服部党なのだ。

「知ってるだろうが、あの金ヶ崎の退き陣だって、姉川だって」

家康は織田信長と同盟し、献身的に尽くしている。少なくとも世上ではそう見られている。越前朝倉《えちぜんあさくら》攻めの失敗で信長に置いていかれた時も、殿軍《しんがり》に近いほどの場所で手ずから鉄砲を放ち戦った。姉川合戦で朝倉・浅井《あざい》連合軍と決戦した時も、わざわざ自軍に倍する朝倉勢と戦うことを買ってでた。

無謀《むぼう》ともいえるそのいくさ働きは、織田家ならず、各地で称賛の声を巻き起こした。

「律義者《りちぎもの》だ。徳川家康は命を張って戦い、裏切らぬ」と。

そんな一見命をさらすようないくさができるのは、家康の側《そば》にたえず服部党があり、率いる伊賀者《いがもの》が陰から家康の命を守っていたからである。

幼年の頃より命の危険に晒《さら》され続けた家康が身につけた最強の護身術だった。

「ふうん」

八重はまったく動揺しない。興味もないようだ。

「お前も侍みたいなこと言うんだな。家康様がなんだってんだよ」

「服部党は家康様と一心同体だ」

「それは、御父上《おちちうえ》の半蔵様の考えだろ」

八重は当たり前のように言う。

「家康が負けて徳川が滅ぶ。半蔵様は家康の家臣の侍なんだから、腹も切らねばなるまいよ。だが、お前はいいだろ。半蔵様が死んでも、服部党はどこかにまた仕えるだけさ。服部党は武士じゃない。家康と結んだ半蔵様が死んだら、元の忍びに戻るだけだろう。まして、私とお前なんか、徳川に殉ずる義理なんてこれっぽっちもないだろ」

正成は息を呑《の》んで八重の顔を見つめた。

服部党を率いるのはまだ父ではないか。家を譲るなどと乗せられたが、正成が父の企てに殉ずる義理があるのか。無理に武家の真似事《まねごと》をする必要もないだろう。

妙に気持ちが軽くなった。侍だの、忍びだのと拘っていたのが、阿呆《あほ》らしく思える。

それよりも、信玄を殺してこの女とどこかで暮らす。それもいいだろう。

(損はない、か)

そもそも負けが決まっているいくさを待つより、動いたほうが良いではないか。

己の技で日の本一の男を殺す。そんな快事、他にあるか。

(武田信玄なんて殺した日には、な)

合戦ではまず不可能。武の男、本多平八郎とてできないことを、この服部正成がなす。

あの日、馬上から見下ろしてきた平八郎の逞《たくま》しい武者面が歪む。

(家康の過ぎたるものとか呼ばれて、満足してればいい)

その裏で信玄の首は、服部正成がとってやる。

ウフと正成はくぐもった笑みを漏らす。

「八重、さすがだな、お前は」

その小さく整った顔が菩薩《ぼさつ》のように神々しく見えてくる。

(やれるか)

そう思えてきた。瞬間、身を起こしている。

「そうだな」

「そう」

「やるか、八重」

正成の瞳は鋭利な刃のような光を放ち始めている。

すでに、暗殺者の日、である。

木曽路にて

木曽路《きそじ》は山また山をかき分けてゆく。

ある時は山裾《やますそ》の杣道《そまみち》を、またある時は渓谷《けいこく》のほとりを縫って進み、蛇の背中のように延々とくねりくねって続く。

人里はなれた信濃《しなの》木曽郡飯田《いいだ》の外れを過ぎてゆく数騎と数十の従者、いくつかの輿《こし》、荷《に》駄《だ》の一行がある。

「なかなか難儀な道中だ」

先頭近くを馬でゆく、いかにも商人然とした男がなにげなく呟いた。

この男、甲斐《かい》府中では鳴らした富商、楢林屋《ならばやしや》の主人、楢林善右衛門《ぜんえもん》という。

武田家御用達《ごようたし》の商家でもあり、奥向きの装束から躑躅《つつじ》ヶ崎《さき》の城館で使う大小の調度品、兵糧《ひょうろう》などを扱う大商人である。

そして、楢林屋のもっとも得意とする品、それは人である。奥向きで必要な侍女、普請《ふしん》や作事で必要な人足、祭事などで一時的に駆り出される人手、時には軍兵まで。これらを用立て、派遣するのが楢林屋である。楢林屋の主業、それは「くちいれ」である。

本日、楢林屋の宰領《さいりょう》するこの行列は色鮮やかな輿や、装飾品が入った大きな荷を背負った荷駄が大半である。多数の女を連れているのである。

商人が仕切る行列でありながら、武装した騎馬兵、徒士《かち》の槍《やり》武者が数十も前後を固める。

大商人楢林屋が雇った牢人《ろうにん》兵、一行を守る護衛である。

そして、この一行は先頭に武田菱《たけだびし》の幟旗《のぼりばた》を掲げている。これは武田家公認の一行であり、郷国甲斐より戦地の武田本陣まで往還するという証《あかし》である。この紋がある限り、武田領内では、野盗の類《たぐい》は恐れて近づいてこない。

（しかし、お殿様もあいかわらずお盛んだ）

善右衛門は後ろを進む輿をチラと振り返り思う。

「旦那様、こたびはちと遠い道のりですな」

馬の口輪をとる小者の与平《よへい》が前を見つめたまま言う。

「これは武田のお殿様が天下人となったりしたら、当家も大変なことになりますな」

「ならんわい」

善右衛門は即答する。ほお？と、与平は小首を傾げる。

「天下人となれば、都の女を抱くだろうが。わざわざ、甲州《こうしゅう》から女を呼び寄せはせん」

「なるほど、そうですなあ」

与平はあっけらかんと笑う。

「しかし、殿様はお好きですなあ。このたびは六人もですか」

「余計なことを言うでない」

後ろの輿には甲斐の国中を探して見つけた美女六名が乗っている。

町民、豪農、地侍の娘と様々だが、いずれも素性明確で、容姿も性格も抜群、選《え》りすぐりの女たちである。

(この中から何人、殿様が抱くかな)

信玄は閨《ねや》に女を欠かさない。それは戦陣でも変わらない。

といって、敵地で見知らぬ女を抱くようなことはしない。むろん、危険だからだ。信玄の命を狙う者は数知れない。その警固は鉄壁であるが、人の房事《ぼうじ》を守るのはやはり骨が折れる。なら、知らぬ異国の女は閨にいれぬ方が話が早い。

そして、側室を戦場にともなうようなことはしない。軍律が弛《ゆる》むからであろう。総大将自らが妻女同伴で戦陣に臨むなど許されるはずがない。

だから、少しでも長陣となると、こうしてお忍びで甲斐から女を呼び寄せる。それを用立てるのは、楢林屋善右衛門である。いつもこうして、見目《みめ》佳《よ》き女を数名見繕《みつくろ》って、戦地へと護送する。

遠州に攻め入った武田勢は、今、二俣城をかこんでいる。進軍といくさが続くこともなく、城攻めは持久戦である。しかも、二俣城は容易に落ちない。囲んで早くも一ヶ月《ひとつき》が経《た》とうとしている。

そうなると、信玄は癒《いや》しを求める。信玄、齢《よわい》五十を超えて精力絶倫《ぜつりん》である。

(いや、老いてますます、だな)

善右衛門は含み笑いを漏らす。

そのとおり。信玄の好色は老齢の域に入って一層盛んである。女に溺《おぼ》れるわけではない。ただ、病的に女を抱く。漁《あさ》るといっていいほどである。一昨年、正室の三条《さんじょう》夫人が死去してからは箍《たが》が外れたと思えるぐらいだった。

しかも一人に固執せず、数多《あまた》の女を日ごとに代わる代わる抱く。

（まるで、理想の女を探し求めるかのようだ）

善右衛門は少し小首を傾げる。武田の奥向きの仕事を一手に引き受ける善右衛門だからこそ知ることである。

（ま、そんなことは、いいか）

自分は武田家御用達の商人であり、最上の客である信玄の望む品を潤沢《じゅんたく》に用意するのが役目だ。女もその一つ。それだけだ。この男は根っからの商人なのである。

道はゆるやかに登り始めていた。

東山道《とうさんどう》木曽路を外れて進む一行は信濃木曽郡の南境へと向かってゆく。青崩《あおくずれ》峠《とうげ》の峻険《しゅんけん》が見え始めた。この峠を越えれば遠州である。いよいよ国境の難所という辺りで向こうから来る騎馬の軍兵と行き当たった。

「止まれ、止まれ。楢林屋善右衛門殿はいずこ」

二十騎ほどの騎馬勢の先頭に立つ武者は武田菱の指物《さしもの》を背負っている。

「穴山梅雪《あなやまばいせつ》様の命で迎えに参った。この先、青崩峠から先は敵国である。遠州二俣まで護衛する」

初顔である。武者はわざわざ随分と手前で馬を降り歩み寄ってきて、誠実そうな顔で深く一礼する。

善右衛門は少々戸惑う。同道する家人《けにん》たちもここまで護衛してきた牢人兵も怪訝《けげん》そうにこちらを見ている。先に来た書状で今回の迎えは、信玄近習の武藤喜兵衛《むとうきへえ》、国境付近の集落にて落ち合う、という手筈《てはず》だった。

「失礼ながら手形はお持ちで？」

と問うと、武者は懐《ふところ》から折りたたんだ書状を取り出す。

見慣れた穴山梅雪の署名がある。善右衛門は梅雪とも顔馴染みである。だが、署名や花押《かおう》は偽造できないものではない。なにせ、今は戦時、それに敵国が近づいているのだ。

（ま、この荷など敵が狙うこともないか）

怪しみながら善右衛門はそんなことも思う。善右衛門が運んでいるのは、武器弾薬でも兵糧でもない。女なのだ。野盗の類なら、わざわざ武田武者のふりもしないだろう。

「武藤殿は？」

「二俣の城攻めで持ち場が変わり拙者が参った」

武者はまったく動じず気さくに応《こた》える。どころか、話を進めていく。

「しかし、この山道を遠路、檜林屋も苦労なことだな」

確かにこたびの行程は身に応える。武田の遠征でももっとも険路《けんろ》といっていい旅路である。だが、この仕事は手代の誰にも任せられない。信玄公直々のお召しだ。善右衛門以外の誰が行けるのか。

そんな善右衛門の疲れた体と張りつめた心に、武者の優しい声は柔らかく響く。

思えば、侍など皆居丈高《いたけだか》に上から話す奴《やつ》ばかりである。商人など見下しているのだ。いつもそんな想いで苦虫を噛み潰《つぶ》し慇懃《いんぎん》に頭を下げてきた善右衛門である。

「しかし、この度はお屋形《やかた》様も天下を狙っての大遠征よ。楢林屋も大仕事よな。侍が武功を競うように、善右衛門もさらにお屋形様を喜ばせれば、今後も繁栄するだろう」

なんと全身が痺《しび》れるようなことを言うのか。長旅の疲れが癒されるようだった。

「武田と共に都に移って天下の商人となるかもな」

都の商人となれば、さぞ大きな仕事ができるだろう。善右衛門は甘美《かんび》な妄想《もうそう》に酔った。

「甲斐一の商家、楢林屋。なんでも揃《そろ》える日の本一の商人善右衛門。とうとう天下へ乗り出す、か」

もっと言ってほしい。もっともっと聞きたい言葉である。善右衛門は気分良く武者の優しげな瞳と口元を覗き込む。

徐々に意識が朦朧《もうろう》としてきている。善右衛門の目尻《めじり》がとろりと垂れ下がっている。

「善右衛門よ、なあ」

その声は遠くから呼びかけるように聞こえていた。

善右衛門の意識は薄れていった。

武藤喜兵衛は青崩峠麓《ふもと》の集落で楢林屋善右衛門の一行と落ち合った。

「善右衛門殿、久しいな」

喜兵衛は右手をあげ、気さくに迎えた。

武藤喜兵衛、元の名は真田源五郎《さなだげんごろう》。武田家臣で信濃小県《ちいさがた》郡を領する真田弾正忠幸隆《だんじょうのちゅうゆきたか》の三男である。後に兄二人の早逝を経て、真田家を継ぎ、真田昌幸《まさゆき》と名乗る。

三男坊の喜兵衛は少年の頃、信玄の下に送られた。武田家臣としては新参の信濃衆である父幸隆が差し出した人質である。信玄の小姓として仕え、その才を愛《め》でられた。

武藤とは、武田親族衆の名家である。その姓を与えられた喜兵衛はすでに騎馬十五騎、足軽三十人を束ねる大身《たいしん》の旗本でもある。すべて信玄の肝《きも》いりであった。

後に武田二十四将にも数えられ、徳川を苦しめることになるこの男も、今はまだ二十六歳。血気盛んな年頃である。

「おお、武藤様、これはこれは」

明るく応じる楢林屋善右衛門の顔を見て、喜兵衛は少し眉を顰めた。

(こんなに明るい男だったか)

喜兵衛とも顔馴染みとはいえ、これほど馴《な》れ馴《な》れしい男だったか。

首を伸ばして、善右衛門の後ろにひかえる女たちを数えた。

「こたびは見目佳きおなごを七人か」

「おお、そうじゃ。とびきり見目よく、気性もよい女子、お屋形様好みのな」

善右衛門は快活に言う。

うむと、喜兵衛は頷き、考えすぎかと思い直す。楢林屋といえば、甲斐一の大商人、さらに善右衛門は商い一筋、武田御用達で信玄の恩寵《おんちょう》も厚い。そして武田宿老連中にもほぼ顔が利くほど信頼されている。

(まあ、色のことだしな)

あの武田信玄の一物《いちもつ》を握るようなこの仕事をこなす以上、商人とはいえ多少誇るところもでるか、とも思う。

対して、喜兵衛はこの奇癖《きへき》も含めて、心から信玄を崇拝する。

女を抱く、男の欲望の最たるものである。しかもわざわざ郷国から呼び寄せる。こんなことだからこそ信玄は愛弟子《まなでし》ともいうべき喜兵衛を迎えにだしているのだ。

あの聖人のような信玄とて人間、男なのだ。信玄ほどの絶対君主なら、あからさまに放蕩《ほうとう》し、遊興にふける例は数多ある。淫蕩《いんとう》に溺《おぼ》れ、滅ぼされた国主も少なくはない。

だが、信玄は厳然たる殿様である。家臣には絶対的であり、いくさ場では神業《かみわざ》ともいえる采配《さいはい》を振り、民を慈しみ、良政を施す英雄だった。

(人の倍、いや、人の十倍生きておられるのだ)

信玄は燃え盛る生を燃焼し尽くそうとしている。なら人の倍、色を求めるのも当然だ。女を抱くのも飯を食うようなものだ。それぐらい良いではないか。

まして、信玄は嫌がる女を凌辱《りょうじょく》するようなことはしない。

確かに若い頃は、侵略した国の姫を虜にして抱いては、閨室《けいしつ》にいれた。だが、もうそんなことをする必要もない。神とも崇《あが》められる武田信玄に抱かれたい女から特に選りすぐった女を愛でるのだ。真に英雄の漁色《ぎょしょく》であった。

（日の本一の殿よ。良いではないか）

喜兵衛は、そんな風に信玄を敬愛しているのである。

一夜の宴

二俣城を武田菱の軍旗が取り巻いている。

寄せ手の大将は、武田四郎勝頼《しろうかつより》である。武田勢は城を囲んだ当初は激しく攻め立てた。だが、天竜と二俣川の合流点に築かれ、三方を川に守られた断崖《だんがい》に立つ二俣城、小城ながら攻めづらく、力攻めでは容易に落とせない。

城を守る兵は千二百ほど。将は、中根《なかね》平左衛門正照《へいざえもんまさてる》、青木《あおき》又四郎貞治《またしろうさだはる》。忠烈無比な徳川譜代《ふだい》の臣である。二将はこの城を守る意味を充分に知っている。徳川の本城浜松と並んで、二俣城は、天竜川を守る徳川領の命綱であった。

力攻めでは通じぬと悟った勝頼はすぐに戦略を変えた。城を囲んで兵糧攻めへと切り替えた。ところが、糧食は潤沢に運び込んでいた二俣城、そうなってもなかなか落ちない。そうなると持久戦となる。城攻めとはいえ、城兵の二十倍の武田勢の後方はまったく平穏である。

信玄本人は、攻城開始当初より、二俣から天竜川沿いに一里ほど南下した合代島《ごうだいじま》という地に陣取っている。まるで城を攻める総領息子を監督するがごとく、静かにその身を陣中にとどめていた。すべて任せた、余計な口出しはしない、そんな様でもあった。軍陣から離れた寺を居館として、窓から見える鄙《ひな》びた冬景色を愛でて過ごした。

その晩はそんな遠国での日々に飽きた信玄を慰めるかのような宴《うたげ》が催された。

宴の主催者は、重臣穴山梅雪、客は甲斐の商人楢林屋善右衛門である。

天竜川から一里ほど東に永安寺《えいあんじ》という寺がある。この辺りは合代島ももう外れといえるところ。寺社が何軒か隣接するうちでも、永安寺は特に由緒ある臨済宗《りんざいしゅう》の古刹《こさつ》である。その境内《けいだい》にある書院の広間が宴の場であった。

善右衛門の引き連れた若い女たちが、信玄の前で舞い、謡《うたい》を歌い、鼓《つづみ》を叩《たた》いた。

信玄は、それを愛でながら、運ばれて来た生国甲斐の美酒で心地よく酔った。

相伴するのは穴山梅雪である。

「お屋形様、今宵はとくに華やかですな」

舞踊る女衆はいずれも薄手の衣を身に纏《まと》い、白い肌が燭台《しょくだい》の灯りで桃色にそまる。豊かな乳房、白い尻が衣の上から透けて見えている。幻想的なその光景は、この世のものとは思えぬようである。

（まるで桃源郷だな）

城を囲んでいる戦陣とは思えない。いや、もはや二俣を囲む武田勢は三万に膨れ上がり、この分厚い陣に奇襲をかけてくるような敵勢もいない。遠く遠州まできて、城を囲みながらこんな宴を催しているのこそ、格別の風情《ふぜい》ではないか。

そんなことを思いながら、武田一族の梅雪は、信玄と共に酔う。

(わしだからなせるのよ)

独《ひと》り言《ご》つ梅雪の前で、信玄は満足そうに杯を傾けている。

老臣の中でも軍略については、山県《やまがた》、馬場《ばば》といった武名抜群の者共がいる。

だが、こうして信玄の夜の御伴《おとも》ができるのは、この穴山梅雪しかいない。それが密《ひそ》かな自慢でもある。

七人の女は皆似たように美しい、いずれも透き通るように色白で、切れ長の潤《うる》んだ目、黒髪嫋《たお》やかな美女である。

宴も進んだところで、杯を持つ信玄の動きが止まった。一人の女を凝視《ぎょうし》している。

(今宵《こよい》はこの女か)

梅雪は含み笑いで頷く。確かに美しい、だが、美貌《びぼう》ならここにいる七人さほど変わらない。この女のどこを気に入ったのか。

それは目だ。なぜかこの女は信玄の前で伏し目がちに視線を落とす。

ほかの女は信玄に抱かれようと媚《こ》びた流し目で見つめる。だが、この女はちがう。その憂いを帯びた瞳が信玄の心をそそるのだ。

(こんな女こそ、征服したいのか)

そんなことも感じ取れるようになった穴山梅雪である。

梅雪は口元を歪めて、含み笑いを噛み潰す。

宴が終わると、女たちは奥の別室にうつされた。

ほどなく襖があき、楢林屋善右衛門が顔を覗かせる。

「お夕《ゆう》、ちょっと来い」

お夕と呼ばれた女は、はい、と立ち上がり、部屋をでてゆく。善右衛門は六畳ほどの小部屋に移ると言う。

「お屋形様がお前をご所望だ、しっかり勤めよな」

「はい」

お夕は瞼を伏せて頷く。そんな仕草に下腹が震えるような気分になる善右衛門である。

（さすがはお屋形様、お目が高い）

信玄が見初めたと思うと余計にその価値が高まる。自然と、その白い首筋から胸元に目がいってしまう。が、善右衛門は商人である。大切な品である女に懸想《けそう》はしない。

「さ、しっかりな、閨は女のいくさ場だぞ」

と言ってでてゆく。お夕は一人残った。途端にその憂いを帯びた瞳が爛《らん》と輝き出す。

このお夕という女、八重である。

なぜ八重がここにいるのか。むろん信玄を狙って忍び込んだのだ。

ここまでは狙い通り来ている。あと一息だ。

武藤喜兵衛は足軽を配して、永安寺の周囲を警固している。

それはいつものことだ。信玄の近くには猫の子一匹近づけない。宴ならなおさらである。

崇拝する信玄の憩《いこ》いの場を乱す輩《やから》など、寺の一里四方にすらいれてはならない。

警固は武者三人一組、喜兵衛は自らその中に混じって書院の周囲を見張り歩く。境内のいたるところに篝火《かがりび》が焚《た》かれ、曲者《くせもの》が潜む暗がりすらない。

かすかに屋内から音曲の響きが聞こえる。

(平穏、かな)

特に異変はない。中は和やか、外は静寂である。まず、いつもどおりの夜である。

喜兵衛は頷きながら書院の裏庭を進む。厩《うまや》の近くを見回っていると、楢林屋の小者が馬に馬草をやっている。

「おお、楢林屋の」

喜兵衛は記憶力が抜群だ。一度覚えた顔と名は忘れない。それは、武士だろうと、民草だろうとである。馬に飼葉《かいば》を与えていた男が、白い息を吐いて振り向く。

「与平でございます。ああ、これは武藤様、ご苦労様でございます」

「お前も苦労だな、こたびはずいぶんと遠くまで」

きさくに話しかける。腰に下げた布袋から白い餅《もち》を取り出す。先ほど台所で焼いていたのを持ってきた。一つを与平に渡し、もう一つは自分で頰張り、もぐもぐと嚙む。

喜兵衛は知っている。世の中には侍だけでは知れないことが山ほどある。それを知るため、喜兵衛は民と交わる。時には民草のほうが貴重な情報をくれるのだ。これは、一度、牢人の身に落魄《らくはく》した父真田幸隆の教えでもあった。

「武藤様はいつもお優しいですなあ、こんなわしに」

与平は今にも涙しそうである。人は食を共にすると打ち解ける。武田信玄の旗本と自分が同じ餅を頬張っている。それだけで与平は拝み倒さんばかりである。

「なにか面白い土産話《みやげばなし》はないのか。木曽路はどうであった？」

喜兵衛は巧みに話を引き出そうとする。いや、自然と対等に話している。その素朴な人懐っこい笑みはまったく侍らしくない。この男、天性の技であった。

「いやいや、田舎《いなか》ですな、延々と山、山、山で」

「だろうな、善右衛門もぼやいていたか」

「大層お疲れのようでしたが、いや、大事なお仕事ですから」

言いながら、与平も楽しそうに、うへっと笑う。

「しかし、旦那様は途中から妙に元気になられましたぞい。峠越えの前で、新たに里の者が連れてきた女を加えると言うて、いやあ、そんなこと、これまでなかったのですが、特別に見目《みめ》佳《よ》いからいい、と言うて、そこから妙に張り切りまして」

「途中で？　では、あの女ども一人増えているのか」

「ええ、女だけではありません。なにやらお知り合いじゃゆうて、連れてきたお旦那も一人一行に加えましてな」

「なんだと？」

「木曽の山中に知り合いなんかおりますかのう。今、中で休んでおるんじゃなかろうか」

与平は朴訥《ぼくとつ》に言うが、喜兵衛はもう顔色を変え踵《きびす》を返している。

一方のお夕、いや、八重。

小部屋でしばらく待つと静かに襖が開き、年増《としま》の女房三人と侍女が十名ほど連なって入ってくる。手に手に折りたたんだ衣装やら化粧箱やら抱え、音もなく八重を取り巻く。

「化粧《けわい》直しと着替えを」

一人が白い能面のような顔で、お夕ならぬ八重の前に立つ。

「立ちなさい」

頭らしき老女が厳《おごそ》かな声で言うと、八重は恥じらうように頷き、立ち上がる。

女房たちは慣れた手つきで、八重が着ている薄手の小袖の腰紐《こしひも》をとき、その衣をはいでゆく。元から裸身が透けていたが、これで正真正銘一糸《くび》まとわぬ素裸とされた。

たわわに実った乳房が形よく上を向き、腰はきつく括れて、それに反するように尻が見事に張っている。均斉《きんせい》取れた全身から豊潤《ほうじゅん》な香りが漂うようである。全身が透き通るように美しく白い中で、乳首だけが薄桃色に輝き、股間《こかん》には淡い草原が楚々《そそ》と繁《しげ》る。

三人の女房は、丹念に探るように八重の全身を検分する。前、後ろ、時に肌をまさぐる。小柄《こづか》でも隠し持っていないか、ということであろう。

女房の一人が、手を差し伸べ、股間の繁み、そしてその奥に指を当てた。

あっ、と八重の顔が紅潮する。

当然だが、なにもない。

女房三人は目を見合わせ頷くと、今度は持ってきた小袖を着せる。肌触り良さそうな白い絹の寝巻小袖である。

「すわりや。では化粧《けわい》を」

女房たちはみな、次の作業にとりかかる。正座した八重の周りにとりつき、寝化粧を始める。ある者は面に首に白粉《おしろい》を塗り、頬紅《ほおべに》を差し、ある者は髪をすき始める。

それまで透き通るような白だった八重の肌が艶やかに染まり始める。

そのうちに、八重の後ろに中腰で立ち、高価そうな櫛《くし》でその婦やかな黒髪を梳《す》いていた女房の目がキラリと光った。化粧を施していた女がその光を感じ取り、小さく頷く。

「それ」

「！」

掛け声とともに、女たちがいきなり、八重の肩、腰、腕を押さえつける。身動きする暇すらなかった。

周りに群がる女どもが、にわかに立ち上がり、みな八重に詰め寄る。

荒縄を持ち出し、瞬く間に後ろ手に縛り上げられる。足首も縛られ、口には猿轡《さるぐつわ》を嚙まされる。肩だの腰だのを縛っても、忍びなら関節を外して逃げることもある。猿轡はむろん、舌を嚙み切らないように、だ。

忍びの縛り方を知っている。この女どもも只《ただ》の女房衆ではない。

「髪に仕込みしやがって」

冷たい目で八重を見下ろす。そして八重の黒髪を摑み、手荒く引っ張る。

黒髪の何本かが束になって抜けた。いや、髪のように見えた。

「これだよ」

その髪を両手でピンと張る。グイグイと引っ張っても切れない。

「首切り糸さ」

女忍びが使う凶器である。黒髪のように見えて、特殊な糸である。巻きつけて人の肌を斬る。

「徳川の忍びか」

嘲《あざけ》るように含み笑いをして見下ろす先の八重の顔。白い口元から覗く歯が猿轡を喰《く》いちぎらんばかりに噛んでいる。

ここまで来たのに。目が悔しそうに潤んでいる。


別間では、穴山梅雪が、楢林屋善右衛門と酒を酌み交わしている。

「二俣では思いがけず時をかけてしまった」

梅雪はさして悔しくもなさそうな素振りで言う。善右衛門はにこやかに銚子を持ち上げる。

「いやいや、穴山様。徳川なんぞ、もはや眼中にございませんでしょう。信長とて、上方に封じ込められております。お殿様が都に旗を立てられるのもそう遠くはないでしょう。ここはあせらず、兵を損ぜず進むべきでございましょう」

杯に酒を満たしながら言う。梅雪は赤らんだ相好《そうごう》を崩す。

「まるで軍配師のようなことを言うわ。よいわ、おのれはこのように陣に留《とど》まることがなければ商いにならんからの」

梅雪は気持ちよさそうに酔う。

「いやいや、そんなことは」

顔の前で右手を振って面を伏せる善右衛門を前に、梅雪は気持ちよさそうに酔う。

「しかし、よくもあのように美しき女どもを集めたものだ」

「それは、手前ども楢林屋総出でご奉公しております。ひとえにお殿様にお喜びいただけますよう」

梅雪はジロリと相伴している楢林屋の家人たちを見渡した。

(商人もいくさをしているのよのう)

この楢林屋も懸命なのだ。武田の領地は拡大し続けている。こたびはついに都まで攻め上るのだ。信玄の本拠が都に移るなら、御用商人としてぜひ都についてきたいのだろう。

「そして、穴山様にも」

善右衛門が上目遣いに梅雪の顔を見つめて、口端を上げる。

「む……」

梅雪は口を結んで、鼻を鳴らす。

信玄が選ばなかった女のうちの一人でも抱こうか、と思っている。

それは、当たり前の権利である。信玄の姉を母とし、娘を娶っている一族の将である己の特権なのだ。そのために、この穴山梅雪が女衒《ぜげん》のような仕事をしている。

梅雪は悦に入り、また酒杯をグイとあけた。

「穴山様、御免！」

バチンと奥の襖が割れるように開くのと、鋭い叫びが響くのが同時だった。飛び込むように武藤喜兵衛が入ってくる。室内の者が一斉に振り返る。

「な、なんだ、喜兵衛、声もかけず」

驚愕《きょうがく》で目を剝く穴山梅雪と楢林屋善右衛門の傍《そば》に喜兵衛が詰め寄ってくる。そして、善右衛門の前で片膝をついた。

「善右衛門、おぬし」

有無を言わさず善右衛門の小袖の胸倉《むなぐら》をむんずと摑《つか》み、

「術にでもかけられているのか！」

グイと引っ張ると善右衛門の顔が驚愕に歪む。

「あ、あ、あい？」

口の端から唾液《だえき》がもれる。

「善右衛門！」

喜兵衛が激しくゆさぶり活を入れると、善右衛門、一度大きく目を見開き、

「武藤様、穴山様、私はなにを？」

まるで今、眠りから目覚めたがごとく問い返す。

「善右衛門、よく見ろ、周りを」

「こ、ここは」

言われるままに、広間を呆然《ぼうぜん》と見渡す。その視線が部屋の中をゆきつ戻りつする。

「え、ええ？」

目を大きく見開き、口を半開きにして、首を大きくひねり、思わず声を漏らす。

相伴していた武田の小姓たちは立ち上がり身構え、宴に酔っていた楢林屋の家人たちは目を泳がして右へ左へ頭を振る。まさに、困惑渦を巻いている。

「あ、あああ」

善右衛門の口が大きくあき、一方をむいて、右手の人差し指を立てる。

部屋の空気が歪み、列座の者、穴山梅雪、武藤喜兵衛、すべての者の目が、その指さす方向をむいてゆく。

「お、お前は、」

善右衛門のうわごとのような声が室内に響いた。

指の先で、杯を手に持ったまま一人の男が座っている。

先ほどまで、楢林屋一行の一人として座に列し、和気あいあいと酒を飲んでいた。

「だ、旦那様、このお方は旦那様のお知り合いと……」

「そんな奴、知らない」

家人があわあわと口を開いたのを、善右衛門は遮った。

「知らない。誰だ、お前」

善右衛門が立てていた指を引き、そのまま口を押さえると、喜兵衛がその男を睨《にら》みつけ、腰の大刀に手をかける。

「チッ」

舌打ちの音は、思いのほか大きく響いた。

「思ったより早いな」

その男、服部弥太郎正成はゆらりと立ち上がっていた。

慌てて立ち上がる者、腰を抜かしたようにへたり込む者、部屋中が混沌《こんとん》とする。

ちょうどその時、回廊から小姓が慌てた顔を覗かせる。

「穴山様、あの女、くせ者でしたぞ！」

その叫びに梅雪は目を向けず、室内を睨んだまま、

「縛っておけい。こちらもくせ者だ」

と叫び返す。小姓は瞠目してのけぞると、

「であえ、であえ！」

と、屋敷中に響くほどの声で叫ぶ。

「ここまでか」

立ち上がった正成は片頬を歪めて呟いた。

やはり、無理だったたか。

木曽路の途中で、楢林屋善右衛門を幻術で化かした。醒《さ》めぬように一行に潜り込んで、操ってきた。八重を信玄の閨に忍び込ませるために。

しかし、武田の警固はやはり上手《うわて》だった。たとえ正成が善右衛門や穴山を騙《だま》せても、八重の方が見破られては仕方がない。

さすが武田だ。武田信玄だ。個人の技で殺すなど、どだい無理なのだ。そして、ここは敵陣の奥深くだ。こうなっては逃げることもできるかどうか。

正成は死を覚悟している。

「徳川の忍びだな」

すでに武藤喜兵衛は佩刀《はいとう》を引き抜いている。武田の小姓たちも駆け付け、居並んでゆく。

（八重）

駄目だ。八重を救えない。

もう少しだった。この宴さえ乗り切れば、そして、八重がうまく信玄の閨に忍び込めば。

たとえ信玄を討ち漏らしたとしても、八重を逃がす手を考えることができた。

だが、もう駄目だ。こうなっては、八重と共闘することもできない。

「観念せよ」

喜兵衛は中段に構えて、一歩二歩と近寄ってくる。小姓どもは周りを取り囲むように回り込んでくる。

（八重よう）

正成は繰り返している。

だから言ったじゃねえか。武田は怖いって、よお。

八重のあの妖しい瞳に魅入《みい》られてここまで来てしまった。

嫋やかな黒髪、しなやかな指、すべてが最高だった。

「八重」

正成は低く呟いて、手に握っていた黒い塊を部屋の燭台に向けて投げた。

白煙がぶわっと吹きあがり、室内が真っ白になる。「わわっ」「な……」と、言葉にならぬ声と咳《しわぶき》が部屋に交錯する。

「慌てるな。目かくしの煙幕だ」

武藤喜兵衛の声だけが甲高く響く。

「動くな、刀を振るな、同士討ちをするな」

その声はまるで戦陣で指揮を取るように力強く室内にこだまする。

（ああ、そうだ、落ち着いてるな）

正成はすぐには動かない、ひとまず息を潜めて佇《たたず》む。

（うわっ）

声も音もなく、正成は畳の上を転げた。スウッと頭上を鋭い刃が通り過ぎる。

喜兵衛が無言で踏み出し、斬りこんできていた。

（あぶねえ）

見えてはいないだろう。が、見えていたかのように鋭敏な勘で踏み込み、斬りつけてきた。さすが武田の将、なんて機転が利くのか。

ここは右往左往させ、混乱を衝《つ》いて逃げるつもりだった。だが、喜兵衛は他に余計な手出しをさせず一撃の機会で仕留めようとしてきた。忍びの斬り方を知っているのだ。

かわした正成は即座に起き、駆けだしていた。何人か、煙の中でぶつかりそうになる。すんでのところで避《よ》け、中庭に面した障子《しょうじ》に体ごとぶち当たる。バアンと突き破って障子戸の残骸《ざんがい》とともに、庭に転がり出る。

外にいた小具足姿の侍たちが一斉に身構えた。鋭い目つきで刀を抜く侍たちを手刀で叩きながら、正成は駆ける。

もう逃げるしかない。懐から出した忍び刀を抜きながら、ただ駆ける。中庭をつっきり、寺の境内から出ようとすれば、今度は忍びが数人、左右から飛び出してくる。飛来する手裏剣を忍び刀で弾き落としながら駆ける。

斬りかかってくる忍びの刃を右に左に払い、すぐ飛ぶ。戦っている暇はない。弾き、避けながら駆けるので精いっぱいだ。

ただ逃げる。一瞬でも止まれば囲まれる。囲まれたら最後だ。

後ろから飛んでくる手裏剣は音で避けながら、なお駆ける。駆け続ける。

(目立ってるな)

忍び装束なら闇《やみ》に溶け込めようが、商人姿の小袖ではそれもできない。良い標的とされている。舌打ちを続けながら、前後左右の忍びの間隙《かんげき》をついて、少しずつ外へ逃げようと方角を計る。技と気力と体力と勘と、すべてを使って正成は駆け、飛ぶ。

逃げながら、一つのことを思っている。

(八重は、どうなる)

いや、一人でも逃げ切れるかどうかである。とてものこと、八重を救うなどできない。

(八重、八重よ)

救えない。女一人も救えない。好いている女を置いて逃げるしかない。

(好いている?)

そうか、俺は好いているのか。体だけではない。八重を好いているのか。

この服部弥太郎正成が一人の女を愛しているのか。

「好いているのか！」

絶叫していた。そう気づいたのに、八重を捨てている。

逃げることしかできない。

服部正成は闇の中を駆け続けた。


「お屋形様」

穴山梅雪はすでに寝巻の白小袖に着替えた信玄の前で面を伏せた。

信玄は顔色を変えず、少しだけ眉根を寄せていた。

「楢林屋の中にくせ者が紛れておりました」

「む」

依然として信玄の厳然たる様は変わらない。

なかったことではない。信濃、上野《こうずけ》、駿河《するが》、武田が土地を侵すたび、滅ぼされる城主たちは刺客を送ってきた。だが、ことごとく武田の警固にひっかかっている。

信玄に触れられた者はいない。今日もまたそうだ。それだけである。

「お屋形様御所望の女が」

その言葉に、信玄は眉間の皺を深くした。少し不快げに見えた。

「刺客だったと言うか」

は、と梅雪は深々と頭を下げる。いつになく信玄の声が重い。そんな声音を読んで、梅雪は肩を縮めている。

「間違いなく。徳川の忍びです」

「どうしている」

「捕らえて縛ってあります。いかがしましょうや」

信玄は沈黙する。上目遣いで見れば、その頰の上に浮かんだ色がいっそう梅雪を動揺させる。不覚にも鼓動が速まるのを感じている。

「見てみる」

え、と梅雪は面を上げた。

「お屋形様、直々にお手を汚すことはありません。殺すも、拷問《ごうもん》も、我らが」

梅雪の声が上擦る。こんなことを言いだす信玄は初めてである。

「いや」

信玄の口ぶりは厳として堅い。

「会ってみる」

(会ってみる、だと)

梅雪が反芻《はんすう》する中、信玄はすでに立ち上がっている。

奥座敷の一室は四隅に灯火が立っている。

薄暗いその部屋の隅に、八重は転がされている。木偶《でく》のように転がされている、というのが、ぴったりである。後ろ手に手首を固く縛られ、足首も括《くく》られている。肩の下あたりから腰までも荒縄で巻かれている。猿轡を噛まされ、しゃべることもできない。そのうえ、麻薬草の香を嗅《か》がされ、体の自由が利かない。こうなると、もう芋虫のごとくである。身動きもろくにできないまま、ただ転がっている。

頭だけは冴《さ》えている。その目は冷たく輝き、奥で胡坐《あぐら》をかく武田信玄を見つめている。

信玄は信玄で、しばらくの間、自分を刺すように見る八重を、これまた微動もせず黙然と見つめていた。

「皆、下がれ」

信玄はおもむろに人払いをした。脇に控えた小姓、八重の周りにいる侍女の形《なり》をした女忍びども、皆戸惑いながら部屋をでてゆく。

「女」

信玄は重々しく口を開き立ち上がると、八重の傍《かたわ》らで片膝をついた。

「その香、どこで手に入れた」

黒目だけで信玄を睨みつけた八重の髪からは仄《ほの》かな香りが漂う。

「その顔」

ぐいと八重の頭を大きな右掌《て》で鷲摑み、顔を上向かせる。面を鼻先まで近づけて、八重を覗き込む。

「この黒髪」

そのまま、掌《てのひら》で八重の長い髪を撫《な》でた。

「先ほどの宴でのあの仕草、そして向き合った時のこの目」

信玄の声が少し掠《かす》れる。八重はその言葉を聞いても、目をそらすこともなく信玄の顔を直視する。瞳は強く刺すような光を放ち続けている。

信玄は眉を顰め、その巨眼を大きく見開く。

「似ている」

うわ言のように呟く。

「お前、いったい何者だ」

八重は答えない。いや、猿轡を嚙まされ、答えられるはずがない。

ただ、見つめている。その瞳は先ほどの強い光から、憐憫《れんびん》を湛えた深い色に変わってゆく。

「その目だ」

暫し押し黙った。

「そんな目でわしをよく見た」

そしておもむろに脇差《わきざし》を抜き、八重の体を巻いた荒縄をぶつぶつと切り払った。

だが、八重は動けない。かがされた麻薬草で全身が麻痺《まひ》している。

「お前が、魔物か、忍びか、そんなことはしらぬ」

信玄は、八重の絹の小袖を荒々しく剝《は》いだ。

豊かに実った乳房が、腰の括れが、丸く柔らかい尻がむき出しとなる。手首、足首の縄だけがひっかかる。信玄はもはや苛立《いらだ》つように脇差を摑み直し、その縄も切った。

真っ白い裸身が漆黒の板の間に投げ出された。

「わしの心を乱すとは。許さぬ」

信玄が小袖の前をはだけると、その男は高々と屹立《きつりつ》していた。

八重は見ている。目をそらすこともなく見ている。

その目、少し蔑《さげす》んでいるかのようでもある。

信玄は怒ったように顔を紅潮させ、八重の両足を持ち上げた。

「姫よ——」

そう呟くと、怒張《どちょう》するそれを八重の股間に押し当て、一気に貫いた。


一刻後、奥の間から戻った信玄は、別間に控えていた穴山梅雪、武藤喜兵衛らの前で胡坐をかいた。

「梅雪、喜兵衛」

どう応じてよいのかわからず、二人は面を伏せる。

「女は囲っておく」

両名、瞠目して面を上げる。

「お屋形様、しかし」

「いいのだ」

梅雪、喜兵衛が横目を見合わせる。こんなことを言う信玄は初めてである。

これまで忍び入った曲者は、手練《てだ》れは即座に斬首《ざんしゅ》、小者なら拷問して放《ほう》り出していた。

このどちらか以外に処置はない。

「女共に言って、縛らせてある」

信玄は低く言った。その声音は特に普段と変わりない。喜兵衛はその変わらぬ声音を心で反芻した。

「二俣が落ちるまでだ。暫《しば》し、わしに任せよ」

信玄直々にこんなことをするなど、かつてない。

（いや、あったか）

あったなら、それはいつか。喜兵衛は遠い記憶を探ろうと小首を傾げ、視線を落とした。

自分は人質として信玄の元へ送られたばかりで、伴《とも》をして何処《どこ》かへ……

キラキラと光る水面が見える。それはどこかの湖か、美しい水景が脳裏に浮かんでくる。

「喜兵衛」

主君の低い呼びかけに、喜兵衛は視線を戻した。信玄は厳として見返していた。

（余計なことを考えるな）

目はそう言っていた。その瞳の色に、喜兵衛は薄く浮かんでいた景色を消した。

そうだ、こんな些事《さじ》で大武田家が揺るぎはしない。

なにも変わらない。徳川を撃破し、信長を駆逐《くちく》する。

それだけだ。そして、それは目前に迫っているのだ。

織田来援

元亀《げんき》三年十二月、武田が二俣城を囲んではや一ヶ月《ひとつき》半が過ぎていた。攻めにくい城構えを前に、武田勢は包囲して降伏を待ったが、城は落ちない。断崖上にある二俣城、糧食はともかく水がなくなると見ていた武田の将兵はいぶかしんだ。実はこの城、城の裏手の絶壁に井楼《せいろう》を設けて天竜川から水を汲《く》み上げていた。気づいた武田勢は断ちがたいこの水の手に対して一計を案じた。川に何艘《そう》もの筏《いかだ》船を流して、井楼の柱を砕き、水の手を断つという奇策だった。

轟音《ごうおん》とともに井楼がくずれ落ちるのを見た寄せ手も城兵も感じていた。ついに戦局が動く。水なくば、いかな堅城、いかな勇士でも、戦えない。もはや二俣城の命運は旦夕《たんせき》に迫っていた。

(田舎くさい城だな)

佐久間右衛門尉《うえもんのじょう》信盛は浜松城主殿の大広間をぐるりと見渡して、心中で吐き捨てていた。

浜松城などという城、いや、浜松という地名もろくに知らなかった。

知らないのも当たり前だ。この地はもともと引馬《ひくま》、城は引馬城と呼ばれていた。今川の城を家康が改築、改名してできた新しいものだった。

（それなりに工夫してはいるが）

平城とはいえ、小高い丘陵に郭《くるわ》を連ね、南は遠州灘を望む。東海道を扼《やく》し、天竜川が東を守る堀として流れ、北を犀《さい》ヶ崖《がけ》という断崖に守られたこの城、なかなかに堅固そうだ。さすがに徳川の本拠といえよう。

だが、信盛が見慣れた清洲《きよす》、岐阜といった、織田信長が手塩にかけて作り上げた城にくらべるとやはり一回り小さい。なにより、造りが質素だった。

石垣も白塗りの城壁もなく、空堀を穿《うが》ち、土を掻き上げて作られた田舎城だった。

（そして、芋のような輩《やから》たちだ）

列座する徳川家臣を見渡して、鼻を鳴らす。

尾張、美濃《みの》出自の者が多い織田家臣も実は十分な田舎者だが、彼らは信長の美意識、先進性を絶えず見て、模《も》している。自然、身なりや挙動が垢《あか》ぬけている。

だが、ここにいる徳川の面々はどうもいただけない。武骨というか、粗野《そや》というか。とても洗練された侍とは言い難い。それは目つきや物腰に表れている。黙っていても滲《にじ》み出るのである。

（都などろくに見たこともない輩だからな）

それで、なぜ、自分がこんなところに、とも思っている。

自分は織田家の宿老だ。信長が家を継ぐ前からの古参重臣である。先代信秀《のぶひで》から世継ぎの信長を盛り立てよと直命を受けた、歴たる筆頭家老ではないか。

それが、このたびは徳川への援軍の将として遠州くんだりまでやってきた。

主君信長の名代《みょうだい》、といえば聞こえはいいが、率いている兵はわずか三千。これでは、援軍とはいえ、焼け石に水である。せめて徳川衆と同じ一万ほどもいれば、ずいぶんとありがたがられ、賓客《ひんきゃく》のようにもてなされるだろう。

(ま、もてなしを受けるために来たわけではないが)

だが、三千では——徳川衆のやや硬い視線が信盛の苛立ちを増長させる。

強張《こわば》った空気の中、信盛は鼻息を吐き続けている。吐きながら、むしろ逆に憤《いきどお》りもする。

(芋侍ども、援軍をだしただけでもありがたく思え)

出陣前の主君信長とのやりとりを思い出している。


「徳川殿を援《たす》けよ」

信長の目は凍るように冷たく澄んでいた。

は、と頭を下げた信盛は無言で次の言葉を待った。いつもそうだった。信長は家臣の反論、問い返しを許さない。一方的に言い放つだけだ。信長が少年の頃から家老として傍《そば》にいる信盛は知っている。だからこの命もただ受けるだけだ。

しかし、信長の青白い顔からすぐに言葉は発せられない。焦《じ》れて、信盛は口を開いた。

「して、こたびはいかに動きましょうや」

「籠城だ」

信長は斬って捨てるように、即応した。取り付く島もないほど冷たい、まるで抑揚のない口ぶりだった。信盛は深く頷く。主君のこんな言いざまには慣れている。信長は特別に機嫌がいい時以外は、こんな顔つきで眉一つ動かさず命を出す。

異論はない。籠城、それしかない。信長が出す兵は三千。近江《おうみ》浅井、越前朝倉、本願寺《ほんがんじ》、一向一揆、阿波《あわ》の三好《みよし》一党、六角《ろっかく》の残党、周りを隈《くま》なく囲む敵を抱えた信長がなんとかひねり出した三千の援兵。これでもぎりぎりの兵数だ。武田勢三万、浜松城の徳川勢は八千。この状態で三千の援軍は野戦には焼け石に水である。

だが、籠城するなら違う。三千の兵でも十分有効だ。

城という楯《たて》を持ち、国主徳川家康自らの指揮で一万の兵で籠るなら、一ケ月《ひとつき》、いや、三ケ月《みつき》は持つだろう。その間になにがしか情勢の変化が起こるかもしれない。

(起こらんかもしれんがな)

信盛は物の見方が悲観的であった。その目はつねに出来事の負の側面を見る。幼少の頃から「うつけ殿」と呼ばれた信長を主として仰《あお》ぎ、その奇癖《きへき》を見続けてきた信盛の骨の髄《ずい》までしみ込んだ性分だった。主君信長の言動への懐疑《かいぎ》。言葉にする、しないはともかく、それが本能的に生じてしまう、それが佐久間信盛だった。

信長が尾張を征し美濃を降《くだ》した頃から、織田家臣は皆信長に絶対服従、逆らうことがなくなっていた。そんな中で信盛はその采配の負の作用、成功の難しさを訴え、時に信長に直言した。そして、信長の逆鱗《げきりん》に触れ、激しい叱責《しっせき》にあった。

信盛はその場は丁重に詫《わ》びながら、腹の中でまったく悪びれない。

(わしのように忠言が言える奴がおらずして、天下布武などできようか)

破天荒なだけでは足元をすくわれて終わりである。この佐久間右衛門尉信盛こそ、織田信長という天才を天才たらしめているのだ。

気難しい信長を幼き頃より補佐して、大大名の地位まで盛り立ててきたのだ。己こそ家中の代表者として、信長に諫言《かんげん》できる。そう思えば、信盛の誇りは満たされる。信長になにを言われようと、怒りも憤りも浮かばない。

「ほかの城などどうでもいい。浜松城に徳川衆をあつめ、そこを堅く守れ」

眼前の信長は、寒気がするような言葉を続けた。

徳川領のこと、徳川の事情など一顧《いっこ》もしない。他人事《ひとごと》とばかりに冷たく切り捨てた。

(いいのか)

徳川は織田の家臣でも、服属する土豪でもない。同盟者ではないか。

そして、このたびは徳川領が武田に直《じか》に攻められるのである。領土の防衛なら徳川には徳川の方針があるはずだ。信長の命を唯々諾々《いいだくだく》と受けなくてもいい。

(あまりに都合がいいではないか)

信長は織田の戦略に家康を巻き込み、その軍勢をいいように使ってきた。なのに、自分が援《たす》けるとなると、これか。

面を伏せたまま、チラリと上目遣いで信長を見た。内心で大いに呆れながら、それでも信長の心の行方《ゆくえ》を探っている。幼少の頃から信長を見ている信盛にはわかる。なにか考えがあるのだ。

いくら信盛でも、この援軍の件に反駁《はんばく》するつもりはない。形はどうあれ援軍を出さねば、徳川は武田に降ってしまうかもしれない。出さねばならない援兵、しかし、その数は極小、それにいかに意味をもたせるのか。

「貴様をやる意味、わかっているな」

いつもそう、言葉短く、心が読みにくい、思いもよらぬことを命じてくる殿様だった。そのまま受けるだけでは済まない。信盛だからの用件があるのだ。

(はて、何を言いたいのか)

信盛は伏せた面を歪めていた。この佐久間信盛が、織田家の筆頭家老の自分がいく意味、とは。自問を繰り返す信盛はハタと気づき、面を上げた。

(そうか、そういうことか)

三千の援兵だろうと信長の名代として、徳川家臣団を押さえてこい、そういうことか。徳川が武田に降らぬように、目付け役として中に入りこめ、と。

(まったく、とんだ、殿様だな)

だが、こんな役をこなせるのは自分ぐらいかと、妙に納得する。

他の家老連中でできる者はいないだろう。柴田勝家《しばたかついえ》では豪邁《ごうまい》に過ぎ、丹羽長秀《にわながひで》では実直に過ぎ、明智《あけち》、木下《きのした》、滝川《たきがわ》らは外様《とざま》で徳川に対して押しが利かない。そう思えば、信盛の気は満たされていた。

上座の信長は相変わらず氷のごとく冷たい眼光で見ていた。

「かしこまりました」

すべてを悟った佐久間信盛は落ち着いて、一礼した。


（信長様の名代、わししかできぬな）

今、浜松城の広間に鎮座《ちんざ》している織田の将は三人。

信盛と、織田譜代家臣平手汎秀、家康の実母を妹に持つ三河刈谷《かりや》城主水野信元の三将である。平手など単なる添え物、水野は家康の伯父《おじ》という縁で来ているにすぎない。

（わしが言うのよ）

信盛は心でそんな言葉を繰り返している。そして、徳川家臣団を見渡す。

上座に徳川家康が家臣団に対峙して座っている。

家康の手前に座り、評定を仕切るのは、家臣団筆頭の酒井忠次である。この男のことは知っている。

忠次はよく織田家に使者としてくる。家を代表する織田との取次役であった。徳川は、最大の同盟者であり援助者の織田に対して、この最重鎮の男を派しているのだ。

家中では、酒井家は主君の徳川と同家格といってもいいほどの長者であるという。家柄だけではない。忠次の妻は、家康の祖父松平清康《まつだいらきよやす》の娘、すなわち忠次は家康の叔父である。

筆頭家老として家を仕切っているのだろうが、信盛はよく知っている。織田家に使いに来て、岐阜城御殿の壮大さに度肝《どぎも》を抜かれた忠次の呆《ほう》け面《づら》を。信長の前に這《は》いつくばるように面を伏せ、並み居る織田家臣団の前でしどろもどろになるずんぐりとした背中を。

その酒井忠次が、今、上座で顰め面をのせた肩を怒らせている。

（わしは己とはちがうぞ）

自分は違う。本日逆の立場となってこの浜松にいるように見えても、織田と徳川では格が違う。来てあげているのだ。

信盛は、ふん、と小さく鼻から息を抜き、目を移してゆく。

酒井忠次の横の石川数正始め、どの家臣も辛気《しんき》臭《くさ》い面で視線を落とすばかりである。

（む？）

さらりと徳川家臣団を見渡した信盛は、ある男に気づいてもう一度視線を戻す。

（本多平八郎か）

その男は他と少々様子が違っていた。

徳川家臣団の列の中で、堂々と胸を張り、どっかりと雄大に胡坐をかいている。

大きい。座っていても、頭一つ周りより、でかい。そして骨格が雄大である。小袖そして肩衣《かたぎぬ》の上からも、その強靱《きょうじん》な肉体がうかがい知れる。その偉丈夫は、見事な武者髭面の瞼を閉じ、眠るかのように端座している。周りの徳川家臣が皆、渋い面で頭を揺らしているのに、その悠然たる様は異様である。

本多平八郎は織田家でも有名である。なにせ姉川合戦での徳川勢の奮闘は隠しようもない。その中での平八郎の一騎打ちは信長も絶賛するほどだった。

（いや、もっと前から知っておるわい）

信盛がこの男を初めて見たのは、それよりもはるか前の永禄《えいろく》五年（一五六二）、信長と家康の和議同盟が成された清洲会見に遡《さかのぼ》る。

あの時、わずか百騎で清洲まで乗り込んできた松平元康《もとやす》すなわち徳川家康のすぐそばで、やたら長い槍を持ち、周囲を睨みつける若者がいた。それが家康の小姓だった齢十五の本多平八郎だった。

強烈に長い槍、まだ紅顔のあどけなさを残すくせにそんな長い槍を軽々と携《たずさ》えた大柄な荒武者。そして、家康に指一本触れさせせぬと発するその猛気。鮮烈な姿を嫌でも憶《おぼ》えてしまった。今でも目に焼きついているぐらいだ。

すでに織田家の家老であった信盛は、戦慄《せんりつ》と苦笑で、家康主従を眺めていた。

（こういう奴は家中に一人はいる）

織田家にもいる。とにかく主人を一途《いちず》に思い、武勇を押し出し、いくさ場の功名に命を燃やす。

（前田《まえだ》又左衛門《またざえもん》、佐々内蔵助《さっさくらのすけ》あたりか）

信長の母衣衆《ほろしゅう》あがりで槍自慢の侍大将を思い浮かべる。どいつも信長お気に入りの荒武者であった。こういう場をわきまえない猛獣のごとき奴が評定をかき乱すのである。もっとも、織田家の評定では信長が巨大すぎて、これら荒武者は発言すらできないが。

徳川ではどうか。家康のように謹直《きんちょく》な主君だとまた違うだろう。

（こんな手合いは、理《ことわり》で打ち負かすだけよ）

織田家筆頭家老の信盛はこういう手合いの扱いも慣れている。

前田又左衛門利家《としいえ》も佐々内蔵助成政《なりまさ》も烈情と猛勇を振りかざして食い下がってきても、理詰めでたしなめるとからきし弱い。知恵と弁口《べんこう》では宿老筆頭の信盛にかなうはずがない。だいたい槍自慢の武辺者など戦場で猪突して敵の首を刈るだけなのだ。それが城中の評定で通じるはずがない。

本多平八郎は、先の武田との前哨戦《ぜんしょうせん》で武名をあげたという。武功を挙げた直後の槍武者はさらに始末が悪い。それを笠《かさ》に着て、さぞ調子にのっているだろう。

（評定とは槍働きのように単純なものではない）

言い負かしてやる。その鼻っ柱をぶち折ってやる。そう思えば、嗜虐者《しぎゃくしゃ》特有の快感が腹の底から湧《わ》き出してくる。高名な勇士が自分の前に這いつくばるとはなんと愉快なことか。

佐久間信盛は微かに口の端をあげた。

そして、視線を上げて、「おほん」と咳払《せきばら》いをした。

「わが主、織田上総介が申すは、徳川衆は籠城しかるべし、と」

評定が始まるや、佐久間信盛は問われてもいないのに切り出した。

広間の上座に近い席で胡坐をかき、胸を張り、肩を怒らせている。傍らの織田家の二将は口を真一文字に結んで頷く。

列座の徳川家臣一同は黙然と腕組みをする。信盛は鼻を鳴らして、考え淀《よど》む徳川家臣たちを睨みつける。

二俣城で山県昌景《まさかげ》ら奥三河を攻めていた別部隊が合流した武田勢はすでに三万に膨れ上がっている。同盟軍の北条氏の援兵すら入っているらしい。敵の勢威はあきらかに増している。対して、徳川にこれ以上の友軍来援の望みは薄い。ないと言っていい。越後《えちご》の上杉《うえすぎ》は雪に行く手を阻《はば》まれ、一向一揆に悩み、しばらくは動けない。

そして、肝心の信長はというと。

いや、織田の援軍はもうここに来ている。散々待たせた信長が寄こしてきたのは、たった三千の兵なのだ。

今、この評定の間にいる徳川家臣皆の胸に、不満疑念が渦を巻いている。

(織田勢六万ともいうではないか、それがたったの三千とは)

(我ら徳川勢、これまで織田に総力挙げて加勢したのに、こたびはこのざまか)

織田勢来援を受けて浜松城で交わされてきた言葉であった。

それにしても、いざ評定でのこの織田侍の態度はなんなのか。

上座近くで鼻息荒く話す佐久間信盛の顔を見て、徳川家臣一同は顔を歪める。

(どこまで偉ぶるのだ)

徳川など目下としか思っていないかのようなその態度。いや、信長本人にそう言われるなら、まだ仕方がない。織田信長は単なる徳川の同盟者ではない。都を制し、朝廷と将軍を抑え、天下を牛耳《ぎゅうじ》ろうとしている。

だが、佐久間とは何者か。信長の一家老ではないか。それを笠に着てのその態度。しかも、引き連れた兵はわずか三千。この寡兵《かへい》で加勢にきたのなら、徳川衆を立ててその指揮下に入るのが筋ではないか。なのに、あたかも己の言うことを聞いて当たり前という、その言いっぷり。

（しかし、織田しか頼る者はいない）

憤然としながらも心を横切る想いが、怒りの震えを止める。

もし、信長が上方の包囲網を突破して疾風《はやて》のように来援するなら。武田の背後に大軍を率いて駆けつけるなら。この形勢は逆転するかもしれない。

徳川家臣たちは、そんな天から軍神が降臨するような信長の姿を何度か見たことがある。桶狭間しかり、織田信長とはそんな人智《じんち》を超える伝説を持った武人だった。

それなら、佐久間の言うことを聞いておくしかない。

籠城。決して理不尽な策ではない。あの強大な武田勢とまともにぶつかっていいはずがない。城を楯にしてこそ、なのである。

徳川家臣の想いは、右へ左へ揺らぐ。揺らぎながら、佐久間信盛の高慢な顔を目にして、徳川家臣はその身を固めている。

「いかがかな、酒井殿」

混沌《こんとん》とする皆の心を慮《おもんぱか》ることもなく、信盛は切り込んでくる。

「うむ……」

酒井忠次は腕を組んで、眉を顰めていた。徳川家臣団では最重鎮、そして織田家との取次役として、すべてを受け、仕切る忠次もさすがに口ごもる。

籠城しかないのだが、即応はできない。いや、したくない。もはや意地である。

「今、武田は大軍。味方は寡兵。その差は歴然である。城を栖に堅く守るのが上策。いかに遠州を踏み荒らされようとこの城さえ死守すれば、あとに挽回《ばんかい》の余地があろう」

（寡兵とな、おのれが三千しか連れてこないくせに）

徳川家臣一同、口元を歪めて、面を伏せる。

しかも、客将が言うにはあまりな暴言を、信盛は抜け抜けと吐いた。

織田にとっては、遠江《とおとうみ》も三河も徳川領であり、荒らされようが侵されようが損はない。

すでに奥三河の山家三方衆《やまがさんぽうしゅう》も武田に寝返り、天竜川の東も掛川《かけがわ》、高天神《たかてんじん》以外ほぼ武田のものとなった。これで浜松に籠城となれば、遠州は天竜川西域も武田のやりたい放題となる。田畑は荒らされ、町屋は焼かれ、金品、女子供を奪われる。

籠城とは、それを黙認するということだ。

浜松城には徳川に従ったばかりの遠州侍が多数いる。その者たちにどう顔向けするというのか。この織田侍は、徳川がどんな苦労で遠州を切り取ったか知らないのか。いや、知ったうえでなら、ますます許せない。

「それは……」

忠次は、渋面を歪めて頭をふる。満座には憤怒の念が渦を巻いている。たとえ酒井忠次といえ、即応はできない。できるはずがない。

佐久間信盛は、「もういい」とばかりに、忠次の背後を振り仰いだ。

その上座には家康がいる。家康は評定の最初から目をつぶり一言も発していない。背筋を伸ばし、真正面をむいたまま、身じろぎもしない。

「やれやれ、ご家老衆はお考えが定まらぬようだ。それなら、この場は徳川殿にご裁断をあおぐしかない」

信盛が呆れたように言いだすと、徳川家臣団総員の顔が怒りで引きつった。

確かに、評定を決めるのは家康だ。いつもは家臣中重鎮の酒井忠次が衆意《しゅうい》をまとめて家康に決断を求める。なのに、織田家臣が直に家康に求めるとは。

織田の援将の発言は、同盟の織田家の意見として献じられ、徳川家臣団で十分に吟味し、家康の決断を待つのが筋ではないか。だが、佐久間信盛はそれを無視している。

援兵で浜松に入ったばかりの織田家の家老が、家康に直言するのか。

（そこまでなめくさるか）

徳川家臣団の目尻がつり上がる。くやしい。全身の血が沸騰するようである。これも耐えねばならぬのか。皆が眦《まなじり》を決し唇をかみ、膝の上の拳《こぶし》を握りしめていた。

「いや、佐久間殿、ここは、我等から殿のご裁断を……」

もう一方の家老石川数正がおずおずと口を開きかけたその時。

「待て」

野太く低い声が室内に響き渡る。一同、ムッと息を飲みこむ。

佐久間ら織田家臣が片眉を上げて振り返るその先に、本多平八郎がいる。

「これは、ご高名な本多平八郎殿か」

信盛は片頬を歪めたまま言う。

「一言坂ではご活躍であったときく」

とはいえ、ここは籠城以外にないだろう。いや、ないのである。信盛はもはや小馬鹿にするかのような顔つきである。

「しかし、こたびは、軽騎を操る退きいくさとは違う。いくら豪勇無双の本多殿とはいえ、お一人で信玄率いる武田三万を敵にすることはできぬぞ。ここは……」

いかにも皮肉たっぷりに言い続けようとしたのを、

「ここはどこだ」

平八郎の声が底響いて遮る。

「なに？」

「遠州浜松である」

「いや……」

「今、何をやっている」

「な……」

「徳川家の行く道を決める評定である」

信盛は口を半開きにして固まった。

「佐久間殿のご助言はご助言として、ありがたし。しかしながら、ここ遠州は徳川領。徳川の家人にとって我が家も同じ。今、侵されんとするに、なぜ城に閉じこもり見逃すことができるか。方々は己の屋敷に盗人《ぬすっと》が入らんとするに、打ち払わずただ見ているだけ、というのか。この三河出の田舎者にはまったく合点がいかぬ」

その目は爛々《らんらん》と輝き、面は赤々と燃えるようである。背中から燃え盛る焔《ほのお》が見えるかのごとき様で体躯《たいく》を震わし、平八郎が身を乗り出す。

その大きな体が鼻先に迫るかのようである。

信盛の口はあわあわと微かに動いている。あまりの迫力に言葉すら発せない。

「わからぬ。この平八郎なら間違いなく、盗人を叩き出す。いや、この身に赤き血が通いし人なら、きっと、そうする」

「う……」

声にならぬ声を漏らし、信盛が口を開こうとする。

「織田家のお歴々には家康を援けるお役目ご苦労なこと。援軍で来たのなら、家康の采配のもと、力いっぱい働きなされ」

あんぐりと口を開けるのは織田の三将だけではない。

(い、いえやす、とな)

徳川家臣も、呆然《ぼうぜん》としている。

殿様を家康と呼び捨てる。こんなことを言える奴がいるのか。いや、当の主君家康の過ぎたるものといわれた本多平八郎だから許されるのか。

「家康の采配は方々もご存知であろう。あの姉川合戦とて倍する朝倉勢を跳ね返して、織田殿の苦難を覆した。我らの働き、織田家筆頭の佐久間殿がご存じないとは言わせぬ」

平八郎が堂々と言い切れば、信盛は口をひん曲げた。

そして、徳川家臣は皆一斉に頷く。

そうではないか。徳川勢の奮戦がなければ、姉川とて惨敗に終わったであろう。

姉川は五千の浅井勢に織田勢二万が押しまくられ、一万の朝倉勢を五千の徳川勢が崩して、形勢を逆転した。織田侍など数に頼って、いくさ場では腰が引けるばかりだった。卑屈になることなど微塵もない。家臣一同の目に、精悍《せいかん》な光が蘇《よみがえ》っている。

「そもそも家康は織田殿とは盟約の契《ちぎ》りを交わした同志、義兄弟である。方々が忠心を持って仕える親は織田殿、ならば、家康は方々にとっても親のごとし。織田殿の命で加勢にきて、家康に逆らうとあらば謀叛《むほん》と同じ。この本多平八郎がお相手するが」

織田の三将に向かい片膝をついて腰を浮かす。浮かせばその巨体がさらに大きく迫る。

「さ、左様なことは……」

強烈な押し出しに佐久間ら織田三将は取り乱して慌てる。もう、理屈も屁《へ》もない。

「平八郎」

ピシリと斬りつけるような声が響いた。一同、一斉に視線を返す。

「言い過ぎだ」

徳川家康は両目を薄く見開いていた。

「佐久間殿、血気に逸《はや》った田舎武士の言葉、お許しくだされ」

家康は織田の三将に向かい、丁寧に首を下げた。

信盛は一息ついて頷く。やっとこの猛獣のような男から逃げることができた。

「ああ、いや、いや」

やっと己を取り戻した。だが、言葉尻は微かに震えている。

「これは若者が家を思うあまりのこと。お気を悪くされず、我らに力をお貸しくださるか」

「むろんのこと」

平八郎の猛威からやっと逃れたところに、家康のこの柔らかさは慈母のごとく優しい。

信盛は心地よさそうに胸を撫で下ろした。

「徳川殿のために、我々は参りました」

「それでは、武田との決戦、心一つに戦いましょうや」

む、と、一同、暫し、言葉の意を悟れず固まる。

「わしとて、三河生まれでござる」

その視線の先で、家康はすっくと立ち上がっていた。広間の皆、おっと面を上げる。

「信玄何者か。我ら三河の田舎者、されど、武田とて甲斐の山猿、なにほどのこともあろうや」

上段で真正面を睨んで仁王立《におうだ》ちすれば、その姿はひときわ大きく見える。

「城を出て、戦うぞ」

胸を張って叫びあげる。

「おお」「いくさじゃ、いくさじゃ」「決戦ぞ」「武田、蹴散らせや」

徳川家臣が次々、躍り上がるように立ち上がる。

皆、溜《た》めていた鬱憤《うっぷん》を、己の熱き想いを、力一杯弾けさせる。

「三河武士の意地、みせてやろうぞ」

家康が声高く叫ぶ。

オオウ！

家康も、平八郎も、酒井も、石川も、皆が皆、拳を握りしめ、真っ赤な口を裂けんばかりに開ける。

その輪の外で、佐久間信盛はじめ織田の三将は呆《ほう》けたように佇んでいた。

放心

「いよいよ、武田《たけだ》といくさぞ」

服部半蔵保長《はっとりはんぞうやすなが》は屋敷の濡《ぬ》れ縁《えん》に立ち、厳とした声音で叫ぶ。

「こたびは我ら服部党の真価が問われるぞ。皆、気を抜くなや」

外で修練する忍び装束《しょうぞく》の若い下忍《げにん》たちへと声をかけている。そこでは、皆、忍び刀を抜きあい、二人一組で対峙《たいじ》している。

忍びが刀で戦うなど、よほど追い詰められた時である。修練は木刀などでなく真剣で行う。迫真の気合で身をかわす訓練となる。斬《き》るよりも避《よ》ける稽古《けいこ》である。

ヒュッヒュッと相方が繰り出す刃《やいば》を、すんでの間合いで避けていく。この稽古で身に傷がつくようでは、忍び失格である。

「いいか、いくさ忍びは、体の動きが違うぞ」

半蔵は下忍たちを叱咤《しった》する。

いくさ忍び。忍びは、本来、闇《やみ》に潜《ひそ》み、敵を探るのが主な役目である。だが、まれにいくさに出て、戦陣で敵勢と戦うことがある。これがいくさ忍びである。

家康《いえやす》の周囲を固め、進軍、退却を陰から守る。それが服部党のいくさ働きだった。

このおかげで、家康は心置きなく合戦に命を張れる。

（こたびこそ、それをせねばならぬ）

この合戦こそ、服部党の活躍が必要不可欠なのである。あの武田と激しく当たり、なおかつ家康を生かす。尋常ならざるいくさをせねばならない。忍びの腕のみせどころであった。

半蔵は下忍たちの鍛錬に目を光らせながら、奥の間を振り返った。

「正成《まさなり》はなにをやっている」

背後に控える下忍が無言で面《おもて》を伏せる。その顔は困窮《こんきゅう》で曇っている。

「あ奴《やつ》めが」

半蔵は吐き捨てると、大股《おおまた》で座敷の奥へと入っていく。回廊から奥へと歩いて、最奥の一間の襖《ふすま》をザアッと開けた。

「お前、いつまで怠《なま》けている」

畳の上に横たわる男を蹴飛《けと》ばすような勢いで近づく。

「今さら、慌てることもない。武田といくさすることは前から決まってんだろ」

けだるい声が漏れた。半蔵は、チッと大きく舌打ちして、強面《こわもて》の顔をさらに強張らせる。

服部弥太郎《やたろう》正成は両の掌《てのひら》を枕《まくら》に座敷に寝転んで、天井を見つめている。

「もう体は治っておろうが」

半蔵は忌々《いまいま》しげに呟《つぶや》く。

あの日、よろけて屋敷の庭に入ってきた正成は、驚愕《きょうがく》する下忍たちの前で倒れこんだ。その身はボロボロだった。商人風の小袖《こそで》はいたるところ千切れて綻《ほころ》び、全身泥と血で赤黒く染まっていた。敵の返り血だけではない。正成も全身に大小の擦傷《すりきず》を負い、大きな切り傷がある頰は、土埃《つちぼこり》に薄汚く塗《まみ》れていた。

這《ほ》う這《ほ》うの体《てい》で帰ってきた息子の横面を平手で張って、半蔵は吠《ほ》えた。

「この大事な時に誰《だれ》にも告げず、どこに行っていた！」

普段は、あれやこれや屁理屈《へりくつ》で弁明する息子は、反抗する力もないようだった。そのまま横倒しに崩れ落ちた正成の口元が痙攣《けいれん》していた。目は虚《うつ》ろで焦点は定まらず、口はあわあわと動き続けた。口の端からポロリポロリとこぼれ出る言葉で、武田の本陣に忍んだことがわかった。

（よほどの目にあったな）

半蔵が見るに息子正成は十分な技者《わざもの》だ。それがこのように廃人同然となっている。これが武田の怖さだ。これまで何人下忍を失ったことか。

（逃げおおせただけでも奇跡、か）

半蔵は怒りながらも、怜悧《れいり》に息子を評している。

「信玄《しんげん》を殺せなんだ」

そううわごとのように繰り返す正成の胸倉《むなぐら》をつかんで、

「貴様、こたびなさねばならぬと諭《さと》したことを忘れたか。暗殺など殿は望んでおられぬ」

激しく叱責《しっせき》し活を入れても、正成は虚ろな目を空にさ迷わせる。

「やえ……」

「なんだと」

「八重《やえ》」

正成の目がいきなり光を帯びたかと思うと、立ち上がろうとする。

半蔵は大きく舌打ちし、その頰《ほお》を右に左へ張る。正成はまた虚ろな目でうなだれた。

（今度は女の名か）

知っている。正成が流れ者の女忍びを囲っていることを。その女を敵に奪われたか、殺されたのか。詳しいことは知らない。知りたくもない。

それにしても手ひどくやられたものだ。体だけでなく、心がやられている。これは時を要するだろう。

「お前はしばらく大人しくしておれ。合戦はわしが忍びを率いる」

そう言って、正成を蟄居《ちっきょ》扱いとした。

大戦が迫っている。心身ともに傷つき、病んでいる息子に構っている余裕はない。もういい大人なのだ。放《ほう》っておいても己で立ち直るであろう。

できるはずだ。正成は鍛え上げた強靱《きょうじん》な肉体を持っている。傷が癒《い》え、体力が回復すれば、元通りになるだろう。半蔵は楽観していた。

だが、正成はなかなか蘇《よみがえ》ろうとしない。体はともかく、気が萎《な》えているようだ。

(駄目か、こいつは)

優に自分を越える器だと思っていた。だからこそ、兄たちを排して服部党を任せるつもりだった。抜群の技量を持ちながら、性根《しょうね》が腐ってはどうにもならない。

(この呆《ほう》け息子が)

唾《つば》でも吐きつけたい気分であった。

半蔵はまた舌打ちして、部屋を後にする。

正成は座敷で寝転んだままである。天井を見上げる瞳《ひとみ》は淀《よど》んでいる。

(八重)

顔を横にそむけた。あの日から、忘れたことはない。

その後も何度か武田陣を探ろうと、密《ひそ》かに出かけた。だが、一人でできることは限られる。警戒が厳しく近づくこともできない。それはそうだろう。あんなことがあったのだ。

そして、合代島《ごうだいじま》の信玄本陣を遠望するたび、正成の心は澱《よど》みの中に沈む。

(なぜ、信玄を殺すなど)

できると思ってしまったのか。

自分はこの目で武田を見て、その恐ろしさを胸に刻み込んでいた。あの武田の本陣に忍んで首尾よく信玄を殺すなど、どだい無理なのだ。今、思えば、当たり前ではないか。

そんなことに命を張るなど、普段の正成にはありえない。だが、八重と共に武田陣に忍び込んだ。八重の言葉に魅せられて行ってしまった。

（なんで、あんなことを）

思い出そうとしても、記憶が曖昧模糊《あいまいもこ》とぼやけていく。なぜ、やってしまったのか、どうかしていたのか。己の気持ちがわからない。

だが、そんなことはもうどうでもいい。

（死んだのか、八重）

今日もぼんやりと思っている。

「若」

庭に面した障子戸《しょうじど》がスッと開くと東雲《しののめ》が顔を覗《のぞ》かせる。その面がひどく慌てている。

「さきほど、天竜川《てんりゅうがわ》の畔《ほとり》で――」

正成は跳び起きた。いや、飛び跳ねた、というのが正しいか。


八重は目覚めた。

ゆっくりと瞼《まぶた》をあける。ぼんやりと視界が白くなる。

何かが見えている。天井の木目がはっきりとしてゆく。

徐々に意識が覚醒《かくせい》していく。目覚めると同時に、己の五体を確認している。

（痛っ）

体の感覚がもどると全身に痛みが走る。手足もまともに動かない中、痛みに耐えながら、冷静に己の体を検《あらた》めている。忍びの基本である。

体中擦傷だらけで全身が焼けるように痛い。それだけではない。太腿《ふともも》に深い斬り傷があり、そこは焼け火箸《ひばし》でも当てられているようである。だが、今、白布で固く結われているようだ。

（ここは、どこ）

寝具がかけられている。薄暗い小屋の中のようだ。薪《たきぎ》のほの灯《あか》りが明滅している。

助けられ、介抱されたのだ。

武田陣中で囚《とら》われ、どこかで監禁されていた。

それがどこかもさだかではない。忍びが周りを固め、雁字《がんじ》搦《がら》めに縛られたままだった。

食事だけが時折運ばれてくる。食う時だけ猿轡《さるぐつわ》が外されるのだが、舌を噛《か》まないよう、絶えず、複数の忍びが周りを囲み、頭を、顔を押さえつけられた。

（舌など、噛むか）

こちらから死のうなどと思わない。本気で死ぬなら、頭を壁に打ち付けて死ぬこともできる。どうせ、捨てた命だ。信玄が殺さないのなら拾ったのだ。

なぜこの女を殺さないのか――そんな囁《ささや》き声が室外から聞こえたりもした。薄暗い部屋で、八重もそう思った。

あの晩、信玄は八重を犯した。猿轡を噛まされ、身動きもできぬ八重を弄《まさぐ》り、蹂躙《じゅうりん》した。八重の上で、その頑強な体をゆすらせ続けた。

慰《なぐさ》み者にするつもりかと思えば、それから信玄は現れない。二俣《ふたまた》の城攻め、徳川《とくがわ》とのいくさの最中である。さすがに控えているのだろうか。

（なぜ）

そう思いながら、信玄の深意がわかるような気がする。

殺せないのだ。信玄は私を殺せない。

八重は体を少しずつ動かして、徐々に縄を緩ませた。

いったいどれぐらいの時が経《た》ったのか。途方もない単調な動きの末、縄の緩みを見出《みいだ》し、緊縛をとりはらった。警固の目を掠《かす》めて抜け出し、駆けた。

途中から記憶がない。それほど凄《すさ》まじい武田忍びの追走を振り切り、掻《か》いくぐって逃げた。逃げたのは生きるためではない。

（では、なんのため？）

さだかではない。おそらく、己のためではない。

どこへ？　わからない。

ただ、駆けた。

——八重——

耳にこだまする叫びの方へ、ただただ、駆け続けた。


目を開けて頭を起こそうとしても力が入らない。

まだ熱があるのか、全身が麻痺《まひ》している。

「う、うう」

口が微《かす》かに動き、うめき声がでる。

「気づきましたか」

傍《かたわ》らに座っていた女が気づいて振り向く。視線だけ動かして、八重が見返す。

「気を確かに、服部党の忍び小屋です」

地味な小袖姿の女は明らかに忍びである。機敏な動きで口を寄せてくる。

枕元《まくらもと》に落ちていた濡れ手ぬぐいを八重の額に乗せ直し立ち上がり、戸板をあけ、

「若様、気づきました」

と呼んだ。すぐ、服部正成が飛び込んでくる。

「八重、よく生きて帰った」

正成は明るい顔を寄せて来た。

「私は……?」

「武田の陣から逃げて来たんだろう。おまえ、すごいな」

「助けてくれた……」

「体じゅう傷だらけでな。三日三晩寝たままさ。親父《おやじ》がうるせえからな。この小屋の方がいいんだ」

「若様、まだ動けません」

横からさきほどの女忍びが声をかける。

「萩野《はぎの》、わかってるよ。さあ、水だ」

萩野と呼ばれた女が甕《かめ》から柄杓《ひしゃく》で水を汲《く》んで渡すと、正成は口いっぱいに含む。

口移しで飲ませようと腰をかがめた。

「？」

正成は水を含んだまま固まった。八重は顔をそむけていた。

もう一度、正成は口を寄せようとする。また顔をそむける。正成は眉間《みけん》を寄せ、含んだ水をごくりと飲み込み、口を尖《とが》らせる。

「なんだ、八重、水を飲ませようとしてるだけだろ」

「だめだ」

八重は首を振る。正成は傍らの萩野をちらと見た。今さら恥ずかしがっているのか。いや、そんな状況でもない。正成はまた口に含もうとするが、

「だめだ」

八重の眼光が鈍く光っている。正成は不審そうに八重の顔を覗き込む。

「そのまま、くれ」

その強い語気に正成は水を満たした柄杓《ひしゃく》を八重の口の前に差し出す。

柄杓を唇につけるとむさぼるように飲みはじめる。ぐいぐいと喉《のど》をならして飲む。

「八重、おまえ……」

八重は夢中で水を飲む。口の端から水が零《こぼ》れ落ちる。

その顔を正成は眉《まゆ》を顰《ひそ》めて見ていた。

二俣落城

十二月十九日、ついに二俣城が落ちた。

籠城《ろうじょう》じつに二ケ月《ふたつき》。援軍なく二十倍の武田勢と対峙した孤城も水を断たれ、ついに力尽きた。

兵の命と引き換えに無血開城降伏した城将中根正照《なかねまさてる》、青木貞治《あおきさだはる》は浜松《はままつ》城へ帰参した。

切腹を申し出た二将を家康はとどめる。

中根、青木の二将は歯を食いしばって、次のいくさでの奮戦を誓った。

ついに、武田にとって西方への門が開いた。


信玄は、開城されたばかりの二俣城の本丸広間に宿老を集めて評定《ひょうじょう》を行った。

この日の軍議は犬居《いぬい》城での評定と、大いに雰囲気が違う。

参列する面々は、武田の宿老重鎮のみ。広間周囲の障子戸は締め切られ、外の回廊を近習小姓《きんじゅこしょう》が固める。明らかに内密の軍議であった。

「さて、まずは、方々の意を聞こうか」

今日も仕切りは馬場美濃守信房《ばばみののかみのぶふさ》である。もはや、この遠征の副将格といっていい。

「では、拙者から」

山県三郎兵衛昌景《やまがたさぶろびょうえまさかげ》が身を乗り出した。

馬場信房と並んで武田家の双璧《そうへき》とされる猛将である。この遠征では別働隊を率いてすでに奥三河《おくみかわ》を攻略し、地侍の山賀三方衆《やまがさんぽうしゅう》を降《くだ》し、長篠《ながしの》など複数の城を落としている。

「浜松を落としましょう」

齢《よわい》四十四と、見事に脂の乗り切った武人は、歯切れよく言い切った。

「こたびの遠征、上方を狙《ねら》うはむろんのこと。しかしながら、この機に徳川を攻め、滅ぼし、この遠州《えんしゅう》を得ることも大事。まして、徳川を残して織田《おだ》と対峙すると後顧《こうこ》の憂《うれ》いを残すことにもなる。ここは浜松城を落とすことを目指すべし」

昌景は本隊に合流したばかりである。敵と戦い続けて手ごたえを感じている。ここは一気に徳川を屠《ほふ》ろうというのである。その自信があるのだ。

家臣団の信頼厚き勇将の言葉に、皆、む、と口元を引き締める。

「お待ちくだされ」

声をあげた者がある。

「拙者は、西へ向かうべし、と」

高坂弾正昌信《こうさかだんじょうまさのぶ》が、これまた確たる口調で言い切った。

「今、浜松には織田の援軍三千もはいった。これにて敵勢は一万を超えている。二俣の城攻めには二ケ月《ふたつき》を要した。さらに一万の兵が籠《こも》る浜松を攻めるとなれば、三ケ月《みつき》、いや半年もの籠城戦となろう。この間に情勢うごき、信長の援軍が来ればどうなる。いや、信長ならまだ良い。春になり、北より上杉《うえすぎ》が武田領へ攻め来れば、わが軍は退《の》き陣《じん》せねばならなくなる。そうなれば、ここまで得たものが雲散霧消する。今、西への道は開けた。ならば時を逃さず、西へ進むべし。信長さえ叩《たた》けば、徳川など自然と靡《なび》く」

高坂弾正は農民の出からのし上がった切れ者である。信玄の近習として仕え、衆道の仲という噂《うわさ》がでるほど寵愛《ちょうあい》を受け、今や、越後《えちご》上杉の抑えとして川中島《かわなかじま》一帯を治め海津《かいづ》城代を任される将である。それだけに武田最大の宿敵上杉について述べると、その言葉は家中《かちゅう》の誰よりも重い。

一同の中でも頷《うなず》く者が多い。これまた見事な道理であった。

「さて、これは、どちらももっともな言い分よ」

信房は眉根を寄せて言う。

「馬場」

信玄の太い声が広間に響けば、一同背筋を伸ばし、居ずまいを正す。

「貴様は」

信玄の言葉に、信房は頰に微笑を浮かべ、頭《こうべ》を垂れた。

「徳川とあいまみえたお主の意を述べよ」

底響くような信玄の声に、皆、頷き、信房を見つめる。

(お屋形《やかた》様らしい)

山県、高坂、いずれも信玄旗下で甲乙つけがたい勇将である。

だが、この遠征では家中最年長の信房を副将格として陣を仕切らせている。そして、皆の意を吸い上げ、評定をまとめるだけでなく、その信房の意中も聞いてみたい。

そして、なにより信房の様子からその心中を知っている。実は信房には温めている秘策がある。信玄はそれに気づいている。

対して、美濃守信房は信房で、そんな信玄の胸中をも知っている。

徳川勢と一戦交えたといって己を持ち上げてくれる主君の言葉も嬉《うれ》しい。

「それがしは、先に三箇野《みかの》、一言坂《ひとことざか》にて徳川勢とひといくさしております。その手ごたえからして徳川勢の進退なかなかに侮《あなど》れませぬ」

その口上に上座の信玄は微かに頷く。もはや、阿吽《あうん》の呼吸でこの主従はいる。

「そして家康旗下に天下に響くほどの猛将あり。この馬場美濃とて、見附《みつけ》、一言坂と、手痛い目にあっており申す」

と言って、片頬を歪め「参った」と小首を傾《かし》げる。一同の笑いを誘う諧謔《かいぎゃく》である。

手痛いといっても、家康は逃げるばかり、武田の圧勝で終わった合戦ではないか。

このあたりの人間味が、馬場美濃守信房という武人の魅力であった。

「徳川、侮りがたき敵に候」

信房は声に力を込める。

では、浜松を攻めずに進むのかと、皆、身を乗り出す。

「ならばこそ、この機に一挙に徳川を屠り、家康の首をとるべし」

うむ、と一同目を輝かせる。

「野戦にて粉微塵《こなみじん》に打ち砕き、攻めに攻めて家康の首をあげる。ためにそれがしに秘策あり」

おおっと、皆、眉を上げた。

城攻めではなく、野戦、と言い切った信房の顔は鋭気に満ちている。

「策を言え」

信玄は間髪入れずに言う。

「啄木鳥《きつつき》」

信房が簡潔にそう言えば、一同驚愕《きょうがく》に息を吞《の》む。

啄木鳥。この策を知らぬ武田家臣はいない。

その昔、川中島で上杉と対峙した信玄は、海津城から奇襲隊を謙信《けんしん》の拠《よ》る妻女山《さいにょざん》に放った。夜の闇に乗じて山上の上杉勢を奇襲し、逃げ降りてくる謙信を八幡原《はちまんばら》で待ち受けた信玄本隊が殲滅《せんめつ》する。鳥が嘴《くちばし》で木をつついて出てきた虫をついばむ、啄木鳥の策。

武田の軍師山本勘助《やまもとかんすけ》と馬場信房が練りに練ったこの策は、謙信に見破られ、逆に八幡原にでた信玄が上杉勢に奇襲を受けるという逆手となってしまった。

武田のほうが兵が多かったゆえ持ちこたえ、なんとか謙信を撃退した。しかし、信玄の実弟信繁《のぶしげ》はじめ多数の死者を出した苦い合戦だった。

幾度も謙信と戦った川中島でも一番の苦闘となったいくさでの戦法、啄木鳥。

そんな、武田にとって忌まわしい策をなぜこの場で持ち出すのか。

「あの時、謙信に破られた啄木鳥の策。今こそこの策にて敵を叩く。これをあの世の典厩《てんきゅう》様（武田信繁）、山本勘助殿に捧《ささ》げたく」

ともに策を立てた山本勘助は戦場で命を落とした。あの時の役割では、信房は妻女山の奇襲部隊、勘助は信玄と共に八幡原へと向かった。それが二人の運命を分けた。役が逆なら、自分が命を落としたであろう。

何が悪かったのか、どうして見破られたのか。信房が歯噛みして、悔し涙を呑んだ策だった。この上洛《じょうらく》戦、己の集大成ともいうべき合戦で、あの策を蘇らせる。

(今、使うにふさわしい)

信房に迷いはない。

必ず、徳川勢を浜松城から引きずり出し、逃すこともなく、野戦で粉砕する。

「馬場」

信玄は応じる。

「語れ」

深く頷いていている。

一刻後、馬場信房は、合代島永安寺《えいあんじ》の書院脇《わき》の長い渡り廊下を渡っていた。

中ほどで立ち止まり、庭を振り返った。雪のような白砂を敷き詰めた見事な庭園である。

信房はその場におもむろに腰を下ろし、庭を向いて胡坐《あぐら》をかいた。

「重蔵《じゅうぞう》」

低く呼ぶと、目の前に忍び装束の男が舞い降りた。

「不首尾だな」

信房の声に、重蔵と呼ばれた忍びは這《は》いつくばって額を地に擦《こす》りつける。

「面目次第もございませぬ」

「おまえらしくないぞ」

「お屋形様付きの忍びに任せておりましたところ、見事に出し抜かれました。拙者の不徳」

「己の手の者とも思えぬ」

「まこと、これは言い訳にもなりませぬ。この罪、万死に値します」

「逃げた忍びは女だったそうだな」

「は」

「先日は、商人にまぎれて陣中に忍び込まれ、こたびは女忍びに逃げられるとは。重蔵、老いたか」

厳しい苦言を述べながら、信房は逞《たくま》しい髭面《ひげづら》に苦笑を浮かべている。

重蔵はもうひたすら頭を下げるばかりである。

重蔵は武田忍びを仕切る頭領である。信玄に従い、その身辺の警固、諜報《ちょうほう》索敵、いくさでの物見など裏の仕事すべてを担ってきた男である。信房との付き合いも極めて古い。信房が元服した頃《ころ》すでに武田忍び一の手練《てだ》れとして下忍を束ねていた。

別に重蔵を責めるつもりもない。聞いたところ、信玄直々の命で重蔵は遠ざけられていた。信玄もさすがに己の色のことに忍び頭を使うことを避けたのだろう。

重蔵に咎《とが》はない。だが、信房はあえて言う。

この忍び騒動は、この遠征で初めて起こった想定外の出来事だった。それだけで信房の心に影が宿る。真っ白い布地に一点染みでもつけられたように不快である。

大きなことではないかもしれない。だが、言わずにはいられない。これから臨む天下取りに、信玄の身になにかあってはならない。

(らしくない)

これまでも信玄を狙った刺客は数多《あまた》いた。それらはことごとく武田の警固網にかけて捕縛、あるいは討ち取っている。些細《ささい》な手違いもない。

そう思えば、不思議な胸騒ぎがする。百戦経たもののふの勘であった。

「良いか、重蔵、これから先、微塵も油断はならぬ」

信房は立ち上がり、庭に背を向ける。

「頼むぞ」

信房はそのまま回廊を進み、奥の間の障子の前で立ち止まった。

部屋の前に座っていた小姓が一礼する。

「馬場美濃守様、お屋形様にお目通りを」

小姓が声をかけると障子が音もなく左右に開く。

「今日は格別に冷えますな」

信房は室内に入ると、下座に胡坐《あぐら》をかいて呟《つぶや》いた。

信玄は奥で文机《ふづくえ》に向かい、静かに写経をしている。

「お屋形様、いよいよですな」

信玄は、筆を滑らせる手を止めもせず、ふ、と息を洩《も》らした。

「徳川、思いのほかやりまするな」

ああ、と信玄は鷹揚《おうよう》に頷き、

「懸命だ、君臣ともにな」

そう言って、信房の方を振り返った。

「わしもあんな頃があったか」

見事に生え揃《そろ》った鼻髭を撫《な》でた。まるで己の人生を振り返るような顔だった。主《あるじ》のそんな顔を見て、信房の胸にも郷愁が駆けゆく。

「お前と臨むいくさもこたびで何度目になるか」

「さあ、数えきれませんな」

信房は頬に笑みを浮かべて小首を傾げる。

(感慨深いな)

これまで臨んだ合戦が脳裏を移りゆく。

信玄が家を継いだ時、武田は甲斐《かい》一国を維持する程度の小大名だった。山に囲まれ、平地の少ない甲州《こうしゅう》は実りに乏しく、弱小勢力といって良かった。

そこから、諏訪《すわ》を攻め、佐久平《さくだいら》をとり、木曽《きそ》を従え、信濃《しなの》のほぼ全域をとった。上州を西から切り取り、今川《いまがわ》を滅し、駿河《するが》を得た。合戦、また合戦。長い戦いの日々だった。信房はそのほぼすべてに出て戦い続けた。信玄と信房は主従であり、古き戦友であった。

今、二俣が落ちた、天竜川西への門が開いた。それは、都への門でもある。

いよいよ武田信玄の事業の総仕上げといえる戦いが始まる。

「啄木鳥、か。お前らしい」

信玄は乾いた声で言う。

先ほどの軍議で信房の述べた啄木鳥の策を、信玄は迷わず採った。

やはり気に入ったのだ。それはそうだろう。あの川中島の時も、山本勘助が差し出した啄木鳥の策を、膝《ひざ》を打って採った信玄である。

「勘助も、信繁も、笑っておるわ」

信玄の目が深い色を湛《たた》え、遠く彼方《かなた》を見る。

流れ者の謀士山本勘助は信玄のお気に入りだった。そして馬場信房とも馬が合った。

だが、信房は悟っている。信玄は、単に山本勘助や弟信繁への感傷でこの策を採ったわけではない。この遠征は、信玄に、そして、馬場信房にとっても集大成となる大戦である。その手始めとなるこの合戦で、かつて失敗に終わった啄木鳥の戦法を遂行する。名工が磨き上げた己の技を極めるように、練り上げた策を完成させるのである。

いくさの職人ともいえる二人の間でなされた暗黙の合意であった。

「ところで、殿、憚《はばか》りながら申し上げまするが」

信房は笑みを消し、口元を引き締める。

「いくさ場での過ぎたお戯れはいけませんぞ」

少し声音を落として言った。例の忍びの件である。

いくさは生き物だ。些細な綻びから、思わぬ破綻《はたん》が生じる。

信玄は暫《しば》し、口をへの字に曲げ沈黙する。そして、ちょっと困ったように眉を下げた。

信房は少し鼻から息を吐く。そんな主君の顔にえも言われぬ魅力を感じている。

だが、いけない。負けて曖昧《あいまい》に終わらせてはならない。

「殺さぬなら甲斐へ送って虜《とりこ》としてくだされ。陣が乱れまする」

信玄にこんなことが言えるのは自分だけだ。だからこそ言わねばならない。この馬場美濃守の役目なのである。本陣中に捕らえた忍びを囲うなどいつもの信玄ではない。

「これからが本当のいくさでござる。平にお願い仕《つかまつ》る」

信房は武骨な髭面に力を漲《みなぎ》らせ、にじり寄った。その迫真ぶりに、信玄は眉根を寄せる。

無言。

その素振りだけで信房はわかった。

語りたくないのだろう。いつもと違う主君の顔を見た。

「こたびのこと……」

「馬場」

言いかけた信房を信玄は遮った。

「まあ、言うな」

そんな風に呟いた信玄は照れたように口元をゆるめて、右手で坊主頭をツルリと撫でた。

フッと、思わず信房は笑みをこぼす。

もう駄目だ。敬愛する主君にこんな顔をされると、もうたまらない。

時折みせる信玄のこんな仕草に、何度、折れてきたのか。こんな人間臭い顔を己に見せてくれる。それだけで、馬場信房という歴戦の武人の心がとろけるようである。

まあ、いいか、そう思ってしまう。

「前に進むだけだ」

信玄はすぐにおどけ面を引き締め、厳として頷く。信房も何も言わず面を伏せた。もう先ほどまでのわだかまりを胸の片隅に押しやっている。

(無理もない、か)

信玄が抱える心の闇。それは、何度となく信房の胸の中に形になっては消える。

今でこそ、日《ひ》の本《もと》一の武人と崇《あが》められているが、信玄ほど苦悩を背負った者もいない。

幼少の頃、父武田信虎《のぶとら》は、嗣子《しし》である信玄、その頃は晴信《はるのぶ》と呼ばれていた息子の将器に嫉妬《しっと》し、疎《うと》んじ、廃嫡《はいちゃく》しようとした。晴信は、わざとうつけ者を装い、父の目を躱《かわ》し続けた。もっとも多感で己を伸ばすべき成長時にそんな忍耐を強いられたのだ。

やがて暴君と恐れられた信虎が本気でそれを目論《もくろ》むのを察知した晴信は、家臣たちと謀《はか》って父を追放した。甲斐源氏《げんじ》の直系として生まれた男が背負う、暗い影となった。

実の父、しかも現当主として君臨していた父を突然に追放する。周囲から親知らずと謗《そし》られる行為をなした時、武田晴信、信玄の中でなにかが大きく変わった。

人の子であることを忘れたというのか。人情、家族への情愛、すべてをかなぐり捨てて、軍政に邁進《まいしん》する。そんな男が生まれていた。

その後の信玄の生きざまは、侵略と征服で彩られた。

肉親に対して失《う》せた愛は、征服地の女に対して向けられた。信玄は攻めつぶした家の姫を、降伏した城主が差し出す娘を、閨《ねや》に入れては抱いた。

慰み者というわけではない。信玄は抱いた女を側室として傍《そば》に置いた。まるで、その地の姫と己が結ばれることで、領主を失った民のうえに君臨するようだった。

その最たる者が諏訪氏だった。

信濃の国諏訪郡の領主、諏訪大社の大祝職《おおほうり》（神官）である諏訪頼重《よりしげ》を信玄は攻め滅ぼした。生き残った姫は、側室としてその閨へと入れられた。

諏訪御前と呼ばれた絶世の美女は信玄の寵愛をうけ、四郎勝頼《しろうかつより》を生んだ。滅びた諏訪家の姓を継いで、諏訪四郎と名乗った勝頼は、領民の崇《あが》め人となり、武田が諏訪の地を征することを万民に認めさせることとなった。

（悪くない）

信房は思う。どんなに飾ろうと、武田の領土拡大は受けた側からすれば侵略であった。それに抗する勢力は滅せねばならない。滅された家の男子が生き残ってはやがて歯向かう。本人がどうだろうと、担ぐ輩《やから》が現れる。戦国の習いである。だから女子を残し、自分が通じる。それにて、その勢力は武田と結びつき、その地は武田に従うのである。

英雄色を好む。女に溺《おぼ》れるのではない。その色すら、信玄の征服欲の表れなのだ。

（例外もあるが）

感じている。そんな中でも、信玄が身も心も入れ込んだ女がいた。そこまで信玄の心を知る馬場信房である。

だが、それで武田信玄という英雄の名が色あせることは微塵もない。

(それが人、それこそ人だ)

英雄とはいえ人なのだ。完全な者などいない。

いや、信玄ほどの英雄さえ、足りないところがある。それを知って、武田家臣はより深く信玄を敬愛する。そんな信玄こそ支えようと、懸命に己を捧げるのである。

どうあっても、信玄は唯一無二の主君だ。

まして、馬場信房にとっては幼少の頃から共に歩んだ幼馴染《おさななじ》み、一心同体ではないか。共に謀り、先君信虎を追放した。信玄を鬼にしたのは他でもない、自分ではないか。欠けるところは己が補う。日の本一の武将武田信玄を支える、それが己の宿命《さだめ》なのだ。

(男の本懐《ほんかい》、だな)

そう思い、馬場信房は頷いていた。

両軍出陣

十二月二十二日早朝、武田勢は二俣城をでた。

その日、徳川家康は浜松城二の丸の馬場に床几《しょうぎ》をすえ出陣の時を待った。

徳川勢八千、織田の援兵三千併せて一万一千は、郭《くるわ》内、城下にて出陣の触れを待つ。

空は今にも雪が降り出しそうな曇天であった。真冬の寒空から北風が容赦なく吹き下ろしてくる。将兵はその下で凍える暇もなく、出陣の支度をした。

城のいたるところから炊飯の煙は立ち上り、城中の女房衆は腰兵糧《こしびょうろう》の支度にせわしない。鎧《よろい》武者も武具を運び、馬を引き出し、隊列を整え、動き続けている。

男も女も忙しく立ち回るが、一切、声を発しない。時折、軍奉行、侍大将が下知《げじ》をする声が上がるだけである。あとは、具足の草摺《くさず》りが弾《はじ》かれる音がカチカチとそこここで響き、引き出される悍馬《かんば》の鋭い嘶《いなな》きが上がる。

ついに天下の武田勢に相対する。浜松城は内も外も気を張り続ける。

皆、下腹に力を込めながら、待っている。法螺貝《ほらがい》の高鳴りを、太鼓の響きを。

幔幕《まんまく》をめぐらした総大将の陣にどっしりと腰を下ろす家康の前には、たびたび、物見の武者が駆け込んでくる。

「武田勢、二俣の城をでました」「総勢天竜川を押し渡っております」

武者は駆け入ってきては、跪《ひざまず》いて叫ぶ。そのたび、宿老一同、一斉に家康を振り返る。

家康は頷くのみである。

「秋葉《あきは》街道を南下する模様」

それを報じた武者の声音は一際高かった。

「よし」

家康はおもむろに立ち上がる。

「貝を吹け」

胸を張って叫ぶと、采配《さいはい》を振った。その力強い様に、応、と家老一同、声を上げる。

「出陣、出陣」

筆頭家老の酒井忠次ががなり立てれば、軍奉行が慌ただしく走り去る。

そして、ほら貝を抱えた武者が大きく息を吸い込む。ボォオウと高らかに吹き上げれば、将兵一斉に立ち上がる。ついに、徳川軍団は武田勢に向かい城を、でる。

徳川勢は全軍を北に向け展開させ、秋葉街道を扼《やく》するように布陣した。

本多平八郎忠勝《ほんだへいはちろうただかつ》は軍勢の最前線にいる。城の東門の外半里ほどのところに傘下の与力衆、徒士《かち》足軽ら手勢を率いて布陣し、北の方角を睨《にら》んでいる。これが徳川勢の最先鋒である。

平八郎は馬上。この日も、鹿角《しかつの》の兜《かぶと》に大数珠《おおじゅず》を肩から下げた黒甲冑《くろかっちゅう》。蜻蛉切《とんぼきり》の大槍を小脇に抱える。今や家中どころか天下に鳴り響いた姿である。

（さて、武田、どう動くか）

その目は遠く北の空を見つめている。

前夜、平八郎、本多弥八郎正信《やはちろうまさのぶ》、服部半蔵保長は服部屋敷にて入念な打ち合わせをした。

「良いな」

策を述べるはやはり本多正信である。その細面を緊迫で固めていた。

「いよいよ決戦である。おのおのの役目を十分に果たすべし」

勝つことは極めて難しい。いや、ないといった方が良いだろう。

勝てぬまでも、勇猛果敢《ゆうもうかかん》に戦う。これは徳川家がこの乱世で生き残るための戦いである。今日の負けを恐れ、逃げてはいけないのだ。

方策は明快である。

武田の進軍を迎え撃つ。二俣から浜松へは約五里。徒歩《かち》で二刻（四時間）ほど。城を背後に一戦を挑む。一戦、痛烈に戦い、あとは城に退く。そして籠城。それしかない。

その中で、いかに徳川の武名を轟《とどろ》かせるか。それがこのいくさの胆《きも》である。

しかし、敵はあの武田である。もう見附、一言坂でのやり方は通用しないだろう。今回は敵も味方も総勢の決戦となる。そして、負けても滅びてはいけない。何があっても、家康は生きねばならない。

そのために、平八郎、服部党、正信、共に己の持ち分で死力を尽くす。

平八郎は先鋒《せんぽう》をつとめる軍勢の将である。これはいくさに集中するしかない。戦場でその武を揮《ふる》って武田勢とあたる。その武を存分に見せつける。たとえ負けいくさであっても、である。

服部半蔵率いる服部党はいくさ忍びである。敵の動きをさぐり、家康に伝え、導く。そして、家康を守る。

本多正信は家康の傍らにいる。その頭脳となり、家康を援《たす》ける。

「そして、大事なことはまだある」

正信はさらに力をこめる。

「いいか、殿だけではない。本日の合戦、我らも命を落としてはならぬ。殿を生かし、己も生きて帰る。そのためには、泥に塗《まみ》れ、砂を噛んでも生きるのだ。そして、次の新しきお家《いえ》をつくる。各々、これを肝に銘じようぞ」

　難しい。あの武田と戦い、家康を守り抜き、そして、生きて帰る。

　敵の猛攻の中、その役目を全うするのも至難であり、己も危険にさらされるだろう。だが、やるしかない。それ以外に道はない。

「ところで、正成殿は」

　正信が思い出したように問えば、半蔵は、小さく舌打ちする。

「あの阿呆《あほう》息子はまだいかんわい」

「体が癒《い》えぬのか」

「うむ……」

　半蔵、苦しそうに言葉をひねり出す。

「まあ、ここは、わしに任せよ。服部党の役目は十分にわかっておる。わしが忍びを率いる。まだ若い者には負けぬぞ」

　もう時もない。本多正信は憮然《ぶぜん》として頷いた。こうとなれば半蔵を信じるしかない。

　打ち合わせでは、武田は浜松城を攻める、その予測のもとで各自の動き方を決めた。

　そのとおり、武田は浜松を目指して城を出ている。まずここまでは本多正信の読み通りである。

（しかし、武田、一筋縄ではいくまい）

武田が二俣からそのまま南下し、浜松城へ至るのか。最初の関門はそこにある。

平八郎の馬前に、物見の武者が断続的に飛び込んでくる。

「武田勢、欠下《かけした》にて西へ進軍の模様」

「三方《みかた》ヶ原《はら》への坂を上っております」

平八郎は不動明王《ふどうみようおう》のごとく北を睨んで頷きながら、敵将の心を読む。

（この動きは）

そのまま秋葉街道を直進すれば、浜松である。二俣城から一気に攻め来ると見せて、いきなりの方向転換である。

「大菩薩《だいぼさつ》山に布陣しました」

平八郎は目を少しだけ左手にずらす。その方角に三方ヶ原台地が盛り上がっている。高台の東端の隆起、大菩薩の山に今、武田勢が登っている。

目を凝らせば、遠い丘陵《きゆうりよう》が武田の旗に彩られてゆくのが見えている。

（信玄、なにを思う）

武田からも浜松城は見えているだろう。いや、くっきり見えているのである。

その三万の武者共が発する念で、北方は炎立つように感じられる。

ここから考えられる動きは、二手。再度南へ反転して台地を降り浜松城を襲うのか。そのまま北西に進んで城から遠ざかるのか。このどちらか、である。

「叔父上《おじうえ》」

馬を並べている叔父の本多肥後守忠真《ひごのかみただざね》に声をかける。

「武田の動き、叔父上はいかが思われますか」

平八郎を養育し、我が子同然に育ててくれた叔父である。この叔父がいなければ今の己はない。元服も初陣もすべて後見してくれた。そんな叔父を平八郎は心から敬愛している。

「そうだな」

忠真は相変わらず律儀《りちぎ》そのものの顔を顰《しか》めて応じる。

「二俣を落とすに思いのほか手間取った。ここは徳川をそのままにしてはおけまい。暫し様子を見て、浜松を攻めるであろう」

平八郎は頷く。

遠州に入った時こそ、破竹の勢いで徳川領内を練り歩いた武田勢も、二俣には二ヶ月《ふたつき》以上足止めされた。不屈の闘志で戦った城将、中根、青木を始めとする徳川勢の結束。見附への出陣、一言坂での奮戦。徳川の気概を評する声が巷《ちまた》に流れている。

武田は面白くない。浜松をそのままにして西へ進むはずがない。徳川を屠って進む。間違いはない。では、三方ヶ原の高台に拠り、浜松城と対峙するというのか。

「平八郎、お主はどう思う」

「叔父上、拙者はただ浜松を攻めるだけでないと考えます」

平八郎は大きな瞳をぎょろりと剝《む》いた。

「徳川を城の中に逃げ込ませない。信玄めは、我が勢をできる限り野に引きだそうとしております。そして、完膚《かんぷ》なきまで叩くつもり」

平八郎の確たる物言いに、忠真は口元を引き締め頷く。もう将に従う臣の顔である。

（今日のいくさは、すべて平八郎の下知に従う）

忠真は忠真でそう心に決め、この馬上にいる。

「やはり、そうか」

「まちがいなく」

平八郎にそう言われると、なにやら北天に垂れ込める雲が巨大な魔物のように見えてくる。魔物は真っ赤な口を開けて、こちらを睨んでいる。徳川勢を吸いよせるかのように。

「それでも、城をでて戦うのか」

「はい」

忠真の問いに平八郎は淀みなく頷き、北方を睨む。

（はい、か）

なぜ、そんなに堂々と言えるのか。理不尽でも、従ってしまうではないか。

忠真は内心苦笑して、二度三度と頷く。

もう自分が平八郎に教えられることはない。時代は平八郎へと移るのだ。いいだろう。そんな想いで逞しき甥《おい》を頼もしく見る。


三方ヶ原は、浜松城の北に拡《ひろ》がる台地である。高原と言ってもよい。海抜は北の高地が九十八メートル、浜松城に向かって下った南端が二十九メートル、平均五十五メートル、広さは南北十二キロ、東西八キロ余りと広大である。

台地上の土は瘦《や》せ、地に水は乏しく、一面黄褐色の荒野である。樹林もなく、松がところどころに生えている程度であり、伏兵を置く場所もない。まるで最果ての地ともいえる荒涼とした野に武田勢が登っている。

この頃天から小雪が舞い落ちだしている。

台地上の小丘、大菩薩山中腹に陣取った武田信玄本陣に物見の武者が駆け込んでくる。

「徳川勢、犀《さい》ヶ崖《がけ》を渡り、台地の下に着陣」

信玄はまだ兜もかぶっていない。甲冑の上に緋《ひ》色の陣羽織を着て、軍扇を右手にゆったりと床几に腰掛けている。

雪が降っては、地に落ちてすぐに消えてゆく。どうやら積もることはないようだ。

信玄は軍扇でペチリと己の左太腿を叩くや、視線をチラと左手へ流した。

敵勢が見えるはずもない。荒涼たる平野の向こうは急坂でその向こうは見えない。その下に徳川勢がいる。

今、三方ヶ原の上と下で武田と徳川が対峙している。

傍らの馬場信房はそんな主君の様を見て小さく頷いている。

（もう攻守が逆になったわい）

先ほどまで浜松城に拠る徳川勢を武田が攻めるという構図だった。それがあっという間に、三方ヶ原の台上にある武田勢を徳川勢が窺《うかが》う形となった。事前に地形を調べ、戦略を練りつくした信房の思惑通りにことは進んでいる。

決戦の時が近づいている。その主導権は武田が握っている。あとはどの舞台で、となる。

今のままでは武田の兵も坂を一筋で駆け下りねばならず、崖下へと攻め降ることはできない。次なる仕掛けが必要である。

(啄木鳥、さ)

信房は秘策の名を胸中で呟いて、ニヤリと口の端を歪める。

本陣のすべての者が一斉《いっせい》に見つめる中、信玄はゆっくり頷く。

「北へ向かう」

信玄の太い声が底響く。

武田勢三万がゆく。その方角は浜松城とは逆、祝田《ほうだ》に向かい本坂《ほんさか》街道(現在の本坂通)を北西に進む。一里半ほどもゆるゆると行軍し、祝田の坂の手前にて、輿《こし》を止めさせた。

この辺りは三方ヶ原台地の最高地点である。

松の大木が高々と天に向かってその枝葉を広げている。信玄は、後に「根洗いの松」と呼ばれるその大樹を見上げて、しばらく物思いにふけるように、佇《たたず》んだ。

これまで経てきた数多の合戦に想《おも》いを馳《は》せている。

(家康、何を思う)

数えきれないほどの敵を打ち破ってきた。

だが、今日の敵、徳川家康は、これまでと違うように感じる。

武田は家康程度の小大名を蹴散らしてきた。それら小豪族なら、ここらで武田の前に跪くに違いない。彼らは、父祖伝来の土地にしがみつき、家名の存続を願う。徳川は、越後上杉、小田原北条《おだわらほうじょう》のように武田と張り合うような大勢力ではないのだ。

だが、家康はそうしない。徹底抗戦するつもりである。

（それなら）

信玄にはわかる。家康は追ってくるのである。

今、徳川の布陣を前に武田は踵《きびす》を返して遠ざかった。これを家康は追ってくる。

（来い、家康）

信玄は心で呼びかける。そして、確信している。家康は来る、信玄に挑むのである。

間違いない。それは運命《さだめ》なのだ。そう思えば、会ったこともない男が古い縁《えにし》の友のようにも感じられる。決して従うことはない、この信玄の懐《ふところ》には入らない輩だ。

（考えすぎかな）

信玄はふっと笑みを漏らした。

ここまできて、ひれ伏さない以上、することは一つ。

戦い、殺すしかない。

この合戦で完膚なきまでその軍勢を叩き、家康の首をとる。それしかない。そして武田はこの松が天へと枝葉を広げるように、天下をつかみ取るのだ。

信玄は天を見上げる。ハラリ、ハラリと雪が舞い落ちる。

「申し上げます」

駆け込んできた武者が、その足元に跪く。

「徳川勢、犀ヶ崖を登り始めました」

その声に、信玄は少しだけ眉を顰める。近習たちが意気込んで見つめる中、

「兜を持て」

低く言い放つ。

小姓が、日の本中で恐れられている諏訪法性《すわほつしょう》の兜を神器でも捧げるように差し出してくる。信玄は無造作にそれを受け取り、かぶった。

と、同時に、くらりと軽いめまいを憶《おぼ》えた。

(なんだ？)

気のせいかとも思いながら、軽く首を振る。

信玄、齢五十をこえても心身ともに頑健《がんけん》である。体の不安を感じたことはない。でなければ、この冬場に大軍勢を率いて、これだけの遠征を行えるはずがない。

(老齢《とし》かな)

特に病もない。戦陣も慣れている。長陣の疲れとて感じたこともない。

だが、今、かすかにふらつき、一歩よろめいた。

「お屋形様」

そんな、見たことのない信玄の様に、小姓が左右から駆け寄ろうとする。

「大事ない」

信玄はそれを右手で払った。また軽く頭をふれば、その悪寒《おかん》も霧消する。

大丈夫だ。武田は万全だ。

「穴山《あなやま》の手勢のみ祝田の坂を降り始めよ。ゆるゆると降りよ。他は反転せよ」

低く言う。周囲に跪く武者たちが一斉に色めき立つ。

決戦する。十分だ。ここまで高まった兵の力はもういくさに向けるしかない。

「先鋒は小山田《おやまだ》。馬場、陣立てを」

傍らに控えていた馬場信房は揺るぎなく頷く。一礼すると、くるりと背を向け、本陣を出て行く。

「孫子《そんし》の旗を立てよ」

旗奉行が駆け出し、機敏に動き回る。

風林火山《ふうりんかざん》の旗が天に向け雄々《おお》しく突き立ち、寒風をうけ颯爽《さっそう》とひるがえった。

「家康を蹴散らす」

オオウと武田勢の咆哮《ほうこう》が天地を揺るがす。


一方の家康。

徳川勢は武田の反転に応じて前進、三方ヶ原台地の下に布陣している。

「武田勢、大菩薩山を下り、三方ヶ原を北へ進軍する模様」

物見の報が入ると、家康の本陣はざわついた。

「浜松を攻めぬのか」「まるで浜松に背を向け逃げるようだな」

諸将が口々に呟く。

（逃げるはずがない）

家康の傍らの本多正信は胸で吐き捨てる。

逃げる意味がない。これは策なのだ。わざと背を向けて、掛かってこいと呼んでいる。登ってこいと誘っている。徳川勢が追ってくるのを待っているのだ。

「そのまま祝田の坂を下るのなら、そこで信玄を討てる」

そんな誰かの呟きが本陣の幔幕《まんまく》の中にボソリと零れ落ちた。

三方ヶ原台地は祝田から北への下り坂で終わる。長くうねりだらだらと降る一本道の坂である。ここなら大軍勢も細長い縦隊とならざるをえず、この行軍を襲えば、武田勢を崩すことができる。

だが、武田がそんな進軍をするのか。いや、しない。武田も徳川勢が台地の下に迫っていることを知っているだろう。そんな徳川に都合がよい動きをするはずがない。

正信にはわかる。策以外の何ものでもない。

本陣詰めの将兵もそれを本能で感じながら、混迷の渦の中に佇む。

(無理もない)

皆、決戦の腹を決めて城を出た。進んでくる武田に向けて、立ち向かうべく前進した。だが、武田が北へ転進するなら、浜松から遠ざかる。今、対峙した強大な敵が、背を向け離れて行く。まさか、武田はそのまま浜松を攻めず西へ進むのか——あるはずがないのに、そんな願望に似た想いが、胸中に再燃してくる。

安堵《あんど》なのか、不満なのか、何をすればいいのか、心がぐらつき、戸惑う。皆目を泳がせ、顔を突き合わせている。

（どうすればいい）

この将兵の心理。この困惑の中どう動くか。正信の頭脳はめまぐるしく動いている。

「弥八郎、何を悩んでいる」

家康はそんな正信の渋面に声をかけてくる。

「いや、次の一手をどのように……」

「馬鹿だな」

家康の声音は存外高い。そして、表情は明るい。正信は小首を傾げた。

「戦うのだろうが」

歯切れよく言い切る。正信はおっと眉をあげた。

「戦うなら、我らは武田勢に向かう、それだけだ」

（やはり、殿よ）

もう腹を括《くく》っている。ここまで来たら、必要なのは将器だ。前進、戦う、それだけなのだ。戦わずして城を出た意味があるのか。

正信が言葉を発するのも待たず、家康は床几から立ち上がる。

「信玄、討つぞ」

ビクッと皆、肩をすぼめた。

「皆、何をためらう。信玄、討てるぞ」

混沌《こんとん》とする諸将の横面を張るような叫びが、幔幕を、戦旗を震わせる。

「三方ヶ原に登れや」

家康はゆるぎなく采配を振る。正信は二度三度と頷く。

戦わねばならない。

（なら、信玄を討つ、その意気で）

わかっている。策だろうとなんだろうと、登らなければならない。

正信も気を込めて、足腰に力を入れて立ち上がった。


いざ、三方ヶ原へ。

徳川織田の連合軍は台地上へいたる坂を粛々《しゆくしゆく》と登り始める。

すでに日は西に傾いている。雪こそやんだが雲は重く台地のうえに垂れ込めている。

薄暗い空に向け、軍勢は進む。時は、申《さる》の下刻（午後四時）になろうとしている。

徳川勢は先鋒の酒井忠次《さかいただつぐ》隊、石川数正《いしかわかずまさ》隊から三方ヶ原台上へあがった。続いて織田の援軍、本多忠勝隊、松平家忠《まつだいらいえただ》隊、小笠原長忠《おがさわらながただ》隊、家康本軍。

最後尾をゆく家康の馬が坂道を登り始める。

「物見はどうした」

家康の周りを固める旗本は口々に叫ぶ。しばらく物見の兵が帰ってきていない。

「なぜ、戻らぬ」

旗本衆はいぶかしげに囁き合うが、その間も徳川勢は坂を登る。

先鋒はすでに遥《はる》か先をゆく。長い縦隊となって上り坂を進んでいる。もう引き返せない。

総勢、登るしかない。物見はどうしたのか。皆、なんとなくその理由に気づきながら、口をとがらせ、馬を進め、重い足を踏み出す。

家康も無言で馬を進める。台地上へと至る急坂を登ってゆく家康の馬の傍らに、いつのまにか、小具足姿の小男がピタリと寄り添っている。

陣笠《じんがさ》を目深にかぶった小男は、家康の乗馬の口取りと入れ替わった。

「殿」

馬を引きながら、面は伏せて呟く。

「半蔵、どうだ」

「敵方の忍びの哨戒《しょうかい》が厳しく、武田勢に近づけなくなりました」

家康の低い呼びかけに、小者のなりの服部半蔵保長は忍ぶように応じた。

武田の強さは兵だけではない。忍びも縦横無尽に使い、いくさ前から合戦の流れを制する。武田勢が秘匿《ひとく》の動きをする時、その情報は武田忍びに遮断される。

「遠目で見た限りでは、信玄本陣は祝田の坂上に旗を立てております」

家康は顔色を変えない。ただ坂の上の方を、キリリと睨み据えた。

前方からけたたましい馬蹄音《ばていおん》を響かせ、一騎の騎馬武者が駆け下りてくる。進軍の列の合間を縫って、家康の前まで来ると、騎士は赤い口を大きく開ける、

「殿、いけませんぞ」

この日、将であるにもかかわらず早くに城からでて大物見に駆けまわっていた鳥居《とりい》四郎《しろう》左衛門《ざえもん》忠広《ただひろ》が、家康の馬の横で下馬して、渋い顔を上げる。

「敵は大軍、しかも先行し、台地の上方で待ち構えております。今日の決戦は不利。ここ

は軍を返して、城へ退くべし」

忠広の言葉は至って正論である。いくさに慣れ、物見に長《た》けた男らしい、的確な提言だった。だが、家康、クワッと目を剝《む》く。

「四郎左、貴様、日頃より武勇を誇りしに、臆《おく》したことを言うわ」

家康の心は違う。是が非でも進まねばならない。もう理屈ではないのだ。

主の一喝にも、四郎左忠広は怒りの目尻《めじり》を吊《つ》り上げる。

「なにを、殿、この鳥居四郎左、いざ、いくさとなればいささかも臆したりはしませぬ。戦うなら、真っ先かけて信玄の首とって来ましょうぞ」

主従、眦《まなじり》を決して睨み合う。そんなやりとりの間に、久方ぶりに物見の騎馬武者が駆けこんでくる。

「武田勢、祝田の坂を下り始めたる模様」

二人の前で馬を飛び降りた武者が跪いて言うと、忠広はグッと喉を鳴らす。

武田が背を見せて下り坂をゆくなら、小勢の徳川勢でも追い討ちし、勝機を摑《つか》める。

「聞いたか、四郎左。おのれ、武田を逃す気か」

家康はもう前を向いている。

「さあ、進むぞ」

坂を登り始める。忠広は納得していない。ペッと地べたに唾を吐き、足を踏み鳴らす。

「死んでやろうぞ」

誰に向かってでもなく、唸《うな》るように呟いていた。

坂を登り切った徳川勢の前面に三方ヶ原の荒野が開け始める。

そこになにがあるのか。あがりきった時、その答えは明らかになる。

「ああ」

徳川の将兵が驚愕した目を見開く。騒《ざわ》めきが波のように全軍をうねる。

武田勢は鮮やかに反転していた。

総大将信玄は祝田の坂上に本陣を置き、高台から徳川勢を見下ろしていた。

先鋒は小山田信茂《のぶしげ》の三千。第二陣は山県昌景、馬場信房、三陣に武田勝頼、内藤昌豊《ないとうまさとよ》、
総大将信玄の本軍はその後ろ、さらに後備えに穴山梅雪《ばいせつ》。

魚の鱗《うろこ》のごとく、分厚く陣を重ねる魚鱗《ぎょりん》の陣。三万の軍勢が密集して高地から見下ろしている。祝田の坂を下ったのは偽装である、穴山梅雪の部隊だけが下り始める素振りをみせ、途中ですぐに反転し、魚鱗の最後尾についた。

徳川勢先手の諸将は恐慌をきたして、本陣に使いを飛ばす。

「殿」「殿よ」「徳川殿」

家康の周囲の将兵も慌て顔を振るばかりである。

「うろたえるな、布陣せよ」

家康の声はたじろぐ使い番たちを鋭く貫く。

「先鋒は、右手に酒井、左手に石川。間に織田の方々、平八郎、大久保らを並べて布陣せよ」

「となれば、陣形は」

「鶴翼《かくよく》だ」

翼を広げた鶴《つる》のように、左右に部隊を並べる鶴翼の陣。家康と正信、平八郎で考えに考えた陣形だった。

兵力の劣る徳川、織田の連合軍が鶴翼で翼を広げるのは不利である。

だが、こうするしかない。すべての者に戦闘参加させる左右並列の布陣。武田のように絶対君主の信玄がいて、囮《おとり》や予備隊もいる大軍勢ではない。譜代《ふだい》のしがらみ、織田勢への配慮、総勢横並び、今の徳川にできる唯一の陣形、それが鶴翼なのだ。

「鶴翼だ。左右に翼を大きく拡げろ」

右翼は右端一番隊から、酒井忠次、織田援軍。左翼は左端一番隊から、石川数正、本多忠勝、松平家忠、小笠原長忠。扇の要、中央に家康の本軍。

東三河衆の旗頭、そして織田との取次役、家中一の重鎮酒井忠次を右翼の先鋒。これに、織田の援軍を属させる。西三河衆の旗頭石川数正を左翼の最先鋒に、こちらは徳川譜代の将を主とする。

徳川、織田の連合軍は目を血走らせ、布陣してゆく。

告白

服部弥太郎正成はなおも八重の枕元に居る。

浜松城から西へ四里（約十六キロ）、浜名湖の畔にある服部党の忍び小屋の一間で、八重は昏睡《こんすい》を続けている。

（なぜ、治らない）

傷口は膿《う》んでいない。服部党秘蔵の膏薬《こうやく》を塗り込み、薬湯を飲ませている。

この辺りは温泉も湧《わ》く。湯を汲んできては、八重の身を清めている。

よくなるはずだ。八重は若く、体力もある。

だが、傷の癒えとともに一時快方に向かった様態は、ここ数日で急変している。

顔色が悪い。頬はこけ頬骨が突き出し、目は窪《くぼ》み、肌は静脈が浮き出て青白い。時に全身に異常な熱を帯びたかと思うと、死んだかと思えるように体温が下がる。そのたびに正成は、激しく狼狽《ろうばい》する。

ほとんど正気に戻らない。細い息を吐いて昏睡する。時折、起きて水だけ飲む。

「八重、なんか食え、食わないと死ぬぞ」

さんざん言い続ける正成の言葉に頷きもせず、虚ろな目を空にさ迷わせる。

（病なのか）

そうとしか思えない。しかも、死病のように思える。

「いくさにいかないのか」

眠りから覚めたのか、八重が不意に呟いた。

「気づいたのか」

「いくさに、いけよ」

「なんで、お前、知ってるんだ」

「萩野に聞いた。今日は出陣なんだろう」

服部党の女忍び萩野は八重の介抱をし続けている。

余計なことを、と、正成は内心舌を打つ。

「いけよ、武田とのいくさだろ。お前は徳川忍び服部党一の手練《てだ》れだろ」

正成は鬼のように顔を顰めて唇を嚙んだ。

「八重、なにを、いまさら」

徳川なんて滅んでもいいと言っていたくせに。正成は八重の顔を覗き込んで、あっと、目を剝く。口の端から一筋、赤黒い血がながれている。

「八重、お前」

舌でも嚙んだのかと口をこじ開けようとするが、八重はまたも顔をそむける。

「私に触るな」

意外やしっかりした声である。

「体中に回ったんだ」

その顔が微笑を湛えた。幽鬼のごとき笑みだった。正成は微かに狼狽する。

「お前、なに言ってんだ」

「そろそろ効いてくる。運がよければ、間に合う。間に合わなければ、家康は死ぬ。徳川は滅びる」

正成は言葉もない。物の怪でも見るように呆然《ぼうぜん》と佇む。

「話すよ」

八重はなにやら気を込めるように瞳を輝かせた。

「私は信州の出だ。一族は信濃志賀《しが》の笠原《かさはら》家に仕えた忍びだ」

う、と正成は言葉を呑む。

信濃志賀城主笠原氏は武田信玄の信濃侵攻戦で滅ぼされた。

当主笠原清繁《きよしげ》は城もろとも討死。その妻は武田家臣小山田信有《のぶあり》に連れ去られ、妾《めかけ》とされた。男どもは皆殺し、在城の女子供は二貫文程度で他国に売りさばかれた。

この酷烈《こくれつ》非情な仕打ちは、その後北信濃の城主たちを反武田に結束させてしまった。それほどの禍根《かこん》を残したいくさであった。

「私の一族もみんな死んだ、父も兄も殺され、女は皆犯されて嬲《なぶ》り殺し。生き残ったのは、母とまだ乳飲児《ちのみご》だった私だけ。城が落ちる前に父が逃がしたのさ。赤子の私を助けるためにな。母は私を育てるために生きた。そして忍びの者として、武田に復讐《ふくしゅう》することを誓った。それが母の生きがいだった」

八重の瞳だけが輝きを増している。

「母は流浪しながら私を育てた。民に紛れ、時に物乞《ものご》いをしたり、野伏《のぶせり》の妾のようなことまでやった。すべては私のため、武田へ復讐するため、武田信玄を殺すためだ。母は信玄のゆくところに影のように身を潜めて、絶えず念じていた。どうすれば奴を殺せるか、と」

凄まじい執念。忍びは幾年も、あるいは何代にもわたって、姿も変えて世に潜伏し、目的を果たす。女忍びは特に、その念が激しい。

金で雇われたのではない。主命でもない。一族の恨みなのだ。

「でも信玄ほど用心深い男はいない。あの男に隙《すき》などない。なら、少しでも信玄が油断して、その警固が手薄になるところを狙う。それは閨《ねや》だ。母は信玄の女どもを調べた。そしてわかった。信玄がもっとも執心している女。それは諏訪御前だと」

諏訪の方。信玄が滅ぼした信州諏訪郡の領主諏訪頼重の娘、武田の総領息子四郎勝頼の母。諏訪御前こそ、信玄が愛する女性だった。

「信玄の近くに忍び込むのは無理だ。でも側女《そばめ》ならなんとかなる。母は、諏訪湖の畔の諏訪御前の屋敷に侍女として潜《もぐ》り込んだ。信玄は甲斐からここに通っていた。母はその隙を狙っていた。でも機会は訪れなかった。そのうち、諏訪の方が病で倒れた」

そうである。諏訪御前は病で早世したのだ――

八重の母、お篠《しの》は諏訪御前の透き通るように白い顔を見下ろしながら思っていた。

（いっそ、この女を殺すか）

信玄を殺す機会を見出せないまま、お篠は諏訪の方の看病をしていた。病は重くなる一方だった。

お篠の診たてでは、諏訪の方は死病に取《と》り憑《つ》かれていた。

信玄はもうこの女の閨には入るまい。なら、この女の傍にいても信玄は殺せない。いっそ、諏訪の方を殺して、信玄の愛妾《あいしょう》をこの世から消すのもいいか、とも思った。

だが、なぜか、お篠はこの生まれながらの姫であり、男の庇護《ひご》を受けなければここまで生きていないであろう繊弱《せんじゃく》な女性を懸命に世話していた。

（特に、義理もないのに）

己でも不可思議な気分で、その日も諏訪の方の枕頭《ちんとう》にいた。

諏訪の方は静かに瞼《まぶた》を開けた。

「お方様、お加減は」

お篠はそんな風に聞いた。いつものやりとりだった。

「少しいいようです」

諏訪の方はゆっくりと身を起こして、窓の外に煌《きら》めく諏訪湖を眺めた。

しばらく動かず、遠い波音を聞いていた諏訪の方はポツリと呟いた。

「お篠、お前、私を殺したいのかい」

お篠は内心、驚愕した。しかし、そんな驚きを顔に出すことはない。

「お方様、なにをおっしゃいますか」

「そう、では、やはり信玄を、かい」

諏訪の方は、わかりきったような口ぶりだった。

「お加減がよくないようですね。お気持ちが乱れておられます」

お篠は宥《なだ》めるように言った。心中の動揺は一切出さない。病人の気の迷い、ということもある。

「だって、お前は私と同じ目をしているもの」

その言葉にさすがにお篠は押し黙った。

「私も殿を殺したかった。いえ、今でも殺したい。私も父を、いや父だけでない、一族を殿に殺された。育った城も武田に囲まれ落とされ、焼かれた。あの日のあの光景、城を見上げていた武田兵の目、すべて昨日のことのように憶えている。忘れられるはずがない。そして、あの男は私を無理やり自分のものにした。許せるはずがない。でも私はそんな奴の子を身籠《みごも》り、産んだ。この屈辱をいつか晴らそうと、いつもあの男を殺そうとしていた」

諏訪の方は湖を見つめたまま、念仏でも唱えるように語った。

傍に仕えて数年、お篠はこんな諏訪の方を初めて見た。力は感じない。ただ、鬼気迫る調子だった。

「でも、できなかった。できないまま、病に侵されてしまった」

諏訪の方はそこではじめて言葉尻をにじませた。

「くやしい」

白い顔に浮かぶ瞳が潤んでいた。そこから、涙が一筋、零れ落ちた。

お篠は言葉を失っていた。美しい、このように美しい女性を見たことがない。それはもう神々しいといってもいい美しさだった。

諏訪の方は暫し瞬《まばた》きもせず、ただ涙を湛えた瞳で諏訪湖を眺めていた。お篠は陶然《とうぜん》としてその横顔を見ていた。その美貌《びぼう》は永遠に見ていても飽きないだろう。

「あなたも信玄に恨みがあるのでしょう」

四《し》半刻《はんとき》も過ぎた頃、諏訪の方は口を開いた。お篠は導かれるように頷いた。

そして、自身の過去、同じ信州の豪族の縁者であることを語った。

やはりね、と諏訪の方も頷いた。

「私は信玄を憎み、恨み、殺したいと思うとともに、あの男を愛してしまった。最初はあの男がいくさにでるたび、私が殺す、だからいくさで死ぬことは許さぬ、必ず生きて帰ってこい、と念じていた。いつか殺す、この手で殺すと思いながら、それをなせなかった。それは、いつしか身も心もあの男のものになっていたから。殺したいほどに信玄を愛してしまった」

諏訪の方の声は淑《しと》やかに濡れている。

「私はもう死ぬ。でも私は信玄を殺したい。あの男は私なのです。だから私が殺したい。私のこの想いをあなたの想いとともに、この世に残します。そうすれば私は悔いなく死ねる」

「お方様、それでよいのですか」

「四郎がいます」

思わず問うお篠の前で、諏訪の方は瞳に冷たい激情を浮かべた。

「四郎が、諏訪の家を継いだ私の息子がいます。あとは信玄を道連れにできれば、それでよい。お篠、この願い、かなえてくれぬか」

「でも、どうやって」

「信玄の弱み、あなたならわかるでしょう」

お篠は深く頷き、

「信玄の弱み、それはお方様です」

言い切った。

信玄は諏訪の方を愛している。それは傍で見ていてにじみ出るほどに感じる。

諏訪の方は静かに頷く。

「そう、私は病で死ぬ。死ぬことで私はあの男の中に生き続ける。私は信玄の心に棲《す》みつく。それが、信玄の弱みになる」

諏訪の方は白い頬に凄艶《せいえん》な微笑を浮かべた。

「私のすべてをあなたに授けましょう。あなたは私の生まれ変わりとなるのです」

その瞳が静かに燃えていた。

それから諏訪の方はその仕草、癖、身に着けるもの、化粧の仕方、まとう香、すべてをお篠に教え、授けた。お篠は忍びらしい技でそれを身につけた。

だが、さすがにお篠が諏訪の方を模《も》すのは年嵩《としかさ》からして無理がある。お篠がそれを受け継がせ、諏訪の方を模す者、それは娘の八重だった。

八重の容姿、立ち振る舞い、笑み、視線の流し方、その所作のすべてを、諏訪の方そっくりにするように育て、仕込んだ。八重はなにも疑念を抱くことなく、自然とそれを受け入れた。やがて成長すると、諏訪の方と生き写しの女が出来上がっていた。諏訪の方と同じ香り、同じ笑み、同じ所作をする女、それが八重だった。

そして、お篠は事あるごとに八重の耳元に口を寄せた。

「武田が憎い」

囁くように言った。

八重の肩を強く抱き、優しく頭を撫で、愛《いと》おしそうに髪をすきながら、唱え続けた。

「一族の仇《かたき》、諏訪の方の仇、武田信玄を殺せ、これが母の願い。お前の宿命」と。

信玄を殺す。日夜その言葉を聞き、胸に刻み付けられ、八重は育った。

やがて、病死した諏訪の方の後を追うように、お篠も病に倒れた。母は八重にすべてを託し、この世を去った。

残った八重は信玄について、探りに探った。そして、信玄の懐に忍びこむ機会を狙った。

諏訪の方を亡くすと、信玄はその性を持て余しているようだった。手当たり次第に閨に女をいれ、漁《あさ》るように抱いていた。まるで理想の想い人を探すかのようだった。八重は、諏訪の方の怨念《おんねん》を感じていた。

やがて、武田は上洛をめざして領国を出ることとなった。

遠州を経ての上方への遠征、徳川との合戦。この中に必ず好機が訪れる。

八重は信玄が遠征でも女を抱くことを知っていた。だが、さすがに、身元がわからぬ女は抱かない。信玄が抱くのは、自分の領国、甲斐から引き連れてくる女。遠征の長陣ともなれば、必ず女を呼び寄せる。どうにかしてこれに紛れ込めないか。

（紛れ込めば、信玄は必ず私を選ぶ）

そして、その機会はついに訪れた。

「だから、俺《おれ》に近づいたのか」

正成は天井を見つめる八重に、己の顔を近づけた。八重が目を合わせることはない。

「嘘《うそ》だろ、八重」

それでも正成は八重の瞳に縋《すが》るように覗き込んでいた。

「馬鹿な、その話に俺が乗るってわかってたのか」

「服部弥太郎正成」

視線をずらして正成の顔を直視した八重の目は底光りしていた。

「幻術を使うのは自分だけと思ったか」

「な、なんだって」

正成は瞠目《どうもく》する。この女、何を言っているのか。

「幻術はな、疲れて、迷って、気が弱っている者がかかる。お前ならわかるだろう」

八重の言葉は妖《あや》しく響く。

（あ、あああ）

なぜ、自分が信玄暗殺などという不可能事に挑んだのか。あれだけ武田を恐れていたのに、なぜか、八重の言葉に乗せられたのは。

（お、俺が、誑《たぶら》かされた？）

確かに、正成の心は乱れていた。父と本多正信への反発、本多平八郎への妬心《としん》、己のやるべきことへの疑念。この女は、そんな正成を骨抜きにして、信玄暗殺へと導いたのか。

「お前、俺を謀《たばか》ったのか。まやかしにかけて、武田に忍び入ったのか」

「そうだ」

八重は即答した。

「女一人ではできることが限られる。武田と戦う徳川家で頼むに足る技者《わざもの》、そいつに取り入って、共に信玄を狙う、それだけ考えていた」

「それが、俺か」

「そうだ、徳川家服部党一の手練れ、幻術まで使える男、服部弥太郎正成、お前だ」

正成は口を半開きにして、呆然とのけぞっていた。

（お、俺ともあろうものが）

誰にも負けぬと誇っていた。そんな自分が、女の幻術などで操られていたのか。

「そうか、そうなのか、そうなんだな」

だらりと垂れた口端から言葉が漏れた。

「だが、仕損じた。肝心の信玄は殺せなかった」

八重の頬に震える手を伸ばしかけた。

「仕損じていない」

八重はその手を払った。正成は怪訝《けげん》そうに眉を顰める。

「信玄は狙い通り私を選んだ。それはそうだ、私は諏訪御前なんだ。私がまとった香の香り、仕草、瞳の輝き、腰つき、すべてが諏訪の方と生き写しなんだ。だから、信玄は私を選ぶ。当たり前だ」

「でも、捕らえられたじゃねえか」

「捕らえられると思っていた」

「え？」

「武田の警固の厳しさ。たとえ、奥のこととはいえ、尋常ではない。必ず見破られる。信玄が私を見初めても、周りの者が私を止める。でも、信玄は私をそのまま殺さない。必ず私を抱く」

「抱くって、お前」

「抱くんだ。それが、信玄の宿命だ」

「信玄に抱かれて、どうなる」

「私を抱けば、信玄は死ぬ」

正成の顔がさらなる驚愕で歪む。

「お、お前、仕掛けを」

抱かれることで、信玄を死にいざなう。その仕掛けとは。

「まさか、八重、お前」

聞いたことがある。女忍びだけができる究極の仕掛けがある、と。

毒を呑ませることもなく、傷つけることもなく、相手を死に至らしめる仕掛けが。

「お前、体に」

「そうだ、私は自分の中に、毒を仕込んだ」

正成はもう阿呆のように肩を落とし、見下ろすだけである。愕然《がくぜん》というのがふさわしい。目、口、鼻、全身の穴が開かれて虚脱している。

そう、それは女忍びだけができる秘技。

己の秘所に毒を仕込む。その女とまぐわった男に毒は感染する。毒はゆっくりと体を回り、一ヶ月《ひとつき》もかけて全身を蝕《むしば》んでゆく。

(だが、それは)

秘所に毒を練りこむとなると、己も毒にまみれる以外ない。そのうえで相手と交わるのだ。この技は、すなわち、己を殺し、相手も殺す、相討ちの技。

「だから、お前は」

すでに八重は死を覚悟していた。信玄の宴《うたげ》で舞う時、すでに毒をその秘所に埋め込んでいたのだ。信玄の前に出れば、己の正体を見破られるかもしれない。見破られれば、毒を呑ませることも、刃物で首をかき切ることもできない。確実に信玄を殺すために、己の体そのものを毒としたのだ。

信玄は八重を抱くのである。くせ者だろうがなんだろうが、信玄は己が愛し、失った理想の女、諏訪の方を抱くのである。

（水の口移しをさせなかったのも）

毒を抱いた己の体に正成を触れさせたくなかったのだ。

「そうだ、私の体にはもう隅々まで毒が回った。だから、私は死ぬ。そして、信玄の体にも毒は確実に回っていく。信玄さえ倒れればいくさの行方は変わる。信玄が倒れるか、家康が討たれるか、どちらが先か。あとは運だ。運が悪ければ、徳川も滅びる」

八重は薄く笑った。

「だから、お前もいけ。少しでも家康を生かせ。武田を止めろ」

「お前はそれでいいのか」

「ああ、いい」

「それが、お前の宿命《さだめ》か」

「そうだ。私は信玄を殺すために生まれ、育ち、生きてきた。私の耳には今でも母の声が聞こえる。亡き父や兄や一族の呪詛《じゅそ》の声が。信玄を殺せ、刺し違えても殺せ、と」

「八重、お前」

正成は声音を落としていた。

「なんて、哀《かな》しい女なんだ」

その頬に触れた。八重はわずかに顔をそらしたが、正成は手を引くこともない。

ただ、仇を討つために生まれ、育てられた。八重の運命は生まれながら決まっていた。

たとえ一族から離れ、武田から逃れようとも、それは変わらない。八重は信玄を殺すためにこの世に生まれ、生きたのだ。それをなして短い命を終えようとしている。

（忍びの女として生まれたがゆえに）

正成は、八重の頬をゆっくりとなでた。八重は無言。潤んだ瞳だけ静かに光っていた。

「いけよ、お前は服部党の頭となるんだろ」

やがて、口元だけを動かした。

「八重」

正成はおもむろに顔を寄せた。その唇が八重の唇を覆っていた。

驚いて目を見開き、顔をそむけようとする八重の頬を摑んで放さず、激しくその唇を吸った。弱い抗《あらが》いをみせていた八重はやがて力を抜き、その熱い接吻《せっぷん》に身を任せていた。

正成は強く口づけする。まるで、八重の生を吸い尽くすように。

十分にそれをなしたと思えると、正成は八重を放した。

「毒がうつる」

「口吸ったぐらいでうつるか」

「お前は馬鹿だ。私はお前を誑かし、利用した女だ」

八重は荒く呼吸をして詰《なじ》った。

「そんなこと、知るか」

そのまま立ち上がり、八重を見下ろす。

「八重よ、お前は俺を騙《だま》したと言うが、それは違うぞ。俺は術なんかで操られていない。俺がお前とともに動いたのはな、お前に惚《ほ》れたからだ。俺はな、惚れた女とともに、信玄の命をとった。それで十分だ。本望だ」

青白い顔、こけた頰、死病がすでに八重の全身を侵している。その命はほんの数刻も残っていないだろう。精魂を込めて、すべてを語りきったのだ。

八重は言葉なく、見つめていた。その瞳の灯が今にも消えそうに、揺れていた。

正成は背を向け、一歩、踏みだす。

(お前が、なぜ、俺の元に帰ったか、なぜ、すべてを語ったのか。それが答えだ)

本当に誑かして利用するだけなら、そんなことをする必要がない。

正成の元に帰り、最後の力を振り絞って語った。そして、最期を看取《みと》られる。

それは八重という女が、生きた証を残したかったからだ。この世でただ一人、身も心も通わした、服部正成という男に。

(馬鹿はお前だ、八重)

正成は、二歩、三歩足を踏み出す。そして駆け出す。

第三章　決戦三方ヶ原

開戦

三方《みかた》ヶ原《はら》での対陣は続いている。

高台から見下ろすように布陣する武田《たけだ》勢は魚鱗《ぎょりん》、ゆるやかに下ったところの徳川《とくがわ》勢は鶴《かく》翼《よく》。徳川勢はもう動けない。まるで蛇に睨《にら》まれた蛙《かえる》である。息が詰まるような時が過ぎて行く。

こちらから仕掛けようもない。といって、逃げられもしない。

見上げればゆるやかな台上に武田菱《たけだびし》の旗印の軍勢が整然と並んでいる。背を向けて逃げようものなら、即座に背中へ斬《き》りつけられ、台地の下へ追い落とされる。

時は過ぎる。刻々と過ぎて行く。

(このまま日が暮れたら)

ぞっとする。闇《やみ》の中で、あの武田勢が突っ込んできたら。

暗闇は人心の不安を掻《か》き立てる。兵の混乱は極みに達し、同士討ちで傷口は拡《ひろ》がり、逃げ場すら見出《みいだ》せない。主君を守るどころか見失い、さ迷い壊乱《かいらん》する。

「殿よ」

本多弥八郎正信《ほんだやはちろうまさのぶ》は傍《かたわ》らに跪《ひざまず》き、家康《いえやす》を見上げる。正信なりにこの三方ヶ原でのいくさの筋は描いている。だが、その正信にも開戦の呼吸はわからない。

家康は丸い顔、つぶらな瞳《ひとみ》、口を真一文字に結んで、両の掌《てのひら》を太腿《ふともも》に置き、人形のような姿で床几《しょうぎ》に腰かけ、前を見つめている。背筋を伸ばし、毅然《きぜん》と胸を張る。

平時といささかも変わりなき、堂々たる大将姿だった。

さすが殿様である。正信は感嘆する。

「弥八郎」

おもむろに呟《つぶや》いた家康は、少しだけ眉根《まゆね》を寄せた。

「は」

正信はおずおずと首《こうべ》を垂れた。

「怖いな」

「は？」

「怖い」

家康は前方を見つめたまま、口元だけわずかに歪《ゆが》めた。

「怖い、震えがとまらん」

家康はそう言うと、己の拳《こぶし》で膝《ひざ》をトントンと叩《たた》いた。

「殿」

正信は強張《こわば》っていた顔をクシャリとつぶして、頷《うなず》いた。

「拙者も小便をもらしそうなほど恐ろしくござる」

「そうか、わしは糞《くそ》をもらしそうじゃ」

家康はそう言って、丸い目を向け、ようやく頰《ほお》に笑みを浮かべた。

主従、目が合った。うむ、と頷く。

「では、前進を」

二人の声が揃《そろ》った。


時に、酉《とり》の上刻（午後五時）頃《ごろ》。すでに冬の陽《ひ》は西に落ちつつある。

ドン、ドォンと本陣の押し太鼓が響くと、徳川織田《おだ》連合軍は前進する。鶴翼の布陣の両端、酒井《さかい》忠次《ただつぐ》隊、石川数正《いしかわかずまさ》隊を先頭に、おずおずと様子をみるように一歩二歩、と踏み出す。前方に見えているのは、武田魚鱗の陣の先鋒《せんぽう》、小山田《おやまだ》の手勢である。

「進め、進めや」

徳川勢最右翼先鋒大将の酒井忠次のがなり声が寒風の中響き渡る。

（先鋒の競り合いで負けてたまるか）

いくら魚鱗の陣で固まった大軍とはいえ、先鋒の小山田勢は三千ほど。それなら、徳川勢が両翼から突き崩せば、勝てるだろう。いや、それはせねばならない。寡兵《かへい》の自軍を奮い立たせるため、緒戦《しょせん》は絶対に勝たねばならない。

「いけや」

勇む忠次が馬上で太刀《たち》を振り上げる先で、想定外のことが起きようとしていた。

武田勢の最前線に「水股《みずまた》の者」と呼ばれている投石兵が、手に手に礫《つぶて》をこねながら、横並びにでてきていた。坂の上からヒュンヒュンと風を切って、礫が降り始める。ガツガッと徳川勢最前線の武者の甲冑《かっちゅう》に異物が当たり始める。

「なんだ、これは」

鉄砲除《よ》けの竹束を前に押し出しても意味がない。その上を越えて礫は降り続ける。

「ひるむな、たかが礫じゃ」

忠次は振り返り、叫ぶ。しかし、礫の雨はやまない。しかも、狙《ねら》いはどうやら酒井勢ではないようだ。礫は、斜め後ろの織田勢に集中している。

(まずいな)

忠次は、そちらを睨んで、軽く舌打ちをする。元から歩みがのろく足並みが揃っていないのに、この印字打ち(投石)で織田勢の乱れは甚《はなは》だしい。

(あんなに煌《きら》びやかに着飾っておるのに)

徳川勢にくらべて織田勢の甲冑や旗指物《はたさしもの》の華やかなこと。

都を制した信長《のぶなが》の軍勢である。派手好きで美しきものを愛《め》でる信長の好みか、その軍勢はやたら意匠に凝《こ》った兜《かぶと》、煌《きら》びやかな甲冑を身につけている。鎧《よろい》兜も質素で、旗幟《きし》も地味な徳川勢に対して、まるで異国の軍勢と思われるほど華やかである。

だが、その美々しく着飾った軍勢は今や乱れに乱れている。すでに、顔も地に伏せ、頭を抱えて腰砕けとなっている。

(城ではあれだけ高慢な顔でのさばっていたくせに)

怒りが沸々《ふつふつ》とこみ上げてくる。脳裏に浮かぶのは、佐久間《さくま》信盛《のぶもり》の尊大な髭面《ひげづら》である。

あの人を食ったような態度。いったい、何様のつもりなのだ。信長に言われるならまだしも、佐久間のごとき一家臣が頭高く物申すなど、厚かましいにもほどがある。あれでは、徳川筆頭家老の面目丸つぶれではないか。佐久間とて、信長の前では大人しく頭《こうべ》を垂れるばかりのくせに、浜松《はままつ》にくるやあの態度。そして、このいくさ場の腑《ふ》抜《ぬ》けぶり。

兵の士気は主将の性格なのだ。佐久間は、あの中で縮こまって背を丸めているのだろう。そんな手勢が果敢《かかん》に働くわけがない。腰砕けの織田勢を見るほど、織田の筆頭家老への怒りが増してくる。

「徳川を舐《な》めるなあ」

忠次、ついに、怒声を張り上げる。怒りの鋒先《ほこさき》は、武田勢か、それとも佐久間か。

周囲の旗本が礫を避《よ》けながら、驚愕《きょうがく》して見返している。


「始まったか」

馬場《ばば》信房《のぶふさ》はこの日の備えでは、武田勢第二陣にある。

魚鱗の陣の中央にあり、先鋒の状況次第で押し出す役目である。前線の状況を的確に把握し、本陣の信玄《しんげん》へとつなぐ。そして、機を見て突出する。

「小山田様の隊が、礫を放ちつつ、押し出しております」

「敵右翼の織田勢、壊乱の様相」

傍らに跪く武者が、矢継ぎ早に叫ぶ。

(狙い通りだ)

信房は片頬《かたほお》を歪めてほくそ笑む。

傍らには、小杉左近《こすぎさこん》が信房の与力《よりき》として控えている。左近は強く先鋒を望んだが今この中軍にあり、拳を握りしめ、指を鳴らし続けている。鼻息も荒く、信房の横に歩み出てくる。

「馬場様、ずいぶん余裕のお顔ですな」

全身が炎立つように戦意に満ちている。前を睨みつけているが、今にも戦場に飛び込んでいきそうである。この男の目的は一つ。本多平八郎《へいはちろう》、あの男の首を掻《か》き切る、それだけを胸にこの戦場に立っている。

(若いからな)

そんな左近の血走った目を見ながら、信房は鷹揚《おうよう》に顎《あご》を引く。

「逸《はや》るな、左近。己の役を忘れるな」

「しかし、徳川、よくもこの三方ヶ原に登ってきましたな。物狂いしましたか」

ふっと信房は鼻息を漏らす。

「左近、それが一国を領し、自ら立たんとする者よ」

左近が怪訝《けげん》そうに眉根を寄せる。

「よいか、我らが浜松城を攻めると見せかけ前進する。さすれば、家康は出てくるのだ。なにもせず、己の保身のため浜松に籠《こも》るだけでは、遠州《えんしゅう》の者共一斉《いっせい》に寝返るわい」

あの見附《みつけ》での後巻《うしろまき》。二俣《ふたまた》城の陥落。次は家康自ら兵を率いて、信玄とあたらねばならない。それは、武田へ、織田へ、遠州諸侯へ、そして天下万民への意思表示なのだ。

「家康は己の両足でしっかり立つ、ということを天下に示したのだ」

「わかります。どうせ、一合戦して逃げましょう」

明らかな劣勢なのである。まさかに敗れて全滅することを望むわけがない。意地を見せて、あとは籠城《ろうじょう》なのだ。浜松城を背にして戦えば、勝手知ったる自国領。できるだろう。

そんなことは百戦錬磨《れんま》の武田勢、上から下までわかっている。

武田がこれまで侵略した地の小大名たちが何度も演じてきたことだった。一戦して援軍の来着を待つ。見飽きた光景であった。

「それだけではないぞ、左近」

信房の言葉に、左近は小首を傾《かし》げる。

「それではこちらはまったく面白くない。だから、浜松を攻めるべく進軍し、そして反転する。徳川は追わざるを得ないだろう。そして、武田が有利なこの地へと誘い込む。完膚《かんぷ》なきまで打ち破るためだ。この三方ヶ原こそ、家康の死に場所よ」

「それが、啄木鳥《きつつき》」

左近が腑《ふ》に落ちたように言うと、信房は深く頷く。

「そうだ、住処《すみか》の木をつつくように前進し、反転後退、相手はつられて出てくる。そこをついばむ。これぞ、啄木鳥の戦法」

左近の目に感嘆の光が浮かぶ。啄木鳥。左近のような若い将は、十年前の川中島の激戦を見ていない。

今この決戦に啄木鳥の策は見事に蘇《よみがえ》り、あとは出てきた敵をついばむだけとなった。

「首尾は万端、ですな」

「で、いくさ立てだ」

信房は話を次へと進めるため、左近の瞳《ひとみ》を覗《のぞ》き込む。弟子を導かんとする師匠のような語り口である。

「さて、徳川勢は意地をみせるべく一枚岩、そんな中で戸惑っている連中がおるわ」

左近はさらに目を見開く。

「織田勢」

「そうだ。織田の者共は家康と心中するつもりなどない。籠城の援軍できたのに不本意に城をでて武田と戦う、それだけで十分に慄《おのの》く。そして、待ち受けた武田は目の前で反転した。危険が去り、遠ざかってゆくわい。なのに、わざわざその化け物を追いかけて不利な戦場に釣られこんだ。そんな輩《やから》がまともに戦うと思うか」

今、徳川織田連合軍一万余りの中で、三千を占める織田勢は恐怖と戸惑いの中にいる。

「それは、容易に崩せますな」

左近は快活に叫んだ。

「そうだ、あの徳川鶴翼《かくよく》の陣のうちの右の翼、あれはもはや腐っている。あそこにいる鶴《つる》は片翼だけで中身は虚《うつ》ろ。思う存分につき崩すだけ」

信房の声は馬場隊の将兵の丹田《たんでん》に力強く響く。

皆、力強く前方を見つめる。その先でいくさは確実に動いている。

その間も右翼の織田勢を礫の雨が襲っている。

徳川勢左翼二番隊の平八郎は前進しながらその方角を睨んで、厳しく顔を歪める。

「なんだ、ふがいない」

本多忠真《ただざね》が後ろから思わずという感じで呟く。

「叔父上《おじうえ》、いけませぬ」

平八郎の声は低い。

明らかに織田勢の歩みはのろく、そこを集中して武田の礫が襲う。織田勢は前進どころか逃げださんばかりに壊乱している。対して、右翼最先鋒の酒井忠次の隊は押し出している。このままでは右翼の軍勢の足並みは揃わず、酒井勢は孤軍となる。

「あれを」

そして平八郎は前方を指さす。

武田先鋒の軍勢が展開しつつある。礫を放つ者たちの後ろに槍《やり》と騎馬が分厚い隊列を成している。

礫を食らいながら懸命に前進する酒井勢はその変化に気づいていないのだろう。

「酒井殿が出すぎています」

平八郎の声に忠真はうむと頷く。

「叔父上、酒井殿を救いましょう。我が与力も率いてくだされ」

「左翼は石川殿が先手ぞ」

左翼の一番は西三河《にしみかわ》衆の旗頭《はたがしら》石川数正隊である。律義者《りちぎもの》の忠真には序列を崩して本多隊が抜け駆けするようで気がひける。

「石川殿は拙者にお任せあれ」

平八郎は槍を担いで馬腹を蹴《け》る。

「皆は、叔父上に従え」

本多勢が、応、と雄叫《おたけ》びを上げる。

平八郎はそのまま隊を抜けて疾駆《しっく》。斜め前で槍合わせの支度に余念のない石川数正隊に駆け込む。

前線まで出て馬を降り、大股で大将石川数正に歩み寄る。

数正は、甲高《かんだか》い声で物頭《ものがしら》たちに指示をくだし、右を向き、左へと歩き前線の兵を鼓舞《こぶ》している。動くたびに、その兜の前立ての金の鍬形《くわがた》が鈍く煌《きら》めいていた。

「どうした平八郎。いくさがはじまるぞ」

数正は切れ長の目をさらに細めて応じた。槍合わせ直前、武人なら誰《だれ》しも昂《たかぶ》っている。

「石川殿、すぐに出ましょう」

「出るだと、もう出ているではないか」

「もっと早く、今すぐ武田先鋒に掛かりましょう」

「我等は左翼ぞ、相手の陣形は魚鱗、左翼は左翼で敵に備えるわ」

「さればこそ、酒井殿が槍合わせする武田の先手を挟撃しましょう」

「平八郎、己は槍に優れておるが、兵法というものを知らぬ。武田勢は先手だけではない。

見よ、魚鱗の陣には二段、三段がある。この緒戦で左翼の我々が陣形を崩して、あの中軍が動いたらどうする。それにな」

数正は口から泡を飛ばして続ける。

「東衆には東衆のいくさがある。加勢がいるか」

その神経質そうな顔に、平八郎は頰を歪める。

石川数正は賢い男だ。賢いがゆえに利得勘定が明確である。

西三河衆を率いる石川数正、東三河衆を率いる酒井忠次、この二人の力が拮抗《きっこう》して、徳川譜代《ふだい》家臣のうえに君臨している。それが今の徳川家であった。

「石川殿、見てくだされ、右翼を」

平八郎は指をさす。そこでは織田勢三千が固まっている。その様は停滞するどころか、酒井勢の前進にくらべると後ずさりしているように見えた。

「右翼の後続が当てになりませぬ。このままでは酒井殿は孤軍となります」

「織田勢の面倒をみるのも酒井殿だ」

そのとおり。織田家の取次役も酒井の役目である。数正はいちいち理詰めである。

「石川殿が酒井殿を救うのです」

平八郎は語気を強めた。

「石川、酒井は殿の両腕。石川殿以外、誰が酒井殿を救えるか」

平八郎は、鬼の形相で睨みつける。その勢いに、数正は口を閉ざす。

「東も西も、どちらも徳川侍ではないか」

体軀《たいく》雄大な平八郎が、見下ろすようにして叫ぶ。

その巨体が暫《しば》し動きを止め、ぐっと一歩踏み出すと、数正はビクリと一歩後ずさりする。

そして苦々しい顔で視線を落とした。

「わかった、わかった、平八郎」

渋々、頷くと、采配《さいはい》を右へと振り上げた。


「駆けよ、耐えて進め」

酒井忠次は軍勢の先頭で声を張り上げ続けている。

その間も、礫は降り続ける。兵は皆、面《おもて》を伏せ、ただ駆ける。

「駆けよ、駆けよ」

忠次の声だけが兵を励ましている。でなければ尻《しり》を向けて逃げ出しそうな苦境である。

「奮え、三河武士の勇ましさを見せてやれ」

と叫んで、忠次がかざした太刀《たち》を振り払うや、飛来した礫がガチンと弾《はじ》かれた。

その鈍い金属音に、うぬ、と忠次は首を傾げた。

(あれだけ、反対だったのに)

いくさ前は、武田に降《くだ》るやら、遠州を差し出すやらと、あれこれ考えたものだ。なのに、いつのまにか、いくさに入れ込み、真っ先に駆けている。

だが、これでいい。戦場に臨んで勇を発せずして、なにが侍か。

こうとなれば、酒井忠次、骨の髄《ずい》から三河武士である。徳川勢は押されてはならない。逃げられるわけがない。この領国でどこに逃げるというのか。意地を、武田に、織田にみせつけてやるのだ。

酒井忠次は歯を食いしばり、雄叫びを上げ続け、進む。

「駆けよ。近づけば、礫など投げられぬ」

応、と、皆、声をあげて進む。槍合わせとなれば礫など投げている余裕はない。

そうなのだが、実際は駆けることもままならない。

忠次の前後で面を伏せ前進する徒士《かち》も騎馬も、得物をかざして降り注ぐ礫を避ける。それでも礫は落ちてくる。たかが石の礫とはいえ、充分な凶器である。ガチガチという嫌な音と共に、体に礫を受け、膝を地につき、転げる兵がでる。

馬はもっと悲惨である。面頬《めんぼお》もつけぬ長い顔に礫を受け、悲鳴をあげるように嘶《いなな》き、足掻《が》き、騎士を振り落とさんとする。そもそも拳大の礫が流れ落ちる異様な景色だけで昂《あ》って暴れ出す馬もいる。狂奔《きょうほん》は狂奔を呼ぶ。しぜん、騎馬隊は後方に置いていかれる。

徒士だけで、あの武田の陣にかからねばならぬのか。そう思えば、兵の足はすくみ、胴は震える。それでも健気《けなげ》に歩みを止めぬ兵の頭上から舞い落ちるのは、礫の雨である。

(礫ごときで)

そもそも武田に鉄砲は少ないと想定されていた。鉄砲足軽の撃ち合いなら、兵数の劣る徳川織田の連合軍とてこれほど苦戦しまい。

(あと一息、あと一息、我慢だ)

苦しい。これなら、よほど刀槍《とうそう》で突き合う方が楽ではないか。忠次は途中から馬をかばうため、徒歩立《かちだ》ちとなっている。歯を食いしばって、歩みを進める。ようやく礫の雨がまばらになってくる。

武田の陣の様子が見えてくる。将兵皆、力を漲《みなぎ》らせ地を踏んで前へ進む。

「さあ、いけや！」

忠次が叫んだその先で、武田の投石兵が左右に散るのが見えた。

酒井勢は一斉に面をあげ、駆け出す。

「そら、もう礫など投げられぬぞ……」

しかし、忠次はその直後、悪夢のような光景を見ねばならなかった。

散開した投石兵の向こうに、鉄砲隊が隊列を成していた。うっと、目を見開いた瞬間、采は振られた。バアンと乾いた斉射音が響くと、酒井勢最前列の兵がバタバタと倒れた。

「怯《ひる》むな、すぐには放てぬぞ」

鉄砲は礫のようにいかない。弾込めの間に斬りこめる。

忠次が声を励まし、なお前を睨みつける頭上から、今度はバラバラッと矢の雨が降り注ぐ。すぐ横を走っていた近習《きんじゅ》がのけぞって倒れた。その首元に矢が突き立っている。

忠次はギリッと歯ぎしりをする。

「耐えよ、進め」

兜を押さえながら駆けていた兵たちが、槍を構え、佩刀《はいとう》を引き抜く。あとは敵陣に襲い掛かるだけだ。だが、そこに、さらなる悲劇が待っていた。

武田勢の弓隊がまるで幕を引くように散開するや、その背後から長柄《ながえ》の槍組が一斉に押し出す。乱れのない整然たる前進に目を剝《む》く中、敵勢はみるみる迫ってくる。

槍の穂先を鼻先に突き付けられたような恐怖に陥る。左右を見れば、味方は浮足立ち、槍も下がっている。

「構えろお」

忠次の必死の叫びも届かず、武田勢の長柄槍が振り下ろされる。隙《すき》のないその殴打に、前線が一斉に崩れる。武田の槍隊はそのまま踏み出し、また槍先を振り上げる。徳川勢は、身をすくめて腰をかがめる。勝負にならない。

「畜生めが」

忠次は絶叫しながら、佩刀《はいとう》を振り上げる。

叩かれ、突き倒される将兵を叱咤《しった》しながら、踏み出す。

「下がるな、下がるな！」

もうなるようにしかならない。

半分自棄《やけ》、である。

「酒井殿、武田の先手に掛かっております」

「戦況は」

後方本陣の家康は床几に腰掛けて前方を睨んでいた。

「獅子《しし》奮迅《ふんじん》のお働き、敵を押しております」

軍奉行が応じた言葉に家康は下膨れの頬をふくらませた。

押しているわけがない。ここからでも戦況が悪いのはわかる。酒井勢は果敢に武田先鋒に打ちかかったものの、鋭い反撃にあい、押し戻されていた。

「弥八郎、どうみる」

家康は苛《いら》ついて太腿を叩き、傍らの本多正信を振り返る。

「どうもなにも、あの織田勢」

正信も強く眉を顰《ひそ》めている。

酒井勢の後方に置いて行かれた佐久間信盛を中心とした織田の援軍。いくさの矢面から逃れたのをいいことに、その場で石のごとく固まるばかりである。

「もはやあてになりませぬな」

「左衛門《さえもん》（酒井）が危ない」

いきなり緒戦で一番家老が討ち取られてはいくさにならない。兵の士気が一気におちる。

家康は腰を浮かしかけた。

「ご安心を」

正信が呟き、指さす。その先で右翼最先鋒の石川隊、本多隊が雄叫びをあげ、駆け出していた。二隊はそのまま武田先手の小山田勢の側面から突っ込む。

家康はほっと一息をつき、上げかけた尻を床几上に置きなおす。

「しかし、織田勢、なんとかならぬか」

家康は大きく舌打ちする。

永禄《えいろく》五年に同盟して以来、織田のいくさを加勢した徳川勢がどれだけ粉骨砕身働いてきたか。いや、どのいくさでも徳川勢は織田兵よりよほど勇猛果敢であった。その勇戦があればこそ、信長は勝つことができたのではないか。

「動きが鈍いだけならまだいい。もう逃げ出すようではないか。あれでは全軍の士気にかかわる」

丸いつぶらな瞳を大きく見開く。その目が赤く血走っている。

織田勢は三千ほど。大軍ともいえないが、本日の味方の中での割合は大きい。この陣の右翼のほぼ半分が織田勢なのである。その織田勢が今、この戦場から逃げ出そうものなら、その影響は甚大《じんだい》である。

いざ逃げはじめると兵の心理は負け一色となる。敗走は敗走をよび、全軍総崩れとなる。

「いくさははじまったばかりぞ！」

家康は思わず右手を口元にやり、小指の爪《つめ》を嚙《か》みだす。


石川隊、本多隊の助勢を得た酒井勢は、武田先手小山田信茂《のぶしげ》隊を押し返していた。

「ゆけや、ゆけゆけ、我らの勝ちぞ」

酒井忠次は先ほどとうって変わって意気揚々と大声を張り上げた。さすがに三手に敵を受けては武田の精鋭とて不利である。小山田勢は槍を下げて、逃げて行く。

「あの武田に勝っとる、勝っとるぞ」

忠次は天に向けて叫びをあげた。オオウ、と将兵は喊声《かんせい》で応じて、地を蹴って突出する。

真《まこと》である。つい先ほどまであれほど猛威を振るっていた武田勢は、今算を乱し、背を向けている。それを、刀槍煌めかせ追うのは、忠次を主《あるじ》とした東三河勢である。

（紙一重だったが）

忠次は頬を歪める。心中、ほっと胸をなでおろしている。石川隊、本多隊の援《たす》けがなければ、敗走しているのは酒井勢だった。だが、いい。なんでもいいのだ。

（我が勢の勇気、粘りよ）

あの武田相手に一番槍をつけ、その猛攻に応《こた》え、多くの死傷者を出しながら、一歩も退《ひ》かなかった。命がけの酒井勢の前進なくば、この勝利はない。

「刈《か》れや、信玄の兵を刈るのだ」

忠次はあえて信玄の名を出す。鼓舞である。将兵は天下の武田信玄の兵に勝っているという事実に傷んだ心身を奮い立てる。応、と、皆、得物を振り上げ、突進する。

忠次は満面に精気を漲らせ、馬上で太刀を振り回し続ける。あの礫の嵐《あらし》も、武田勢の脅威にも耐えてきた。この先手の武功一番は酒井勢以外にありえない。

（お見事な働きだ）

平八郎は馬腹を蹴りながら思っている。その先に、馬上で雄叫びを上げる酒井忠次がいる。

真にこの場での忠次の働きは見事であった。さすが徳川の一番家老を張るだけある。

「酒井殿！」

武骨な背中に向けて叫んだ。それでも忠次は前を睨みつけ、兵を叱咤激励する。

よほど近寄って、やっと忠次は振り向いた。

「おう、平八郎、助勢ご苦労」

「酒井殿の武勇、お見事」

「おうよ、みたか、これこそ三河武士のいくさぶり」

興奮冷めやらぬ忠次は口から泡を飛ばす。

「一番槍のみならず、武田の先手を見事に押し返された。この目でとくと見させていただいた」

平八郎は心底から褒《ほ》め上げた。本音であると共に、この誇り高き徳川の筆頭家老、家中《かちゅう》一の重鎮《じゅうちん》酒井忠次を讃《たた》えねばならない。

「酒井殿よ」

背後から甲高い声が響いた。

「危なかったたな」

馬を寄せてきた石川数正はそんな風に言った。

途端に忠次の髭面が歪み、平八郎は眉根を寄せる。

数正はこんな風に相手の気を逆撫《さかな》でするような言い方をしてしまう。剛毅《ごうき》な忠次に対して、才走り、理屈っぽいと言われるゆえんである。

案の定、忠次は怒気で面を強《こわ》ばらせた。

「危なかっただと。我が勢だけでも、武田に負けはせぬわい」

「なにを言う、我らの助勢あってこそだろうが」

「だれも加勢など乞《こ》うておらん。貴様、後からきて何をほざく」

「これは、お礼の一言でもあるかと思えば、その言いざまか」

「己《うぬ》はわが武功を横取りするつもりだろうが！」

もはや葉武者《はむしゃ》のような言い争いである。お互い根が頑固で、口の悪い三河武士である。それに戦場で気が荒ぶっている。

「酒井殿、石川殿」

口ぎたなく喧嘩《けんか》を始めた二人を平八郎の一喝がとめた。

「殿の両腕であるお二方がこの戦場で諍《いさか》いを起こすとは何事。武田を打ち破ったのち、心ゆくまで争えばよい」

そして、蜻蛉切《とんぼきり》の長槍を身構えた。

「この場の喧嘩なら平八郎がお相手するが、如何《いかが》」

そのまま右手で掲げ穂先を突き出す。

「いくさの最中ゆえ、命を落としてもなんとでも言えましょう」

槍を片手にブルンと振るうと、さすがの二人も息を呑《の》む。

槍で平八郎にかなうはずがない。チッと、忠次は舌打ちし、数正は鼻を鳴らす。

「言い争いしている暇はない。これからが真のいくさ。敵はあちら。怒りは武田にこそぶつけるべし」

指さしたその先で武田第二陣の旗が蠢《うごめ》いている。

「望むところよ。このまま突き崩してやるわい」

酒井忠次は気を取り直し、今にも前に向かって馬を進めんと身構える。

「いや、酒井殿、これ以上、本陣から離れてはなりませぬ、それは武田の策。ここで相手を受けましょう」

退いてゆく小山田勢の後ろに林立する武田菱の旗。武田の二番備え、山県三郎兵衛昌景《やまがたさぶろびょうえまさかげ》、馬場美濃守《みののかみ》信房。武田家の双璧《そうへき》、最強の二将の隊が虎視眈々《こしたんたん》とこちらを向いている。

緒戦の勝ちいくさを誇っている場合では、まったくない。


「馬場様、小山田殿が押されております」

小杉左近は苦虫を噛み潰《つぶ》したような顔で舌打ちする。

徳川勢の両端から突き崩され、武田先鋒の小山田信茂隊は兵をさげつつある。

しかし、馬場信房は肉の厚い頬を少し歪めただけだった。

「慌てるな、左近」

予定のことであった。小山田勢は三千、これには礫を打たせて挑発し、徳川勢を引きつける。

「相手は鶴翼、こちらは魚鱗、それは、先鋒はあちらが有利よ」

だから小山田は戦いながら退く。そして、徳川がそれを追ってきた時、こちらの二陣が襲い掛かる。そのために二陣には武田最強の山県隊と自分が控えているのだ。

「ん？」

満面に余裕の笑みを浮かべていた信房は、口をへの字にまげた。

小山田勢を押し戻した徳川勢は調子づいて追撃するかと思いきや、そのまま隊列を整え始めた。信房は小首を傾げる。

「徳川にもいくさのみえる者がおったか」

脳裏にあの一言坂《ひとことざか》で戦った漆黒《しっこく》の武人が浮かぶ。

「本多平八郎、かな」

呟いたその名に、小杉左近が鋭い眼光で振り向く。信房はおどけたように眉をあげ、

「まあ、左近、あせるな、これからよ、これから」

ポンポンと軽く左近の肩を具足の袖《そで》の上から叩く。気のいい近所の叔父貴のようである。策のとおりとはいえぬが、徳川勢先鋒の後ろの織田勢は旗が乱れ、隊列もまばらで明らかに逃げ腰である。とてもいくさに臨むとは思えない。

（こちらから仕掛けても面白いか）

信房は後方の武田本陣を振り返る。孫子《そんし》の旗がばさばさと風になびいている。信玄の健在をしらせる証《あかし》である。その本陣から武者が一人走り出る。陣前の馬防柵《ばぼうさく》中央あたりで仁王《におうだ》立ちすると旗幟を高く掲げた。白地に武田菱が天を衝《つ》くように突き立つ。それをすこし斜めに倒すと、大きく左右に振った。舞でも舞うような美しい旗振りであった。

信房は見たとたん、巌《いわお》のように顔を引き締めた。

「馬、ひけい」

向き直ったその面はもう練達の侍大将である。野太い声は将兵の間に響き渡った。

「まずはあの先鋒を砕く」

信房は引き出された逞《たくま》しい栗毛《くりげ》色の愛馬に飛び乗るや叫ぶ。使い込んだ愛槍で指した先は、徳川先鋒の酒井、石川、本多勢である。

ちょうどその時、本陣から押し太鼓の音がドン、ドォンと響いてくる。二番隊前進の合図である。馬場隊の全将兵が、得物を構え踏み出す。

「そして目指すは、家康の首」

オウ、と全軍雄叫びを上げる。馬場隊の横で、同じく二番の相役、山県昌景の隊も一斉に押し出す。人馬の大波が寄せる。

ドッドッと地を踏み鳴らす音が三方ヶ原に響き渡る。行く手は徳川勢の中央である。

苦悶

激突、というのが、ふさわしい。前線で激戦が続いている。

武田二陣の山県隊、馬場隊と徳川勢の酒井、石川、本多、後続の大久保忠世《おおくぼただよ》、小笠原長《おがさわらなが》忠《ただ》ら主力のほとんどが加わった激闘が続いている。

「なんと、凄《すさ》まじい」

本陣の家康は感嘆の吐息をもらした。無意識に床几から立ち上がって、本陣前の馬防柵手前まで歩を進めている。

剣戟《けんげき》と人馬叫喚《きょうかん》の音が響き渡り、矢《や》弾《だま》が行き交い、血しぶきが飛ぶ。開戦半刻《はんとき》、戦況は五分である。ただ、武田はまだ全兵の半分も参戦していない。兵力に余裕がある分、大局的には、武田の優勢ともいえる。

(だが、馬場、山県の二将を打ち破れば)

武田家の誇る二将である。これを徳川勢が打ち破ったのなら。運よく、山県か馬場の首でもとれたなら。武田兵も狼狽《ろうばい》し、あわよくば後続の本軍も浮足立つのでは。

(勝てるのでは)

家康は柵に手をかけ、思わずゴクリと生唾《なまつば》を飲み込んだ。

「皆、素晴らしい、素晴らしいではないか」

心の臓が揺さぶられ、感極まっている。そんな想《おも》いにさせてくれる家臣たち、酒井も石川も小笠原も大久保も、そして平八郎も、皆、素晴らしいいくさぶりではないか。

勝てるのか、あの武田に。

そう思い至って、家康は右手に持つ采配を握りしめた。

「殿、なりませぬ」

横に跪いた本多弥八郎正信が低く叫んで押さえた。

家康はきっと目を剝いて睨み返す。

「なぜだ、今、前線の諸将が奮迅の働きをしている。あの山県、馬場の二将を相手に一歩も退いておらぬ。今、助勢があれば、彼らは勝つ。この本陣の旗本を」

つぎ込めば――その言葉を遮るように、正信は家康の右手にすがる。

「いえ、なりません」

正信の声に澱《よど》みはない。

「殿の旗本はこの本陣を守るための兵。彼らが前線にでて、誰が殿をお守りしますか」

「だが」

「いけません」

正信は頑なに首を振る。そして、無言で強く家康を見つめた。

(勝てません)

口にしたくない言葉である。だが、その目が語っている。

確かに今いくさはたけなわであり、戦況は五分である。だが、小山田勢を押し返し、山県勢、馬場勢と激戦を続ける徳川勢は疲弊しつつある。家康の旗本が助勢し、武田の二陣を打ち破っても、次の三陣が来る。本陣を守る兵は残しておかねばならない。

「旗本すべてとはいわぬ。小平太《こへいた》の隊だけでも」

榊原《さかきばら》小平太康政《やすまさ》の隊は、本陣の前で待機している。いくさ上手の康政の隊を投入すれば、混戦を掻《か》いくぐって、山県か馬場の首を狙えるではないか。

「なりません。榊原殿の手勢こそ、殿のお命を守る最後の一手なのです」

正信の目は血走るほどに真剣である。

「殿、殿を守るために、皆、己の役を担って全身全霊で戦うのです。どうか、お聞き分けください」

「あれだけ、踏ん張っている者共を援《たす》けることもできんのか」

家康は膨よかな頰を歪め視線を落とし、歯を食いしばる。

「あの者たちを巻き込んで死なせるかもしれぬのに、放《ほう》っておかねばならぬのか！」

手に持つ采配で己の太腿を強く引《ひ》っ叩《ぱた》く。正信はちぎれんばかりに唇を噛み締める。

「だから、だから、不撓不屈《ふとうふくつ》の心構えがいると言うたのです。どうか耐えて、耐えて、明日のために耐えてくだされ」

正信は地に膝をついて地べたに額を擦《こす》りつけた。

「弥八郎とて、つらい、つらいのです」

家康はその前で小指の爪を激しく噛んでいた。

「あと千、千でも兵がおれば」

呟きを吐き捨て、踵《きびす》を返す。

重い足取りを進め、ベタリと元の床几に尻を落とした。

（あと千でも兵があれば）

同じ頃、前線の平八郎は顔を顰めて、胸中で呟いた。

休むこともなく槍を振りながら、思うのはそれである。

戦場はもはや修羅場《しゆらば》である。徳川勢は目一杯の状態だ。それでも果敢に戦い武田勢を押し返している。平八郎の手勢だけではない。皆、一歩も退けをとっていない。それは見事だ。だが、武田は余力がある。分厚く重ねた魚鱗の陣形の次の隊が攻め来ればどうなるか。

平八郎は槍で敵兵を薙《な》ぎ払いながら後方を振り返る。

金扇の馬印が夕闇の中、鈍く光っている。家康の旗本のみが予備で残っている。姉川《あねがわ》合戦では、こんな状勢から旗本の一隊が迂回《うかい》して、朝倉《あさくら》勢の横腹を衝いた。

(小平太はやりたがっているだろう)

平八郎は、朋友の自信に満ちた横顔を思い出す。その一隊の将こそ、榊原小平太康政である。今日、小平太は本陣の守りだ。手勢は家康の前に連なっている。

あの男のことだ。混戦の脇《わき》を駆け抜けて、信玄の本陣に斬りこみたいと焦《じ》れているだろう。

(駄目だ)

確かに姉川では倍の朝倉勢を打ち破った。だが、今日の相手は武田だ。兵も戦っていない本軍があと二万ほどもいる。力はあり余り、備えもしているだろう。

(それにな)

この三方ヶ原という戦場。姉川合戦では、川があり、段丘があり、繁《しげ》みがあった。

今、この三方ヶ原の台上は、敵の本陣まで見えるほどなだらかな平地。草木も疎《まば》らで兵を隠す繁みもない荒野である。しかも武田軍は高台によっている。徳川勢の姿は丸見えだ。

（なんてところに誘い込むのか）

朝倉勢とは明らかに違う。どうしようもない。一時の昂りで動いていけない。

ただ、惜しい。これで兵力が互角ならと思ってしまう。すくなくとも先鋒隊だけでも、もう少しいれば。

（あと、千、千だ）

平八郎は心中で繰り返し、戦場を見渡した。そして、ある一点を見て大きく眉をあげた。

「いるではないか」

思わず声にだしていた。その視線の先に、石のように固まって動かない三千ほどの軍兵の群れがある。

織田勢三千。この合戦でまったく働いていない者ども。

家康の本隊以外に新手といえば、彼らしかいない。

（あれを動かす）

では、と平八郎は手勢を見渡す。

人馬が叫びながら駆け違い、槍足軽は槍衾《やりぶすま》を作って吶喊《とつかん》する。五十余の与力衆も足軽も総員、合戦の只中《ただなか》にいる。さすがに今、平八郎が戦場を抜けることはできない。

さらに振り返る。そこでは叔父の本多忠真が血槍を振って兵を叱咤している。こちらも隊を指揮する将である。頼むわけにはいかない。

それにこの際、普通の使者が行くより意外な男の方がいいではないか。

（ぶち壊せる奴《やつ》がいい）

平八郎は、敵兵が二本、三本と突き出してきた槍先を、蜻蛉切で薙ぎ払い叫ぶ。

「三弥《さんや》！」

前方で、馬上、太い黒槍を振り回している武者が振り返った。

「おうよ」

本多三弥正重《まさしげ》は、本多弥八郎正信の実弟である。

あの三河一向一揆《いっこういっき》では、兄と共に家康に叛《そむ》いた。その後、帰参すると平八郎の与力として付けられ、その側《そば》を固めている。小柄でやせぎすの兄とはまったく違い、中背ながら鋼のごとき屈強な肉体を持つ本多勢一の槍士である。平八郎より三つ上の三弥正重は、家来というより兄貴という感覚で、平八郎の傍らにある。

「なんだ、平八郎殿」

ブンブンと大槍を旋回させる。草を薙ぐように敵兵を刈って、馬を寄せてくる。

なにせ、後に織田信長をして、「海道一の勇士」と言わしめ、徳川を出奔して滝川一益《たきがわかずます》、前田利家《まえだとしいえ》、蒲生氏郷《がもううじさと》という武張った主の下で勇名を馳《は》せる猛者《もさ》である。

家康もこの偏屈者には手を焼き、焼いたがゆえに平八郎の下につけた。

平八郎だから下について働いている。なまなかな上士では舐め切って逆らうであろう。

「おぬし、わしの名代《みょうだい》となれ」

そのくせ者に対して、平八郎は前置きなく言う。

ああ?と、正重は片眉を上げる。そんな間も平八郎は蜻蛉切を軽々と振り続ける。武田兵が二、三人、血しぶきを上げて吹き飛ぶ。

「家康の過ぎたるものの代わりなんてできるかよ」

「織田勢を動かす。己がゆけ」

「おい、この場で戯言《ざれごと》か」

偏屈なうえに口が減らない男だ。才に長《た》けた兄に似て弁口《べんこう》も立つ。ただ、その言葉は多分に嗜虐的《しぎゃくてき》である。

敵兵の槍先が、二本、三本と目先に突き出されるのを、身をそらして避け、また槍を旋回させる。敵勢のさなかで、二人は槍を振り、払いのけながら、平然と会話をしている。

「三弥、お前なら、できる」

三弥正重は、カハッと笑顔を天に向ける。

「今度は、おだてるのか」

「あ奴等の細き腰をひと蹴りしてこい」

平八郎は、織田勢の方角へ顎をしゃくった。

「織田勢なんて、動かんぞ」

正重は胡散臭《うさんくさ》そうに吐き捨てる。織田勢は、あてにならない。あてにしない。すでにこの戦場の徳川勢すべてに暗黙の了解となっている。

「でくのぼうも、押しどころだ」

「無駄よ」

「いや、できる、お前なら」

正重はついにグハッと満面を崩した。平八郎にそう言われると、まんざら悪い気もしない。

「わかるな、佐久間信盛ではない。あれだ」

平八郎は蜻蛉切を右手で掲げ、穂先で織田勢後方の一点を指した。

「奴に何を言えと」

「お前らしく、そのままでゆけ」

「この場を抜けて、いけるか」

二人馬上問答するうちも、武田勢が群がってくる。

「抜けてもゆけ」

そう言うと平八郎はフーッと気を溜《た》めた。

「オオラア」と、大喝《だいかつ》し蜻蛉切を一際大きく振る、武田勢がわっと遠のき、周りから散る。

間髪入れず馬首を返してもう一振り、今度は、後ろの敵が吹き飛ぶ。

「さあ、ゆけ。今ならゆける」

息も乱さず振り返って顎をしゃくる。正重はチッと軽く舌打ちし、

「えい、仕方ねえ！」

毒づきながら笑みを絶やさない。ここまでやられてはゆかざるをえない。

手綱を引き、馬腹を蹴る。

佐久間信盛の方ではない。単騎、矢のように、織田勢の後方へと突き進む。

平手《ひらて》監物《けんもつ》汎秀《ひろひで》は、この日、徳川援軍の織田勢の将として、三方ヶ原にいる。

すでにいくさは始まっている。開戦と同時に汎秀の手勢も武田が放つ礫の雨に打たれていた。今、徳川勢が武田に打ち掛かっているので、その雨は止《や》んだ。

さて、これからがいくさだ、汎秀は思った。

思っただけ、それだけであった。

開戦一刻、汎秀は佩刀の柄《つか》を握りしめ、手勢の前を行きつ戻りつしている。その手勢一千は動いていない。いや、動けない。

織田の援軍の主将は佐久間信盛である。前方にその佐久間の軍勢がいる。この織田家の筆頭家老を飛び越えて兵を動かすことはできない。

(動かぬ、か)

いや、動けぬ。わかっている。主君織田信長の指示は十分にわかっている。そもそも、徳川を援ける余裕など、信長にはなかったのだ。だから、籠城しろと、浜松に籠れと言っていたのだ。それが、あれよという間にこの三方ヶ原などに連れ出されて、三倍の武田勢に不利な陣形で正面衝突しなければならなくなった。

どう考えても信長の意に沿っていない。このいくさを信長が喜ぶはずがない。

(では、我らの動きをどう思うか)

籠城を勧めて成らず、今、この野戦に臨む中で、我らはどうすればいいのか。

佐久間信盛は出陣直前まで言っていた。

「いいか、平手殿、このいくさで大事な兵を損じることはできぬぞ」と。

そして、今、佐久間の言葉そのままに織田勢は動いていない。徳川勢の前進、奮戦を尻目に戦場の片隅に佇《たたず》んでいる。

（これでいいのか）

汎秀は心で反芻《はんすう》し続ける。

汎秀は、信長の守役《もりやく》であり、先代織田信秀《のぶひで》の家老、平手政秀《まさひで》の孫である。

平手政秀ほど織田家中で高名な者はいない。もはや伝説の人物といっても過言でないほどである。周囲の者たちは、汎秀が幼少の頃《ころ》より、祖父と信長のことを語って聞かせた。なので、もはや諳《そら》んじるほどに知っている。

うつけと呼ばれた若き信長を必死に育て、愛し、叱咤したのが平手政秀だった。信長の守役であった政秀は、その常軌を逸する言行に悩まされながら、庇《かば》い、その後見役となり続けた。そして、信長が織田家を継いだ後、切腹して果てた。

その後、信長が鮮やかに覚醒《かくせい》し、都を征し、天下布武を目指すほどになった以上、政秀の誠忠が讃えられぬはずがない。天下人織田信長の生みの親が先代信秀なら、育ての親は間違いなく平手政秀だった。

様々憶測はあるが、信長が祖父を慕っていたことに違いはない。

事実、信長は尾張《おわり》領内に政秀寺《せいしゅうじ》という寺をたて、政秀の菩提《ぼだい》を弔っている。その開山をなしたのは、「岐阜《ぎふ》」の命名や、「天下布武」の施策を献じた信長の顧問ともいえる沢彦和尚《たくげんおしょう》である。そして、孫の汎秀を取り立てていることからも、それは歴然としている。

（わしは、他の者と違う）

信長は「己の爺《じい》はな」と言っては、汎秀に語りかけてくれた。祖父の話になると遠い目で懐かしそうに頷いた。あの怜悧《れいり》酷烈《こくれつ》な織田信長という独裁者が。

そんな因縁《いんねん》からしても自分は違うのだ。信長の真意を察し、それを体現するのが、己の役目なのだ。

今、佐久間信盛は動かない。意図は明白である。己の意志に徳川が逆らうのが、気に食わないのだ。

だが、これでいいのか。この武田との合戦で、今、徳川勢が血戦している。そして、経緯《いきさつ》はどうあれ、織田の援軍もいくさ場にでているのだ。それが、動かず、いいのか。

(勝つことはない)

勝てる見込みはない。いくら善戦したとはいえ、この兵力差、この地形、この陣形、一戦、二戦と押し返しても、武田は兵が余っている。やがて、その差が出てくるだろう。

負けたなら。徳川が敗走したなら、自分たち織田の援将が逃げ帰ったなら、信長は何と言うだろうか。籠城をしなかった家康のせいと、冷めた顔で頷くだろうか。

(そうだろうか)

汎秀は前方で徳川勢が必死に声を上げ、刀槍を振り上げるのを見て、考え続けている。

徳川勢はなぜあのように吶喊を続けるのか。あれが勝ち目ないいくさに臨む奴らなのか。

「平手監物殿!」

馬蹄音《ばていおん》けたたましく、一騎の武人が眼前に駆け込んでくる。いかにも武辺者という厳《いか》つい髭面の口を真っ赤に開けている。

「徳川家臣、本多忠勝《ただかつ》旗下、本多三弥正重」

武者が、がなり上げるように叫ぶと、汎秀は片眉だけを顰めた。

三弥正重はがっしりした体に似合わず、するりと身軽に馬から降り、無遠慮に近寄ってくる。汎秀の周りの旗本たちが、思わず身構える。

「織田勢のご助勢、かたじけない」

その大きな瞳の輝きが少し痛い。汎秀は目をそらして頷いた。

「我らは、今、いくさの戦機《しお》をみておる」

そう言い繕った。こうとでも言うしかない。覚悟していた。文句を言いに来たのであろう。あるいは槍でも突き出してくるのではないか。そのために、こんな荒武者を差し向けたのか。

しかし、咬《か》みついてくると思った荒武者は意外なことを言いだした。

「貴殿のご祖父君の名を教えていただきたい」

(なにをいうのか)

汎秀は小首をかしげた。さぞ、動かぬ自分を罵《ののし》るのかと構えていた。

「ご祖父君、平手政秀殿は、織田信長様のために腹を掻き切ったと聞く」

正重はズイとにじり寄る。携《たずさ》えた槍の穂先から、赤黒い血が滴っている。

「貴殿は今、いったい何をしておられる」

う、と汎秀は息を止める。

「平手殿は、織田信長様の直臣ではないのか」

「ああ？」

と、汎秀は目を見開いた。

言われてみればそうである。

織田家では家臣は、大将、その与力と役目はあれど、すべて信長の直臣である。本日の援軍の主将は佐久間信盛ではあるが、汎秀は佐久間の家臣ではない。与力である。平手汎秀が主と仰ぐのは信長に他ならない。佐久間の下知に従うのは絶対ではない。

正重はさらに近づいてくる。獰猛《どうもう》な荒武者は炎立つごとき闘志を全身から発している。

思わず、汎秀は目をつぶっていた。瞼《まぶた》をきつく閉じる汎秀の脳裏に、信長の白い顔が浮かび上がる。

――平手、貴様、いくさで何をやっていた――

そうだ、信長はそう言うだろう。いざこうなれば、見苦しく己を守る者を許しはすまい。信長は狡猾《こうかつ》に身を屈《かが》める者より、潔くその身を張る勇士を愛する。

「わしは、徳川家康の臣、本多平八郎忠勝の与力」

眼前に迫るほど近くから発された言葉は、汎秀の胸を貫くように続く。

「わが組頭、本多平八郎は今、あそこで死力を尽くしておりまする」

そう言って、前方を指さす。

それは遠くではない。ものの百歩ほどで駆け込める戦場である。

そこで、徳川勢が激闘している。目を凝らせば、鹿《しか》の角立《つのだ》て兜をかぶった漆黒の武人が長槍をぶん回しているのが見える。将自らが全力で死闘し、敵兵をなぎ倒している。

いや、そうでもせねば、あの武田勢を押し返せないだろう。

(家康の過ぎたるもの、か)

明らかに織田家にはいない男である。

本多平八郎と佐久間信盛の評定でのやりとりは見ていた。あんなやりとりも織田家ではありえない。織田家の評定は信長の独擅場《どくせんじょう》である。皆、信長の下知《げじ》を受け、平伏し、それをなすための配置を決めるだけである。あんな風に家臣に論を預け、意を受け、断を下すなどない。いや、あれこそ徳川の家風なのか。あの男は、家康との固い絆《きずな》で己を貫き、佐久間の言葉を蹴り返したのだ。

「ところで、あれは、貴殿の組頭か」

正重は、今度は槍を持ち上げ、平手勢の斜め前の佐久間信盛勢を指す。

その幟旗はことごとく萎《しお》れ、うなだれるように、静まっている。

汎秀は拳を握り直す。少しうつむき、瞼《ま》を閉じる。

この決戦でこのまま織田勢が傍観し敗けたとあれば、その後の織田の名声はどうなる。

我は、命を張って信長を育てた平手政秀の孫ではないか。ならば、命懸けで信長の誇りを保たねばならないのではないか。

「わかっている!」

腹の底から声を絞り出す。目をカッと見開いていた。

その向こうで、もう本多正重は鐙《あぶみ》に足をかけ、馬に乗り直している。

(いや、わかった、わかったぞ)

そうか、己がこの場にいる意味がやっとわかった。

織田家の意地とは、戦場でいくさを放棄することではない。佐久間信盛ごときの顔色を窺《うかが》うまでもない。

意地をみせてやろうではないか。

「織田家のいくさぶり、見せてくだされ」

正重は一礼し、鋭く馬に鞭《むち》をくれ、戦場に向かう。

「おうよ」

汎秀は胸を張って高らかに叫んでいた。

「皆、進むぞ」

ついに佩刀を抜きはらい、一歩、二歩と前に踏み出していた。

総攻めへ

オオーッ
にわかに起こった鬨《とき》の声に馬場信房は、眉を顰めて振り返った。
揉《も》み合う武田、徳川勢の右手後方から、千人ほどの新手が突っ込んでくる。これまで動かずにいた織田勢のうちの一隊が喚《わめ》きながら、槍を突き入れてくる。

「織田勢にも骨がある者がおったか」

馬上の信房は、ハハッと馬の鞍を叩いて笑った。

徳川勢もにわかに活気づき、敢然と槍を繰り出してくる。それはそうだ。完全にいくさの外にいた織田勢がついに加勢したのである。

(だから、この世は面白い)

この意外な事態にも、喜びを隠さない信房である。

「ここまでやるとはな」

誰に語るでもない。だが、この感動の震えを言葉にせずにはいられない。

周囲で馬を連ねる近習、足軽、皆、目を剝いて見返す。

「我が手勢と三郎兵衛（山県昌景）の兵で押し切れると思うたが」

思惑では、馬場勢と山県勢の二手が徳川の前衛《ぜんえい》を粉砕する。

救いにでた徳川家康の本軍を十分にひきつけ馬場・山県勢は退く。武田の三軍、勝頼《かつより》と内藤昌豊《ないとうまさとよ》の騎馬隊で中央を切り裂き、家康の首を挙げる。

しかし、徳川勢の奮戦は続き、家康の本軍は動かず、動かぬと見ていた織田勢の一部が加勢に入った。いつしか、自軍は押し戻されつつある。下手をすれば、家康どころか、己が生首となるかもしれない。信房が立てた戦術がうまくいかないのも珍しい。

己ほど数多《あまた》の戦場を見てきた男が、予期せぬ局面に出くわす。そんなことに、信房の胸中に悦《よろこ》びが満ち溢《あふ》れ、気が高揚している。

「皆、よく見よ、これがいくさぞ、これこそ、いくさよ」

信房の声は朗々と戦場に響く、近侍《きんじ》する若侍たちを導くようである。

徳川、見事な敵ではないか。

「ここまで我らの心胆を寒からしめるのは、謙信か、氏康《うじやす》か」

そんな、信玄の宿敵たちの名がでる。

「ば、馬場様」

狼狽《ろうばい》気味の近習に向かい、うんうんと笑顔で信房は頷く。そして、本陣を振り返った。

ガンガンガンとけたたましく鳴り響くのは退《ひ》き鉦《がね》である。

そして、また旗本の兵が走り出て、今度は旗を横倒して大きく一振りする。

(おう、お屋形《やかた》様もお喜びだ)

信房はさらにニンマリと片頬を歪める。前に向き直り、采配を振り上げる。

「ひけ、ひけ。我等のこの場の仕事は終わった、疾《と》く、ひけや」

一塵《いちじん》の未練もない。武田二陣の馬場、山県隊は潮が退くように一斉に退き始めた。


この日、武田信玄は、本陣にいつものごとく緋《ひ》色の毛氈《もうせん》を敷き、その中央に床几を置いていた。鎧は武田家伝来の楯無《たてなし》と呼ばれる小桜韋威《こざくらかわおどしおおよろい》大鎧、その上に緋色の法衣《ほうえ》をまとい、諏訪法性《すわほつしょう》の兜をかぶり、どっかりと座り続けている。その重厚な様は信奉する不動明王《ふどうみようおう》にも似ていた。

開戦から一刻(二時間)が過ぎようとしていた。前面では激戦が続いているが、本陣はいたって静粛である。戦場の喧騒《けんそう》が時に大きく、潮騒《しおさい》のように聞こえてくる。

すでに大篝火《おおかがりび》が焚《た》かれている。陽は西に沈み、残光が淡く空を照らしている。

武田の三陣、武田勝頼と内藤正豊の軍勢が粛々《しゅくしゅく》と前に押し出している。

この隊は特に騎馬隊を厚く備え、敵陣を蹂躙《じゅうりん》する役としていた。

「よくぞ、やりおるわ」

一人呟く信玄の想《おも》いは、前線の馬場信房と同じである。

深く胸を膨らませて、大きく息を吐き出す。ここまで武田相手に奮戦するとは。

少し惜しい。これほどの軍団を作り上げた家康という男をもっと知りたいと思っている。

宿敵、上杉謙信《うえすぎ》、北条氏康《ほうじょう》もそうだった。信玄は彼らと戦いながら、遥《はる》か彼方《かなた》の敵将と語り合っていた。この手はどうだ、いやこれは、と、碁《ご》でも打つようにその対話を楽しんだ。どうやら家康はその部類といってもいいようだ。

久々にそんな風にいくさを通じて語り合える男を見つけた。できるなら、もう少し楽しみたい、そんなことすら思っていた。

「だからこそ、か」

殺さねばならない。

ここまでやるからこそ、討たねばならない。息の根をとめておかねば、重大な禍根となる。この不利な状況でこのいくさぶり。こんな奴らが大きくなって良いはずがない。

「勝頼と修理《しゅり》（内藤昌豊）の隊が徳川勢に掛かったら、高坂《こうさか》は旗本を率いて続け。穴山《あなやま》を前へ」

信玄は愛用の軍扇を大きく振りかざす。

「三郎兵衛、美濃《みの》（馬場信房）は軽騎を率いて戦場を迂回、敵本陣を狙え。家康を逃すな、疾風《はやて》のごとく攻めよ」

ハッと一礼した軍奉行《いくさ》が駆け出し、跪く蜈蚣《むかで》衆に指示を出す。蜈蚣の旗を背負った使い番は素早く馬に飛び乗り、諸方へ駆け出す。その動きに微塵《みじん》も無駄はない。

信玄は軍扇を収めると、手甲をはめた右手を口に当てた。コホッと軽く咳《せき》をする。そして、また前の戦場を見る。見据えるはず、だった。

しかし、咳がとまらない。ゴホ、ゴホと、二度三度と咳が出る。

「お屋形様」

左右の小姓《こしょう》が心配そうに白布を差し出し、駆け寄ってくる。

信玄は頰に笑みを浮かべて、大きな右の掌を掲げて制した。特に体調など悪くない。なのに、いくさ場でこんな姿を見せてしまうとは。

兵の心理はどんな合戦でも繊細である。主将のわずかな変調に敏感に反応してしまう。信玄ほどの絶対的大将なら尚更《なおさら》だ。ゆるぎなき武田信玄を見慣れた将兵たちにいらぬ心配をさせてはならない。

「あまりに退屈で風邪《かぜ》でもひいたか」

そんな風におどけた顔をした。小姓も近習もほっと胸をなでおろす。

信玄は口元に笑みを残した顔で頷き、また戦場を見る。

少し眉間《みけん》に縦皺《たてじわ》が刻まれている。

胸にわずかな不快がせり上がってきている。


暴風雨のように荒れ狂っていたのが幻のように武田勢は撤退する。

その動きが唐突《とうとつ》すぎて、徳川兵は追うのも忘れている。そして、ほっと一息ついている。

槍先を下げ、矢をつがえた弓をおろす。

「おん殿よ」

平八郎の周りに与力衆が集まってくる。皆、怪訝そうに平八郎を振り仰ぐ。

「なんですか、この動きは」

むろん、平八郎は武田勢の突然の豹変《ひょうへん》に気づいている。

まるで戦果に未練のないその退き様。武田本陣からの退き鉦の音だけが、不気味に台地上に響き渡る。

退く必要はない。待機している後詰の軍が参戦すれば、徳川勢は押し切られていたはずだ。

「なんだ、なんだ」

本多勢だけでない。酒井、石川、すべての徳川兵が小首を傾げる中、武田の山県、馬場の両隊は粛々《しゅくしゅく》と退いてゆく。

徳川勢は首をひねりながらも、安堵《あんど》し、息を整え、あるいは地べたに腰をおろして頭《こうべ》を垂れる。束《つか》の間でも休息したい。将も兵もそこまで戦いつかれていた。

その間も武田勢は退く。退きながら、一糸乱れぬ見事な動きで左右に展開した。

「ああっ」

徳川兵のほとんどが、目を剝いてたじろいだ。その驚愕《きようがく》の声に、休んでいた者も弾《はじ》かれたように頭を上げる。馬場、山県勢が散開する向こうに、赤具足を基調にした武田の騎馬勢が密集して駆け出していた。

「突っ込めえ」

怒濤《どとう》の如く《ごと》駆ける騎馬勢の先頭に立つ大将は、古風な鍬形《くわがた》の角立兜に面頰もつけず、天をつんざくように叫びを上げていた。背後に「大」の旗が翻る。武田四郎《しろう》勝頼は、浅葱《あさぎ》色の陣羽織の下の赤具足が薄暮の中に鮮やかに浮き上がって見えた。

「いけや」

その耳に突き刺さるような甲高い声は、徳川勢の背筋を凍らせる。武田騎馬兵はみな大きく口を開け叫びながら、激しく馬腹を蹴り迫る。徳川勢皆がジリッと一斉に後ずさりするかのようだった。

「構えろ」「鉄砲だ、いや、弓を」

叫んだのは酒井忠次か、石川数正か。掠《かす》れたその声は人馬の喊声《かんせい》に掻き消された。

まだ隊列も整わない。その場にへたり込んで腰を抜かしている者もいた。あれだけの強兵を退けたのに、また戦うのか。兵たちの心が揃う間もなく、武田の騎馬隊が迫る。

巨大な馬の鼻先が、目の前に迫るような錯覚に陥る。

「うわあ」

やっと得物を振り上げた徳川兵は、赤い噴流に飲み込まれる。

武田騎馬隊の波状攻撃は続いていた。

小杉左近は、矢弾飛び交い、刀槍の密林となった戦場を、単騎進んでいる。

戦況は完全に武田有利となった。だが、徳川勢は崩れない。明らかな劣勢、疲労、兵の多寡《たか》。いたるところで馬蹄に踏みにじられ、馬上から槍に串刺《くしざ》されている。そんな中でも徳川勢は一歩も退かない。

（しぶとい奴らだ）

左近は物見と称して、馬場信房の傍らを飛び出した。もう馬場勢の中で待機する必要もない。

徳川勢は武田三番手の猛攻を必死に耐えている。だが、この踏ん張りももう続かないだろう。信玄が総攻めの采を振れば、徳川の前線は崩せる。残るは家康の本陣だ。

一度崩れ出すと兵の心理は脆《もろ》い。逃げは逃げを呼び、全軍壊走をはじめる。すでに日は暮れ、周囲に闇が満ちようとしている。あとは、総大将家康を逃さぬようにするだけなのだ。

（そうなる前に）

左近の狙いはこの戦場を馳駆《ちく》するどの武田兵とも違う。

「おっと」

突き出してきた徳川兵の槍を苦も無く払い、敵兵の喉《のど》を狙って突き伏せた。首も打ち捨てて進む。葉武者の首などいらない。無駄なことで時を潰す暇はない。

狙う首は一つ。本多平八郎を追っている。あの一言坂での恥辱《ちじょく》を晴らす。己《おのれ》が天下にその名を知らしめた男をこの手で討つ、それだけがこの決戦で小杉左近のなすことである。

(他はどうでもいい)

左近は念じながら、敵味方入り乱れる戦場を縫うように進んでいく。

「伝兵衛《でんべえ》！」

顔見知りの内藤修理組下の物頭を見つけ、叫ぶ。

「なんだ、左近。使い番か」

振り向いた朋輩《ほうばい》の武骨な髭面が思いのほか渋く歪んでいて、左近は小首を傾げる。

「どうした」

覗き込んだその顔の向こうに拡《ひろ》がる景色に息を止めた。

白地に「本」の旗の下、輪になって槍を繰り出す一団がある。そこかしこで、武田勢の猛威が吹き荒れる中で、そこだけ空気が違う。

周囲では、武田の騎馬隊が徳川の槍足軽を蹴散らし、踏みにじっている。徳川勢は必死に槍を受け、耐え、突き返す。

だが、「本」の旗の周りだけは、まるで違う風が吹いていた。

その中心に、鬼がいる。あの鹿の角立の兜、黒甲冑、漆黒の鬼神がいる。

「それいけやあ」

逞《たくま》しい黒馬にまたがった雄大な体に、尋常ならぬ長槍をブンブンと旋回させるその姿はただしく鬼神であった。

すでに周囲が薄暗い中、巨大な黒い鬼神となった本多平八郎は阿修羅《あしゅら》のごとく槍を振り上げ馬腹を蹴る。そして武田勢を薙ぎ払うように大きく振る。

一斉に兵の人垣が割れる。そこに本多勢が駆け込んで暴れ狂う。平八郎がゆくたびに、くるくると陣形をかえ、まるで一つの生き物のようにその一団が突き進む。一陣の旋風のごとき本多勢のみが、武田勢を押し戻し、徳川勢を助け、戦場を右へ左へ駆け続ける。

「たまらんな。あれが、お主が名付けた家康のなんとか、か」

朋輩は眉根を寄せて首を振る。武田の精鋭もあんな化け物は避けたいようで、平八郎一党が押し出してくると、潮が退くように下がる。

「過ぎたるもの、本多平八郎」

左近は大きく顔を顰め呟く。

しかし、戦況に悲観はない。本多勢の奮戦は凄まじいが、武田の優位は変わらない。

さすがのあの鬼神も深入りすることはできない。周りの徳川勢がすでに壊乱状態にある。本多勢が押し出しても他がついてこられない。平八郎も突出しすぎるわけにはいかず、武田を押し返し味方を救って徳川勢の中にさがる。その繰り返しだ。

本多勢が隊形を保っているがゆえに、徳川は崩れないだけなのだ。

「なぜ、あんな」

むしろ、呆《あき》れている。

平八郎の武威は素晴らしい。だが、孤軍奮闘しているにすぎない。いくら猛勇を揮《ふる》って敵を押し戻しても、もう退くしかないのだ。武田がさらに全軍を投入し、台地の上で包囲されたら、全滅である。その前に逃げるしかない。素人でもわかることだ。

左近は荒れ狂う平八郎から目をそらして、前方を見た。

彼方に徳川家康の本陣が見える。薄闇の中、その馬印、金の扇は堂々と立ち、林立する周囲の幟旗も整然としている。だが、兵の大半を前線へと繰り出し明らかに隊列が薄くなっている。まるで羽を毟《むし》り取られた鳥である。事実、鶴翼《かいよく》の左右の翼はもうないのだ。

そして、その前にいる織田勢。これはすでに逃げる様相である。旗幟も乱れ、荷駄《にだ》部隊を後ろへ回し、開戦時よりも五町（五百五十メートル弱）ほど後ろに下がっている。

「伝兵衛、なぜ奴は戦うのか」

ああ?と朋輩は顔を歪めた。そんなこと知るか、と言わんばかりである。

（どうみても、負け戦だろうが）

負けだ、負けいくさだ。

だが、武人の真骨頂とは、負けいくさの中でこそ発揮されるのではないか。退勢の味方を奮い立たせるほどの姿を見せる者こそ、真のもののふではないか。

（武神、か）

溜息《ためいき》と共に、陶然としている己に気づく。自身も武を極めんとする「もののふ」だから、わかる。武人としてその凄まじいほどの武勇に見惚《みと》れていた。

（よし、よし、よし）

左近は兜の緒を締め直してかぶりを振り、恍惚《こうこつ》とした想いを断ち切る。

「いいだろう」

舌なめずりした。そんな男こそ、この手で討つ。あの男もいつまでも前線に留まっていられまい。あの一言坂の退却戦とは違うのだ。家康が戦場にいるなら守らねばならない。それこそ大事な役目であろう。

「おい、左近、待て」

朋輩が呼び止めるのも聞かず、左近は手綱をひき、馬腹を蹴った。

カツカツと馬蹄音を響かせ左近はゆく。馬上、胸を張り、槍を構えなおす。

「通せ、通せ」

武田勢の足軽が振り返って道をあける。すぐに徳川兵が左右に群がり、槍を突きだしてくる。前方から騎馬武者が駆け寄ってくる。

「やあ、我は徳川家酒井忠次が組下、針谷吉《はりがやきち》えも……」

「小杉左近」

名乗りながら十文字の愛槍を突きだすと、槍を振り上げた武者の脇の下を刺し貫く。防具のないところから、さらに柄まで深々と押し込む。そのまま引き抜きもせず横に大きく振り、骸《むくろ》となった武者を振り落とす。武者の体で徳川の足軽が数人なぎ倒される。

「どけ！」

前に立ちふさがる敵兵は馬蹄に掛け蹴散らす。右に左に槍を繰り出し、打ちかかってくる敵をことごとく餌食《えじき》にする。その槍の穂先が薄闇に鈍く光るたびに、徳川兵の血が噴流のように上がる、血しぶきの中、悪鬼のごとき左近は前進する。

柄まで血が滴《したた》り朱槍のごとくなった愛槍を振り上げる。

「邪魔だあ」

雷鳴のような雄叫びに、徳川勢が驚愕の目でのけぞる。それでも徳川勢は退かない。倒れても後ろ、またその後ろから鋭い穂先を突きつけてくる。

「ええい、どかぬか」

突き進む左近の行く手を徳川兵が遮る。長槍を振り続ける平八郎の姿が敵味方の兵の合間で揺れている。その間に人馬の群れが割って入り、前が見えなくなる。

（こやつら、なぜ）

徳川兵のこの気概。足軽一兵たりとも臆《おく》していない。その炯々《けいけい》と光る目が、左近の喉元《のどもと》を睨んでいる。本多平八郎がそうさせるのか、それとも、徳川兵が平八郎を猛《たけ》らせたのか。

（これが三河武士か）

左近は血槍を振りかざしながら、呆れている。

「どけ、わずらわしい！」

ブオン、と振り回した槍が空を斬る。

前方から退き鉦の音が聞こえてくる。ぐいと左近は首をひねる。

「待て、本多平八郎！」

その目先を流れ矢が飛び、のけぞって避ける。

「おい、平八郎、逃げるな」

左近は真っ赤な口を裂けんばかりに開け叫ぶ。返り血と埃《ほこり》でべったり赤黒く塗られた顔を振り仰ぐ。睨みつけるその彼方を白地に「本」の旗印が退いてゆく。

「逃げるな!」

左近は戦場の真っただ中で叫び続ける。

撤退戦

徳川本陣で退き鉦の音が鳴り響く。

法螺《ほら》貝《がい》を抱えた武者が一人前面へ出て、大きく胸を膨らませ、貝を持ち上げる。ブホオォウ、と揚貝《あげがい》の音が響き渡る。幟を背負った使い番が脱兎《だっと》のごとく、前線の各将の下へと散っている。いよいよ、退き陣である。先鋒の主力隊をさげ、家康の旗本と後備えの兵を前にだす。入れ替わりに武田勢を堰《せ》き止め、全軍撤退の援護をする。家康が浜松城へと落ちる時を稼ぐ。

家康は丸みを帯びた体を床几の上に置き続けていた。

「弥八郎、いよいよか」

気負った顔を強張らせた。陽は沈み切って、宵闇《よいやみ》が急速に周囲を覆いつつある。

傍らの本多弥八郎正信は二度三度と頷く。

「ちょうどよい頃合い」

前面の徳川勢は潮が退くように、下がりつつある。

「皆、よくやってくれたな」

家康は感慨深そうに頷く。

「真に」

正信は相槌《あいづち》を打つ。ここまで武田と戦えるとは。想像以上のいくさを徳川勢はした。

「殿、ここからが真のいくさです」

正信は面を引き締める。あとはいかに退くか、である。敗走のうえ、家康はかならず城へと帰還する。それがなされねば、今日のいくさの意味がない。

「わかっている」

いくさでなにより困難なのは退き陣である。しかも敵はあの武田である。これから多くの者が命を落とすであろう、だが、やらねばならない。

前面で、徳川勢の主力、酒井忠次、石川数正、大久保忠世、そして本多平八郎らの兵が槍を収め、反転しようとしている。徳川勢を押していた武田勢は隊列を整えている。その後方に、さらに新手が展開しつつある。いよいよ、総攻撃の態勢である。

徳川勢の主力は、皆、疲弊し傷ついている。さすがに、これ以上は支えられない。家康の本陣から抑えの兵を出し、いっとき支えてあとは退く。それしかない。

「小平太、頼むぞ」

そして、家康は攻撃の指示としては最後となる采配を振った。

本陣の木柵の際で軍奉行が大きく戦旗を掲げれば、退き鉦の音と交錯して、攻め太鼓の音がドンドンと鳴り響く。

その向こうで、榊原小平太康政の手勢が駆け出す。この隊はほとんどが黒甲冑を身に着け、黒馬を駆る騎馬兵である。

先頭の一騎だけが目印の松明《たいまつ》を掲げる。後続の兵は、ピタリとそれに続く。薄闇の中、見事な統制で一体となって駆ける。漆黒の軍団は、すぐ闇にまぎれてゆく。

そのまま、前線の部隊と代わって、武田勢の中央へと突っ込む。宵闇を利用して縦横無尽に駆け抜け、敵陣をかき乱す。

徳川主力の退き陣を支える最後の寄せ手がついに動いた。

「槍を収めよ」

平八郎の低く通る声が、人馬の騒《ざわ》めきの中に響き渡る。槍を突き出していた徳川兵が、一歩二歩とひき、隊列を整える。前線の兵をまとめ、撤退の支度へと入る。

もはや周囲は闇に近い。兵は手に手に松明を掲げている。身の周りを照らすその灯《あか》りのせいで、前方の武田勢の全容が見えなくなりつつある。

その時、後方からけたたましい馬蹄音を轟《とどろ》かせ、騎馬隊が中央を突っ切ってゆく。

(小平太)

騎兵の先頭を疾駆《しっく》する榊原小平太がチラとこちらを見た気がした。

フッと平八郎は笑う。いや、朋友は見ているだろう。そして、不敵に叫んでいるだろう。

「後は任せよ」と。

黒ずくめの小平太の榊原勢は、一散に前へ突っ込んでゆく。武田勢の間を駆け抜け、追手を攪乱《かくらん》する。おかげで徳川勢は退くことができる。

「退け、退けや」

徳川勢のそこここから、侍大将のがなり声が響く。撤退が始まる。

平八郎は退き陣を指揮しながら、ふと、武田勢の方を振り返った。

松明の火が行きつ、戻りつ、散開しては寄っている。あの闇の中、小平太が奮戦している。それはわかる。あの小平太の用兵である。それはなんの不安もない。

だが、それだけでは済まない気がする。もはや、本能である。手綱を引いて馬を止めた。

「どうした、平八郎」

並んで馬を走らせる本多忠真が同じく手綱を引く。

前方は暗くて見えない。平八郎は目を閉じ、耳を澄ます。

(小平太が闇を利して、武田勢をかき乱すなら)

同じことを武田もするのではないか。そもそも武田は兵に余力があるのだ。

もし、武田がここで魚鱗の陣を崩すなら。前方から押し出すだけでなく、奇策をもって攻め寄せるなら。ならば、武田の狙いはもう小平太の手勢どころではない。いや、退いている徳川の主力部隊ですらない。

五感を研ぎ澄まし、軍勢の喧騒からなにが起こりつつあるか、感じ取る。

「わしなら、そうする」

強く断じて、声をあげた。

「なに？」

叔父は驚愕で目を剝く。

「敵が来ます」

低く呟いていた。そして手勢を振り返る。皆、疲弊が甚《はなは》だしい。それでも泥まみれの面上の瞳を気丈に輝かせている。休ませてあげたい。だが、やらねばならない。

「皆、もう一合戦だ」

本多勢、皆一瞬目を見張るが、グイと顔を上げた。

「おお！」

果敢に応じる。

「平八郎」

瞬時、沈黙した叔父忠真は、すぐに微笑を浮かべていた。声は落ち着いていた。

「その一合戦、わしにくれんか」

忠真は誠実なその顔を、精悍《せいかん》な笑みで彩っていた。

「ここはわしが残る。お主は殿を守れ」

平八郎は槍を振り上げた腕を下ろして、叔父の顔を直視した。

「さあ、ゆけ。わしの手勢も皆つれてゆけ」

「叔父上、それは」

「平八郎、勘違いするな、わしはここで死ぬつもりなどないぞ」

その砂埃で汚れた頬が歪む。

「殿を逃がすためにひと支えする。武田を押し戻してその後、追いかける。それだけのことだ。なに、これまでもあったことよ」

忠真は頬に穏やかな笑みを浮かべ続けている。

無駄口を叩かぬこの謹直な男が、無謀《むぼう》なことを言っている。死ぬつもりはないと言っても、あの武田勢である。闇の中で囲まれれば万に一つも生きて帰れまい。

「忠真様、わしも」

「拙者も」

「お供を」

平八郎が振り返ると、徒士武者が二人、三人と踏み出す。忠真と付き合いが長い、父忠高以来の本多家の老武者が、髭面に赤い口を大きく開けて胸を張る。

「おうおう、皆、古つわものよ、いいぞ、もう十分」

忠真は、そう言ってそれに続こうとする若武者たちを抑えた。

「よく聞け、平八郎」

忠真の声はどこまでも落ち着いている。

「ここで死ぬのがお主の役目ではない。お前にはやることがある、だろうが」

その目には静かな炎が灯っていた。

「菊丸《きくまる》はな、僧にする。あ奴もそう得心しておる」

平八郎は言葉なく大きな目を見開いていた。

もう徳川勢の主力は退いている。ここで武田を迎え撃っても、ひと支えできるかできないか。その形勢は平八郎がいてもいなくても変わらないだろう。

「さあ、ゆけ、時がないぞ、平八郎」

そう叫ぶ忠真の上に、矢が二、三筋降り注ぐ。ぐるんと槍を回して弾き落とす。

不意に喊声が上がる。けたたましい馬蹄音が近づいている。武田の新手が攻め寄せてくる。地を踏みしめる音が津波のように響いてくる。

平八郎は一瞬目を固くつぶると、大きく開き、きっと睨みつけた。

「叔父上！」

野太い声で叫ぶ。

「拙者は実の父をしりませぬ」

大きな目を爛々《らんらん》と輝かせ、暗い天を向いて叫ぶ。

「本多忠真殿を父と思って生きてまいりました」

ニコリと忠真は笑う。そして槍の穂先を上げ、そのまま横に払った。

「疾く、ゆけ、平八郎！」

お互い頷く。平八郎はぐいと手綱をひいて馬首を返した。

与力の騎馬勢が続いて馬首をめぐらす。

（そうだ、ゆけ）

闇の中消えて行く大きな背を見送り、忠真は満足そうに頷く。

「父、となあ」

あの平八郎が、父と。

（言うわ、言うわい、言ってくれるわい）

物心つかぬうちに父を失い、足下にすがってきた甥《おい》。逞しく成長した。もはや徳川一の武人、家康の過ぎたるものとよばれるほどに。そんなもののふが、父と呼んでくれた。

二度、三度、深く頷く。

（なによりの冥土《めいど》の土産《みやげ》よ）

胸を張り、自慢の槍を握りしめる。

「わが旗を持て」

口元を引き締め残った武者たちを振り返ると、もう別の顔である。

槍名人と呼ばれた、武人がそこにいた。

「刺せ、そこに、そしてそこに」

旗幟を持って駆け寄ってくる武者に槍で指す。二本の旗が大地に突き立った。その間に忠真は馬を進める。軍勢の喊声が拡がる暗闇に向かって、槍を突きだす。

「我は、家康の過ぎたるもの本多平八の叔父、本多肥後守忠真。ここから一歩も通さぬ」

鋭く叫んで、大きく手を広げ、立ちはだかった。

暗闇を突き破って武田の騎馬勢が飛び出してくる。

忠真は、ニッと笑って、槍を握り直した。

家康はついに采配を腰に差し、床几から立ち上がった。

旗奉行は旗を巻き、立ち続けた金扇の馬印を下げる。旗本の武者が集まり、家康の周りを固め始める。

「殿が退き陣、退き陣」

囁くような指示が飛び交う中でも、前方の混戦は続いている。

闇の向こうで、激しい銃声と、人馬叫喚《きょうかん》の声が響いてくる。その音が確実に近くなっている。間違いなく武田勢は前進している。将兵が矢弾を掻いくぐって駆け寄ってくる。

大将らしき騎馬武者が、馬防ぎの柵の向こうでカツカツと輪乗りし、叫ぶ。

背中に矢が二本突き立ち、甲冑は破れている。凄愴《せいそう》な姿、しかし、右手に握りしめる太刀は夜空に向かい突き立っている。

「殿、ここはこの青木《あおき》又四郎《またしろう》がとどまって守りまする、疾《と》く、お退きくだされ」

本陣の篝火に照らされた馬上の顔が、返り血に塗《まみ》れていた。

二俣城の守将は先の落城の恥をそそがんとするのか。高らかに叫びを上げ、そのまま馬首を返した。

(見事な覚悟よ)

家康を逃がす支度に駆けまわりながら、正信はその壮絶な姿に詠嘆の吐息を漏らす。

もはや留めることはない。青木又四郎、中根《なかね》平左衛門《へいざえもん》、二俣城の将二人が、この敗戦で生きて帰るのは恥の上塗り。彼らには後世に語り継がれるような名誉の死を。それでこそ、報われる。侍がやっと死に場所を得るのだ。誰が止められるというのか。

「殿、殿」

後ろに続いてきた松井忠次《まついただつぐ》（のち松平康親《まつだいらやすちか》）は下馬して、本陣内に駆け込んでくる。齢《よわい》五十二、松平姓を名乗ることも許された老将は、白髪が混じった髭面を崩している。

引き出された馬に向けて歩みかけた家康の前に跪き、面を伏せる。

「その朱色の甲冑はちと目立ちますな」

うぬ、と家康は目を剝く。確かに家康の色鮮やかな赤具足は遠目にも映える。いくさの最中は大将の健在を示すためにいい。だが、これからの逃走では敵の標的となる。

「退き陣にふさわしくない。わしと代えていただけませぬか」

明らかに身代わりになるつもりである。

「忠次」

家康が絶句する横で、正信が平伏する。

「殿、どうか、松井殿の願い、お聞き入れ下され」

正信は歯を食いしばり、地べたに額を擦《こす》りつける。

つらい。身を切るようにつらく、苦しい。これなら切腹する方が楽ではないか。

だが、松井忠次のような老い武者がこの退き陣で家康へ尽くすのに、これ以上の奉公はない。

もう時もない。家康が逃げるのに有効な手段を速やかに遂行する。それが正信の役目なのだ。

家康は、暫《しば》し目を足元に落とす。

「殿、某《それがし》にも華をくだされ」

そんな苦渋の二人を前に、忠次の老顔がカラリと笑み崩れながら言う。

「さあ、疾く。武田が来ますぞ」

有無を言わさず、己の甲冑の紐《ひも》を解き始める。家康は唇を噛んで、頷く。

「やあ、殿、ありがたや」

忠次はにんまりと笑って、家康が甲冑を脱ぐのを手助けする。

「この老いぼれの晴れ着よ。殿の甲冑をつけるとは、命の冥加《みょうが》なり」

忠次は心底嬉《うれ》しそうに、笑み、頷く。

家康は無言で鎧を脱ぐ。目は遠い宙の一点を見つめている。

色が変わるほどに、下唇を噛みしめている。


家康が渋い青糸縅《あおいとおどし》二枚胴具足をつけ愛馬に跨《また》がると、正信は兜をかぶった。

「半蔵《はんぞう》殿よ」

傍らに控える服部《はっとり》半蔵保長《やすなが》はもう忍び装束である。覆面の上の白目だけが、松明の灯りに浮かび上がっていた。

「殿のお側を決して離れず。頼み申したぞ」

これだけで、半蔵はもうすべてをわかっている。かすかに頷くや、くるりと踵を返す。

その灰色の忍び装束はすぐ闇に溶け込み、掻き消える様に見えなくなる。

正信はこの本陣を最後まで守り、殿軍《しんがり》をいくつもりである。

武田の勝利、徳川の敗退、この戦場の勝敗は決した。が、ここからが本当のいくさである。夜の闇にまぎれ、逃げるのだ。

（犀《さい》ヶ崖《がけ》さえ、越えれば）

犀ヶ崖は浜松城の北を守る天然の堀。東西約二キロにわたって断崖《だんがい》が続き、その幅は約五十メートル、深さは四十～五十メートルもあり、落ちれば命はない。その崖の両岸を一本の橋が繋《つな》ぎ、浜松城搦《から》め手へと至る。この橋を渡り、なんとしても浜松城に帰る。

家康も、平八郎も、そして、己も、皆帰らねばならない。

幸いにも徳川勢の奮戦で、日は暮れ、辺りは闇に閉ざされ、逃走の条件は整った。前後を服部党の手の者が走り、家康の逃げ道は確保されている。武田勢はこの本陣の大篝火を目指して攻め寄せるはずだ。ここにできるだけ敵を引きつけ、家康を逃がす。

（せめて、殿だけでも）

最悪でも、家康は城に入れねばならない。家康さえ生きていれば、やり直せる。

「む？」

耳を澄ませば、聞こえてくる。ドドドドと、まるで滝つぼに大量の水が落ち込むような音が。大軍勢が地を踏みしめる音が。急激に迫ってくる人馬の喊声が。

「いかん」

思わず口走る。

（殿、殿、早くお逃げくだされ）

正信は心で叫んで左右を見渡す。篝火が照らす本陣の周囲の旗本はすでに武田勢と斬り結び始めている。うっと首を竦《すく》める。武田勢の放った矢が頭上を掠《かす》め飛ぶ。

「早い、早すぎるぞ」

徒士立ちのまま佩刀《はいとう》の柄に手をかけた。

これは早すぎる。武田勢は闇にまぎれ迂回して、徳川本陣の横に回っていたのだ。

（闇は武田にも味方するのか）

正信はギリリと歯ぎしりをした。さすが武田と、感心している場合ではない。

オオウ、オオオウと喊声が本陣の東西から聞こえてくる。

本陣前の馬防ぎの柵が、メリメリと音を立てて倒れる。槍を構え、佩刀を振りかざした鎧武者が飛び込んでくる。闇から突然浮かび上がるその姿はどんどん増えて行く。

「こいや」

正信は叫びながら、不思議に冷静であった。むしろクソ落ち着きに落ち着いている。家康の安否なら下腹が絞られるように気を揉《も》むが、己のことならどうでもいい。

自分は槍士ではない。刀槍の技や膂力《りょりょく》で武田勢を蹴散らすなどできない。

死ぬか、と思っている。正信の明晰《めいせき》な頭脳は己の余命まで予見していた。

自分が死んでも、誰かが家康を支えればいい。青木又四郎、中根平左衛門、松井忠次、彼らだけではない。己も気持ちは同じである。そんなことを思いながら、正信は佩刀を抜きはらった。

（殿よ、皆よ、申し訳なき）

死、それは戦前の誓いの反故《ほご》である。だから、家康に、平八郎に、半蔵に詫《わ》びている。詫びながらも、

（本望よ）

と、念じている、自分が討死、いいかもしれない。

三河一向一揆終焉《しゅうえん》後、諸国を放浪し、泥をすすっても生きてきた。すべては家康のためである。その家康の代わりに本陣を守って死ぬ。己のような日陰者に、このうえなき名誉ではないか。

槍武者が四、五名、ぎらついた目つきで迫ってくる。

佩刀を手に、腰を落として身構えた、その時。

「うらああ」

頭蓋《ずがい》に直接響くかのような凄まじい叫びと共に、野獣が飛び込んできた。獣は大槍をブンブンと振り回し、武田の兵に向かって突き進む。

「おおお」

踏み出し、迸《ほとばし》るような勢いで突き出した槍は、一気に二人の武田兵を貫いた。

「らあああぁ」

そのままグルンと振り回すと、武田兵は貫かれたまま横倒しに振られる。あとに続いた武田兵は驚愕の目を見開き、そのままなぎ倒される。野獣は息つく暇もなく、槍を一気に引き抜き、今度は風車のように旋回させ、敵勢に突っ込む。うわあ、と武田兵が一気に散った。兵の血しぶきが篝火の中、宙を赤く染める。またたく間に、首五、六個が転がり、

主を失った腕や足、腹からでた臓物が飛び散る。

見るも凄惨《せいさん》な血の池地獄となった本陣に、正信は呆然《ぼうぜん》と立ち尽くしていた。

「おい、弥八郎！」

武田兵を追い散らすと、いくさの獣はいきなり振り返った。夥《おびただ》しい返り血で全身を彩られた渡辺半蔵守綱《わたなべはんぞうもりつな》は、正しく赤い野獣だった。

「おのれ、今、殿の身代わりなどと、内心思っておったのではないか！」

獣は二歩、三歩と歩み寄ってくる。昂りなのか、大きく息をする肩が上下している。自分も突き殺されるのではないか。正信はそんな戦慄《せんりつ》で身を固める。守綱が一歩踏み出すたび、兜の眉庇《まびさし》から具足の草摺《くさず》りから、敵兵の返り血がしたたり落ちる。

「おこがましい。十年早い、いや、そんな役、己《うぬ》に一生、来んわ！」

守綱はこの世のものと思えぬような悪辣《あくらつ》な笑みで満面を崩していた。

「おのれのようなへっぴり腰で殿の代わりに本陣を守るなど、言語道断。己は他にやることがあるだろうが。殿の側でその足らぬ頭でお役にたて！　己の役を怠るな！」

守綱はそう言って唇に流れ落ちた返り血をベロリとなめる。

「槍働きは、この槍半蔵がやるわ。武田兵など、突いて突きまくる。ここはわしの舞台。己はさっさと城へゆけ！」

正信は言葉もない。理屈ではない。この男、すでに一匹の獣か。

「いけ、いかんと、ついでに、お前もこの場で串刺しにするぞ！」

守綱はそう叫んで槍を突きだしてくる。篝火の灯りに煌めく槍の穂先から血が滴り続けている。ギラギラと猛禽《もうきん》のごとく鋭き眼光は、すでに正信を突き刺している。

(こ、これまた凄まじき、三河武士)

この口汚さ。猛烈一途《もうれついちず》な働き。これぞ天下に比類なき武骨者、三河武士ではないか。

正信は、がくがくと激しく点頭《てんとう》すると、槍半蔵守綱に背を向け駆けだす。

思えばこの野獣を前に一言も発していない。発する間もない。

「ウオオオ」

その後ろでまた獣の咆哮《ほうこう》が響き渡る。

死闘

家康は、闇の中、馬腹を蹴り、馬の尻を鞭打ち続ける。

台地上のいくさ音が時折遠い海鳴りのように聞こえてくる。その人馬の喧騒、剣戟《けんげき》音は背筋を慄《ふる》わすほどに近い。武田勢の追撃は予想以上に急なのだ。

目尻を吊り上げ、口は半開き、無我夢中で足掻《あが》くように馬腹を蹴る。

「駆けよ、駆けよ」

三方ヶ原の台地からくだる坂道を駆け続ける。

この時、家康の周りを固めていた小姓旗本、菅沼藤蔵定政《すがぬまとうぞうさだまさ》、三宅弥次兵衛正次《みやけやじべえまさつぐ》、大久保新十郎忠隣《しんじゅうろうただちか》、小栗忠蔵久次《おぐりちゅうぞうひさつぐ》らの名が、『三河物語《みかわものがたり》』に記されている。

闇の後ろに馬蹄音が轟き、急速に近づく。敵は間道も縫って追いかけてきている。

シュッシュッと音を響かせ、矢の雨が降る。

「殿を先に、殿を先に」

旗本は、その身で楯となりながら必死に駆け続ける。

時に、武田の騎馬勢が追いすがってくる。

「返せや」

そのたび、旗本たちは口々に叫び、馬首をめぐらす。

「おお！」

決死の覚悟で武田勢へと向かう。暗闇の中迎え撃つと、敵は意外にもろく隊列を崩し、馬脚を折るように暗い道に転がる。

「？」

旗本たちは怪訝そうに手綱をひき、馬首をまた坂下へと戻す。

傍らの樹林の間に蠢《うごめ》く影がある。

「飛び道具はなるべく大事にせよ」

繁みの中で、服部半蔵保長は低く叫ぶ。

「殿を見失うな」

そのまま、道に出ず林間を駆ける。

服部党の忍びが、二人、三人と闇から飛び出してくる。先頭の半蔵のあとを、伊賀者《いがもの》が怪鳥のごとく飛び跳ね、続く。音もなく木枝を飛び越え、樹林の間をまるで平地のように走り抜ける。

服部党は闇から家康を護衛している。クナイを投げ、手裏剣を飛ばし、まきびしを散らし、馬脚を絡める網を張り、追手を遮る。武田騎馬勢を家康に近寄らせない。

それを繰り返しながら、家康一行、服部党は坂をくだってゆく。

（まだ城は遠い）

予期はしていたが、さすが武田の追撃は執拗《しつよう》だ。

あと何度繰り返せば、城へたどり着くのか。

半蔵保長はふと立ち止まり、周囲を見回し、場所を確かめる。

この闇、忍び装束は闇に溶け込み敵兵の目を晦《くら》ます。忍びにとってこれほど動きやすい場はない。いかに武田兵が精強とて、陰から不意打ちされては、たまらない。そもそも、常人なら夜目などきかない。忍びだからこそ、自由に動き回れるのだ。

しかし、この手もそうは続かない。飛び道具もじきに尽きる。

（早く城へ）

半蔵は家康を追い、また駆け出す。

「さあ、ゆくぞ」

十歩ほど駆けたところで、うっと、半蔵は眉を顰める。

「足りない」

常人には聞き取れぬほどの微《かす》かな足音を聞き分け、己に続く服部党の下忍を数える。

一、二、三……　忍び走りの足を緩めながら振り返り、目視で追う。
「二人おらぬ。誰がいない」

小声で叫び、立ち止まる。続いてきた忍びが、半蔵の周りに集まってくる。

「弥助《やすけ》、茂七《もしち》」

続く忍びからの返答はない。背後は闇。遠くにいくさの喧騒が聞こえていた。周囲の樹林が、風に吹かれザアザアと蠢いている。

「武田の忍びだ」

敵の騎馬勢に討たれたのではない。それなら明らかにわかる。

密殺されたのだ。なら、敵の忍びが追尾してきている。

配下の忍びが駆け寄ってくる背後から、手裏剣が舞い飛ぶ。うぐっ、と声がして下忍《げにん》が一人、二人と空を摑《つか》んで倒れこむ。

「散れ、散れ。狙われる」

叫びながら自身も横跳びに跳ぶ。懐の忍び刀を引き抜きながら、舌打ちをしている。

（ここで忍びとやりあっている暇なぞない）

チラリと振り返り、首を竦める。頭上を飛びクナイがかすめる。

その向こうで、数多の馬蹄音が脇の道を過ぎ去ってゆく。あれこそ、妨げねばならぬのに。

歯噛みしながら、半蔵は飛んでくるクナイ、手裏剣を叩き落とす。

（殿、殿よ。お逃げ下され）

半蔵はちぎれんばかりに唇をかみしめる。

家康は、暗闇の中、単騎となると、輪乗りをして旗本たちを待った。

本多弥八郎正信の段取りではこうである。

「旗本の他に、服部党が陰から殿をお守りしております。この闇の中、迷っては命をおとしまする。単騎とならぬよう、旗本衆、服部半蔵殿とはぐれたらお待ちになるよう」

その通りことは運んでいる。

辺りは暗い。松明を手に持つ馬の口取りだけが、家康の傍らについている。その灯りだけが頼りである。

道はわかっている。鷹狩《たかがり》で何度となく駆けた一本道である。あと少しで犀ヶ崖を越える。崖を渡る橋を越えれば、浜松の城に入ったに等しい。

（もう少しだ）

しかし、皆は無事なのか。家康は肩で息をしながら、後ろを振り返る。

暗くてなにも見えない。三方ヶ原の戦場は悲惨な状況であろう。

（平八郎、弥八郎よ）

だけではない。徳川の将兵すべてに家康は呼びかけている。

（死ぬなよ）

誰一人として失いたくない。だが、それはなにより難しいと知っている。

歯を食いしばる。己のことより、家臣のことに想いがゆく。

「とのーっ」

やがて松明を掲げながら旗本が駆け寄ってくる。

騎馬で真っ先駆けるのは、菅沼藤蔵、三宅弥次兵衛である。あとは皆弓で射られたか、いくさでやられたのか馬を失い徒士である。中には片足を引き摺《ず》り駆けてくる者もいる。皆、大なり小なりで傷ついている。しかし、満面に力を漲らせ、力一杯駆け寄ってくる。

家康はそれらを迎え、口元に笑みを浮かべ、ねぎらう。

「忠蔵、無事か」「何某《なにがし》、逞しいぞ」と、いちいち声をかけた。

旗本たちが感激に震えないはずがない。先に逃げるべき主が待っているのである。その声音《こわね》がいつもと変わらぬことに、皆、奮い立つ。

「さあ、参りましょう」

また、何人かが先を走り、家康を囲んで走り出す。

(うむ?)

家康は暗い周囲を前後左右と目を凝らし、耳を澄ました。

服部半蔵がいない。先ほどから、家康の馬の傍らに、時折現れ、目配せしていた半蔵が来ない。服部党は闇からの護衛、その存在を報《しら》せるべく、絶えず半蔵から家康へ合図する手はずだった。その半蔵の姿が見えない。

(まさか、半蔵が討たれたか)

信じられない。服部党がやられるなど。だが、訝《いぶか》しんでも、こないものはこない。

いくさである。最悪のことも考えねばならない。願望だけで済むはずがない。

時もない、馬首をめぐらしながら振り返る。そして、顔を顰める。

彼方の坂の上からおびただしい松明の灯りが追尾してくる。武田の騎馬勢である。

（まずい）

灯りは確実に大きくなる。馬蹄が地を蹴る音が響いてくるほどの距離である。

おのれの周りを見渡す。傷つき、疲れた旗本の衆は二十余り。今、これで精強な武田の騎馬勢につかまれば。全身の肌が粟立《あわだ》つ。

（追いつかれる）

間違いない。馬上で手綱を操り、馬腹を蹴りながら慄《おのの》いている。

この手負いの旗本たちの駆け足に合わせていては、到底逃げきれない。

「殿、お腰の采配が落ちそうですぞ」

馬の傍らを走る鈴木久三郎《すずききゆうざぶろう》が家康を見上げていた。

うぬ、と家康が体をひねると腰に差していた采配が、するりと落ちた。久三郎、機敏に手を差し出し、采配を受け止める。

それは至って、とっさの出来事。落ちたものを拾うという、至極、当然の行為。

だが、この火急の場で主君が取り落とした物を己が受け止める、しかも、それが軍勢の進退を仕切る采配ということが、鈴木久三郎という旗本に運命を与えた。

「殿」

さだめなのか、暗示か、それは雷のように久三郎の胸を貫いていた。瞬時の思いつき、そして、己だけがなすべきことを教える啓示となって、久三郎を突き動かした。

家康は家康で、この忠烈な旗本の目が爛《らん》と光り、満面に力が漲るのを見て、激しく動揺する。

「久三郎、おまえ」

家康が叫ぶや、久三郎はにんまりと頬を歪めた。

「おさらばでござる」

久三郎、胸を張って叫ぶや、そのまま、その場に立ち止まる。

全力疾走の家康たちから、あっという間に置いて行かれることになる。

「久三郎！」

家康の絶叫を尻目に、グイと後ろを振り返り、一行とは逆の後方へと駆け出した。

ウオオオ。家康の采配を振りかざし、わめきながら夜道を蹴り上げる。

「われこそは三河守《みかわのかみ》家康、手柄にせよ」

叫びは闇の中に消えて遠のく。

(久三郎)

家康は馬上で固く目をつぶる。

(これでも、生きねばならぬか)

固くつぶった家康の目から一筋の涙が伝って落ちる。

「殿、殿、先にいってくだされ」

後ろを走る武者が、口々に叫ぶ。

「久三郎だけ置いていけませんな、我らここで踏みとどまりまする」

「武田の騎馬勢は近い。追いつかれまする。馬足はゆるめず、急ぎいってくだされ」

「殿だけなら、敵を振り切れましょう、さあ」

皆、ぜいぜいと息を継ぎながら叫ぶ。

「おのれら、何を」

家康が血走った目を見開き、左右を見渡す。

苦悶《くもん》の顔を歪めているかと思いきや、皆、泥まみれの顔で笑っている。

「さあ、殿よ、ゆかれよ」

「疾く、疾くゆかれよ、殿」

その吐息が白い。具足が擦れ合い、草摺《くさず》りが弾ける音がカチャカチャと絶え間なく響く。

馬上の家康は暫し押し黙る。歯を食いしばっている。

（いけるか）

心で叫んでいる。

（弥八郎、すまぬ）

そう心で頭を下げる。

平八郎、半蔵、脳裏に浮かぶ面々は家康に向かって怒りを露《あら》わにしている。

――殿、約束が違う。なぜ、逃げなんだ――

すまぬ、ああ、すまぬ。なにも言い訳はできない。

（明日のため、兵を失っても家康は生きねばならぬ、そうだ、な）

そのとおりだ。ここで家康が死んでは、なにも意味がない。ここまでの武田との戦いも、今日の負けいくさも、家康が生き延びてこそなのだ。

わかっている、わかっているのだ、だが。

「いけるか！」

家康は目を裂けんばかりに開き、叫んでいた。

もはや理屈ではない。ここまで自分のために戦い、守り、走り続けた家臣を置いてはいけない。

「わしはここで踏みとどまる」

言い切って家康は激しく頷く。

「皆と死ぬぞ」

絶叫しながら、心で詫びる。

（すまぬ、わしは駄目な主だ）

信長なら平気な顔で家臣に死ねと言うだろう。そして、己は疾風のように逃げるはずだ。

事実、朝倉攻めが失敗した金ヶ崎《かねさき》の退き陣でも、信長はほとんど単騎で逃げた。徳川勢は友軍として参陣しながら、戦場に取り残されたのである。

（わしにはできぬ）

だが、徳川家康は違う。家康にできるのは、ここで皆と共に死ぬことである。

そう決めた。決めたのだ。

「殿！」

旗本たちは絶叫して、激しく首を振る。

嬉《うれ》しい、だが、哀《かな》しい。そんなことあってはいけない、家康を生かす、それ以外考えられない。皆、全身を震わし、目を真っ赤にして絶叫する。

「行ってくだされ」

「行かぬ」

家康はもはや狂った。とうとう手綱をひき、馬を止めた。

すべてを捨てて、本能で叫んでいた。

「ここで己らを見捨てて一人安穏と生き延びてなにが殿様といえるか。いいわい、わしが死んでも息子が家を継ぐ。このいくさはわしが起こしたいくさ、わしはここで死ぬ。皆と死ぬと決めた」

「殿は馬鹿じゃ」

「おお、わしは馬鹿よ」

主従ともに涙をかみしめながら詰り合う。泣きじゃくりながら、怒鳴っている。

「なにやっとるかあ」

前方の闇から野太い叫びが響くと、急速に馬蹄音が近づいてくる。

それは、初めは一騎、やがて、二騎、三騎と続く。

松明の灯りに浮かび上がる懐かしい髭面を認めて、一同の顔が明るく歪む。

「次郎左《じろうざ》か」

家康と旗本たちの泣きはらした顔が思わず綻《ほころ》ぶ。

「心弱きことを言うなあ！」

闇から飛び出してきた夏目次郎左衛門吉信《なつめじろうざえもんよしのぶ》は、小脇に抱えていた槍を右手で振り上げた。

夏目吉信は松平家以来の譜代《ふだい》の士で、筋金入りの三河者である。

この男も、あの宿命を背負っている。三河一向一揆で、一揆側についたのだ。

一揆のつい前年、家康が今川《いまがわ》と戦った八幡《やわた》合戦では、退き陣で崩れる軍勢の殿《しんがり》で戦いに戦い、六度も踏みとどまった次郎左衛門が、信仰のため家康に歯向かった。家康に手ずから脇差《わきざし》を与えられ武勇を讃えられた猛者が、敬愛する主君に槍をつきつけたのだ。

背後にいかつい騎馬武者が続々と馳《は》せ参じる。『三河物語』によれば、この時、夏目に従った騎馬は二十五騎。皆、この日、浜松城の留守居役だった男たちである。

「ここで死ぬだと。殿は何と阿呆《あほう》じゃ」

吉信は片頬を歪めて悪ガキのような笑みを浮かべた。

「なんのために拙者は、あの一揆の時、殿を討たずに逃したのか！」

吉信の口上《こうじょう》が続けば、後ろの髭面たちは皆クスリと笑う。

吉信だけでない、皆、あの時、一揆側にいて、戦場で家康とまみえた者たちだ。

逃したわけではない。吉信が家康から逃げたのではないか。皆それを見て、語り草としている。家康に叛《そむ》いても、家康を討てるはずがない。この武骨者たちは一揆側につきながら、家康が戦場に出ると、いかにそこまで勇ましく戦っていても、尻を向けて逃げた。

そんな奴らが、家康をみすみす死なせるわけがない。

頼もしい援軍の出現に、家康の傍らの旗本たちの顔は一気に蘇る。

「よし、次郎左、ともにひといくさ」

「勘違いするな！」

そんな旗本たちを叱《しか》り飛ばすように、吉信は怒鳴り散らす。

「殿よ。殿、拙者、わかり申したぞ。なぜ、わしがあの一揆のいくさの中で殿を見逃し、そんなわしの帰参を殿が許したのか。今の今になってわかり申した」

家康はなにも言わない。頷きもせず、この愚直一途な勇士の晴れ口上を見つめている。

「良いか、殿、ここからわしは徳川家康となる。殿は一介の武者になって、ただ城へ向かって駆ける」

そして、傍らにちらりと目をやる。そこにいるのは馬の口取り、畔柳助九郎武重《くろやなぎすけくろうたけしげ》である。

助九郎は阿吽《あうん》の呼吸で素早く駆け寄り、家康の乗馬の口をとり、グイと引いた。

「そのために、わしは命を長らえたのよ」

吉信は絶叫し、馬腹を蹴る。すれ違いざま、家康の馬の尻を槍の石突《いしづき》でバシリと突いた。

驚愕した馬は甲高く嘶き駆け出した。

「お前らも、はよう行けや！」

吉信の後ろの騎馬勢が一斉に槍を突きだす。

「殿をお守りして城まで駆けろや」

家康の旗本たちは一瞬言葉を呑み、目を見張って頷く。そして駆け出す。

先を駆ける家康は馬の首に面を伏せている。

顔はうつむき、表情は見えない。その肩だけが微かに震えていた。

残ったのは夏目吉信を始めとした、二十六騎。

武田勢の怒濤のごとき騒めきが近づいている。どうやら大軍である。

「来ておる、来ておるわ」

皆、爛々と光る目を合わせた。一度だけ、深く頷く。

「さあ、我こそは徳川家康」

「おっと、次郎左、わしも家康だが」

「おいおい、馬鹿を言うな。わしこそ家康ぞ」

我も我もと続く。どっと笑いがあがる。皆、闇夜を見上げ、大きく口を開け、その最後の夜空を飲み込むように息を吸い込む。そして凛《りん》として胸を張る。

前を向く。この大舞台を逃すかという顔である。

「皆、家康か」

応、と頷く。

「では、ゆかん」

槍を担ぎ上げ、面をあげる。

行く手に武田騎馬勢の夥《おびただ》しい松明が明々《あかあか》と迫っていた。


服部弥太郎正成《やたろうまさなり》は戦場へと駆けている。

周囲は闇に包まれているが、勝手知ったる道である。夜目も利く。足には自信がある。

馬より速く、馬が到底走れぬ道をも走れる。繁みを跳ね越え、灌木《かんぼく》を飛び、駆ける。

時折、浜松城への道を駆け抜ける使い番の血相凄まじき様を見て、立ち止まる。

（敗けたな）

正成は耳を澄まして感じ取る。遠く響くいくさの喊声《かんせい》が、甲高いざわめきに変わってい
る。敗走が始まっている。徳川勢がこちらに向けて退き始めている。

正成は厳しく顔を顰めて、また駆け出す。

（親父《おやじ》は）

服部党を率いていくさ忍びをしているなら、家康を守って退くはずである。

家康は三方ヶ原からの最短距離である犀ヶ崖の橋を渡って、城北の玄黙口《げんもくぐち》から城に入る
に違いない。何度となく打ち合わせて、調べ、歩いた道である。そのための忍びの連絡道
も作っている。この道は常人が見てもわからない。服部党だけがわかる目印をつけ、草葉
をかぶせ、時に樹木を飛び越えて行く。正成は辺りを見回しながら、その道を辿《たど》る。

犀ヶ崖を渡ってしばらく駆けると、前から小走りに駆けてくる忍び装束がいる。

「若」

こちらの姿を認めたのか、若い忍びは小声で声をかけてくる。

「東雲《しののめ》、父上は」

「この先で武田忍びに襲われました。皆、散り散りです。なんとか逃げてきました」

東雲は、肩で大きく息をしていた。ゼイゼイと荒い息を吐く音が闇の中響く。

忍びが闇討ちされたなら、互いを助けることはない。切り抜けた者から先へと急ぎ、任

務を遂行する。それはわかっている、だが。

服部党の中でももっとも若い下忍の顔を見て、正成はきつく眉根を寄せる。

「早くお城へ、加勢を」

「お前だけ逃れたのか」

「はい」

東雲は息を継ぎながら頷く。

「思い切り飛べ、東雲！」

正成の叫びに、東雲はハッと目を見開き、宙へ跳ねとんだ。正成は横跳びに飛んでいる。

シュッシュッと、二人の間を手裏剣が空を切り裂いて飛んでくる。

正成は横転びに転げながら胸をまさぐり十字手裏剣を摑《つか》んでいる。

東雲のような技のおとる若手が一人だけ逃げられるはずがない。わざと逃したのだ。忍び道を探り当てるためである。さすが武田忍びだ。

（三人はいるか）

傍らの繁みの向こうで東雲の荒い呼吸音だけが聞こえてくる。

敵の気配は闇の向こうである。ザザッ、ザザッと繁みの蠢きが細かく続き、気配を散らす。複数の忍びが連携している。動きを惑わし、読ませない。

武田忍びの組織力。徐々に距離を詰めて、襲ってくるつもりだろう。

（だめだ）

東雲の呼吸の乱れが激しい。どうやら、今の投擲《とうてき》で傷を負ったようだ。この状態で手負いの東雲をかばいながら、複数の武田忍びに勝てるわけがない。じんわりと嫌な汗が背を伝う。左手で忍び刀を引き抜き、右手は懐の手裏剣を握りしめている。

「若……」

東雲の声がおずおずと響く。

(馬鹿、声を出すな)

正成は顔を歪める。声どころか、東雲は繁みから走り出た。途端に鋭い殺気が走り、凶器がそちらへ飛ぶ。

「馬鹿野郎！」

飛びながら手裏剣を投げている。

ぐえっと、くぐもった声が闇に響くと、敵忍びが飛び交う音が響き渡る。

正成は宙で一回転して、着地する。地べたにうつ伏せに倒れた忍び装束が一人。

東雲である。上半身のいたるところに、棒手裏剣が突き立ち、鮮血が忍び装束を赤黒く染めている。駆け寄り、抱き起こす。

(囮《おとり》になったか)

自ら声を出し、飛び出して、敵を誘った。手裏剣を打たせ、敵の位置を正成に教えた。

この若者なりに己が敵につけられたことを悔いたのであろう。そして、手傷を負った己が足手まといにならぬよう、自ら死を選んだ。

「若、申し、わけ……」

東雲は苦しい息の下から掠れ声を吐いた。首元に大きな裂傷があり、血がドクドクとあふれ出してくる。

(首はだめだ)

血の止めようがない。ガフッと血の塊を吐くと、東雲の全身から力みが抜けた。

正成は見開かれたその瞼《まぶた》を指で閉じて、その若い死に顔を睨みつける。

「死んでどうするんだ」

なんでそこまでする。正成は強く瞼を閉じる。

父も、家康も、本多平八郎も、三方ヶ原で戦った徳川勢も。

(八重《やえ》も)

どいつもこいつも命を張りやがって、なにがそこまで己らを動かすのか。

カッと目を見開く。その目が裂けんばかりに大きく拡がる。

「うらあ」

後ろから飛びこんできた武田忍びを、目にも止まらぬ抜き打ちで斬り払った。そして、飛んでいる。飛びながら、棒手裏剣を放っている。棒手裏剣は狙いどおり、その後ろにいた忍びの眉間に突き刺さった。

「馬鹿だ。皆、馬鹿だ」

喰いちぎるように叫ぶ。

跳ぶ。夜叉《やしゃ》のごとく、服部弥太郎正成は闇の中を跳ぶ。

ある男の死

また、雪が降りだしていた。

武田信玄《たけだしんげん》は依然として床几《しょうぎ》の上に身を置き、前を見つめていた。

本陣は大篝火《おおかがりび》が何本も焚《た》かれ、昼間のごとく明るい。いくさの喧騒《けんそう》は台地の下へと遠ざかり、周りは静かである。小雪が舞い散る中、本陣詰め役の小姓《こしょう》、旗本《はたもと》は粛然《しゅくぜん》と隊列を成し、その周りを固める。

断続的に使い番が走りこんでくる。その時だけ歓声で陣内が沸《わ》く。どの使い番も勝ちいくさの報告である。徳川《とくがわ》の名ある将を討ち取ったという報が相次ぐ。この暗夜の中でこれである。いくさが終わり首検《くびあらた》めをすれば、相当の戦果となるであろう。

次はどの大将首か。いよいよ家康《いえやす》の首をあげたかと、皆、心待ちにしている。

「お屋形《やかた》様」

後備えから予備隊を前面へだした穴山梅雪《あなやまばいせつ》が大股《おおまた》で本陣に入ってくる。

「仕上げ時ですかな」

うむ、と、信玄はゆっくりと頷《うなず》いた。その顔を見た梅雪はぎょっと目を剝《む》く。

顔色が悪い、いや、それどころではない。

いくさ場ではいつも血色よく精気を漲《みなぎ》らせる信玄である。だが今は、頬《ほお》が土気色をして干からびたようである。目が飛び出て、その周りが黒々と隈《くま》で縁取られている。

「お屋形様、お体、なにかありましたか」

思わず問いかけた梅雪に、信玄は眉根《まゆね》を寄せる。

「なんだ、梅雪」

不機嫌そうに口元を歪《ゆが》めた。その後、右手を口元にやる。視線を斜め前に落としていた。

「お、お屋形様」

梅雪の声が上擦《うわず》る。周囲の小姓が慌てて立ち上がる。

信玄は首を前に垂れていた。一同、かつてない主君の姿に驚愕《きょうがく》して立ちすくむ。

ぶほっ。

耳障《みみざわ》りな咳音《せきおと》が響いた。信玄は口を押さえ続けていた。

(なんだ、これは)

かつてない感覚に戸惑っている。こみあげてくる悪寒《おかん》に堪《た》えられない。異物が胸からこみあげてくる。こらえきれず、前のめりになり喉奥《のどおく》から吐き出す。

「ああっ」

小姓の一人が震えた声をあげた。赤黒い血が掌《てのひら》を染めている。

(病いか?)

胸を満たす悪寒は続いている。背筋が、下腹が、凍るようである。

いや、病いではない。これほど急に喀血《かっけつ》するまで体が蝕《むしば》まれるとは。

（毒……？）

徐々に混濁《こんだく》する意識の中で信玄は考える。

毒だ。間違いない。だが、毒など呑《の》むはずがない。信玄の周りは厳重に固められ、刺客には細心の注意を払っている。食事、酒、水、ことごとく事前に確かめる。食事をつくる者の厳選、厨房《ちゅうぼう》の警戒、毒見の者。

（毒などありえぬ）

ゴボッと再度血を吐きながら、信玄は地に片膝《かたひざ》をつく。掌から零《こぼ》れ落ちた血が、緋《ひ》色の毛氈《もうせん》をさらに赤黒く染める。

「お、お屋形様」

小姓が、穴山梅雪が駆け寄ってくる。それを払う力もない。差し出された複数の手が、信玄の重い体を抱きとめた。

「薬師《くすし》を！」

梅雪のダミ声が妙に耳障りだ。

いつだ、いつなのだ。食物でなければ、なんだ。

小姓が差し出してきた白布を口に当てられ、なおせき込みながら、信玄の思考はまだ動いている。

（何かに触れた？）

触れただけで毒を移す、となると。

「あの女か」

吐いたはずのその言葉は、口をふさいだ白布の中に消えた。

（そうか、あの女、忍びのおんな）

あの日、あの女と交わった、あの時なのか。

思い当たると、信玄の口元が苦悶《くもん》の中で緩んだ。

あの女を見た時、いや、あの女と目が合った時、信玄は何かに魅入《みい》られていた。

忍びの女だ。しかも、信玄の閨《ねや》に忍び入ろうとしたくせ者だ。だが、抱かずにいられなかった。心の底から抱きたいと思ったのだ。

（似ていた）

諏訪御前《すわごぜん》に、今生《こんじょう》でただ一人惚《ほ》れた、あの女性《にょしょう》に。

攻め滅ぼした諏訪氏の生き残りの姫。初めての閨で、無理矢理自分を抱いた若き信玄を憐《あわ》れむような瞳《ひとみ》で見た、あの姫に。

抱いた時、姫は吸った口の中で、信玄の舌を噛《か》み切ろうとした。信玄はその首元を押さえつけ、姫の目を見た。激しい情念の炎を秘めた瞳を。姫は信玄の目を射るかのように直視していた。信玄はそのまま、再度姫の口を吸った。無理やり口をこじ開け、濡《ぬ》れた唇を味わい、柔らかいその舌を吸った。肩を押さえねじ倒し、小袖《こそで》を剝《は》ぎ、その白い肌を鷲掴《わしづか》みにして、犯すように抱いた。一度だけではない。姫との情事はいつもそうだった。お互いの生と生をぶつけ合う。男と女のいくさ、命の貪《むさぼ》り合いだった。

信玄は何度も姫を抱いた。いや、犯した。犯すたびに、姫は冷たい憐憫《れんびん》の目で信玄を見下した。それが姫の武田への、信玄への復讐《ふくしゅう》だった。

その透き通るように白い肌、嫋《たお》やかな黒髪。潤《うる》んだ瞳。

姫は側室の一人にすぎない。信玄は他にも数多《あまた》の女を抱いた。

（だが、諏訪姫は違った）

姫は違う。体だけではない。姫は武田信玄という男のすべてを抱いていたのだ。

家臣をまとめ、民を愛し、将軍から望まれ、大軍を動かす。天下万民が崇《あが》める武人、まぎれもなく歴史に残る英雄、武田信玄。そんな名声の裏で、実父を追い、長男を殺し、苛《か》烈《れつ》に旧勢力を滅ぼし、隣国を呑み込んだ男。武田信玄という男の生き様は、乱世の戦国大名そのものであった。そんな名声と欲にまみれた信玄を、姫は蔑《さげす》み、憐れみ、包み込んだ。

そして、姫は最後に究極の復讐をした。姫は若くして死んだ。二十六歳、その美しさは永遠となった。

以来、信玄はどんな美女を抱いても満足しなくなった。数多の女を抱きながら姫を探していた。どんな女も姫に勝ることはなかった。絶世の美女も、堪能《たんのう》な性技を持つ女も、信玄を満足させることはなかった。

そして、ついに見つけた。それが「あの女」だ。

あの女の髪、香り、仕草。そして、あの目、体、肌の感触。

一目見て、触れて、抱いた時、確信した。これこそ信玄が探し求めてきた女だ。

天下を望む英雄。だが、実は、武田信玄が求めてきたのは、ただ一人の女、その生涯で唯一愛した理想の女だった。

それを天下を目指すこの戦陣で見つけた。その時、信玄は我を忘れた。忘れて何度も抱いた。何度となく、女の中で果て、その豊潤《ほうじゅん》な体を貪った。

そして、殺さなかった。殺すどころではない。身体《からだ》の自由が奪われた無言の女を抱くだけでは飽き足らない。心身ともに征服する。体だけでなく、心から己のものとしたい。

その口から言わせてみたい。自分は何者なのか。どこで生まれ、どこで育ち、なぜ、信玄のもとに現れたのか。

信玄が制せぬ女などいない。身も心も己の色に染めてみたい。

(姫もそうだった。そうしたのだ)

諏訪姫と同じく征服してやるのだ。

(そうか、あの女か)

あの女とまぐわった時、体に命を奪う魔性が入り込んだ。

そう思い当たった時、信玄の苦悶の顔がかすかに笑んだ。

(なんと滑稽《こっけい》。だが)

微塵《みじん》も悔いはない。探し求めた究極の女性を抱いたのだ。人生を懸けて追い続けた女を見つけたのだ。そのために、諏訪姫を失った後の信玄の余生はあったのだ。

(悔いはない)

ひとりの女を愛し、その面影を追うことに命を懸ける。それも男ではないか。

胸底からこみ上げる苦しみは抑えきれず、信玄は歯を食いしばる。その歯の間から黒い血が溢《あふ》れ零《こぼ》れ落ちる。髭《ひげ》の間を縫って血流が滴《したた》る。

だが、信玄は笑っている。

（わしもただの男だった、か）

口を押さえて、前のめりに倒れこんだ。

「お屋形様を運べ、輿《こし》に乗せよ、厳重に守って先に祝田《ほうだ》の坂をくだれ。影武者をここに」

穴山梅雪が抑えた声で叫ぶのが遠く聞こえていた。その言葉尻《ことばじり》が震えている。

小姓の手でゆすられる。周囲の喧騒が、まるで異国の出来事のように感じられていた。

「四郎《しろう》殿、馬場《ばば》殿、山県《やまがた》殿、内藤《ないとう》殿を本陣へ呼べ！」

「いくさはどうしましょう」

「ええい、もういくさは終わった。それどころではないわ」

「徳川勢の追撃は良いのでしょうか」

「とりあえず、進軍をとめろ。わしの手勢だけ、犀《さい》ヶ崖《がけ》まで出す」

梅雪と旗本たちの叫びが交錯している。

（とめるな）

遠のく意識の中で信玄は呟《つぶや》く。だが、もはや口も動かない。

（やめるな、家康の息の根をとめろ）

梅雪、貴様はなぜそうなのだ、この、小心者が。

信玄はいつものように穴山梅雪を叱《しか》っていた。徳川をここで根絶やしにせよ、家康の首をとれ、とらねば……そう声にならぬ叱責《しっせき》の言葉を吐き続ける。

のめり噎《む》せる自分を見ているもう一人の己がいる。

無様に地に顔を伏せ、赤黒い血に顔を汚し、一人の男が突っ伏している。英雄でもなんでもない。これが、武田信玄という男の最後。

熾烈《しれつ》な人生だった。幼き頃《ころ》からいくさに臨み、激しく生きた。己の欲望のまま動き、天下を取るべく都を目指した。そんな己の一生が、一人の女への憧憬《しょうけい》で終わる。

戦国の雄武田信玄も最愛の女が忘れられず、その命を終える。

なんだったというのか。そう思うと、信玄は満面を崩し、腹を抱えて笑っていた。

(そんなものだ)

人の一生というのは。己の夢を、欲を実現するために、全身全霊で戦い続け、万人にあがめられようと、その実はただ一人の女を愛し、愛されることを望み、生きていたのだ。

それが人だ。武田信玄とて、一人の男だったのだ。だから、本望だ。

現《うつつ》の信玄は今や全身の力が抜け、腕も足もだらりと横たえている。

「影を、影武者を早く。ええい、戸板ではない、輿を持ってこい、お屋形様の姿を見せるな、輿で運べ」

梅雪のがなり声がわずらわしい。眼前が暗くなってゆく。

「お、お屋形様!」

叫びが遠のく。

武田信玄の意識は奈落《ならく》の底へと沈んでいった。

覚醒

服部半蔵保長《はっとりはんぞうやすなが》は、繁《しげ》みに潜《ひそ》み、闇《やみ》を睨《にら》んで、息を殺していた。

（だめだ）

もう何度も手裏剣を投げ合い、敵と斬《き》り結んでいる。

技と気力で武田忍びに負けるつもりはない。だが、半蔵はじめ服部党には焦りがある。

（こんなことをしている場合ではない）

ギリッと半蔵は歯ぎしりをする。

家康を陰から守るべき服部党がこのざまである。皆、武田忍びに手こずり、足止めされている。配下の下忍《げにん》たちも散りすぎている。そして、何人かは傷ついている。

それを確かめる余裕も半蔵にはない。相手の武田忍びは服部党を家康から引きはがせればいいのだろう。その意味では、この勝負、すでに負けている。

（殿はご無事か）

半蔵は、浜松《はままつ》城の方角を振り返る。

時折、繁みの傍《かたわ》らの道を軍勢が駆け抜けていく。それが敵でも味方でもどうすることもできない。むやみに動けば、武田忍びが襲い掛かってくる。

右に左に、忍びの気が蠢《うごめ》く。その気配に反応し、時に飛び道具を投げる。焦《じ》れてこちらから動けば、忍びが飛び出してくる、一合二合と斬り結び、また闇に駆け込む。そのたびに貴重な時が費やされて行く。

(飛び道具が無くなる)

チッチッと半蔵は何度も舌打ちする。武田勢の追手を討つために身に着けていた手裏剣、クナイ。貴重な飛び道具が、忍び同士の戦いで消耗し、底をつこうとしている。

(刺し違えるか)

忍びが刺し違えるなど侍でもあるまいに。半蔵の頬《ほお》に自嘲《じちょう》気味な笑みが浮かぶ。大役を果たせなかった責めも負わねばならない。家康を守るために張る命を、置いていかれた闇の中で落とすのか。

(すまん、弥八郎《やはちろう》よ)

半蔵は胸で盟友に詫《わ》びている。

ピョウ、と突然、闇に響いた指笛に、半蔵は動きを止め、耳を澄ます。

次の瞬間、目を閉じ、頭を押さえ、身を屈《かが》めていた。

後方から大きな跳躍で一人の忍びが飛び込んでくる。宙を飛びながら、懐《ふところ》に手を入れるや、握りこぶし大の物をつかみ出し、地に投げつける。

「くらえ!」

放たれた大音声とともに、バアンと炸裂音《さくれつおん》がとどろき、辺りは白昼のように明るくなる。木の陰で目を覆う忍びが数名。この暗闇の中で戦い続け、皆、闇に目が慣れている。いきなり強烈な光を受ければ、目がくらむ。そこを手裏剣が襲う。目が利かない忍びが飛び道具を避《よ》けられるはずがない、またたく間に四、五人が呻《うめ》いて膝をつく。

半蔵はじめ、服部党はいずれも面《おもて》を伏せている。先ほどの指笛が合図である。すぐ閃光《せんこう》が消え戻った闇夜に面を上げ、敵の悶《もだ》え声の方へ手裏剣を放ち、飛び掛かる。

「徳川家臣服部党、服部弥太郎正成《やたろうまさなり》」

そんな間にも飛び込んできた服部正成は、闇に大きく飛び上がる。

(馬鹿者)

高らかに名乗って飛び込んできた息子を、半蔵は胸で叱りつけた。忍びが堂々と名乗るなどありえない。ましてこの闇の戦場で名乗るなどなんの意味もなさない。

半蔵の想《おも》いをよそに、正成は、堂々と地べたに片膝ついて飛び降りた。一斉に、武田忍びの殺気が集中する。シュウッシュウッと手裏剣が舞い飛ぶ。だが、虚を突かれ、投擲《とうてき》が乱れている、次の瞬間、正成はまた飛んだ。木の枝から枝へ飛び移って巧みに、手裏剣を避ける。

「これが、伊賀《いが》服部党だ！」

飛びながら矢継ぎ早に手裏剣を投げるや、忍び刀を引き抜く。着地するや、傍らの武田忍びの背中へ斬りつける。

思わぬ加勢に蘇《よみがえ》った服部党の下忍たちも一斉に攻勢に転じる。正成を狙《ねら》った飛び道具の出所に向け駆け入り、忍び刀で斬りつける。

「退《ひ》け、退け」

頭領らしき声が響くと、周りの繁みから忍びが飛び出す。

正成がなおも手裏剣を投げつける中、武田忍びは飛び跳ね、体を捻《ひね》って逃げ去る。

「なんだ？」

正成の拍子抜《ひょうしぬ》けした声が闇の中響く。

いともあっさりとした退散である。

確かにもう周りに徳川兵はいない。家康を守る服部党を釘付《くぎづ》けにする目的は果たしたのかもしれない。だが、いくら横槍《よこやり》が入ったとはいえ、加勢は正成一人である。優勢の中、これほどあっさりと退くこともないだろう。

「なんかあったのか」

ひょっとすると敵も退き際を探っていたのか。そんな想いがよぎりながら、正成は巨木の陰から歩み出た。

「正成よ」

半蔵の呼びかけに、正成は息を整えながら振り返る。

「父上、遅くなり、申し訳ありませぬ」

正成が素直に頭を下げると、半蔵は眉を上げ、小首を傾《かし》げた。こんな真摯《しんし》な態度を見たことがない。

「若」

正成の周りに、二人、三人と忍び装束が駆け寄ってくる。

「皆、無事か。手負いの者は出ろ、手当してやる」

正成は下忍たちを見渡して鼓舞するように言った。精悍《せいかん》な気合が彫りの深い顔に浮かんでいる。ハ、と下忍たちの瞳にも精気が蘇る。

(この息子が、言うわい)

こんなことを言う奴《やつ》だったか。ひょっとして、息子は変わろうとしているのではないか。

「若、お見事な加勢でしたぞ」

下忍が跪《ひざまず》けば、正成は照れ笑いで鼻の頭を掻《か》いた。

「親父《おやじ》殿も老年《とし》かね、仕方ねえから助けにきたよ」

いつもどおり小生意気になった正成の軽口も周りの下忍たちを癒《いや》してゆく。

「措《お》けや、それより」

半蔵はその言葉を遮った。それをさらに遮るように正成は口を開く。

「殿は、犀ヶ崖を渡って城に向かわれたぞ」

「そうか」

半蔵はやっと笑みで顔を崩した。自分はいい。家康が無事、それがなによりだ。

「でなければ、ここまで来ないさ」

正成は唇を舐《な》めながら頷く。そして下忍たちの顔を一人ずつ眺める。

「皆も聞け、殿はおそらく城に入られた。皆が命懸けで戦ったおかげだ。あとは我らも浜松城へ退くのみ。皆、よくやった」

正成の声に、下忍たちは安堵《あんど》の笑みで頷き合う。

(そうだ、そうだ、よく言った)

半蔵は何度も点頭する。心から満足していた。もう喜悦と言ってもいいほどである。家康の無事も嬉《うれ》しい。家康が生き延びてこその服部党だ。かけがえなき手下を何人か失った。それも家康さえ生きていれば、報われる。なにより、それを息子正成がわかっているのが嬉しい。

(助けられたのではないか)

思えば自分はなにもできなかった。追い詰められ、耐え凌《しの》ぐばかりだった。正成が助けてくれたのだ。

(服部党を背負えるか)

不肖の息子と思っていた我が子を、今、頼もしく思う。

「さあ、父上、行きましょう」

振り返った正成と服部党の下忍たちの力強い眼光に、半蔵は、ああと頷くと、

「ここからは、正成、お前が仕切れ。先導せよ」

厳《おごそ》かに言う。皆、眉を上げる。正成は怪訝《けげん》そうに見返す。

「父上」

「年寄りに無理をさせるな」

口を開きかけたのを、半蔵が微《かす》かに笑みを浮かべて遮る。

正成は口を真一文字に結んで沈黙し、やがて力強く頷く。そして、下忍たちを振り返る。

「では、いくぞ、城へ」

服部党は、闇に向かって跳躍した。

武田忍び、甲斐《かい》の重蔵《じゅうぞう》は舌打ちしながら樹林の間を駆けている。

(もう少しだったのに)

完全に包囲していた。服部党の一人が遅れて躍り込んできたのは意外だったが、それでも時をかければ徳川忍びを殲滅《せんめつ》することはできた。

だが、本陣から使いが来て、直ちに三方ヶ原《みかたはら》の本陣へ戻れ、と言う。

(この期に及んで、なんだ)

重蔵は覆面の下の顔を顰《しか》めている。

まあ、いいだろう。

(服部半蔵、この場は逃してやる。だが、我らの勝ちよ)

忍びの間でその名が轟《とどろ》く伊賀服部党の頭領に毒づく。

重蔵たち武田忍びは十分この場の役を果たした。家康を陰から援《たす》けていた服部党を釘付けにした。あとは、武田騎馬勢が家康を追っている。

重蔵はニヤリと微笑《ほほえ》んだ。

(馬場様が家康の首をとるだろう)

その馬場信房《のぶふさ》が進軍を止めていることを、重蔵は知らない。


「進めや」

馬上の馬場信房は、絶えず叫び、将兵を鼓舞し続けていた。

騎馬が主力の手勢は、皆、松明《たいまつ》を掲げ、明々と道を照らして進む。辺りは漆黒《しっこく》の闇だが、馬場隊の周囲は真昼のごとき明るさである。

信房は三方ヶ原の混戦を抜け出し、足の速い騎馬勢で敗兵を刈《か》り、家康に追いつき首をとろうとしている。その成果は着々と出つつある。

(当然だがな)

武田の勇将、精鋭が、信玄の指揮の下、それぞれの役を全うするなら、万に一つも仕損じることはない。

信房は予定どおり三方ヶ原を駆け下りつつある。逐次《ちくじ》、手勢から騎馬の小隊を放ち、くまなく浜松城への道を掃討《そうとう》し続ける。敗走する兵など首は刈り放題である。重蔵率いる武田忍びも動かし、家康を丸裸にする。徳川はお抱え忍びを持っている。これが家康の逃走路を確保するのを防ぐ。すべて手筈《てはず》通りだ。

「どうだ、首尾は」

馬を進めながら、随時、駆け戻ってくる使い番に問いかける。

「徳川勢を捕捉《ほそく》、残らず討ちまして候」

騎士は馬上のまま輪乗りして報じる。その顔は松明の灯《あか》りに照らされて誇らしげに輝いている。報じるたびに、斬獲《ざんかく》した首がふえてゆく。家康旗下《きか》の将、名ある旗本、織田《おだ》の将平手《ひらて》汎秀《ひろひで》らしい首もあるという。

「首はあとで見る。家康を討て」

信房は報を受けては騎馬勢を送り出す。指示の下、松明を手に手に、十騎、二十騎と隊を離れてゆく。行く手は暗い。敵はもはや徳川勢ではなく、この闇である。追手の網はなるべく広く張るしかない。

もう一息だ。信房のいくさ勘がそう感じている。

「馬場様、馬場美濃守《みののかみ》様は何処《いずこ》！」

後方から信房を探す声が響き、騎馬が駆け込んでくる。

なぜか信房はその叫びにたまらなく嫌なものを感じた。声は掠《かす》れて言葉尻が震え、悲痛な響きを帯びているように聞こえた。本能だった。

「本陣の穴山様から伝令」

蜈蚣《むかで》の旗印《はたじるし》を背負った使い番は、信房の馬前で馬を降り、跪く。

蜈蚣衆を使えるのは信玄だけのはず。なぜ穴山梅雪が蜈蚣衆を自分へ寄こすのか。

「ただちに進軍をとめ、本陣においで下さいますよう」

グイと、信房は眉を顰《ひそ》めた。

(なぜだ)

なぜ止める。今、ここまで家康を追いつめている。もう樹林の向こうに浜松城の櫓《やぐら》が見えるではないか。ほの灯りに浮かび上がったその櫓の上に、徳川兵が右へ左へ蠢いているのすら見えているのだ。

「三郎兵衛《さぶろびょうえ》（山県昌景《まさかげ》）、修理《しゆり》（内藤昌豊《まさとよ》）は」

「同じく向かわれます」

「何があった」

そんな愚かな問いを、無意識に口走っていた。まさかに、台地上の武田勢が徳川勢に敗れることはない。完勝のはずだ。徳川勢が伏兵で奇襲をかける余裕などない。兵も余力がある武田本陣が崩れるはずがない。

それなら、信玄の身に何かあったのか。いや、それ以外にありえない。

顔見知りの使い番は硬い表情を崩さず、面を伏せるだけである。

「疾《と》く、おいで下さいますよう。平に、平にお願い仕《つかまつ》ります」

信房は沈黙。

再度、樹林の向こうで不安げに揺れている浜松城の櫓を睨みつけた。

(ここまで追いつめて)

大きく顔を歪めて、フウッと溜息《ためいき》をつく。

吐息の音は思いがけず大きかったようで、周囲の旗本が振り返った。

(間違いない、殿の身になにかあった、だが)

信玄ならここで家康を逃がすだろうか。そこまで主君の胸中を想う信房である。

家康を逃がす。それでは画竜点睛《がりようてんせい》を欠く。この一戦に賭《か》けていた信玄がそれを許すのか。

ならば、ここはひたすら徳川勢を追うのが己の役目ではないか。

信房は、厳しく眉根を寄せて考え込む。

(駄目だ)

信玄の身になにか起こったなら――

もう、信房の心でいくさは終わっている。

大きな、途方もなく巨大な天命を感じている。

合戦は間違いなく勝った。

勝ったのに、信玄のその身に魔が迫り、家康は負けながら逃げおおせるなら。

(軍神は、武田に祟《たた》り、徳川に微笑むのか)

信房は目を固く閉じ、暗天に面を向けた。心にも漆黒の闇が拡《ひろ》がる。

この瞬間、武田の未来に暗雲が垂れ込め、徳川の命が輝きだすのか。

「馬場様」

「わかった」

さらに呼びかけてきた使い番に信房は応じた。

「参る。だが、一手を残す、左近《さこん》、左近はおるか」

信房の乾いた叫びに、騎馬勢の中から小杉《こすぎ》左近が進み出た。

「兵二百を預ける。犀ヶ崖まで徳川勢を追え」

「は」

「追い、刈れる限り刈れ。家康の力をなるべくそぐ。もうそれしかできぬ」

左近が頷くのを待たずに、信房は手綱を引く。その目が暗く淀《よど》んでいる。

(勝った、と言えぬ)

そして、馬首を三方ヶ原へと返した。

共闘

服部党は飛び跳ねるように闇を駆けている。

ところどころに、鎧《よろい》武者の遺骸《いがい》が転がっている。首のない遺骸が多い。そのほぼすべてが徳川兵である。

(惨《むご》いな)

先頭で正成は舌打ちする。これまで数多の戦場を見てきたが、ここまでの惨敗もない。

「若」

後ろを走る下忍が声をかけてくる。

「わかってる」

応《こた》えながら胸をまさぐり、手裏剣を摑《つか》む。

暗い樹林の向こう、行く手の先でいくさの喧騒が響いている。

今まさに、武田勢が徳川の残兵を襲っているのだろう。剣戟《けんげき》の金属音の合間に、阿鼻叫《あびきよう》喚《かん》の叫びが聞こえてくる。

「皆、いいか、やるぞ」

正成の声に力が漲る。渾身《こんしん》の力で地を蹴《け》って跳ぶ。

前方の樹林が途切れ、視界が開けた。犀ヶ崖の上にでた。浜松城の北門、玄黙口《げんもくくち》へと伝う最短の道が一本、それに通じる橋が崖上《がけうえ》に架かっている。

「ああ？」

立ち止まる。

（なんだよ）

思わず吐息が漏れた。

橋の手前で、異様な光景が繰り広げられていた。

正成は駆け寄るどころか、呆然《ぼうぜん》と立ち尽くして、それを見ていた。

「おおおらあ」

本多平八郎忠勝《ほんだへいはちろうただかつ》は、尋常ならぬ長槍《ながやり》をブンブンと振り回し、武田騎馬勢を蹂躙《じゅうりん》していた。

ブウン、と長槍が一旋されるたび、武田兵が、二人、三人と、地べたに叩《たた》き落とされる。

斬り合いどころではない。そこは間違いなく、本多平八郎の独擅場《どくせんじょう》であった。

馬上のその巨体が躍動《やくどう》すれば、

「おお！」

と、周りの騎馬兵が、振り落とされた武田兵に駆け寄り馬上から突き伏せる。見る間に、武田勢は掃討されてゆく。

平八郎は、橋の手前に焚かれた篝火に浮かび上がり、漆黒の巨人となって、戦場に君臨する。鹿《しか》の角立《つのだ》てが、まさに鬼の角のように見える。

左右を固める騎馬武者は五十騎ほど。皆、凄《すさ》まじい気を放っている。まさに修羅《しゅら》の軍団であった。

「ああ」

吐息は、感嘆の溜息に変わる。

(疲れていないのか)

この男は本日の先鋒《せんぽう》大将の一人のはず。なら、合戦の最初から戦い続けているだろう。なのに、この武。己だけでない。周りの兵を鼓舞し、疲れすら忘れさせるほどの雄姿。この敗《ま》けいくさで、しかも、最後の撤退戦で一歩も退いていない。

(わかったよ)

猛《たけ》き鬼神は、振り終えた長槍をブルンと撓《しな》らせ、穂先の血糊《ちのり》を振り落とす。

正成は闇の中に下忍を残したまま、一人歩み寄る。

「平八郎」

「おう、正成殿か」

「この橋を守っていたのか」

「うむ」

平八郎はいささかも息の乱れがない。平然と固く頷く。

「相変わらずだな。助けることもない」

ハハッと思わず正成の顔が綻《ほころ》ぶ。

この橋を守りながら、逃げてくる徳川兵を待ち、橋向こうへ渡しているのだろう。しかも徒士《かち》足軽は先に渡して、側近の騎馬武者だけで死守する。この男らしい。

正成は首を傾げて平八郎の後ろを見る。そこに橋があり、対岸の樹林のうえに浜松城の灯りが見えていた。

（かなわんな）

正成は笑う、腹を抱え、暗天を見上げて笑う。

「お主のそんな笑みを初めて見た」

平八郎も口元に笑みを浮かべた。

「ああ、こんなに笑ったのは生まれて初めてだな」

「いい顔だ。そんな顔こそお主に似合う」

不思議だ。この男にそう言われると、自分まで無双の武人となったように感じてしまう。

「本多平八郎忠勝。まこと、惚れ惚れするほどの軍神《いくさがみ》だな」

今、心の底から、躊躇《ちゆうちよ》なく、そう言えた。

「もう後ろに味方はおらぬ。平八郎、お主も城へゆけ」

この橋をおとせば、犀ヶ崖は大きな堀となり、武田勢の追撃を阻《はば》む。三方ヶ原から最短のこの道が閉ざされれば、武田は城攻めをやめるかもしれない。少なくとも今晩、勝ちいくさに乗じて押し寄せることはなくなるだろう。

「他の者は間道で迂《う》回《かい》しておるだろう。この橋の役目は終わった」

「では、落としていこう」

「それは、服部党にまかせよ」

だが、二人の頬に浮かんでいた笑みはすぐに消える。

視線を落とし、聞き耳を立てる。眉間《みけん》に深い縦皺《たてじわ》が刻まれている。彼方《かなた》から海鳴りのような馬蹄音《ばていおん》が響いてくる。

こちらの方へ向かってくる兵の群れがある。騎馬を主とする軍勢が迫っている。

「来ているな、平八郎」

正成が視線を戻すと、すでに平八郎は馬の鐙《あぶみ》に足を掛けている。

わかる。この男は最後に一働きするつもりであろう。

「正成殿、ここは拙者にお任せあれ」

「ともに、やらせろや」

平八郎は正成の後ろの闇に目を移す。

「服部党はお疲れであろう。先に城へ」

「疲れとるのは、お前らもだろうが」

正成は、笑みを含んだ顰《しか》め面《つら》で吠《ほ》えた。

「次のはちと多そうだ。この闇に潜む、そんないくさはわしら以外にはできまい。服部党がいてこそまともに戦えるぞ。なあ」

正成が振り返るや、背後の闇から服部党の忍びたちが湧《わ》いて出る。

「平八郎殿、共にやろうや」

正成の後ろで、半蔵保長がニンマリと顔を歪めている。

そんなやりとりの間も雪崩《なだれ》の様な馬蹄音はどんどん大きくなる。この様子では敵勢は百を軽く超えよう。さすがに五十騎では分が悪い。

「我ら服部党の技と平八郎の武、あわせれば無敵、そうではないか。この服部半蔵にも、そんな華やかないくさをさせてくれんかな」

半蔵は、目を細めて言う。

「老い忍びに華を持たせよ、平八郎」

強面《こわもて》の服部半蔵には珍しく満足げな、童のように無邪気な顔だった。

平八郎は、瞬時黙考して、一度、強く頷く。

「しからば、共に」

もう馬上である。手綱を引いて馬首をめぐらす。

正成、半蔵は満悦して目配せする。共に頷くや忍びたちに向かって叫ぶ。

「皆！　支度はいいか」

そして、闇の中に跳ぶ。跳んだとたん、気配が消えている。

それを見届けると、平八郎は股肱《ここう》の与力《よりき》たちを振り返った。

「火を消せ」

その一言で皆の呼吸が揃《そろ》った。応と、一同、ぎらついた目で頷き、篝火を蹴り倒し、松明の火を踏み、馬に飛び乗る。樹林の出口をふさぐように、隊列を広げる。

すぐに林間に二つ、三つと松明の灯りが見え隠れする。耳を澄まし、目を凝らす。林道を駆け、確実に軍勢が近づいている。明滅する松明の灯りが大きくなる。

平八郎は目を細めている。皆、得物を握りしめる。

やがてその目がカッと大きく見開かれたとき、樹林の合間から武田の騎馬兵が飛び出してくる。

「いけや」

平八郎の大音声が響き渡ると、シュッと闇から手裏剣が飛ぶ。

先頭で松明を持つ武田の騎馬兵が、低く呻《うめ》いて落ちた。服部党の棒手裏剣の投擲である。

暗夜の騎走は先導の兵が落とされると乱れる。混乱する騎馬勢に向けて、平八郎の黒馬は駆けている。

「うらあ」

裂帛《れっぱく》の気合と共に蜻蛉切《とんぼきり》が一閃《いっせん》するや、先頭の武田騎馬兵が吹き飛び、後続の騎馬にぶつかり落ちる。

本多勢が続き、乱れる武田勢に駆け入って一気に突き崩す。後ろから駆けてくる武田兵は闇の中から飛ぶ棒手裏剣の餌食《えじき》となる。特に松明を持つ兵はことごとく乗馬から転げ落ちる。

「敵だ」「弓を、弓だせ」「暗い、灯りを、火を」

叫びが交錯する中、平八郎は、ブンブンと槍を振って敵を蹂躙する。

先頭の武田騎馬勢はもう壊乱状態にある。灯りが乏しく徳川勢の姿が捕捉できない。中には味方に刃《やいば》を突きつける者もいて、一向に統制がとれない。

弓をつがえる兵は、闇から浮き出てくる忍びに後ろから抱きつかれる。喉を掻き切られ、声も出せず馬から落ちる。

完全に武田勢の進撃は止まり、むしろ後ずさりする。そこに後続の騎馬、徒士武者がぶつかり、全軍が乱れに乱れる。

「あせるな、敵は小勢、敵は小勢」

右往左往する人馬の群れを割って、小杉左近の馬が進み出てくる。

「落ち着け、むやみに動くな。同士討ちするな！」

左近は巧みに手綱を引き、馬首をめぐらせる。その甲高《かんだか》い声に武田勢はやっと我に返り、その場で隊列を整え始める。

「本多平八郎！」

その凄まじい叫びに、一瞬、剣戟の音が弱まる。

「会えた、会えたぞ、ここで会えたのは、わが宿命ぞ」

そのまま、馬を進めてくる。左近の目には平八郎しか見えていない。

「皆、退け、ここはわしにやらせよ」

左近は高らかに叫んでいた。武田兵が一斉に下がり、平八郎への道が開ける。

飛び散った松明の灯りが地べたに散り、周囲を微かに照らす。その中で、漆黒の影となって浮き上がる本多平八郎は、一回り二回りも大きく見えた。

「武田信玄が旗本、小杉左近、本多平八郎殿に、見参」

平八郎が見ている。陰となったその顔の中で二つの目だけが炯々《けいけい》と輝いていた。その黒馬が、一度、二度と足で地を掻くと、

「徳川家臣、本多平八郎忠勝」

野太い声が暗がりの中響く。

「名乗りやがったな」

名乗ったな、この一騎打ちに応じるのだな。左近の脳天からつま先を快感が貫く。愛馬の腹を思い切り蹴った。徐々に馬足を早める。平八郎の巨体が近づく。

「平八郎おお」

左近は雄叫《おたけ》びをあげながら馬上、槍を旋回させる。

『本』の旗幟《きし》が近づく、身構えた敵勢は左右に拡がる。

平八郎の巨体がぐんぐんと近づく。左近は馬腹を力強く蹴る、蹴り続ける。

「この槍を受けろや！」

我が槍で仕留《しと》める。本多平八郎を仕留めてやる。

左近の名を記したあの狂歌はこの槍で平八郎を仕留めて完結するのだ。

家康の過ぎたるものを仕留めて、小杉左近の名は天下に鳴り響くのだ。

「おおおお」

大きく槍を振り上げた。

渾身《こんしん》の力で振り下ろす。ガチンと激しい音が轟《とどろ》き渡り、闇に火花が飛び散る。

槍は、平八郎の蜻蛉切で受け止められていた。

「受けたな」

左近の全身にまたも快感が突き抜ける。

(受けたな、この槍を受けたな)

槍を合わせている。今、あの本多平八郎と。

左近は、ギリリと全身の膂力《りょりょく》を込めて、その槍で押し切ろうとした。

「おおお」

上半身すべてに力を込め、太腿は馬の鞍《くら》を挟んで踏ん張り、さらに力を込めた。

全身がビリリと震えている。歯を食いしばる、そして叫ぶ。

「死ねや、本多平八」

睨みつける平八郎の顔が至近にある。その目がギラッと光ったように見えた。

(なんだ)

次の瞬間、何が起こったのかわからない。

全身に激しい衝撃が走り、無様に地べたに叩きつけられ、転がっていた。

(また跳ね返された?)

呆気にとられた。一度左右に頭をふった。視界の向こうで、長槍を構え見下ろす平八郎がいる。その姿が徐々にはっきり見えるにつれ、左近は眉根を寄せる。

「ああ?」

唖然《あぜん》として、下顎をひん曲げる。返り血を浴び至るところ赤黒く染まっているものの、その身、兜《かぶと》、具足、片袖、乗馬も含めてまったく傷がない。無傷である。

思わず毒づく。

「なんで、槍傷一つないんだ」

そうだろう。これだけの乱戦で、苦戦で、しかも最前線に立ち続けて、なぜこの男は傷ついていないのか。

「この化け物めが」

槍を手に立ち上がろうとした。馬上から槍を突き下ろされるのは圧倒的に不利である。まだ負けたわけではない。馬を探さねば。

「う、うま、は……」

言って周囲を探そうと思ったが、途中で声が途切れた。体に力が入らない。ヒュヒュウと口から風が漏れた。喉が裂けて鮮血がドクドクと流れ出ている。痛み、というより、感覚がない。

(やられた、のか)

槍で押し戻され、撥《は》ねのけられ、一瞬で喉を裂かれた。受けた槍を弾《はじ》くのならまだしも、あの長槍で正確に喉をつくとは。

全身の力が抜けてゆく。グフッと形にならない笑みを血塗《ちまみ》れの顔に浮かべた。

結局、かなわないのか。どうやら、桁《けた》が違うようだ。

「首は討ち捨て」

霞《かす》んでゆく視界で本多平八郎が馬首を返す。

討ち捨て、か。馬鹿にしおって。

小杉左近は遠のく意識の中でそう思っていた。

小杉左近、という武人の記録は、『甲陽軍鑑《こうようぐんかん》』の一言坂《ひとことざか》合戦の件《くだり》においてしか見られない。

「家康に過ぎたるものが二つあり、唐《から》の頭《かしら》と本多平八」の狂歌。

それ以前にもそれ以降にも、左近は存在しない。

まるで、本多平八郎忠勝の名を天下に知らしめるために、小杉左近は存在している。


本多勢、服部党の奮戦に武田追手の動きは完全にとまった。

平八郎は猛《たけ》り足掻《あが》く乗馬を鎮めるように輪乗りし、槍を振る。

「皆、おるか」

応、と低い声たちが応じる。さすがに皆疲れている。手負いが出つつある。ひとまずの勝利は服部党の援護があればこそ、であろう。

「平八郎よ」

平八郎の馬の横に、服部半蔵保長が舞い降りた。

「いい、いくさだったな」

半蔵は巌《いわお》のような顔を崩していた。先と変わらず、満面に喜悦を浮かべた顔だった。もうこのうえない、といえるほどである。

武田勢は後退して態勢を整えている。

「一度はいい。だが、我等も飛び道具が尽きた。敵の弓鉄砲が整えば、命がないぞ」

半蔵はさらに後方を見やる。その向うにさらに多くの松明の光が輝いている。武田勢の後続が隊列を成しつつある。

「ゆけ、わしがあの橋を落とす」

平八郎は槍を持つ手をおろし、半蔵を見た。

笑みを残した半蔵の目が妖《あや》しく輝く。その様に平八郎は眉根を寄せていた。

「平八郎。服部党を甘く見るでない、あの橋なぞ、武田もろとも落としてゆくわ。さあ、今ならゆける。心置きなくゆけや、平八郎」

「半蔵殿」

「ああ、そうだ、言っておかねばな」

そう言って半蔵保長はニヤリと笑う。

「服部半蔵はな、もうわしではない。わしは隠居だ。服部半蔵の名はな、正成が継いだ。服部半蔵正成。今後はそう呼んでくれ。奴が服部党の党首よ」

平八郎は押し黙った。口を真一文字に結ぶと、うむ、と頷いた。

「しかと承った」

そう言って馬首を返し、橋を渡ってゆく。

「さあ、服部党」

本多勢が橋に向かって次々馬首を返す中、半蔵保長が呼びかける。

闇の中から、一人二人と忍び装束が現れる。

「今日はよくやってくれた」

一筋、二筋、矢が飛来する。武田の弓隊が放つ矢の雨が降り始める。まばらに、やがて豪雨のごとく凄まじくなる。

「もう十分だ。あとは平八郎殿に続いて、皆、城へ駆けよ」

「親父殿は」

その言葉に一番に反応したのは、弥太郎正成である。

「正成、お前に役を与える」

半蔵は問いかけには応じず、厳然とした目を向けた。

「己は幻術を使い、武田勢を惑わせ、橋を渡らせよ、なせばそのまま城へ向かい駆けよ。わしは残って橋をおとす」

「親父殿こそゆけ。それは俺がやる」

「聞こえなんだか。わしがやると言うただろうが、お前にはお前しかできん役を与えた。わしの命よ、さあ、ゆけ！」

半蔵がそう叫ぶと、「それは、私が」「半蔵様、逃げましょう」と下忍たちの声が沸く。

「お前ら、わしの言うことが聞けぬと言うか」

激しく叱りつけるように言う。

「己ら、皆、わしの息子じゃ、子なら親の言うことを聞け、逆らうなぞ許さぬ」

有無を言わさぬ口調だった。半蔵は忍び刀を引き抜いた。

矢の雨がまばらになりつつある。本多勢の撤退を見て、武田は前進しようとしている。

「わしを親と思うのなら、ゆけ、さっさとゆけ！」

半蔵は忍び刀を振りかざす。

時もない。服部党は皆、渋面をそむけ、闇に消えて行く。

正成は辺りの武田勢の骸《むくろ》から手早く甲冑《かっちゅう》をはぎ取り、身に着け始めた。そして、騎士をなくした放れ駒《ごま》にまたがった。

「親父」

チラと振り返った正成の顔は、なにか予感するのか曇っていた。想いを振り切るように正成は馬腹を蹴った。武田勢の方へと進んでゆく。

「そうだ、ゆけ、正成」

闇になじんでゆく馬上の背中を見つめ、半蔵保長は呟く。そして、右手で腹をまさぐる。忍び装束の左わき腹の辺り、服が切り裂けているところから指を入れてみる。

斬られている。深手である。傷口を確かめ、微かに眉根を寄せる。

武田忍びとの争闘でやられた。携行《けいこう》の膏薬《こうやく》を塗り込み保ってきたが、再度、傷が開き、出血が始まっている。

(駄目だな)

切り傷だけなら、生き延びることもできよう。

だが、それだけではない。手足に痺《しび》れがでてきていた。刃に毒が塗られていたのだ。即座に毒下しを呑めば、なんとかなった。だが、武田忍びとの死闘にそんな暇がなかった。もはや毒が全身に回りつつある。

ここまで駆けてきたのも、半蔵の強靱《きょうじん》な体だからこそであろう。

(さすが武田忍びよ)

半蔵ほどなら己の傷が致命傷なのかもわかってしまう。武田との戦いで落とす命である。

悔いはない。

（それにな）

もう後顧《こうこ》の憂《うれ》いもない。

「正成よ」

息子の名を呼ぶ。

懐《ふところ》から一粒の丸薬をつまみ出すと、口に放《ほう》り込む。嚙《か》み砕き、唾《つば》に絡《から》めて嚙み続ける。薬草、獣の臓物などを煎《せん》じ練りこんだ、活精丸《かっせいがん》である。いっとき気が蘇り、全身に活力が漲る。だが、これももう気休めにすぎない。

（いいか正成、お前はもう弥太郎ではない。服部半蔵正成。服部党の党首だ。お前がこれから殿をお支えするのだ）

そう心で念じて、口内の活精丸の欠片《かけら》を飲み下した。

苦い。とんでもない後味だ。

半蔵保長は、クッと渋い笑みをもらして、橋に向け歩き出した。


武田勢の弓隊が散開すると、騎馬勢が駆けだす。

犀ヶ崖の上、橋の手前まで来ると、先頭の騎士は大きく馬首をめぐらして輪乗りした。

橋が崖の向こう岸へと続いている。敵勢は対岸へと駆け去っている。

（渡っていいのか）

向こうに伏兵がいるのではないか。それならそれで、いくさ支度をせねばならない。

これを渡れば、浜松城は近い。だが、この騎馬を中心とした隊は敗走兵を刈るための部隊で城攻めするほどの余力はない。馬場信房の指示も犀ヶ崖までの追撃だった。

騎馬組頭、駒井《こまい》源五《げんご》は、三方ヶ原の後方を振り返った。

(指示を仰《あお》ぐべきか)

駒井は躊躇する。本陣からの使いはしばらく途絶えている。

「ええい、本陣はなにをしている！」

これまで、武田の合戦でこんなことはなかった。いつも部隊への指示は徹底されており、全軍は一個の生き物のように動いた。この期に及んで、こちらから使い番を飛ばして待てというのか。それは追撃をやめるに等しい。

徳川勢の思わぬ反撃に手痛い打撃を食らっている。小杉左近という将も失った。齟齬《そご》が続いている。駒井は困惑し首を捻《ひね》って、橋を睨みつける。

「どうした」

騎馬隊の中で、一人の赤甲冑《あかかっちゅう》の武者が呟いた。

む、と周囲の騎馬武者が顔を向ける。武者は松明を持ち、武田菱《たけだびし》の幟《のぼり》を背負っている。兜を目深にかぶり、面頬《めんぼお》をつけているため、その顔は見えない。

「もう敵勢もおらぬ。あとはあの橋を渡れば、城まですぐではないか」

ぶつぶつと呟く。その乗馬は猛るように前足を掻くのをやめない。

「さきほど本陣よりさらに後詰がでたと報《しら》せが来た。早くせんと。後からきてなんも苦労せん奴らに功を譲るつもりか」

「なんだと」

周りの武田兵も振り向いて応じる。

「徳川など恐れることもない。このままあの城まで一気に駆ければ、一番駆けの功は我らに輝く」

勇ましい言葉のわりには柔らかい声音だった。独特の言葉の波が拍子を打つように、心地よく響く。赤武者はトットツと馬上肩を揺らして、騎馬勢をすり抜けて前に進みゆく。

「もう本多平八も背を向けて逃げたわ。あとは追って追って、追い詰めるのみよ。浜松の城も敗残の兵がいくらもおるまい。この勢いで後詰がくれば一揉《ひとも》みに落とせるわい。そうなると、城への一番槍が最も武功よな」

春風のようなまろやかな声に、いくさに張りつめていた心が解放されるようである。

「お、お主はどこの……」

駒井は呼び止めようとする。

「いかぬのか。では、わしからいこうか」

あっと、武田勢皆目を見張る中、赤武者が駆けだす。視界の中で赤武者の背が馬上揺れている。手に持つ松明の灯りも妖しく揺れ動く。その規則的な縦揺れに、武田騎馬勢の心が歪み、気持ちはくだけてゆく。ほの灯りに赤く浮き上がる甲冑が小さくなる。

「い、いけ、いくぞ」

駒井源五は思わず口走る。

「渡れ、一気に渡れ、浜松城は近いぞ」

馬の腹を蹴りつける。応と、喊声《かんせい》が湧き上がる。皆一斉に目を吊《つ》り上げる。

あとに騎馬勢が我も我もと続く。


(でかした、正成)

橋の下、橋桁《はしげた》の根元辺りには服部半蔵保長がいる。橋の裏にへばりついている、というのが正しい。

すでに血の気を失った顔は蒼白《そうはく》であり、呼吸が乱れつつある。最後の力を振り絞っている。

昨日のうちにこの橋には仕掛けがしてある。橋脚に火薬をたっぷり仕込んである。

そして、半蔵は余った火薬を己の懐にもつめ込んでいる。

右手にくすぶっている火縄を持っている。鉄砲の火種と同じものである。

ドカドカと大音を響かせて騎馬の群れが橋を渡り始める。

(いい一日だった)

短い時の中で半蔵は振り返る。

武田との決戦、家康の周りを固めた。武田忍びに苦戦したもののきり抜け、最後に本多平八と華々しく戦った。家康もおそらく城に入ってくれただろう。日陰者の忍びがこれほどの大役をなし、精魂尽きるまで戦った。存分に働ききった。これぞ本懐《ほんかい》ではないか。

そして、息子正成の覚醒。かけがえなき褒美《ほうび》を得た。

(思い残すことはない)

先頭をゆく赤具足の騎馬が橋を渡り終えようとするところで、半蔵は顔を上げた。

「ゆくぞ」

人差し指と中指を口に含むと、思い切り吹いた。ヒューッと風のような音が響く。忍びにしか聞き取れない指笛である。気づいたのか、今まさに橋を渡り切った正成が振り返ったような気がした。

「さらば、服部半蔵正成！」

半蔵保長は笑顔で高らかに叫び、火縄を己の懐にねじ込んだ。

耳をつんざく炸裂音とともに、閃光《せんこう》が拡がる。

(清康《きよやす》様、いや)

その目には光とともに、一人の武人の姿が浮かんでいた。

惚れ込んで三河《みかわ》についてきた神将松平《まつだいら》清康の姿は、愛する主《あるじ》徳川家康に変わっていく。

家康は穏やかな目でこちらを見ている。

「殿！」

次の瞬間、轟音《ごうおん》と共に火柱が立ち昇る。ドン、ドオンと地が裂けんばかりの振動が犀ヶ崖を揺らし、橋は一気に崩れ落ちる。

「うわああ」と、絶叫が崖下の闇に響き渡る。

崩れた橋は武田の騎馬武者をのせ、犀ヶ崖の底へと落ちて行く。

「あああ」

崖上で振り返った服部正成は絶叫する。

「親父、親父殿よ」

馬を飛び降り、崖下の闇を覗き込んで、阿呆《あほう》のように叫んでいた。

「馬鹿、馬鹿、大馬鹿だ」

愕然《がくぜん》としていた。なんて死にざまだ。

（馬鹿な、いや、馬鹿じゃない）

馬鹿ではない。父も、八重も、皆、凄まじい。

灼熱《しゃくねつ》の太陽のごとく、皆、生きたではないか。その命を燃やし尽くして生きる。在世の長短に意味はない。それこそ、人のなすことではないか。比べて自分はどうなのか。

（馬鹿は、俺《おれ》か）

服部半蔵正成。聞こえた。確かに聞こえた。父の最後の叫びが。

服部党を、服部半蔵の名を、正成に。

「こんな馬鹿の俺に託すってのか！」

わかった。自分も全身全霊で生きてやる。この乱世を生ききってやる。

（俺が、服部半蔵が生きてやろうじゃないか）

鬼となって、親父を越えるほどにやってやる。歯を食いしばり、拳《こぶし》を握りしめ、両足を大地に仁王立ちする。

「俺が、服部半蔵だ」

夜空を見上げ、鋭く雄叫びを上げた。

徳川勢が武田に一矢報《いっし》いた犀ヶ崖の夜襲については諸説ある。その中で『服部半三武功記《はっとりはんぞうぶこうき》』は、武田勢が崖から落ちたのは逃走する家康を浜松城に追った時と記す。

家康を支え、徳川幕府創設時に、伊賀同心を束ねる服部家。当主は代々服部半蔵を名乗る。江戸城半蔵門を警固するほどの腹心でありながら、松平清康の代から臣従し、徳川家臣服部家の礎を築いた初代服部半蔵保長は、生没年すら現世に伝わらない。

その息子、半蔵正成は家康の旗本となり「鬼半蔵」と呼ばれるほどその名を轟かせた。本能寺《ほんのうじ》の変の際には、「神君伊賀越え」の立役者として活躍し、家康最大の危機を救った大功労者の一人となる。

はたして、その絶体絶命の危地では、幻術を使ったのか。

そんなこと、後世に伝わる記録に残るはずもない。

帰還

家康は馬を走らせている。ただ、馬腹を蹴り、鞭《むち》を振り、手綱を引いている。

「殿、もう少し、もう少しですぞ」

時折、前をゆく旗本が振り返り、後ろから声が響く。

先頭を騎走する成瀬吉右衛門《なるせきちえもん》が持つ松明の灯りが、ゆらゆらと揺れている。

（わしは生きているのか）

そんな想いばかり浮かんでは消える。

無心、空疎《くうそ》。

家康の心はそこにない。ただ生と死と。その狭間《はざま》を家康は駆けていた。

もし死界ならば、ここは間違いなく地獄だろう。これだけ多くの家臣を、兵を死なせた己が行きつく場所、それは地獄しかない。

家康の胴体が馬上でゆれ、手足が足掻くように動いている。もはや兜もかぶっていない。髷《まげ》もほどけて総髪を寒風に靡《なび》かせている。

口も半ばあき、呆《ほう》けたように、家康はただ馬を進め続ける。

樹林が途切れ、いきなり前方が開けた。浜松城玄黙口《げんもくぐち》の城門が篝火に浮かび上がった。

「殿のお帰り、殿のお帰り！」

周りを駆ける旗本たちが一斉に声をあげると、城門から武者たちが雪崩でてくる。

おお、と喊声があがり、城の内外が一斉に騒がしくなる。

その群衆の中を家康一行は吸い込まれるようにゆく。

「よく、ご無事で！」

口々に言い、見上げる目が篝火と松明の灯りで揺れ、滲《にじ》んでいる。

（無事で？）

家康は馬の揺れに身を任せている。呆然とその言葉を繰り返していた。

「どけどけ」

だみ声でがなり立てて群衆をかき分けてくる武者がいる。留守居役玄黙口の守将、鳥居《とりい》彦《ひこ》右《え》衛門元忠《もんもとただ》は巌のような顔をくしゃくしゃに崩して、身を寄せてくる。

「殿、厳しき、いくさでござったなぁ」

家康は、ああ、と頷く。目は虚《うつ》ろで、その顔は白く、精気の欠片もない。この懐かしい偏屈《へんくつ》侍の顔を見ても無心、なにも心が弾まない。自分は生きてこの浜松城に帰ったのか。そんなことばかり心で反芻《はんすう》されている。

「殿、殿、お怪我《けが》はないか」

元忠はわざと明るく気さくに聞いてくる。こちらは家康の無事を見て感極まっている。

「クソを漏らしたと言え」

「はあ？」

「わしは逃げた、ただひたすらに逃げた。わしを守って身をなげうった者たちを置いて逃げた」

家康はやや俯《うつむ》き、口元に薄い笑みを浮かべていた。

「腰抜けよ。家康は武田が怖くて、馬上でクソを漏らしたと言え」

元忠は、一瞬口をへの字に曲げ、喉でも詰まらせたごとく顔を強張《こわば》らせた。

元忠は家康には、今川《いまがわ》の人質時代から付き人として従い、その泣き言癖から、性向のすべてを知っている。もはや、幼馴染《おさななじみ》といっていい男は、次の瞬間、グハッと天を向いて笑った。

「さすがは殿よ、そんな戯言《たわごと》が言えるとは、よほどのご大気。おうよ、わかり申した。徳川家康はクソを漏らしたぞ!」

高らかに笑う。咄嗟《とっさ》に冗談にして笑い飛ばし、城兵の士気を上げんとした。叫ぶ元忠の独特の節回しに、周囲の武者の顔が綻《ほころ》びかける。

「尻の穴が縮こまってクソも出ぬようではもうひといくさできませぬ、馬上でクソをひねり出すほど健やかなら、充分充分。殿、武田の追手が来ますぞ。ここはこの彦右衛門に任せよ。さあ、城門を閉めよ!」

「閉めるな!」

家康は突然激高して反応する。

手勢に向かって歩きかけていた元忠は、驚愕の目で振り返る。

昂《たか》ぶったと思った家康は、またも幽鬼のような顔で視線を彷徨《さまよ》わせている。

「皆、城に帰ってくる。閉めるな。城門は閉めるでない。武田が来るなら来よ」

元忠はあっけにとられている。

(物狂いか——)

元忠だけではない。周りの兵も、皆、呆然と見送る。

家康は馬をおりると、小姓の肩を借りてふらふらと歩き出していた。

家康は、そのまま本丸へと進む。具足姿のまま、主殿《しゅでん》へと入ってゆく。

「殿のお帰り、殿のお帰り!」

近習《きんじゅ》ががなりたてると、奥で侍女たちが立ち騒ぐ音が聞こえる。

主殿内の回廊を、足を引き摺《ず》るように歩く家康の心は、また虚無であった。

そのまま奥の板の間に入ると、ベタリと胡坐《あぐら》をかいた。

「殿、お疲れでございましょう」

小姓、奥女中たちが慌ただしく動き、着替えの準備をする。

「このままで、いい」

小袖を持ってきた小姓を遮り、家康はボソリと呟く。

「湯漬けでございます」

侍女たちが小走りで駆けこんできて膳《ぜん》を下ろし、面を下げ、家康の前に押し出し、後ずさりする。湯漬けの茶碗《ちゃわん》がかすかに湯気を立てている。

(めし、か)

開戦以来、何も食していない。胃の中は空っぽだ。

家康は立ち昇る湯気を目で追う。少し顎《あご》をあげて、頭を左右に振った。

そして、凝視《ぎょうし》する。傍《はた》から見れば、天井板と壁の合間あたりをじっと睨んでいるようである。小姓たちが息をつめて見守る中、家康は面を上向けたまま、しばらく固まっている。

「ああ」

吐息が口から洩《も》れた。

その目は壁など見ていない。視線の先には三方ヶ原の戦場が見えていた。

剣戟の音が耳に蘇る。近づく馬蹄音が体を震わす。

家康は半ば口を開け、ふうーっと、太く長く息を吐いた。

充血したその目は虚ろに見開かれ、鈍い光を放ち続けている。

(今も武田に追われ、寒夜の中必死に逃げ、戦っている者がいる)

そう思うと、両目に黒布をかぶせられたように、眼前が暗くなる。

それは、すべて家康のためだ。今日のいくさは、敗けても家康の気概を知らしめ、徳川の家をまとめ直す。ために、多大な犠牲を払う覚悟で戦った。

家康が己のため、徳川を強くするため、皆をいくさに引き込んだ。

わかっていた。万に一つの勝ち目もないいくさだった。

見てきたのは、あまりに悲惨な、身を切るように辛《つら》い出来事の数々だった。

それは今も続いている。城の外で決死の想いで身を震わせている者がいる。

なのに、自分は、今、温かい飯を前にしている。

(徳川家康、お前は何者か)

家康は視線を落として湯漬けを見る。呆然と手を伸ばし、震える手で箸《はし》を摑む。

周りの近習、小姓がその姿を見て慄《おのの》いている。

(食え)

家康は、念じていた。

くえ、くえ。家康よ、食うのだ。それがお前のなすことだ。

お前は食って生きる。生きて、今日、三方ヶ原で死んだすべての将兵の命を担え。

そして、それを生かすべく、生きるのだ。お前は本日、今、その重責を担うのだ。

重き重き荷を背負い、生きろ、家康。

（食ってやる）

家康は、おもむろに湯漬けの茶碗をつかみ取り、口に寄せ、熱い湯漬けを箸で掻き込む。

くえ、くえ。

舌が焼けるほどに熱い。だが、家康は一気に掻き込む。

熱い。生きている証《あかし》だ。

くえや、家康。

家康は一心不乱に食い続けた。


湯漬けを食べ終わる頃、旗本が外の回廊に跪いた。

「殿、皆、続々と城へ戻っております」

「入れ」

食事中の家康を気遣って室外で縮こまる武者を、家康は無造作に招き入れた。

そして、間も置かず問う。

「誰が死んだ」

そんな聞き方をした。武者は面を伏せ口ごもる。やがて、思い切ったように口を開いた。

「青木《あおき》又四郎《またしろう》殿、中根《なかね》平左衛門《へいざえもん》殿、鳥居四郎《しろう》左《ざ》殿、成瀬正義《まさよし》殿……」

白い歯を食いしばり、喰いちぎるように名を挙げる。家康は両目を見開いて聞く。

「松平康純《やすずみ》殿、米津政信《よねきつまさのぶ》殿……」

家康は顔色を変えない。ただ、武者の頭頂を見つめて、挙げられる名を聞いている。

武者は伏せた顔を顰め、時に声を詰まらせながら続ける。

「本多忠真《ただざね》殿、夏目次郎左衛門《なつめじろうざえもん》殿」

聞く。瞬《まばた》きもしない。全身を耳にしたかのごとく、家康は聞いている。

傍らの小姓はググッと喉を鳴らして顔を顰める。唇をかみしめ、嗚咽《おえつ》をかみ殺す。

「他、いまだ、わからず」

武者は拳を床におとし、そのまま突っ伏すように面を伏せる。

小さく鼻を啜《すす》り上げる音が漏れる。

「大儀」

家康は肩を震わせる武者を下がらせる。その面は蒼白であった。透き通るように白い。

「下がれ」

続いてボソリと言う。戸惑う小姓、侍女たちを横目で見て、

「お前らも、下がれ。灯りを消せや」

そのまま、ごろりと横になり、背を向けて寝転んだ。

小姓たちは燭台《しょくだい》の火を吹き消して去ってゆく。部屋は薄闇の中に沈んだ。

家康は一人。

空は曇天で月明かりはない。あけ放たれた窓から城内で焚かれている大篝火の灯りがうっすらと室内を照らしていた。外から、人馬の喧騒の音が、微かに響いてくる。

その中で家康は一人、寝転がっている。

全身はぼろ布のごとく疲れ切っている。だが、寝てなどいない。眠気など一切ない。

その目は大きく見開かれている。

家康はただ、生きている。

大きく深く息を吸い、吐き出す。虚無の中、家康はただ生きている。

ドオン、と遠く大太鼓の音が響いていた。


平八郎一党は、闇の中、浜松城へと駆けている。


(殿は)

頭には絶えずそれがよぎっている。

城に入ってくれているだろう。だが、確かではない。

家康さえ生きていれば、後は何とかなる。その安否を知るために平八郎は駆けている。

とにかく浜松城を目指している。

平八郎の手勢とて無傷ではない。

(荒川甚太郎《あらかわじんたろう》、河合又五郎《かわいまたごろう》、多門伝十郎《たもんでんじゅうろう》よ)

平八郎は駆けている中に見えない与力の名を叫んだ。胸が絞られるようにつらく苦しい。

だが、その色は微塵《みじん》も表にはださない。

(叔父上《おじうえ》)

最後に見た忠真の笑みが、行く手の暗い宙に浮かんでは消える。

あの武田勢の大軍を一手に引き受け戦うのだ。もはや叔父の命はこの世にないだろう。

（やがて、わしもゆく）

家康に万が一のことがあれば腹を切るだけだった。すべては城に帰ればわかる。

行く手には、浜松城玄黙口の城門が明々《あかあか》と輝き、そびえ立っている。

扉は堂々と大きく開いている。まるで、戻ってくる徳川兵に向け八の字に手を差し伸べ胸を開くようだった。その前に仁王立ちしている鎧武者が一人いる。

「へいはちろお！」

がなり声をきいて、平八郎は口角を上げる。

渡辺半蔵守綱《わたなべはんぞうもりつな》が入口の中央に立ち、槍の石突《いしづき》を地に突き立てていた。守綱の姿は大篝火の中に浮き上がり、本物の赤い仁王像《におうぞう》のようであった。

「殿はご無事！」

仁王は赤い口を大きく開けて、がなり上げた。寒空にその大音声《だいおんじょう》が響き渡る。

ああっと、皆が歓声を上げる。

平八郎も明るい目を見開く。渡辺守綱の姿を見た時、すでに悟っている。その様子、間違いない。家康は無事に城に入っている。

「殿はご無事。殿はご無事！」

守綱は誇らしげに大きく胸を張り、夜空に向かって高々と叫ぶ。

そのたび、城門の脇に控える武者が鬨《とき》をあげる。

「おおおお」

本多勢は応じるように、得物を突き上げる。

皆、叫び、力いっぱい馬腹を蹴る。全力で地を蹴り上げ、城へと駆けこんでゆく。

そのまま城内を進む。

二の丸の城門をくぐれば、郭内《くるわ》は篝火で明々と照らされ、昼間のごとく明るい。

馬場で軍勢が出迎える。まるで戦場のごとく隊列をなし、整然と折り敷いている。今にも出陣するかのような様子だった。

「平八郎、よく帰ったあ！」

酒井《さかい》忠次《ただつぐ》は二の丸馬場の真ん中に床几を置いて、幟をたて采配《さいはい》を握りしめている。

先刻、三方ヶ原で先鋒の指揮をとっていた姿そのままである。

平八郎はその前で馬を降りた。歩み寄ると、忠次はすっくと立ちあがる。

城門からは、次々と敗兵が二の丸へと駆け込んでくる。本多勢だけでない。その他の徳川勢も続々と城に入ってきている。皆、徒歩で、素足で駆けてくる者すらもいた。

「酒井殿、殿は？」

忠次は後方を振り仰ぎ、そちらへ顎をしゃくる。本丸主殿、という意味だろう。

「ここは拙者が代わりましょう」

平八郎は頷くと同時に、目で促した。

忠次はここで帰還する徳川兵を待ち、受け入れ続けているのだろう。まだ家康と会っていないに違いない。なら、もう家康の元へゆけばいい。筆頭家老が生還したのを家康に報じるべきであった。

忠次はいやいやとかぶりを振って、

「おぬしがゆけ」

ニヤリと笑いながら言った。平八郎は眉根を寄せ、口元を引き締める。

「おぬしが先に殿の元にゆけ。わしは、やることがあるわ」

そう言って、忠次は、今度は城門の方へ顎をしゃくった。

「ここに戻ってくる皆を最後の一人まで迎えんといかんわい。それが殿の大番頭の役目よ」

目配せしてニカリと笑うとすぐに真顔に戻り、城門から続々と入ってくる将兵を真摯な目で見つめる。

手傷を負い、肩を借りる者、槍を杖に片足を引き摺る者、ざんばら頭で落ち武者そのものの姿が次々入ってくる。戸板で運び込まれる者も多い。

将にとって見るのもつらい光景である。だが、酒井忠次は直視する。

「よくやった、おのれら、よくやったぞ、よくぞ帰った！」

一人一人に向け頷き、もはやガラガラに戦場嗄れした声を上げ続ける。

「わしゃあなあ、平八郎」

目は門へと向けたまま忠次は続ける。篝火の炎を映す瞳は爛々《らんらん》と輝いている。

「こたびのいくさで、よくわかった。酒井左衛門《さえもん》忠次はな、殿のお側《そば》でこそ家老などといって胸を張れるのよ。殿がおらねば、わしなど木偶《でく》よ」

「酒井殿」

平八郎は微笑を浮かべる。

今日のいくさで、宿老筆頭のこの男を心から見直していた。

これまで、家康の叔父、譜代《ふだい》衆筆頭、徳川とは同家格と、尊大な構えを崩さなかったこの酒井忠次。ひょっとして、家康が死んだら、兵を束ねて武田に投降し、命を長らえるのでは、とも言われていた。それはできたであろう、それだけ家中《かちゅう》で重鎮の忠次だった。

だが、本日、こんなことを堂々と、目下《めした》の平八郎に言えるようになって、忠次は真の徳川筆頭家老となった。

平八郎は、見直し、讃《たた》えていた。この男は、根っからの三河武士、骨の髄《ずい》まで徳川の家老なのである。依怙地《いこじ》で、偏屈で、家康を舐《な》めながらも愛する三河者、酒井左衛門尉《さえもんのじょう》忠次の真の姿を知ることができた。

いくさは負けた、だが、徳川は負けぬ。三河武士は武田相手に一歩も退かぬ。この大きな敗戦と多大な犠牲の中、酒井忠次始め、徳川侍の神髄《しんずい》を見た。

「拙者、本多平八も、でござる」

大きく頷く。ニッと忠次は口角をあげた。

「酒井様！」

二の丸太鼓櫓に登っている若武者の叫びが郭内に響く。

「おう、景気よくやれ」

若武者は大太鼓に向かい、バチを大きく振り上げる。

ドオン、と、大太鼓の重低音が響き渡る。

ドオン、ドオン、城中に、そして、城外まで逞《たくま》しいその音は響く。

忠次は、怒ったような笑顔で采配を振り上げ、ズカズカと大股《おおまた》で歩き出す。

「もっと、もっとだ」

「もっと景気よく打たんかい」

梯子《はしご》を上ると、武者が持つバチを奪うようにもぎ取る。

「徳川は死なず。聞けや、皆、聞けや、武田の者どもも！」

力の限り打つ。勝ち負けなどない、本日戦った徳川兵を讃えるごとく、勇ましく打つ。

その響きは将兵の丹田《たんでん》を震わす。

「聞け、我が太鼓の音を。三河守家康の一番家老、酒井左衛門忠次の太鼓を聞けや」

平八郎は踵《きびす》を返した。

（酒井殿、お見事）

ドン、ドオンと太鼓が鳴り響く中、平八郎は本丸に向かって、歩んでゆく。

後世、酒井左衛門尉忠次、本多平八郎忠勝、榊原小平太《さかきばらこへいた》康政《やすまさ》、井伊《いい》万千代《まんちよ》直政《なおまさ》を、徳川四天王と呼ぶ。家康と苦楽を共にし、立身を支えた四人の男たちである。

家康子飼いの三人と並び、古参ながらそう称される酒井忠次は、勇壮に叫ぶ。

「聞けや！」

嗄《しゃが》れ声の叫びが太鼓の響きの合間を埋める。謡《うた》いの合の手のようである。

我らは生きているとばかりに、忠次は叫び、かつ、叩き続けた。

家康は奥の壁に向かい、横倒しに寝転がったままである。

心はそこにない。魂は室内の宙をさまよい、家康を見下ろしていた。

無様な男の敗け姿を。ただ生きているだけの哀れな、弱い一人の人間を。

「殿」

小姓が外の回廊から呼びかけてくる。

「入るな」

今は誰にも会いたくない。ただその念が頭の中を渦巻いていた。

「誰も通すな」

家康は抑揚なく呟いた。小姓は外で困惑しているのか、暫《しば》し押し黙った後、おずおずと声を出す。

「本多平八郎殿が」

「入れよ」

即答していた。もはや理屈ではない。本能のまま答えていた。

「殿、平八郎、帰参しました」

回廊へ跪く気配がすると、懐かしい太い声が低く響く。

平八郎は巨体を折り曲げて深く一礼し、板の間へと入ってきて胡坐をかいた。家康は背を向けて寝転がったままである。

暫し、無言。

静けさの中を、ドオンと太鼓の音が響く。勇ましくも哀《かな》しい余韻が静寂の中漂う。

「あれは左衛門か」

「は」

平八郎はその背に向けて答える。

「あんな太鼓を叩くのは左衛門ぐらいだ」

またもドオンと太鼓音が響く。寝転んだ家康の背中に張り付くような啼《な》きの打音が、部屋の内外に響き渡る。フウッと大きく吐息を漏らす音が響く。

「平八郎よ」

家康はそのまま背中で呟いた。

「わしは愚かな男だ。己らの主君などといえぬ」

平八郎は無言で面を下げている。家康は続ける。

「皆を死なせた。死なせることを知って、武田に挑んだ。死なせても戦う、そして家を強くする、そう決めていくさに臨んだ。己らともそう言い交わした。どんなに辛くとも戦い、生き抜くと」

背を向けたままである。その背が静かに泣いている。

「だが、皆を死なせることに耐えられず、何度も死のうと思った。わしは、徳川家康は弱虫よ。乱世を生き抜く強《したた》かさなどない」

暫し沈黙が流れる。

「平八郎、生きるとはかように辛いことか」

家康の肩が小刻みに震える。

「殿」

平八郎は伏せていた面をさらに下げた。

「拙者も殿と同じ。己の命を捨てようとしました。叔父御を戦場に残し、家人《けにん》を失い、自らも死を覚悟しました。深き業を背負いても生きると決め、殿をこの武にて支えると誓いし我が戦場で命を捨てんとするは、不届き千万なこと」

「平八郎」

家康の声が上擦《うわず》る。

「殿」

平八郎は面を上げた。

「天下を、取りましょうぞ」

ビクリと家康の背中が動いた。

「その温かきお心、それこそ、殿でござる。そんな殿のためにこそ、皆、命を懸ける。家臣を愛し、民を癒《いや》し、この世からいくさをなくし、乱世を鎮める。殿はそれがなせるお方。天下を、天下を取るのです。それこそ、本日死んだ者たちが望むこと。その日まで、この本多平八郎、地獄の牛頭馬頭《ごずめず》となりて殿のため戦いましょう」

平八郎の低く太い声が室内に響き渡った。

「天下」

家康は首をもたげた。

「そう、天下を」

平八郎は頷く。

家康はゆっくりと起き上がった。そして、向き直って平八郎に対座する。背筋を伸ばして、視線を上げる。その顔に新しい力が漲ろうとしていた。

「わが背に、またも大きな荷を背負わすものよ」

家康は泣きはらしたように赤い瞳に笑みを湛《たた》えた。

「そうそれは修羅《しゅら》の道、本日のいくさはほんの始まり、これからその身に多くの大きな苦難が降りかかりましょう。だが、天下を目指すなら何事も乗り越えられましょう。今日の苦しみとて、乗り越えてこその天下」

平八郎は声音にさらに力を込める。

「徳川家康の天下、本日、このいくさで戦いし者すべての願いでござる」

その野太く低い声に、家康は小さく頷く。

「殿は一人ではござらぬ。平八郎はじめ徳川の者共、殿と同じ宿命を背負いて支えまする。まさに一心同体、皆が徳川家康」

「皆、家康、か」

「殿もお気づきのはず。本日戦った者たちすべてが、徳川家康の手足であり、心であり、智嚢《ちのう》である。本日死んだ者たちの魂は昇天し、殿の体をめぐる熱き血となった」

皆が家康。そんな家、聞いたことがない。その言葉を反芻《はんすう》する家康の胸に、本日家康を守って散った者たちの顔が蘇る。悄然《しょうぜん》としていた家康の顔が次第に引き締まる。

そうだった。今日戦った者たち、皆、家康だった。

死んだ者、生きた者、皆、家康を名乗って、家康を守り戦った。

「そうだな」

家康は力強く頷く。

「心強い」

家康はやっと笑った。

「皆、家康の過ぎたるものぞ」

主従、うむと頷き、口元を上げる。


それを外の回廊に跪き、聞いている者が一人。

本多弥八郎正信は何度も深く頷き、鼻をすすり上げる。

(天下を)

回廊の上に置いた拳を握りしめる。

(殿に、天下を)

何もいらぬ、徳川家康の天下の他に、何も。

ぐぐっと喉を鳴らして、嗚咽《おえつ》を飲み込む。その頬に一筋、涙が流れていた。

「お前にも涙があるんだな」

いつの間にか主殿の中庭に入ってきていた服部正成が口元を歪めていた。

「まあ、今日はいい」

忍び装束の新服部半蔵は、庭にズカリと胡坐をかいた。

「だが、泣くのは今日だけだ」

正成は毅然《きぜん》と胸を張り、腰の忍び刀を抜き、傍らの地にズブと突き立てる。

「これから修羅の道をゆく。なら、天下を取るまで涙はお預けだ」

そう念じるように言って瞼《まぶた》を閉じる。

正信はうずくまり、頷く。両の掌で顔を覆い、面を伏せる。

くぐもった嗚咽が、浜松城主殿の庭に低く響く。

はらり、はらりと小雪が舞い落ちていた。

終章　偃《えん》武《ぶ》

家康《いえやす》の心はそこにはない。

河内《かわち》平野を覆う夕暮れの空の上、今まさに星が瞬《またた》きだす天空を彷徨《さまよ》っていた。

その耳になんの音も聞こえず、その肌はうだるような暑さも感じていない。

「大御所《おおごしょ》様」

天から呼びかけられたのかと思った。

家康の回想は終わり、現世へ、すなわち燃え盛る大坂城《おおさかじょう》を見晴るかす慶長《けいちょう》二十年五月の茶臼山《ちゃうすやま》の頂《いただき》へと戻ってきた。

「弥八郎《やはちろう》めにござります」

「入れ」

幔幕《まんまく》をくぐって、白髪痩身《はくはつそうしん》の老武者が入ってくる。

無言で家康の傍《かたわ》らに跪《ひざまず》き、その額が地に着くかと思うほど頭をさげた。

「弥八郎」

家康は亀《かめ》のように身を屈《かが》めた本多《ほんだ》弥八郎正信《まさのぶ》に目を移した。

「ようやく成ったな」

は、と正信は頭を下げた。

「長き道でございましたな」

家康は、ああ、と頷《うなず》く。

「長く、苦しき道であった」

「はい。長きご苦労でございました」

「わしだけではない」

家康はしゃがれた声を高める。

「小平太《こへいた》、鬼半蔵《おにはんぞう》、槍半蔵《やりはんぞう》……」

家康は呟《つぶや》くように名を挙げる。まるで呼びかけるようである。

「万千代《まんちよ》、左衛門《さえもん》、彦右《ひこえ》、四郎左《しろうざ》、七郎右衛門《しちろうえもん》……」

遠き目で前を見つめる。

「半之丞《はんのじょう》、久三郎《きゅうざぶろう》、次郎左《じろうざ》、藤蔵《とうぞう》、肥後《ひご》……」

その目は燃え盛る大坂城に向けられているが、見ているのは城ではない。

「平八郎《へいはちろう》」

家康は、そこまで言って、目を閉じた。瞼《まぶた》の裏には、名を上げた者たちの顔が蘇《よみがえ》る。

家康の立身と天下一統を支えたもののふたちであった。

「皆が、皆で造った、天下泰平よ」

家康は口を真一文字に結び、少し天を仰《あお》いだ。

「皆、先に逝《い》きおってて」

そのほとんどがもはや冥土《めいど》へと旅立っている。

「今、天上より見ておりましょう」

正信の答えに、家康は頬《ほお》に笑みを浮かべた。

「天上ではない」

そう言って、家康は周りを見渡した。

夜の帳《とばり》がおりようとしている。

篝火《かがりび》に明々と照らされた本陣は、幽玄《ゆうげん》とした煌《きら》めきに満ちている。

家康、正信の他、誰《だれ》もいないのに、何十、何百の武者が周りに跪き、二人を囲んでいるように思えてくる。

家康七十四歳、弥八郎正信七十八歳。

目が合うと、小さく笑みを漏らし、頷く。

正信は白い口髭《くちひげ》を微《かす》かに震わせていた。

「大御所様」

「弥八郎」

家康は前を向き直った。

「泣くな、いや、泣け」

言いなおす。

「泣いて良い。あの三方《みかた》ヶ原《はら》以来よ。天下のために命を捧《ささ》げた者たちを想《おも》い、泣こう」

あの日、三方ヶ原で惨敗した夜。

あれ以来、耐えに耐え、勇武を揮《ふる》い、智嚢《ちのう》を振り絞り、時に非情と冷徹を以《もっ》て、天下への道を歩んできた。

涙など捨てて、ただひたすらに前へと歩んできた。

ひとえに今日のこの日のために、生きて、生きて、生き抜いてきた。

徳川《とくがわ》の天下を、戦国乱世を鎮め、泰平の世を築くために。

「泣け、わしも、泣く」

家康の頬を一筋の涙が伝って落ちた。

了

【参考文献】

『徳川家康事典　コンパクト版』　藤野保ほか編（新人物往来社）
『浜松御在城記　浜松市史　史料篇第1』（浜松市）
『古地図で楽しむ駿河・遠江』　加藤理文編著（風媒社）
『浜松の城と合戦　三方ヶ原合戦の検証と遠江の城』　城郭遺産による街づくり協議会編（サンライズ出版）
『三方原・長篠の役　日本の戦史②』　旧参謀本部編　桑田忠親　山岡荘八監修（徳間書店）
『徳川家康家臣団の事典』　煎本増夫（東京堂出版）
『徳川家臣団の謎』　菊地浩之（角川選書）
『戦史ドキュメント　三方ヶ原の戦い』　小和田哲男（学研M文庫）
『新訂　寛政重修諸家譜』　高柳光寿　岡山泰四　斎木一馬編集顧問（続群書類従完成会）
『現代語訳　三河物語』　大久保彦左衛門著　小林賢章訳（ちくま学芸文庫）
『現代語訳　徳川実紀　家康公伝（1〜5）』　大石学　佐藤宏之　小宮山敏和　野口朋隆編（吉川弘文館）

『定本徳川家康』　本多隆成（吉川弘文館）
『改訂　甲陽軍鑑（上・中・下）』　磯貝正義　服部治則校注（新人物往来社）
『現代語訳　信長公記（全）』　太田牛一著　榊山潤訳（ちくま学芸文庫）
『名将言行録（五）』　岡谷繁実（岩波文庫）
『歴史の旅　東海道を歩く』　本多隆成（吉川弘文館）
『服部半蔵と影の一族』　橋場日月（学研M文庫）

時代小説文庫
さ 22-3

家康《いえやす》の猛《たけ》き者《もの》たち 三方《みかた》ヶ原合戦録《はらかっせんろく》

著者 佐々木《ささき》 功《こう》

2020年4月18日第一刷発行

発行者 角川春樹

発行所 株式会社 角川春樹事務所
〒102-0074 東京都千代田区九段南2-1-30 イタリア文化会館

電話 03(3263)5247[編集] 03(3263)5881[営業]

印刷・製本 中央精版印刷株式会社

フォーマット・デザイン&シンボルマーク 芦澤泰偉

本書の無断複製(コピー、スキャン、デジタル化等)並びに無断複製物の譲渡及び配信は、著作権法上での例外を除き禁じられています。また、本書を代行業者等の第三者に依頼して複製する行為は、たとえ個人や家庭内の利用であっても一切認められておりません。定価はカバーに表示してあります。落丁・乱丁はお取り替えいたします。

ISBN978-4-7584-4332-6 C0193 ©2020 Koh Sasaki Printed in Japan

http://www.kadokawaharuki.co.jp/[営業]
fanmail@kadokawaharuki.co.jp[編集] ご意見・ご感想をお寄せください。